MEINE LÜGE IST DEINE WAHRHEIT

Kerstin Ruhkieck schreibt Geschichten, seit sie einen Stift halten kann. Sie machte ihr Abitur auf dem zweiten Bildungsweg und studierte Deutsche Sprache und Literatur in Hamburg. Kerstin Ruhkieck ist verheiratet und hat zwei Söhne.

Dieses Buch ist ein Roman. Handlungen und Personen sind frei erfunden. Ähnlichkeiten mit lebenden oder toten Personen sind nicht gewollt und rein zufällig. Darüber hinaus beinhaltet der Text sensible Themen, die Auswirkungen auf Betroffene haben können: Tod, psychische sowie physische Gewalt.

KERSTIN RUHKIECK

MEINE LÜGE IST DEINE WAHRHEIT

THRILLER

emons:

Bibliografische Information der Deutschen Nationalbibliothek
Die Deutsche Nationalbibliothek verzeichnet diese Publikation in der Deutschen Nationalbibliografie; detaillierte bibliografische Daten sind im Internet über http://dnb.d-nb.de abrufbar.

MIX
Papier aus verantwortungsvollen Quellen
FSC® C014496
FSC
www.fsc.org

Umschlaggestaltung: Nina Schäfer, unter Verwendung eines Motivs von arcangel.com/Russ Styles
Gestaltung Innenteil: DÜDE Satz und Grafik, Odenthal
Lektorat: Lothar Strüh
Druck und Bindung: GGP Media GmbH, Pößneck
Printed in Germany 2023
ISBN 978-3-7408-1800-5
Thriller
Originalausgabe

Dieser Roman wurde vermittelt durch erzähl:perspektive, Literaturagentur Michaela Gröner & Klaus Gröner GbR, München.

Für alle, die es bis hierhin geschafft haben

KAPITEL 66

Das ist die Hölle, dachte sie, ein Gedanke, der sich mit rostigen Nägeln in den harten Knorpel hinter ihrer Stirn rammte, blutige Schlieren hinterließ und hängen blieb.

Es war heiß. Flammendes Licht brannte durch die geschlossenen Lider in ihren Augen, kokelte das dünne Häutchen weg wie ein Bunsenbrenner die erste Eisschicht eines zugefrorenen Sees.

»Alles wird gut«, wisperte jemand frohlockend in der Ferne, und das Versprechen, ob es nun ihr galt oder nicht, machte sie wütend. Es war eine Lüge, niederträchtig und bösartig. Nichts würde gut werden, nie wieder, und jeder, der sich weigerte, die Wahrheit zu akzeptieren, widerte sie an. Sie tat es schließlich auch, sie akzeptierte alles, akzeptierte die hässliche Realität und ihre eigene Rolle darin.

»Wünsch dir was!«, brüllte eine ranzige Stimme, Madita kannte sie, doch die Erinnerung daran war vage, Multiversen entfernt, immer noch zu nah. Sie reckte den Hals, niemand war zu sehen … Nein, niemand war da.

»Wünsch dir was!«, grölte es in ihrem Ohr, Madita wollte sich wegdrehen, abwenden von der Stimme und dem Schmerz, den sie auslöste, doch es gelang ihr nicht.

Eine Wolke, schwül und schwer, waberte den Gang entlang und kam auf sie zu. Ihr eigener Körper erschien ihr fremd, er gehorchte nicht, richtete sich gegen sie, nur deshalb blieb Madita liegen, bewegungslos, als der Nebel sie erfasste, sie einschloss in eine klamme ungewollte Umarmung. Schweiß und Kondenswasser sammelten sich auf ihrer Stirn, durchtränkten ihre Kleidung, klebten den Stoff an ihre Haut. Tote Nervenenden, erstarrte Muskeln und doch spürte sie alles. Die feuchte Dunstwolke, Gewächshausluft, die Madita zu verdauen versuchte, machte ihren wunden Körper zu einem brennenden Inferno. Spitze Finger pikten sie, hielten sie in ihrem irdischen Dasein, ließen sie nicht entkommen aus dem Grauen.

»Wünsch dir was!« Das Dröhnen der Stimme war ohrenbetäubend, ein Höhnen in ihrem Kopf, als fände der lähmende Lärm nur dort statt.

Sie verbot sich zu weinen.

Die Welt setzte sich in Bewegung, Maditas Arme waren taube Stümpfe, sie hatte keine Möglichkeit, sich festzuhalten, um nicht in die Tiefe zu stürzen. Mit zusammengekniffenen Augen ließ sie es geschehen, presste die Lippen aufeinander, erwartete den Moment, in dem sie auf den Boden schlug und aufplatzte wie ein mit Blut und Organen gefüllter Ballon.

Aber sie fiel nicht.

Dann war es vorbei. Madita versuchte, ihre Lider zu heben, sie waren schwer, wollten sie vor dem schützen, was ihre Welt erschüttert hatte, wenn es auch nur die Einsicht war. Aber es gab keinen anderen Weg, es musste sein, wenn der bloße Wille nicht genügte, würde sie sich eben die Augenlider aus dem Gesicht reißen. Keine Wahrheit konnte die Grausamkeit dieser Hölle übersteigen.

Lüge.

Madita wich zurück, verstört, wollte schreien, als sie die Fratze erblickte, doch ihre Stimme starb zeitgleich mit einem Teil von ihr. Hände statt Augen, rot gewundene Hörner wucherten aus einer Stirn und statt einer Zunge eine Python, die sich aus dem Mund schlängelte. Sie schnellte ihr entgegen, des Teufels Tochter lachte, ein erschütternder, bösartiger und grauenvoller Laut, der den Wahnsinn brachte …

Madita schlug die Augen auf. Tageslicht blendete sie, und auch ihre übrigen Sinne schienen sich zurückgezogen zu haben. Sie blinzelte, Sternchen tanzten auf ihrer Netzhaut, und benommen versuchte sie, sich von ihrem Hitzetraum zu lösen. Sie wollte ihn loswerden, ihn von sich schütteln, doch er haftete an ihrem Bewusstsein wie der Schweißfilm auf ihrer Haut. Auf der Seite liegend, nicht wirklich wach, aber auch nicht mehr schlafend, starrte sie auf einen schmuddeligen Holzfußboden. Ihre Wangen fühlten sich heiß an, schienen zu glühen, das dumpfe Pochen in ihrem Kopf glich einer tickenden Zeitbombe.

Und schlagartig war alles zurück, alles, bis ins letzte hässliche Detail, der Alptraum kehrte aus ihrem Verstand in die Realität ein und machte ihn zur Gewissheit. Madita fühlte sich wie geschlagen, fast wünschte sie sich, jemand hätte es getan.

Das Ferienlager.

Die Holzhütte mit den Etagenbetten.

Die anderen Mädchen. Chaos. Innen wie außen.

Was sie Ophelia angetan hatte.

Übelkeit ätzte sich ihre Speiseröhre hinauf. Sie schlug sich die Hand vor den Mund, das Entsetzen war ein Meteoriteneinschlag mit einer Wucht, die alles Leben auszulöschen vermochte.

»Habe ich dich geweckt?« Die samtige Stimme war direkt neben ihr, und Madita erschrak. Beinahe erwartete sie, die teuflische Kreatur aus ihrem Alptraum zu sehen, die sich bereit machte, über sie herzufallen. Doch es war Luzie, die auf Maditas Bett saß und sie aus unergründlichen Augen beobachtete.

Verlegen ließ Madita ihre Hand sinken, setzte sich schwerfällig auf, ihr Kopf eine heftige Verneinung, die sie schwindelig machte. Das ihr vertraute Gefühl, diesem wunderschönen Mädchen mit der bleichen Haut und dem dunklen Haar gefallen zu wollen, überwältigte sie einmal mehr und machte es ihr unmöglich, den Fehler in diesem Gefühlskonstrukt zu erkennen.

Der verstörende Gesang eines Kinderchors aus der anderen Ecke der Hütte, der aus dem Nichts einsetzte und mit Gewalt an dem Stacheldraht in Maditas Magen zog, brachte sie wieder zu Verstand.

»Mach die Scheißmusik aus«, zischte Luzie quer durch die Hütte, und für den Bruchteil eines Augenblicks glaubte Madita, etwas Fremdartiges in dem Gesicht des anderen Mädchens zu sehen, ein kosmisches Flackern, das Luzies Züge beinahe teuflisch entstellte.

Eine Sinnestäuschung, mehr nicht.

Oder eine Offenbarung?

Maditas Kopf drohte zu zerspringen, triefende Fetzen aus Hirnmasse würden ihnen jeden Augenblick um die Ohren fliegen. Schlagartig wurde es still, die Musik brach ab, und was blieb, war der verstörende Krach in ihrem Kopf. Madita spürte den Blick des anderen Mädchens auf sich, mehr brauchte es nicht, Luzie musste sie nur ansehen, um sie zu verunsichern. Nervös ließ sie den Augenkontakt zu, versank in dem tiefen Saphirgrün ihrer Iriden, das sie gleichermaßen anzog und abstieß. Eine verlockende Gefahr ging von ihr aus, doch Maditas schreiender Impuls, die Flucht zu ergreifen, schrumpfte stetig, ihr Herz hingegen begann zu pochen, wild und ungestüm. Tobende Energie fand ihren Weg in ihre Venen, weckte ihren Körper aus seiner Trägheit, und Madita fühlte eine Lebendigkeit, die sie nur bei Luzie empfand. Sie konnte sich nichts Erstrebenswerteres vorstellen als Luzies Aufmerksamkeit, ihre Freundschaft machte Madita erst zu etwas Besonderem. An ihrer Seite war sie nicht länger das hübsche, aber langweilige Mädchen, sondern die schöne, aufregende Frau, die schon immer in ihr geschlummert hatte.

Ophelia, dieses plumpe Mauerblümchen, hatte Madita in der Belanglosigkeit gefesselt, während ihr wahres Ich längst bereit war für den Ausbruch.

Gefangen von Luzies Augen, dem unergründlichen grünen Ozean mit den verborgenen Kreaturen an dessen Grund, wurde Madita verschluckt, erneuert und schließlich als anderer, als besserer Mensch wiedergeboren.

Als sie aus ihnen auftauchte, verachtete sie sich für die Zweifel, die sie manchmal an Luzie gehegt hatte. Auch das war allein Ophelias Schuld gewesen, sie hatte versucht, sie vor Madita schlechtzumachen, dabei war sie selbst es, die ihren Charakter einmal überdenken sollte. Luzie war nicht schlecht. Sie war gut. Sie war Macht und Wille und Verlangen. Luzie war Leben, und das alles wollte Madita.

»Du hast nach mir gesucht«, durchbrach Madita die aufgeladene Stille, eine Erkenntnis, keine Frage, und sie konnte sich nicht erklären, woher sie plötzlich gekommen war.

Etwas in ihr regte sich, ein erbärmliches Aufbäumen der Vernunft, doch das ergab keinen Sinn, also drängte sie es in die Abgeschiedenheit ihres Unterbewusstseins. Sie ahnte nicht, dass nur ihr Gewissen es jetzt noch vermocht hätte, sie zu retten. Zu retten vor ihrem Platz in der Unterwelt, aufgespießt auf Satans Schoß.

Ob sie etwas anders gemacht hätte, hätte sie es gewusst? Vermutlich nicht. Für Luzie war sie zu allem bereit, würde alles ertragen und über brennende Scherben wandern, wenn sie es verlangte.

Luzie nickte, ein wissendes Lächeln umspielte ihre Lippen, als kannte sie ihre Gedanken, und es zog Maditas Blick an, ihr Schönheitsfleck neben ihrem rechten Mundwinkel betörte sie. Mit ansteigender Nervosität verlagerte Madita ihr Gewicht, Sprungfedern bohrten sich in ihre Hüften, der spitze Schmerz erweckte eine dunkle Erregung in ihr.

»Es geht um deine Freundin. Wir müssen es tun«, wisperte Luzie, näher zu Madita gebeugt, ihre Worte waren nur für sie gedacht. Sie streckte ihre feingliedrigen Finger aus und berührte Maditas nackten Oberschenkel, bewegte ihren Daumen in einer sachten Liebkosung, und ein Brennen brach sich von dieser Stelle Bahn, wurde größer und mächtiger, bis Madita unter einem erstickten Stöhnen langsam nickte. Etwas tobte in ihr, etwas Mächtiges, und sie schwelgte darin bis zur Unerträglichkeit. Sie wusste, was Luzie von ihr verlangte.

Ophelia.

Madita und Ophelia waren zusammen ins Ferienlager gekommen, augenscheinlich als Freundinnen, doch die Wahrheit lag wie so oft viel tiefer vergraben. Erst Luzie hatte ihr die Augen geöffnet, ihr aufgezeigt, dass die scheue und reizlose Ophelia sie mit ihrer sozialphobischen Einfältigkeit bremste, sie im Schatten hielt und ihr das Licht verwehrte.

Damit war es nun vorbei. Madita wollte ins Licht, endlich. Sie beugte sich vor, bis sie Luzies Gesicht nahe war. So nahe, es fehlte nicht viel, bis sich ihre Lippen berührten. Mit einem Lächeln, das den letzten und schlimmsten Verrat an ihrer Freundin Ophelia besiegelte, drang sie tief in Luzies Blick ein und wisperte: »Lass es uns tun.«

***

Mit einem frustrierten Seufzen schlug Buchhändler Matthias Türnagel das Buch zu und legte es mürrisch zur Seite. Er brauchte klug platzierte Pausen beim Lesen, anders war dieses Machwerk kaum zu ertragen. Und Kaffee! Kaffee würde ihn durch das Tal der Trivialliteratur führen, diesen Tiefpunkt eines Subgenres, um das niemand gebeten hatte. Er jedenfalls nicht. Das vereinbarte Interview mit der Autorin versuchte er derweilen auszublenden. Er erwartete nicht, an diesem Punkt des Romans, kurz vor dem Ende nämlich, noch etwas zu finden, das er positiv hervorheben könnte, und ihm war bereits jetzt klar, dass die Autorin alles andere als dankbar für seine Anmerkungen sein würde.

Allerdings, so entschied er, konnten er und die Literaturwelt darauf keine Rücksicht nehmen.

ELENA

Fremdartige Schemen hingen im kahlen Geäst, das Knirschen der Schritte kam verzögert, als wären es nicht ihre, und doch wusste sie, bliebe sie stehen, um die Umgebung zu ergründen, wäre niemand dort. Niemand, der sie verfolgte. Ein suchender Blick, der die blaugraue Dunkelheit abtastete, würde es nur bestätigen: Sie war allein.

Also ließ sie es sein, lief stoisch weiter, seit drei Jahren jeden Morgen die gleiche Strecke. Elena war vertraut mit dem irrtümlichen Gefühl, beobachtet zu werden, nicht ein einziges Mal hatte es sich bestätigt. Und so hatte sie sich gezwungenermaßen daran gewöhnt, hatte ihre unzuverlässige Wahrnehmung als einen unsichtbaren Begleiter angenommen, als zweiten Schatten, dem sie die Beachtung verwehrte.

Die ruhige Elbe zu ihrer Linken, joggte Elena Richtung Südosten, dem Sonnenaufgang entgegen, der noch auf sich warten ließ. Sie war früh dran, trotz der Ferien und der kräftezehrenden Feiertage, die hinter ihr lagen, hatte sie bereits fünf Kilometer auf dem Fahrrad zurückgelegt, von ihrer Wohnung bis zur Jacobs Elbtreppe. Ihre Oberschenkel brannten von der starken Steigung der Strecke und der unbekannten Anzahl an Stufen ihrer drei Auf- und vier Abstiege. Sie hatte schon wieder vergessen, sie zu zählen, ihr Kopf war zu überladen mit der eisernen Selbstgeißelung und den hässlichen Gedankenspiralen. Vielleicht würde sie am nächsten Tag daran denken. Oder an dem darauf.

Die eisige Luft brannte in ihrer Lunge, betäubte die Haut in ihrem Gesicht, nicht aber die vor Kälte triefende Nase. Immerhin ihre Ohren hatte sie unter einer schwarzen Mütze in Sicherheit gebracht. Warmer Schweiß rann ihr den Rücken hinunter, widerlich feucht und klebrig wurde er von dem Bund ihrer Hose aufgesogen. Elena hasste diese Tortur, den Schmerz, die Anstrengung, die zähen Gedanken, die der Sauerstoff in ihrem

Kopf freisetzte. Trotzdem zwang sie sich dazu, spürte bereits das Fett an Bauch und Beinen, das sie durch ihre Nachlässigkeit über Weihnachten angesetzt hatte.

Bei ihren Eltern hatte es triefende Gans gegeben, Klöße, Nachspeisen aus Schokolade und Zucker, die drei Tage waren geprägt von selbst gemachtem Gebäck mit Nüssen, Zimt und Krokant, Spekulatius zur steten Verfügung, viel zu viel Wein und Kakao mit Marshmallows. Unausgesprochene Konflikte, wie es sie in jeder Familie gab, und das Wiedersehen mit ihrem Bruder waren zu einem ganz eigenen emotionalen Chaos geworden, das ihre Selbstbeherrschung geschwächt und die Völlerei erst möglich gemacht hatte – ungeachtet der unvermeidbaren Konsequenzen.

Jetzt musste sie leiden, und es geschah ihr ganz recht.

Wolkenschwaden stoben in regelmäßigen Atemstößen zwischen ihren Lippen hervor und trugen ihren Teil zur morgendlichen Nebelwand bei. Die Kiesel am Ufer des Flusses knirschten anders unter ihren Laufschuhen als an wärmeren Tagen, lauter und aufdringlicher und so kalt, wie es war. Bald würde es Frost geben, Elena erwartete Schnee, wie immer gerade rechtzeitig, um dem zurückliegenden unweißen Weihnachtsfest den Mittelfinger zu zeigen.

Einmal mehr bildete Elena sich ein, jemanden hinter sich zu hören, und biss sich auf die Unterlippe, bis sie Blut schmeckte, um sich abzulenken und ihrer Paranoia keinen Raum zu geben. Wenn sie sich jetzt umsähe, käme es einer Niederlage gleich, einem albernen Klischee, also lief sie weiter, ignorierte das Foto, das vor ihrem geistigen Auge aufblitzte, das der Joggerin, das die Medien seit Wochen in Dauerschleife präsentierten.

Die Joggerin, sie war einfach verschwunden, als hätte ein schwarzes Loch sie inhaliert, sie war die achte oder neunte in sieben Jahren, so genau hatte Elena die Berichterstattung nicht verfolgt. Sie verscheuchte das Bild, die Sache betraf sie nicht, Elena entsprach nicht dem offensichtlichen Profil der Frauen, war zu alt, zu brünett und nicht fit genug, für sie bestand keine Gefahr.

»Du siehst nicht älter aus als fünfundzwanzig«, hatte Paul einmal zu ihr gesagt, eine augenscheinliche Lüge, die sie nur aus seinem Mund bereit gewesen war zu glauben.

Bei dem Gedanken an Paul verkrampfte sich Elena, ihre Schritte gerieten aus dem Takt, sie wollte nicht an ihn denken, durfte es nicht, aber es war zu spät, die Selbstermahnung war bereits zu viel, weitere Gedanken kamen, infizierten ihren Verstand.

Seine Stimme, sein Lachen in ihren Ohren …

Elena beschleunigte ihren Lauf, Kieselsteine stoben nach hinten, ihr Rhythmus war längst dahin. Ein vertrauter Druck auf ihrem Brustkorb verlangte nach einem Sprint, ein Wettlauf gegen alles, was sie verfolgte. Also rannte sie, ihre steinernen Muskeln brüllten vor Schmerz, aber sie rannte, versuchte, ihre Ängste und Zweifel und Gefühle hinter sich zu lassen, eine unmögliche Aufgabe, denn sie konnte nicht abhängen, was in unsichtbaren Ketten an ihr hing. Selbst als sie glaubte, blutige Stücke ihrer Lungenflügel könnten aus ihr herausbrechen, trieb sie sich weiter voran, lief quer über eine Hundewiese, um dem sich nähernden Pier 69 auszuweichen, weiter auf dem asphaltierten Elbuferweg, den ausgestorbenen Yachthafen entlang. Stehen zu bleiben würde bedeuten, sich mit den Dingen, die sie hinter sich herschleppte, auseinanderzusetzen. Und deshalb war genau das keine Option, nicht, solange ihr Körper nicht zusammenbrach.

Lindas Schuld, Lindas Schuld, LINDAS SCHULD!, hämmerte ein wütendes Mantra ungewollt in ihrem Schädel, jeder Schritt eine Silbe, ein zorniger Vorwurf, den Elena sich einzureden versuchte, obwohl er nicht der Wahrheit entsprach.

Das musste aufhören!

Sie ließ den Segelclub hinter sich und erreichte das Ende ihrer Strecke. Keuchend kam sie zum Stehen, widerwillig nur, kein langsames Auslaufen, was für den Körper schonender wäre, stattdessen vornübergebeugt, die Hände auf ihre zitternden Oberschenkel gestützt. Ihre Wangen brannten, die eisige Luft schmerzte in ihren Atemwegen, in ihrer Brust, doch es war unmöglich, ihre Gier danach zu kontrollieren. Mit einer Hand zerrte sie sich die Kapuze des Hoodies vom Kopf, ebenso die Mütze darunter, und ließ den Wind ihr erhitztes Gesicht auskühlen. Langsam kam sie zu Atem, Elena spürte die Elbe an ihrer Seite, die ihren in die Ferne gerichteten Blick einforderte.

Ein Containerschiff zog vorbei, keiner dieser Giganten, so hoch wie die Häuser in Mümmelmannsberg, aber dennoch gewaltig. Erste Wellen schlugen am Strand auf, verendeten weitab von ihrer mickrigen Gestalt und waren abgesehen von Elenas Keuchen das einzige Geräusch. Eine seltsame Verlorenheit überkam sie, und sie ahnte, dass sie sich aufzulösen begann, um ein Teil des Nebels zu werden und mit ihm über das Wasser zu schweben. Sie würde verschwunden sein, sobald die Sonne aufging.

Eine tröstliche Vorstellung. Wenn es doch bloß so wäre.

Abgestoßen vertrieb sie die Gedanken. Sie war nicht hier, um sich selbst zu bemitleiden, anscheinend reichten ein paar hundert Meter Sprint nicht aus, um den Schatten zu entkommen. Sie entschied, nicht wie sonst mit dem StadtRAD nach Hause zu fahren, stattdessen würde sie weiterlaufen, um zu sehen, wie weit der Weg sie führte, bis sie alles hinter sich gelassen hatte.

Den Rücken bereits der Straße zugewandt, joggte sie zurück zum Kieselstrand, als Lärm hinter ihr das Geräusch ihrer eigenen Atemzüge übertönte. Quietschende Reifen, ratternder Motor, ihr vor Schreck tobender Herzschlag.

Elena wirbelte herum. Ein silberner Kombi raste wie aus dem Nichts auf sie zu, und, von den Scheinwerfern geblendet, spürte sie, wie ihre Muskeln versagten. Elena starrte dem Fahrzeug entgegen, gefangen in der unumstößlichen Erwartung, der Wagen würde schon noch rechtzeitig abbremsen oder ausweichen. Doch das geschah nicht, das Fahrzeug preschte schnurgerade und mit überhöhter Geschwindigkeit auf sie zu. Das vertraute Konzept von Zeit schien sich für einen Wimpernschlag auszudehnen, und einen Atemzug lang ließ Elena die Vorstellung zu, was geschehen würde, wenn sie sich nicht vom Fleck bewegte. Wenn sie stehen bliebe und es darauf ankommen ließe, dass der

Wagen sie erfasste, sie durch die Luft schleuderte, ihr die Beine brach und das Genick.

Die vor Schrecken weit aufgerissenen Augen der Frau hinter der Spieglung der Frontscheibe rissen sie aus der Erstarrung, Elenas Körper reagierte, ehe ihr Verstand eine eigenständige Entscheidung treffen musste, und warf sich zur Seite. Mit einem dumpfen Stöhnen schlug sie auf dem harten Untergrund auf, braungelber Rasen fing ihren Sturz ab, der Aufprall presste ihr die Luft aus der Lunge, sie schlitterte über den Boden, bis sie bäuchlings zum Erliegen kam. Sie hörte einen Knall, splitterndes Glas, doch die Geräusche drangen kaum zu ihr durch, als kämen sie aus weiter Ferne, von irgendwo jenseits dieses Universums.

Ohne zu zögern, rappelte sie sich auf die Beine und entdeckte den Kombi einige Meter weiter kopfüber im leeren Yachthafenbecken, die Räder drehten sich noch, als könnten sie es nicht glauben, dem Asphalt entrissen worden zu sein. Hilflos sah Elena sich um, unschlüssig, doch niemand außer ihr war da. Mit zitternden Fingern zerrte sie ihr Handy aus der Bauchtasche und wählte den Notruf, während sie zu dem verunglückten Wagen rannte, ratterte die relevanten Informationen für den Mann am anderen Ende der Leitung herunter und hörte bereits nicht mehr richtig zu, als er ihr versicherte, ein Krankenwagen würde in wenigen Minuten eintreffen. Mit wild klopfendem Herzen trat sie bis an den Rand des Hafenbeckens.

»Hallo?«, rief sie in angespannter Hoffnung, ein Lebenszeichen aus dem Inneren des Fahrzeugs zu erhalten. Der eisige Wind trug das dünne Stöhnen einer älteren Frau zu ihr, und Elena fluchte leise. Sie musste etwas unternehmen, sie konnte nicht herumstehen und darauf warten, dass jemand kam, um ihr zu helfen. Ohne ihr Vorhaben zu überdenken, ließ Elena sich in das trockene Hafenbecken gleiten.

»Ich bin gleich bei Ihnen, halten Sie durch!«, rief sie außer Atem, ihre Stimme ein seelenloser Laut zwischen den verwitterten Steinwänden. Sie ging in die Knie und krabbelte bis zur Beifahrertür, ihre Knochen protestierten gegen ihr Vorhaben. Ein Blick durch das schmuddelige Seitenfenster bestätigte Elena, was sie bereits befürchtet hatte, und abermals fluchte sie. Im Wagen kauerte eine ältere Frau, angeschnallt hing sie vor dem Lenkrad auf dem Kopf, hochgerutscht bis zum Dach, ihr Hals brachial abgeknickt. Zwei hellblaue Augen blinzelten sie aus einem von Blut überströmten Gesicht flehend an, aus einer Wunde an ihrem Kinn sickerte die heiße Flüssigkeit quer über ihr Gesicht und schien in der Kälte des Tages fast zu dampfen. Elena überlegte nicht, sie handelte. Die Beifahrertür ließ sich leicht öffnen, und auf allen vieren kroch sie in das Fahrzeug.

»Alles ist gut, der Krankenwagen ist gleich da!«, versuchte Elena, die Frau zu beruhigen. Zögerlich streckte sie ihren Arm aus, wusste nicht, wie und ob überhaupt, und legte auf der Suche nach einem Puls ihre Finger auf den faltigen Hals der Verletzten.

Aber sie fand keinen. Elena tastete weiter, er musste irgendwo sein, die Frau war schließlich wach und sah sie an, blinzelte, einen Ausdruck im Gesicht, den sie vor Blut nicht lesen konnte. Sie durfte ihre aufsteigende Panik nicht auf die verletzte Frau übertragen, doch mit jeder Sekunde, in der ihre Fingerspitzen das charakteristische Pochen nicht spürten, wurde deutlicher, dass es nicht an Elenas Unvermögen lag. Es war kein Puls da.

»Es tut ...«, ächzte die Frau, und Elena blickte sie erschrocken an. Ein hilfloses Verständnis überkam sie, und sie nickte, um der Sterbenden deutlich zu machen, dass sie ganz bei ihr war. »Ich weiß«, flüsterte sie und strich ihr unbeholfen das graue Haar aus der Stirn. »Sie müssen durchhalten, hören Sie? Nur noch ein paar Minuten, dann ist Hilfe da.« Schwermut erfasste sie, Elena begriff nicht, woher sie kam, oder vielleicht doch, die Frau war zwar eine Fremde, doch dass sie dabei war, während sie starb, den nahenden Tod in ihren stumpfen Augen sah, erschütterte sie tief.

Die Frau schien Elenas Worte nicht zu hören. Mit dem letzten Aufbegehren gegen das Unumgängliche öffnete sie den Mund, ein Röcheln stieg aus ihr empor, und zwischen den rasselnden Versuchen, Luft zu holen, fanden sich neue Worte. »Es ... tut ... mir ... leid ...«

Elena schüttelte vehement den Kopf, Tränen stiegen ihr in die Augen. »Machen Sie sich um mich keine Sorgen, mir ist nichts passiert ...«

Ihre Stimme knickte ein und gab Raum für das nächste Wort, womöglich das letzte, das sich auf den blutverschmierten Lippen der Frau formte: »Elena.«

Elena blinzelte, begriff erst mit Verzögerung den Grund für ihr eigenes Erstaunen, das jedoch schnell undurchsichtiger Verwirrung wich. Ungläubig starrte sie die sterbende Frau an. Woher kannte sie ihren Namen? Tatsächlich kam es ihr mit einem Mal so vor, als würde sie die Frau kennen.

Eine knochige Hand schob sich in Elenas Blickfeld, sie baumelte leblos neben dem Kopf der Fahrerin, zwischen zwei verkrampften Fingern hielt sie einen gefalteten Zettel, kaum größer als ein geknickter Fünf-Euro-Schein, den sie ihr mit zitternder Dringlichkeit entgegenstreckte.

Verstört beobachtete Elena, wie die Frau das Stück Papier fallen ließ. Es landete zwischen ihren Händen auf dem beigen Bezug des Autodachs, der Blick der Frau bekam kurz einen wilden Ausdruck, wurde zu einer stummen Aufforderung. Elena zauderte, dann hob sie es auf. Zwei Wimpernschläge lang betrachtete sie den unscheinbar wirkenden gefalteten Zettel, der einen übermächtigen Widerwillen in ihr hervorrief. Als Elena das nächste Mal zu der Fahrerin sah, waren ihre Augen geschlossen. Sie hatte aufgehört zu atmen.

***

Sie hatten die Leiche am Boden zugedeckt, nachdem die Bemühungen einer Wiederbelebung erfolglos geblieben waren. Elena saß bei offener Tür in einem der Krankenwagen, sie war untersucht und von der Polizei befragt worden. Eine Rettungsdecke lag um ihre Schultern und knisterte bei jedem Atemzug, eine auditive Erweiterung des Zitterns, das ihren Körper nicht zur Ruhe kommen ließ. Die Sanitäter hatten ihr nahegelegt, mit ihnen ins Krankenhaus zu fahren, ein Knöchel war angeschwollen, zudem befürchteten sie einen Schock. Elena spürte nichts davon, nur Kälte, als wäre sie es, die dort auf Kies und totem Rasen lag. Als wäre sie es, die nicht länger auf ärztliche Behandlung, sondern den Leichenwagen wartete.

Die Sonne war irgendwann in den zurückliegenden Minuten aufgegangen, das diffuse Licht versprach einen schönen Wintertag, doch Elena kam es vor, als wäre sie mit dem Schwinden der Dunkelheit in eine Parallelwelt übergetreten, und alles, was sich im Schatten abgespielt hatte, war dort geblieben. Nur die tote Autofahrerin war mit ins Licht gekommen, vom Tag schonungslos zur Schau gestellt. Elena konnte ihren Blick nicht von dem weißen Tuch nehmen, von der menschlichen Form, die sich darunter abzeichnete. Es flatterte in der leichten Brise, beinahe kokett wie der Saumen eines weiten Kleides.

Noch immer begriff Elena nicht, was geschehen war. Eine Fremde hätte sie beinahe überfahren und war dabei selbst ums Leben gekommen. Dieser Teil lag offen vor ihr, ohne Raum für große Fragen. Unfälle passierten.

Was jedoch an ihrem Verstand nagte, war der unerklärliche Umstand, dass die Frau Elenas Namen gekannt hatte. Sie hatte ihren Namen gesagt, und Elena bedauerte, dass sie die brüchige Stimme der Sterbenden nicht als Einbildung abtun konnte.

Dem Anflug des Erkennens, der bei dem Anblick ihrer wässrigen hellen Augen über sie gekommen war, traute sie hingegen nicht. Genauso gut war es möglich, dass sie bloß *geglaubt* hatte, ihr bereits begegnet zu sein, weil ihr Name aus dem Mund der Frau es zu verlangen schien.

Mit Eisfingern rieb sie sich über das Gesicht, ihre Hand war schmutzig und stank nach Fäulnis und hörte einfach nicht auf zu zittern. Vielleicht hatte sie wirklich einen Schock.

»Es tut mir leid, Elena.«

Ihr fiel der Zettel wieder ein, das kleine Stück Papier, das sie vor ihr hatte fallen lassen. Abrupt richtete sie sich auf, als hätte ihr jemand einen Stoß zwischen die Rippen gegeben. Über dem Eintreffen der Rettungskräfte, der Leichenbergung und ihrer Untersuchung und Befragung hatte sie nicht mehr daran gedacht. Es steckte in ihrer Bauchtasche, in die sie es hastig geschoben hatte, ohne es sich anzusehen, war hinter ihr Handy gerutscht und verursachte sofort den gleichen Widerwillen. Dennoch holte sie es hervor und faltete es auseinander.

»Kein Unfall.«

Nur zwei Worte, beinahe nichtssagend, und doch mit einer Kraft, die Elena von der Trage zu stoßen drohte. Darunter eine Zahlenreihe. Krakelige Schrift, von alten Fingern geschrieben, zittrig wie Elenas in diesem Moment.

Das ergab keinen Sinn. Sie konnte sich keinen Grund vorstellen, warum diese fremde Frau versucht haben sollte, sie zu überfahren, und Elena dann mit einer Notiz darauf hinwies, dass es Absicht gewesen war.

»Frau Hanisch?«

Erschrocken blickte Elena auf und ließ den Zettel in den Schoß sinken. »Ja?« Sie fühlte sich ertappt, die Nachricht der Fahrerin war ein Beweis, dass hier etwas komplett falsch lief, und doch fiel ihr die Entscheidung, ihn jemandem zu zeigen, ungewöhnlich schwer.

Ein Beamter beugte sich zu ihr in den Krankenwagen, es war der gleiche, der sie bereits befragt hatte, sein Name war Jansen, wenn sie sich richtig erinnerte. Er wirkte freundlich auf sie, ein stämmiger, großer Mann mit blondem Haar und rotwangig von der Kälte. Sicher wäre der Beweis in ihrem Schoß bei ihm gut aufgehoben.

»Ich wollte nur Bescheid sagen, dass wir Sie hier nicht mehr brauchen. Die Sanitäter werden Sie gleich nach Altona ins Krankenhaus fahren. Vielen Dank für Ihre Geduld.«

Nicht dass sie eine Wahl gehabt hätte. »Kein Problem.«

Ihr Blick streifte sein Gesicht, ihre Mundwinkel zuckten in Andeutung eines höflichen Lächelns, der Zettel wog mit jeder Sekunde schwerer in ihrem Schoß. Sie sollte ihn dem Polizisten geben und damit jede Verantwortung von sich schieben. Die Zahlen unter der Nachricht, wahrscheinlich eine Telefonnummer …

»Machen Sie sich keine Vorwürfe, Sie haben alles richtig gemacht«, drängte sich Jansen in ihre Gedankengänge, offensichtlich hatte er ihre in Falten gelegte Stirn falsch gedeutet. Unwillig sah Elena ihn an, sie brauchte mentale Distanz zwischen sich und ihm, Raum für sich. »Es ist nicht Ihre Schuld, dass die Frau gestorben ist«, sprach er mit gesenkter Stimme weiter, Worte der Beschwichtigung, die Elena nicht wollte. »Allem Anschein nach hatte sie am Steuer einen Herzinfarkt, weshalb sie überhaupt erst von der Straße abgekommen ist. Es gibt nichts, was Sie in Ihrer Situation für sie hätten tun können.«

Ein Herzinfarkt. Vielleicht sollte sie Jansen den Zettel zeigen. Ihn nach dem Namen der toten Frau fragen oder danach, woher sie Elenas Namen kannte. Vielleicht sollte sie das wirklich tun.

»Danke«, sagte sie und lächelte schmal. Den Sichtschutz, den sie verstohlen mit ihren Händen über dem kleinen Zettel in ihrem Schoß errichtete, bemerkte er nicht.

***

Am nächsten Tag verzichtete Elena auf ihren Morgenlauf. Sie würde weiter Fett ansetzen, sie spürte es nun auch an Oberarmen und Flanken, aber der verstauchte Knöchel ließ ihr nur wenig Spielraum. Fünf Stunden hatte sie in der Notaufnahme gewartet, war anschließend erschöpft und ohne etwas zu essen, ins Bett gegangen, nur um dort wach zu liegen und stundenlang Gedanken zu wälzen, die sie nur noch mehr ermüdeten. Das blutüberströmte Gesicht der Unfallfahrerin hatte sie heimgesucht, doch es war nicht der Anblick, der ihr den Schlaf geraubt hatte, sondern die aufwühlende Suche nach der Erinnerung, woher die Frau sie gekannt hatte. Denn das hatte sie, daran bestand für Elena nicht länger der geringste Zweifel. Anders konnte es nicht sein. Sie war keine Influencerin, besaß keinen YouTube-Kanal, in den sozialen Medien gab es keine Fotos von ihrem Gesicht. Eine bewusste Entscheidung, die in erster Linie mit ihrer Arbeit zusammenhing und darüber hinaus der Tatsache geschuldet war, dass sie nicht den geringsten Wert darauf legte, auf irgendwelche Klassentreffen eingeladen zu werden.

Sie wollte keine Aufmerksamkeit, und schon gar nicht wollte sie *gefunden* werden.

Da es somit ausgeschlossen war, dass die Frau sie aus dem Internet kannte, mussten sie sich irgendwann einmal begegnet sein.

Oder hatte ihr jemand ein Foto von Elena gezeigt?

Ihr schwirrte der Kopf, und der leere Magen leistete seinen Beitrag zu dem stärker werdenden Druck in ihren Schläfen, doch obwohl sie in der Küche am Esstisch saß und der vertraute Geruch eines inzwischen erkalteten Kaffees in ihre Nase stieg, bereitete ihr die bloße Vorstellung, ihrem Körper etwas zuzuführen, eine beißende Übelkeit. Es war inzwischen kurz nach zehn, Elena erinnerte sich nicht, wann sie das letzte Mal so spät aufgestanden war. Irgendwann während ihres Studiums vielleicht. Doch statt dass sich Erholung einstellte, quälte sie ein Gefühl von Kontrollverlust, das sich in Form von anschwellender Panik in ihrem Hals bemerkbar machte.

Regelrecht davon abgestoßen betrachtete sie den Zettel der Unfallfahrerin vor sich auf dem Tisch. Die zwei Worte darauf riefen noch dasselbe Unverständnis hervor, doch nun war es die Nummer, die ihre Gedanken einnahm. Sie gehörte zu einem Mobiltelefon in Deutschland, Elena hatte sie bereits in ihr Handy eingegeben, doch das Gerät hatte sie nicht in ihrem Telefonbuch gefunden. Auch in ihrer Anruferliste war sie nicht vorhanden, und nicht einmal Google war sie bekannt.

Die Unwissenheit machte sie wahnsinnig, seit dem Vorfall kreisten ihre Gedanken um nichts anderes. Nervös klopfte sie mit den Fingern auf die Tischplatte, das Geräusch donnerte unnatürlich laut durch ihre wie ausgestorben wirkende Küche. Sie könnte es natürlich tun. Die Nummer anrufen, eingegeben hatte sie sie bereits, sie musste nur den grünen Hörer auf ihrem Display berühren, und das Rätsel wäre gelöst. Doch bislang hatte sie es nicht in Erwägung gezogen, diesen Schritt tatsächlich zu machen. Zuvor wollte sie darauf kommen, wer die Frau war, damit sie zumindest eine vage Vorstellung davon bekam, worauf sie sich gefasst machen musste. Womit sie es zu tun hatte.

Elena schnaubte frustriert. Ihr war mittlerweile klar, dass sie mit diesen Kopfschmerzen nicht angemessen denken konnte.

Entgegen ihrer Erwartung kam ihr plötzlich eine andere Möglichkeit in den Sinn. Google kannte zwar nicht die Telefonnummer, aber mit etwas Glück gab es digitale Medienberichte über den Unfall.

Das hübsche Gesicht der verschwundenen jungen Frau dominierte auch online die Berichterstattung, die Presse hatte einen Narren an ihr gefressen und zelebrierte mit reißerischer Sensationslust die unbestätigte Annahme, Hamburg habe es mit einem Serientäter zu tun. Für einen kleinen Unfall blieb da kein Platz, nicht auf den Titelseiten, so etwas passierte jeden Tag.

Mit den Suchbegriffen »Autounfall«, »Blankenese« und »tote Frau« wurde Elena schließlich doch fündig, und ihr Körper verhärtete sich vor Anspannung. Mehrere Nachrichtenportale hatten darüber berichtet, kurze Meldungen zu dem Unfall, kaum mehr als ein paar Zeilen, stichwortartige Informationen ohne Mehrwert.

Elena überflog eine nach der anderen, ihre Augen suchten den Text nach Namen ab. Das Herz schlug ihr bis zum Hals, und ihr brach der kalte Schweiß aus, als sie tatsächlich auf der Homepage einer einschlägigen Tageszeitung etwas entdeckte, das ihr neu war. Ein Schwarz-Weiß-Foto der Unfallstelle mit einer Bildunterschrift, die für einige Augenblicke Atmung und Gedanken lähmte.

In diesem Yachthafenbecken in Blankenese erlag Helga H. (65) einem Herzinfarkt.

Helga H.

H.

»Oh Gott!« Das Handy rutschte aus Elenas feuchten Fingern, schlug dumpf auf dem Tisch auf, der unerwartete Lärm ließ sie zusammenfahren. Schnell presste sie sich beide Hände auf den Mund, damit ihr kein weiterer gequälter Laut entweichen konnte. Sie zwang sich, gleichmäßig zu atmen, doch sie bekam keine Luft, eine ihrer Hände griff nach ihrem Hals, als vermochte sie es, gegen die Enge in ihrer Kehle etwas auszurichten. Ihre Augen begannen zu tränen, und Elena blinzelte, das Gefühl, nicht atmen zu können, weitete sich aus, erreichte ihren Brustkorb und begann dort zu schwelen. Die Lähmung ihrer Gedanken gab den Blick frei auf einen feuerroten Makrokosmos der Abscheulichkeiten.

Sie würgte ein Wimmern hinunter und sprang auf, noch immer bekam sie keine Luft, sie würde sterben, ersticken an ihrem eigenen Entsetzen. Ihr verstauchter Fuß gab nach, ihre Knie folgten ihm, Elena sank zu Boden, kauerte sich zusammen und wartete auf ihren Tod.

Auf das erlösende Ende.

Sie wusste nun, woher sie die Unfallfahrerin kannte.

***

Der Tod kam nicht und ohne ihn auch keine Erlösung. Stattdessen riss das Klingeln an der Haustür Elena aus ihrer Panikattacke. Es war ihr unmöglich, zu sagen, wie viel Zeit vergangen war, sie hatte sich ausgedehnt und wieder zusammengezogen und war zu einem unbestimmbaren Konstrukt geworden. Elena erinnerte sich nur vage, wie mit dem sanften Schaukeln der Selbstregulation eine gewisse Ruhe eingekehrt war, Ruhe im Angesicht eines Sturms, der in ihrem Verstand tobte. Als sie sich mühsam auf die Füße rappelte und zur Haustür humpelte, verachtete sie sich für ihren Zusammenbruch, für ihre jämmerliche Schwäche und würdigte sich keines Blickes, als sie im Flurspiegel ihrer Reflektion begegnete. Stattdessen ließ sie ihre Selbstabscheu gewähren, sie weiter anschwellen und wuchern und schwor sich, niemals wieder die Kontrolle zu verlieren. Nicht über ihren Verstand und erst recht nicht über ihr Leben.

Vor der Tür war niemand, nicht mehr, das Klingeln musste bereits länger zurückliegen. Auf ihrer Fußmatte lag ein Päckchen, bedeckt von einigen Briefen. Sie trug alles in die Küche, zu ihrem Handy, das den Sturz auf den Tisch ohne sichtbare Schäden überlebt hatte.

Misstrauisch betrachtete sie das Päckchen, einen weißen DIN-A5-Luftpolsterumschlag. Sie erwartete nichts, hatte nichts bestellt und nicht die geringste Vorstellung, was sich darin befand. Kein Absender. Sie betastete den Inhalt, ein Buch vielleicht, also riss sie den Umschlag auf und kippte ihn auf den Küchentisch. Stephen King, irgendeine abgewetzte Erstausgabe von »Friedhof der Kuscheltiere«, Elena erinnerte sich dunkel. Sie hatte es auf eBay gekauft, ein Weihnachtsgeschenk für ihren Bruder, das dann aber nicht gekommen war. Sie hatte es als verloren gegangen verbucht, passierte gelegentlich, besonders in der Vorweihnachtszeit, und hatte ihm stattdessen den aktuellen King-Roman besorgt. Mit diesem Exemplar hatte sie nicht mehr gerechnet.

Desinteressiert schob Elena es von sich und ging die Briefe durch. Eine Karte rutschte zwischen den Umschlägen hervor und landete auf ihrem Schoß.

Die eisige Kälte des letzten Morgens kehrte in ihren Körper zurück. Langsam griff sie nach der Postkarte, der Strand auf der Rückseite kam ihr bekannt vor. Verstörend vertraut. Widerstrebend drehte sie die Karte um, betrachtete ihre Anschrift darauf, die Worte auf der linken Seite, in ordentlicher, akkurater Schrift. So schrieb kein normaler Mensch.

Liebe Elena,
ich hoffe, du hast meine Grüße erhalten.
Warst du mal wieder auf Seelvlieth Island?
Ist schön hier. Kinder spielen hier noch draußen.
In Liebe
O. H.

Die Karte sank, Elena hielt sie fest, ließ Ekel und Schmutz ihren Arm emporkriechen und ihren Körper infizieren.

Er hatte sie gefunden.

Sie schmeckte Galle, schluckte sie hinunter. Tränen liefen

über ihre Wangen, doch die konnte sie akzeptieren, sie zeugten nicht von Schwäche oder Kontrollverlust, sondern von ihrer Wut. Weil sie wusste, was ihr nun bevorstand und was sie tun musste. Weil er sie dazu zwang, nach all den Jahren, anstatt sie einfach in Ruhe zu lassen. Aber er legte sich mit der Falschen an, und das würde er nun zu spüren bekommen. Nie wieder, so schwor sie sich das zweite Mal an diesem Morgen, die Unterlippe zwischen den Zähnen und Blutgeschmack im Mund, würde sie die Kontrolle verlieren.

Eher wollte sie sterben.

TERESA

Sie spürte die Gefahr wie Dreck an ihren Fersen, sie schwebte über ihrem Kopf, wohin sie auch ging, doch vor ihr wegzulaufen war keine Option. Dies alles geschah aus einem bestimmten Grund.

Das Geräusch schwerer Schuhe folgte Teresa mit einigem Abstand, während sie über den finsteren Parkplatz eilte. Eine einsame, weit entfernte Straßenlaterne brachte gerade genug Licht, um in der Dunkelheit nicht allein auf den Schein des Mondes angewiesen zu sein, der verhangen den Blick abgewandt hatte von dem, was im Begriff war zu passieren. Die harten Bässe des Clubs begleiteten Teresa, doch auch sie ließen sie zunehmend im Stich, je weiter sie sich entfernte. Sie musste sich nicht umdrehen, um zu wissen, dass *er* hinter ihr war, sie beschleunigte ihre Schritte, dankbar für die Chucks, sie bewahrten sie vor Knöchelbrüchen und Bänderrissen, die sie sich unweigerlich auf hohen Absätzen zugezogen hätte.

Ihre hastigen Atemzüge bildeten Wolken vor ihrem Gesicht, es musste kalt sein, sie fühlte es nicht. In ihrem Inneren brodelte es, Nervosität und Unbehagen trafen auf brennende Furcht und wurden zu einem eruptiven Kochen, als sie den roten Mercedes GLA erreichte. Ihren Wagen. Noch hatte sie die Situation unter Kontrolle, aber es schien nur eine Frage der Zeit, wann ihr die entrissen wurde. Was dann geschehen würde – sie wagte nicht, es sich vorzustellen. Den Schlüssel in der verschwitzten Hand, ließ sie die Zentralverriegelung klicken und riss mit unheilvoller Tachykardie die Tür zur Rückbank auf.

Sie sah sich um, die Muskeln angespannt, zur Flucht bereit, sah ihn näher kommen, die Hände tief in den Taschen seiner Jeans vergraben, die Schultern hochgezogen, einen Ausdruck im Gesicht, den sie bereits kannte und deshalb fürchtete. Konzentrierte Erregung, ein selbstgefälliges Grienen und unter alledem die kaum verborgene Verachtung, weil er sie für eine Schlampe hielt. Seine Verachtung war am gefährlichsten, sie entmenschlichte Teresa und erlaubte ihm alles.

Seinen Namen hatte sie vergessen, war sich nicht sicher, ob sie ihn überhaupt kannte. Sie machte eine antreibende Handbewegung in seine Richtung.

»Komm schon«, zischte sie ihm zu, als er nahe genug war, um sie zu hören, und ließ sich von dem Innenraum ihres Wagens verschlucken. Sie streifte die Chucks von ihren Füßen, zerrte rabiat die Beine aus der blickdichten Strumpfhose, hörte das Material reißen, ein scharfer Laut, der ihre Angst in die Höhe trieb – nicht hoch genug, um ihr Vorhaben abzubrechen. Ohne Umschweife entfernte sie ihren Slip, überging ihren Unwillen und rutschte entblößt über die Rückbank, bis sie mit dem Rücken gegen den Türöffner drückte. Einen Fuß im Fußraum, den anderen auf den schwarzen Ledersitz gestellt, machten ihre gespreizten Beine unter dem hochgerutschten Minirock jede Phantasie überflüssig. Es sah aus wie eine Einladung, aber das war es nicht.

Sein nagerähnliches Gesicht tauchte in der geöffneten Wagentür auf, er gab sich sichtlich Mühe, bei ihrem Anblick nicht zurückzuweichen.

»Du meinst es echt ernst«, keuchte er. Sein Gesicht hatte wirklich etwas von einem Nagetier, einem Biber vielleicht, und einmal bemerkt, konnte Teresa es nicht mehr ungesehen machen. Weit auseinanderstehende Augen, große Nase, schmale Lippen, sein Körper schmächtig, kauerte er in der Öffnung wie zu einem Bau, die Tür im Rücken, und rang mit sich, hin- und hergerissen zwischen der Verachtung für die »dahergelaufene Schlampe«, für die er eindeutig zu gut war, und der einmaligen Gelegenheit, auch mal »zum Stich zu kommen«, angesichts seiner Erfahrung, dass ihm das sonst nie vergönnt war.

Was für ein Dilemma, es kümmerte Teresa nicht, und sie hatte nicht die Geduld, darauf zu warten, dass er sich zu seiner längst getroffenen Entscheidung bekannte.

Sie setzte den zweiten Fuß hinunter, verwehrte ihm den Blick zwischen ihre Beine und verdrehte genervt die Augen. »Dann suche ich mir jemand anderen. Jemanden, der nicht so *nett* ist wie du.«

Ihre Worte verfehlten nicht ihre Wirkung, er starrte sie an, als hätte sie ihn beleidigt, und in der kranken Welt, in die Teresa ihn zu locken versuchte, war es das auch gewesen. *Nett.* Ein *echter* Mann war nicht *nett*, nicht soft, nicht rücksichtsvoll, und er ließ sich auch keine Gelegenheit entgehen. Ein Satz genügte, und die hässliche Fratze der toxischen Männlichkeit zeigte sich, Bibergesicht war keine Ausnahme. Teresa hatte es darauf angelegt, genau die bei ihm zu triggern, es war absurd, wie leicht es ihr gelungen war, beinahe tat er ihr leid.

Immerhin zögerte er. Teresa stöhnte verärgert auf, klaubte den schwarzen Slip vom Boden ihres Wagens und zog ihn über einen Fuß, die Beine erneut leicht geöffnet, für einen letzten Blick auf das, was er im Begriff war, zu verpassen.

Das wirkte, sein Zögern nur noch Schall und Rauch, kletterte er in den Wagen, die Tür knallte hinter ihm zu, und Teresa zuckte zusammen. Sie war ihm ausgeliefert, ließ es geschehen, als er ihr den Slip vom Knöchel riss und mit brachialer Gewalt ihre Beine auseinanderdrückte, um sich an der Fleischtheke umzusehen.

Sie lehnte sich zurück, den Blick an die Decke gerichtet, das Wasser stand bereits hoch, ihr war nach Weinen zumute. Selbst bei denen, die es ihr schwer machten, war es letztendlich ganz einfach.

Bibergesicht kletterte über sie, beugte sich über ihr Gesicht, feuchte Lippen suchten ihre Haut. Sein Atem stieg ihr in die Nase, er stank bestialisch nach Bier und Zigaretten und kaltem Schweiß, und angeekelt drückte sie ihn an den Schultern von sich.

»Lass das. Kein Küssen, kein Anfassen. Nur wenn du dich an meine Regeln hältst, mache ich, was du willst.«

Sein Mundwinkel hob sich, ihre Ansage machte ihn geil, vermutlich konnte er sein Glück kaum fassen. Er nickte fahrig, setzte sich aufrecht zwischen ihre Beine und hantierte nervös an seiner Jeans. Teresa beobachtete ihn, Bibergesicht wirkte seltsam klein auf dem Rücksitz ihres Mercedes, nur noch vage erinnerte sie sich daran, wie sie im Club auf ihn herabgeblickt hatte, Lichtjahre schien es zurückzuliegen, dabei konnte seitdem nicht mehr als eine halbe Stunde vergangen sein. Sein bloßer Anblick würde es leicht machen, über ihn zu spotten, stattdessen überkam Teresa eine erste Welle von Übelkeit. Blind suchte sie im Fach in der Tür hinter sich nach einem Kondom, fand es und hielt es Bibergesicht entgegen. Ihr Blick fiel auf das Ding in seiner Hand, ein Versehen, hart und bedrohlich ragte es zwischen dem Reißverschluss seiner offenen Hose hervor, und der Unwillen ihres Körpers brüllte verzweifelt nach Gehör.

»Jetzt mach schon«, drängte sie ihn und guckte weg, wollte das alles hinter sich bringen, fixierte die Decke des Wagens, durch das verdunkelte Panoramadach sah sie in die kalte Nacht, während sie im Inneren in einem Alptraum feststeckte, den sie sich selbst antat. Das Quietschen von Latex machte sie benommen, ihr Kreislauf wollte einknicken, also biss sie sich auf die Innenseite ihrer Wange, schmeckte Blut und ließ die Übelkeit geschehen, die sie zu überwältigen drohte. Und über alledem Bibergesichts Ächzen und Schnaufen, er bereitete sich vor, widerwärtiges Schmatzen, sie wollte es nicht wissen und scheiterte bei dem Versuch, die Geräuschkulisse auszublenden.

Ihr blieb nichts anderes übrig, als sich auf ihre Atmung zu konzentrieren, damit sie sich nicht erbrach.

»Du bist so schön.« Er beugte sich über sie, seine Erektion deutete anklagend in ihre Richtung, nannte sie Schlampe und Hure.

»Sei still«, fuhr sie ihn an und versicherte sich mit einem hastigen Blick, dass er das Gummi auch wirklich übergezogen hatte. Sein Penis kam ihr unmenschlich vor, gewaltvoll, und er machte ihr Angst. »Was soll ich tun?«, wisperte sie, ihre Stimme versagte, die Gier in seinen Zügen lähmte sie.

»Bleib so. Ich will dein Gesicht sehen.«

Er drängte sich zwischen ihre Beine, packte sie an der Hüfte und zog sie zu sich, als wäre sie nichts weiter als eine Puppe. Sein harter, zuckender Muskel drückte an ihre Öffnungen, als schiene es ihm egal, in welche er ihn reinstecken konnte. Teresa schloss die Augen und presste die Lippen aufeinander, um nicht in lautes Schluchzen zu verfallen. Bibergesicht stocherte blind weiter, kurz öffnete sie die Augen und sah hin, sein konzentrierter Gesichtsausdruck war unerträglich, also kniff sie sie wieder zusammen und zählte im Geiste die Sekunden, wie lange sie es aushielt.

Bibergesichts zunehmende Frustration machte ihn grob, er verlor die Geduld, bald würde er es mit Gewalt versuchen. Dann ging ein Ruck durch Teresas Körper. Sie riss die Augen auf, ihr Unterleib zuckte zurück, weg von ihm, er sollte ihr nicht zu nahe kommen.

»Ich will das nicht!«, schrie sie ihn an und drückte sich in die hinterste Ecke ihres Autos.

»Was?« Er klang atemlos, fassungslos und rutschte hinter ihr her. An den Füßen versuchte er, sie zurück in eine liegende Position zu ziehen, doch Teresa riss sich von ihm los. »Hör auf!«, brüllte sie ihn an und trat nach ihm.

Bibergesicht hielt inne und starrte sie an, er schwitzte und war von ihrem Ausbruch sichtlich verstört. »Eben wolltest du doch noch.« Er versuchte erneut, sie zu küssen, grapschte nach ihren Handgelenken, um sie festzuhalten, sämtliche Regeln schienen mit ihrer Zurückweisung bedeutungslos geworden zu sein.

Mit Ellenbögen und Füßen stieß sie ihn von sich. »Jetzt will ich aber nicht mehr.« Ihre Bewegungen zerfaserten, unkontrolliert suchte sie nach dem Griff in ihrem Rücken, bekam ihn zu fassen und öffnete die Wagentür. Kalte Luft empfing sie, beinahe stürzte Teresa rückwärts in ihre Arme, doch sie fing sich, half sich selbst aus dem Auto auf die Beine und strich zitternd ihren Rock glatt. Harte Bässe aus weiter Ferne schlugen über ihrem Kopf zusammen.

Bibergesicht war nach vorne gefallen und glotzte sie entgeistert an. »Das kannst du nicht machen!«, protestierte er und rappelte sich gedemütigt auf.

»Verschwinde aus meinem Wagen, sonst rufe ich um Hilfe!«,

schrie sie ihn an, um seiner auflodernden Wut keinen Raum zu geben. Sie spannte ihre Muskeln an und machte sich bereit, jederzeit die Flucht zu ergreifen, wenn ihr keine andere Wahl blieb. Mit überlaufenden Augen sah sie ihm dabei zu, wie er aus ihrem Wagen kroch, darum bemüht, seine noch halb vorhandene Erektion zu verbergen. Teresa war sich des einsamen Parkplatzes bewusst, es war noch nicht vorbei, doch die Kälte und der offen zugängliche Ort schienen ihn abzuschrecken, und hastig begann er, seinen Schwanz zurück in die Hose zu zwängen.

Er trat einen Schritt auf sie zu, beinahe rechnete sie damit, dass er ihr eine Faust ins Gesicht rammte, und sie sprang zurück. Bevor er etwas sagen konnte, traf sie eine Entscheidung, rannte um den Wagen zur Fahrertür, während ihr der Asphalt die Haut von den nackten Sohlen raspelte, riss sie auf und sprang hinters Lenkrad.

»Such dir einen Psychiater, du hast sie ja nicht mehr alle!«, rief Bibergesicht ihr hinterher. Teresa glaubte zu sehen, dass er erneut versuchte, auf die Rückbank zu klettern, und trat aufs Gaspedal.

Seine letzten Worte begleiteten sie auf ihrem Weg nach Hause. Sie konnte nicht behaupten, dass er damit falschlag. Was sie tat, war nicht normal.

Dreiundzwanzig Sekunden waren es gewesen, bevor sie schon wieder gekniffen hatte.

***

Mit den Schuhen in der Hand kehrte sie in die Wohnung zurück, das offene Wohnzimmer empfing sie dunkel und leer. Geräuschlos huschte sie am Schlafzimmer vorbei, ohne Umwege ins Bad, darin hatte sie Übung. Sie schloss hinter sich zu, drehte auch den Schlüssel in der zweiten Tür um und hastete zur Toilette. Mit dem Kopf über der Schüssel steckte sie sich den Finger tief in den Rachen, die schlimmste Übelkeit war bereits vergangen, aber sie musste diesen Ekel loswerden, der sich in ihren Eingeweiden festgesetzt hatte. Doch ihr Magen gab nichts her, das selbst herbeigeführte Würgen brachte nichts als Speichelfäden und lautlose Tränen.

Benebelt streifte sie die verbliebenen Klamotten ab und stellte sich unter die Dusche, heißes oder kaltes Wasser, es machte keinen Unterschied. Sie blieb lange dort, regungslos, die Abscheu ließ sich nicht abwaschen, das war ihr noch nie gelungen. Es waren Momente wie diese, in denen sie mit schmerzhafter Klarheit erkannte, dass der Ekel längst zu einem Teil ihrer Persönlichkeit geworden war.

Irgendwann drehte sie schließlich das Wasser aus, trat erschöpft aus der beengenden Kabine und zog ihre Schlafsachen an, die sie schon am Abend bereitgelegt hatte. Die Klamotten der Nacht begrub sie tief im Wäschekorb, wie sie es am liebsten auch mit den Erinnerungen gemacht hätte, doch das gestattete sie sich nicht. Ein Handtuch um ihr nasses Haar gewickelt, drehte sie leise in beiden Türen die Schlüssel um und löschte das Licht im Badezimmer. Auf Zehenspitzen und zitternd schlich sie zum Bett, legte sich neben Gero, seine Atmung verriet den Tiefschlaf. Sie verkroch sich unter der Decke und drehte ihrem Freund den Rücken zu, die Lippen fest aufeinandergepresst. Ihr Körper brannte, und Teresa schloss die Augen, ließ die Bilder kommen, die sie in dieser Nacht und in vielen anderen davor provoziert hatte.

Licht blendete. Teresa drehte sich auf den Bauch, weg von der Helligkeit, ihr Gesicht vergraben unter einem Kissen. Schranktür, Schritte, dann wieder Stille. Sie ließ sich zurück in die Dunkelheit fallen. Das Plätschern der Dusche.

»War gestern wieder spät, oder?« Geros Stimme aus dem Nichts, ein als Interesse getarnter Vorwurf.

»Kann sein«, nuschelte sie ins Laken, nicht bereit, ihren Schlaf aufzugeben.

»Warum hast du mitten in der Nacht noch geduscht?«

Seine Frage rüttelte sie wach, die Erinnerung kehrte zurück, das schlechte Gewissen, die Schuld, ihre Selbstverachtung.

»Ich habe gestunken«, murmelte sie verschlafen, rührte sich

nicht, täuschte vor, noch genauso weggedöst zu sein wie vor fünf Sekunden. Doch ihr Puls raste, das Blut rauschte in ihren Ohren und dämpfte alle anderen Geräusche.

»Du hast mich geweckt.« Ein offener Vorwurf, immerhin machte er ihr nicht länger etwas vor.

»Tut mir leid.« Sie bewegte sich nicht, ihre Muskeln waren zu Stein geworden.

»Du weißt, dass ich früh rausmuss.«

»Tut mir leid«, wiederholte sie, ehrlich bemüht, reumütig zu klingen, doch trotz ihrer eigenen Schuld überrollte sie eine Welle der Wut.

»In ein paar Tagen ist Silvester, ich muss noch so viel vorbereiten, und der Großmarkt –«

Teresa hielt es nicht länger aus. »Ich habe gesagt, dass es mir leidtut. Es wird nicht wieder vorkommen, okay?« Sie setzte sich auf und kniff sich in den nackten Oberschenkel, um ihre über Jahre angestauten Aggressionen unter Kontrolle zu behalten.

Gero stand vor dem großen Bett und sah auf sie herab, diesen Ausdruck von arroganter Strenge im Gesicht, als hätte er es mit einem unartigen Kind zu tun. »Du könntest mir ja auch helfen.«

Sie atmete tief durch. »Ich habe Urlaub«, erinnerte sie ihn geduldig, obwohl sie ihn am liebsten angeschrien hätte.

Er griff nach dem schwarzen Gürtel auf der Anrichte und vervollständigte seine geordnete Erscheinung, indem er ihn mit falscher Gelassenheit durch die Laschen seiner Jeans zog. »Ja, richtig. *Du* hast Urlaub. *Ich* aber nicht. Genau genommen habe *ich* nie Urlaub, und schon gar nicht zwischen den Feiertagen, wenn das Chaos von allen Seiten kommt. Es ist so typisch, dass du ausgerechnet in dieser Zeit deinen Urlaub nimmst.«

Er schloss den Gürtel, und bei dem Klirren der Schnalle kam die letzte Nacht in ihrem gesamten hässlichen Ausmaß zu ihr zurück. Bibergesicht. Sein Körpergeruch, ungepflegt und Übelkeit erregend, der Ausdruck in seinem Blick, als er wie ein Stümper versucht hatte, sich in sie zu schieben … Teresa griff sich an die Stirn, als könnten ihre Hände vor den Augen die Bilder in ihrem Kopf vertreiben. Strähnen hingen vor ihrem Gesicht, und aufgewühlt strich sie sie zurück. Ihre Haare waren im Schlaf getrocknet und fühlten sich wirr und struppig zwischen ihren Fingern an.

Gero musterte sie ungeduldig, die Hände in die Hüften gestemmt, schien er ernsthaft eine Erwiderung auf seinen Vorwurf zu erwarten.

Teresa wappnete sich, einen gewissen Anteil ihrer Gedanken für sich behalten zu müssen. Jetzt eine Grundsatzdiskussion vom Zaun zu brechen brächte sie selbst nur unnötig in Bedrängnis. »Ich mache die Buchhaltung in deinem …« *scheiß* »… Restaurant, du hast genug andere Angestellte, die dir an den …« *scheiß* »… Feiertagen helfen. Dafür sind sie da.«

Gero schnaubte. »Du bist meine Partnerin, und wenn du mich nicht unterstützt, geht sofort wieder das Getratsche los.«

Teresa war es leid, in das Märchen seiner *vorbildlichen Beziehung* hineingezogen zu werden, in dem ihre Rolle als seine Partnerin nicht beinhaltete, dass sie eine eigenständige Person war. Alle wussten, dass es eine Farce war, die Fassade lag längst eingestürzt zu ihren Füßen, nur Gero weigerte sich, es zu sehen.

Wut trieb sie aus dem Bett, sie musste sich schleunigst der Situation entziehen, bevor sie eskalieren konnte. »Dann sag ihnen«, begann sie abschließend, während sie das Schlafzimmer durchquerte und zur Tür ging, »dass deine Partnerin ganz normalen Urlaub hat, der ihr zusteht, wie allen deinen Angestellten und –«

Gero packte sie am Arm, nicht fest, aber entschieden, als sie versuchte, an ihm vorbei ins Badezimmer zu verschwinden, und brachte sie damit zum Schweigen. »Warum hast du dich letzte Nacht im Badezimmer eingeschlossen?«

Teresa blinzelte. Er stand ihr gegenüber, sie musste zu ihm aufsehen, was ihr keine Möglichkeit gab, seinem prüfenden Blick zu entkommen. »Was?« Ihre Stimme war brüchig, schuldbewusst, sie merkte es selbst.

Er ließ ihren Arm los. »Du schließt sonst nie ab. Ich dachte eigentlich, wir hätten keine Geheimnisse voreinander.«

Alles in Teresa bäumte sich gegen diesen Mann auf, und abwehrend verschränkte sie ihre Arme vor der Brust. »Was willst du von mir hören?« Sie wusste nicht, warum sie die Türen abgeschlossen hatte, hatte es einfach getan, ohne darüber nachzudenken, vielleicht aus einer Art Selbstschutz heraus, um die Welt auszuschließen.

»Betrügst du mich?« Die Direktheit seiner als Frage formulierten Anschuldigung schockierte sie, dabei schien er nicht einmal wütend zu sein, sondern nur interessiert.

Sie wankte zurück, fühlte sich ertappt, obwohl sie nichts getan hatte und dann wieder doch. »Natürlich nicht«, zischte sie ihn entrüstet an, dabei war sie sich selbst nicht darüber im Klaren, was sie mit diesen Männern in ihrem Auto tat und wie sie sich Gero gegenüber deswegen fühlte.

»Warum hast du dann abgeschlossen?«

Teresa schnaubte genervt. »Herrgott noch mal, Gero! Keine Ahnung, warum ich abgeschlossen habe.« *Um alleine zu sein, in Sicherheit, damit die Schuld und Schande, die an mir klebt, von dir ungesehen bleibt.* »Ich war ein bisschen betrunken und etwas schusselig. Wenn ich geahnt hätte, dass du deshalb so einen Aufstand machst, hätte ich die Türen natürlich sperrangelweit offen gelassen.«

Trotz aller Unsicherheit wusste Teresa, dass es falsch war, was sie tat, wenn sie nachts alleine unterwegs war. Sie hatte versucht, die Wahrheit unter Selbsttäuschung zu vergraben, doch das war nicht genug. Sie musste mit ihren Taten leben, nichts davon konnte sie rückgängig machen, aber während Gero sie wegen abgeschlossener Badezimmertüren zur Rede stellte, erkannte sie, dass sie zumindest ihm gegenüber keine Schuldgefühle empfand. Alles in ihrem Dasein drehte sich um Gero, er war untrennbar mit ihrem Leben verflochten, hatte Einblick in ihre Arbeit, in ihr Privatleben, in alles. Für jeden Abend ohne ihn musste sie um Erlaubnis bitten, ihre Individualität Tag für Tag erkämpfen. Dieser emotionale Käfig gab kein schlechtes Gewissen ihm gegenüber mehr her.

»Du musst deswegen nicht gleich zynisch werden«, sagte er. Seine Kiefermuskeln mahlten, er schien noch einen Kommentar hinterherschieben zu wollen, überlegte es sich anders und verließ das Schlafzimmer.

Frustriert legte sich Teresa zurück ins Bett und zog sich die Decke über den Kopf. Aus dem Flur hörte sie, wie Gero an der Garderobe seine Arbeitsschuhe anzog.

»Ich muss jetzt ins Restaurant«, rief er quer durch die Wohnung. »Ach, und räum wenigstens die Küche auf, wenn du schon den ganzen Tag zu Hause faulenzt.«

Bevor sie die Gelegenheit bekam, ihm etwas Unflätiges hinterherzurufen, fiel die Haustür ins Schloss und ließ sie mit ihrer schwelenden Wut alleine.

Das Fass war voll, Teresa hielt es nicht einen Tag länger mit ihm aus. Ihr Entschluss war gefasst, sie würde Gero verlassen.

***

Natürlich würde sie Gero nicht verlassen. Teresa hasste ihr Leben mit ihm, alles daran, aber es war unmöglich, sich von ihm zu trennen. Obwohl genau das die einzig vernünftige Konsequenz zu sein schien, die Lösung für all ihre Schwierigkeiten, ging das Konstrukt ihrer Beziehung zu tief und machte eine Trennung eben nicht zur Lösung, sondern zum Problem. Teresa hatte sich in den acht Jahren ihrer Beziehung Schritt für Schritt in völlige Abhängigkeit begeben. Erst die Wohnung, dann ihre Arbeit und damit ihre gesamte finanzielle Situation. Anfangs war es noch verlockend gewesen, sich diesem Mann mit ihrem ganzen Dasein auszuliefern, ein Trugbild von Sicherheit – bis es das irgendwann nicht mehr gewesen war. Sicherheit, so hatte Teresa in den Jahren ihrer Weiterentwicklung erkannt, gab es nicht und war lediglich ein anderes Wort für Gefängnis.

Das alles war schleichend geschehen, die Unzufriedenheit im Stillen gewachsen und hatte ihre Bindung zu einer Dreiecksbeziehung gemacht. Teresa hatte irgendwann gespürt, dass sich etwas zwischen ihr und Gero nicht mehr richtig anfühlte, hatte jeden Tag ein bisschen mehr die Augen geöffnet, obwohl sie nicht hinsehen wollte, bis sie schließlich eine unsichtbare

Grenze überschritten hatte und die im Verborgenen errichteten Gitterstäbe aus der Unsichtbarkeit verschwunden waren.

Und da war sie nun. Sie konnte nicht weg, war nicht in der Lage, von vorn anzufangen, ein neues Leben wie vielleicht mit Mitte zwanzig, als sie noch eine eigene Wohnung gehabt und Geld verdient hatte, das nicht ihm gehörte.

Gero. Sie hatte ihn mal geliebt, aber jetzt verachtete sie ihn – beinahe so sehr wie sich selbst.

Obwohl die Müdigkeit mit schweren Gewichten an ihren Lidern hing, hatte Teresa nicht zurück in den Schlaf gefunden. Leise vor sich hin grummelnd, beseitigte sie das Chaos in der Küche, das er veranstaltet hatte. Beim Kochen, so hätte sie gemeint, wäre das Aufräumen ein Teil der Tätigkeit, aber beides machte er in seinem Restaurant »Traumhöhle« schon lange nicht mehr. Er war grundsätzlich ein guter Koch, die Gerichte auf der Karte waren ausnahmslos seine eigenen Rezepte, doch er hatte sich entschieden, nur noch Chef zu sein – und das beherrschte er – menschlich betrachtet – nicht ansatzweise so gut. Wirtschaftlich war es seinem ungebremsten Ehrgeiz geschuldet, dass sein Restaurant dank Lieferservice die Coronapandemie nicht nur überlebt, sondern schwarze Zahlen geschrieben hatte, und Teresa musste das wissen, immerhin kümmerte sie sich um die Buchhaltung.

Das unerwartete Klingeln an der Tür riss sie aus ihrer Arbeit, genervt stellte sie den Topf zur Seite, den sie im Begriff gewesen war, in die Geschirrspülmaschine zu räumen, und ging zur Haustür. Durch den Spion erkannte sie eine Gestalt, die mit abgewandtem Gesicht vor ihrer Tür stand und ungeduldig von einem Fuß auf den anderen trat. Nicht zu übersehen war dabei der gewaltige Blumenstrauß, den sie vor sich in der Hand hielt. Erst auf den zweiten Blick fiel Teresa die blaue Wintermütze mit dem Aufdruck irgendeines Kuriers auf.

Irritiert zog sie die Stirn kraus, und schnell blickte sie an sich herunter. Barfuß, schlabbrige Jogginghose und ein altes Karohemd, so konnte man schon mal die Tür öffnen – besonders dann, wenn die Neugier größer war als das Schamgefühl.

»Teresa Weissenbach?«

Sie nickte, und der Lieferant drückte ihr einen üppigen Strauß roter Rosen und ein kleines, in Zeitungspapier verpacktes Päckchen in die Hände. Dann eilte er davon, ohne ihren verdatterten Dank abzuwarten.

Da Teresa keine Vase fand, stellte sie die Rosen in einen Bierhumpen auf den Wohnzimmertisch, setzte sich davor auf die Couch und betrachtete ihn mit misstrauischem Abstand. Es waren elf, die samtigen Blütenblätter der langstieligen Rosen wirkten wie in Blut getaucht, eine kleine Karte war mit Draht zwischen den Dornen befestigt.

»Für Teresa«.

Geros Handschrift. Er kaufte ihr nie Blumen, und ihr Streit am Morgen war längst nicht so dramatisch gewesen wie andere in der Vergangenheit. Teresa nahm eines der dunkelroten Blütenblätter zwischen ihre Finger, es fühlte sich weich und gleichzeitig kraftvoll an, und argwöhnisch zog sie ihre Hand zurück. Gero würde nicht über seinen Schatten springen und einen Fehler eingestehen.

Oder doch?

Auch das Päckchen hatte sie auf dem Tisch abgelegt, das Gesicht der zuletzt verschwundenen Frau war zur Hälfte darauf zu sehen, der Rest von ihr zur Seite geknickt und mit Tesafilm verklebt, eine geschmacklose Wahl, um eine Überraschung zu verpacken. Denn das musste es sein. Teresa hasste Überraschungen, selten brachten sie etwas hervor, was wirklich Grund zur Freude war, weshalb sie den flachen Karton betrachtete, als könnte er jeden Augenblick in die Luft fliegen.

Das alles konnte unmöglich von Gero sein. Er machte nichts falsch, hatte immer recht, und vor allen Dingen entschuldigte er sich nicht. Nie. Zögerlich löste Teresa die Karte vom Stängel, erneut erkannte sie seine Handschrift, die kleinen, gedrungenen Buchstaben mit den charakteristischen Ausschlägen nach oben und unten. Wie eine Herzrhythmusstörung.

Unverkennbar, aber auch leicht zu imitieren.

Teresa riss das Zeitungspapier quer über das Gesicht der Frau auf und brachte eine Schachtel Pralinen zum Vorschein. Eine von der teuren Marke, es würde zu Gero passen, er legte Wert auf gute Qualität. Unter dem Deckel verbarg sich keine Überraschung, nur süße Kugeln aus Schokolade, versehen mit hübschen Verzierungen. Ihre Beziehung zu Schokolade war kompliziert, sie liebte alles, was damit überzogen war, verbot es sich aber die meiste Zeit. Alles schien auf eine Aufmerksamkeit von Gero hinzudeuten, dennoch konnte sie ihre Zweifel nicht abstellen.

Teresa nahm eine der Kreationen zwischen die Finger, der Duft von dunkler Schokolade machte sie schwach, ließ sie leichtsinnig werden und auch ein wenig gleichgültig.

Sie biss in die Praline, neugierig, welche Füllung sie enthielt, doch sofort zerbröselte die Schokolade, ein chemischer Geruch stieg ihr in die Nase, und eine dickliche Flüssigkeit ergoss sich über ihr Kinn, tropfte auf ihre Hände. Teresa fluchte und versuchte, das Zeug aus ihrem Gesicht zu entfernen, bevor sie sich damit komplett einsaute, als das Brennen kam. Ein ätzender Schmerz fraß sich durch ihre Haut und schien das Fleisch darunter freizulegen.

Teresa jaulte und sprang auf, wischte an ihrem Kinn herum, womit sie alles noch schlimmer machte, musste ins Bad, riss dabei den Couchtisch um, Wasser, Rosen und Pralinen verteilten sich auf dem teuren Holzfußboden – und mit ihnen Fotos, die unter den Pralinen versteckt gewesen waren. Fotos von ihr. In ihrem Auto. Auf dem Rücksitz, auf allen vieren, das Gesicht dicht an der Scheibe, und hinter ihr ein Kerl, massig und einschüchternd, der sich auf etwas vorzubereiten glaubte, was dann nicht geschehen war – ein Ausgang, den die Fotos nicht zeigten. Sie waren eindeutig.

Teresa gefror, glotzte auf das Chaos am Boden, auf ihr eigenes Gesicht, den widerlichen Kerl, der nicht Bibergesicht war und schon gar nicht Gero, und ihr kamen die Tränen. Mit einem gequälten Laut löste sie sich aus ihrer Starre, der brennende Schmerz eroberte ihren Verstand zurück, und endlich stürzte sie ins Badezimmer.

»Ich habe eigentlich gedacht, wir beide würden uns das Etagenbett teilen.«

Madita sah sie an, als wäre sie ein kleines Kind. »Komm schon, Ophelia. Wir sind doch auch hier, um neue Leute kennenzulernen, oder nicht?«

Waren sie das? Ophelia jedenfalls nicht. »Ja, schon«, sagte sie dennoch.

Madita blickte sich neugierig in der Holzhütte um, als hätte sie ihre Freundin längst vergessen. »Ist doch langweilig, wenn wir immer nur aneinanderkleben. Dann hätten wir auch zu Hause bleiben können«, meinte sie beiläufig.

Ophelia wollte ihr sagen, dass sie lieber zu Hause geblieben wäre und nur ihretwegen hier war. Madita hatte sie angebettelt mitzukommen, weil sie wusste, dass ihre Eltern ihr das Ferienlager sonst nicht erlaubten. Und Ophelia hatte eingewilligt, obwohl ihr klar gewesen war, dass es Madita dabei nicht um ihre Anwesenheit ging, sondern nur um das Ferienlager. Sie wollte Madita einen Gefallen tun, vor allen Dingen aber hatte sie die gemeinsame Zeit abseits von Schule, Freunden und Familie als Chance gesehen, sie endlich mal für sich alleine zu haben. Um sie wenigstens ein paar Wochen nicht teilen zu müssen.

»Na gut«, gab Ophelia traurig nach. Sie wollte nicht besitzergreifend wirken, trotzdem entwickelte sich das alles bereits jetzt zu einer bitteren Enttäuschung.

Madita schien ihre Unzufriedenheit zu spüren. Sie unterdrückte wenig subtil ein Stöhnen und wandte sich widerwillig ihrer Freundin zu. Ophelia fühlte sich wie ein Klotz am Bein, der für Madita irgendwie zum Deal dazugehörte. »Wir sind ja immer noch im gleichen Zimmer, also mach dir keine Sorgen. Stell dir das doch mal vor! Nacktbaden im Waldsee, Marshmallows am Lagerfeuer und Jungs! Das wird ein toller Sommer!«

Maditas Vorhersage machte alles nur schlimmer. Ophelia

wollte nichts davon, und allein die Aussicht darauf verwandelte die Ferien in einem Alptraum. »Ja, bestimmt«, log sie und legte so viel Begeisterung in ihre Stimme, wie sie in diesem Moment aufbringen konnte.

Madita lachte glücklich, und Ophelia entspannte sich bei dem vertrauten Geräusch. »Jetzt guck nicht so, Ophelia! Andere Menschen sind spannend!«

Als hätte sie auf ihr Stichwort gewartet, betrat ein fremdes Mädchen die Hütte. Ophelia beobachtete mit einem Ziehen in der Brust, wie Maditas Aufmerksamkeit zu ihr wanderte. In ihren kakifarbenen Shorts, die sie so kurz abgeschnitten hatte, dass der Stoff der Taschen heraushing, hob sie sich auf den ersten Blick von den anderen Mädchen ab, die Ophelia bislang im Feriencamp gesehen hatte. Beim Anblick ihres prallen Busens bekam Ophelia heiße Wangen. Auch Madita konnte ihre Augen nicht von der Erscheinung des Mädchens nehmen, und Ophelia erkannte, dass sie sie endgültig verloren hatte.

»Hey!«, sagte das Mädchen, ihre Stimme eine tiefe, verführerische Melodie. »Ich bin Luzie, und wer seid ihr?«

Und während sie das sagte, kam es Ophelia so vor, als würden Luzies grüne Augen blutrot aufflackern …

Miriam Kamp machte eine Pause und nahm die angespannte Stille in sich auf. Dann schlug sie das Buch zu und hob unsicher den Blick.

»Danke.«

Der verhaltene Applaus verebbte schnell, niemand wollte eine Frage stellen, die Stühle in der kleinen Buchhandlung waren ohnehin nur zur Hälfte belegt. Die dominante Weihnachtsdeko in Rot und Grün, die sie von allen Seiten zu erdrücken versuchte, wollte aber auch nicht richtig zu der Geschichte passen. Weihnachten lag gerade hinter ihnen, und der Sommer, in dem das Buch spielte, konnte kaum weiter entfernt sein. Dasselbe Ungleichgewicht zeigte sich bei den anwesenden Menschen, die deutlich älter waren als die eigentliche Zielgruppe ihres Buches. Frauen ab fünfzig, dazwischen einige Quotenmänner, ihre desinteressierten Gesichter verunsicherten Miriam dermaßen, dass sie sich sehnlichst den Mund-Nasen-Schutz zurückwünschte.

Der Buchhändler und Initiator der Lesung Matthias Türnagel erlöste Miriam aus der peinlichen Situation, bedankte sich bei den Zuhörern fürs Kommen und bot an, das Buch von der Autorin signieren zu lassen.

Miriam war überrascht, dass ihr Roman tatsächlich zweimal gekauft wurde und sie ihren Namen hineinkritzeln durfte, so war der Nachmittag nicht als kompletter Flop zu verbuchen, und für die zwei Euro, die sie dafür am Ende auf ihrer Tantiemenabrechnung verbuchen konnte, war sogar fast ein heißer Kakao drin.

Während der normale Verkaufsbetrieb weiterging, lotste Herr Türnagel sie für das Interview in eine kleine Sitznische. Sie hatte seiner Anfrage bereits vor Wochen zugesagt, nun jedoch stellte sie ihre längst getroffene Entscheidung nervös in Frage.

»Vielen Dank, dass Sie in unserer kleinen Buchhandlung gelesen haben«, leitete er mit einstudierter Freundlichkeit das Gespräch ein. Er deutete auf einen mit rotem Teddystoff bezogenen Stuhl und wartete, bis Miriam unter dem strengen Blick einiger Weihnachtsmann- und Rentieraugen aus Pappe Platz genommen hatte. Erst dann setzte er sich ihr gegenüber an den Tisch und schenkte ihr ein zurückhaltendes Lächeln.

»Ich habe Sie eingeladen, weil ich junge Autorinnen und Autoren unterstützen möchte, indem ich ihnen und ihren Büchern eine Bühne gebe.«

Miriam stieg die Hitze in den Kopf. »Vielen Dank, das ist wirklich sehr nett von Ihnen.« Ihre Worte kamen atemlos, als hätte sie eben noch einige Runden um die Buchhandlung gedreht, und sie schämte sich für ihre offensichtliche Aufregung. Persönliche Interviews fielen ihr schwerer als Lesungen, wenn sie schon Fragen beantworten sollte, zog sie es vor, in Ruhe über sie nachzudenken und anschließend drei Stunden an der schriftlichen Formulierung zu feilen. Sicher war er enttäuscht, eine Veranstaltung zu organisieren rentierte sich nicht, wenn dabei lediglich zwei Verkäufe heraussprangen und die Autorin nicht einmal ein paar eloquente Antworten zustande brachte.

Nachdenklich schob der Buchhändler ein Exemplar ihres Mystery-Thrillers »Die Saat« auf dem Tisch hin und her, seinen Blick nicht auf Miriam, sondern das Buch gerichtet. Ängstlich beobachtete sie ihn dabei und fürchtete sich vor der ersten Frage. Schließlich ließ er von dem Buch ab und faltete seine Hände. »Darf ich ehrlich zu Ihnen sein?«

Miriam schluckte, ihr Mund war trocken. Mit Kritik konnte sie umgehen, meistens, solange sie ihr nicht direkt unter die Nase gerieben wurde. »Also wenn Sie mich *so* fragen, bin ich mir ehrlich gesagt nicht sicher«, versuchte sie mit einem halbherzigen Scherz ihre Anspannung zu überspielen und wischte sich heimlich unter dem Tisch die feuchten Hände an der Jeans ab.

Herr Türnagel machte eine wegwerfende Handbewegung. »Sie sind doch *Autorin*. Wenn Sie Bücher schreiben, die für die Öffentlichkeit zugänglich sind, müssen Sie auch konstruktive Kritik aushalten können.«

»Ist das so?« Unter ihrer Unsicherheit flackerte eine dumpfe Entrüstung auf, die jedoch sofort wieder erlosch. Sie wollte seriös wirken und kompetent und sich nicht aufführen wie die überempfindliche Hochstaplerin, die sie in ihrer verschrobenen Wahrnehmung war.

»Na gut, also wo fange ich an?«, begann er, ohne auf ihre Frage einzugehen. »Ich fürchte, ich habe Ihr Buch nicht verstanden. Ich verstehe es immer noch nicht.«

Miriam sah ihn ungläubig an. »Oh. Und was genau haben Sie nicht verstanden?«

Der Buchhändler blätterte durch das Buch, schien nach Worten zu suchen, die er offenbar nicht darin fand. Dann schob er das Buch frustriert von sich und hob fragend die Hände. »Nichts davon! Ich meine, es ist eine Aneinanderreihung billigster Hollywood-Klischees. Das Feriencamp, natürlich in den USA, weil Deutschland nicht *cool* genug ist. Dann der Waldsee, die stereotypen Figuren, die allesamt austauschbar sind. Es hätte nur noch gefehlt, dass ein maskierter Meuchelmörder mit Machete und Messer aus dem Wald gesprungen kommt. Aber nein, stattdessen wollen Sie mir diese hanebüchene Dämonensache verkaufen.«

Miriam blinzelte mehrmals. Er schien zu glauben, sie hätte das Buch nur für ihn geschrieben, gleichzeitig entlarvte er seine Ahnungslosigkeit von Literatur jenseits der Genrenormen. Das, was er als Klischees bezeichnete, waren gezielt eingesetzte *tropes*, mit denen Miriam möglichst viele Lesende anzuziehen versucht hatte. Und davon abgesehen kam in ihrem Roman kein einziger Dämon vor. Wie es schien, hatte Herr Türnagel die Geschichte wirklich nicht verstanden.

»Okay«, sagte sie nur.

Türnagel zog das Buch wieder an sich und blätterte achtlos darin herum. »Nicht zu vergessen die Rückgratlosigkeit Ihrer Protagonistin, die passiv und dümmlich alles mit sich machen lässt und deren einzige Aufgabe es ist, ein Opfer zu sein. Besonders unangenehm aufgefallen ist mir auch die Sexualisierung zweier minderjähriger Mädchen. Dieses Lesbending hätte ich von einem alten weißen Mann erwartet, der von der Inhaltsleere seines Buches abzulenken versucht, aber doch nicht von Ihnen, einer intelligenten jungen Frau.«

Miriam zog entgeistert eine Augenbraue hoch und wusste nicht, ob sie lachen sollte oder ob ihn das verärgern würde.

»Okay, wow. Das ist schon ziemlich ... hart.« Miriam hatte geahnt, dass sie sich auf ihre Eloquenz verlassen konnte – ihr nächstes Buch würde den Titel tragen: »Die passende Erwiderung für jede Gelegenheit«. Obwohl sie wusste, wie haltlos seine Behauptungen waren, taten seine Worte weh, und sie konnte ihn nicht einmal korrigieren, weil er ihr dann sofort Kritikunfähigkeit unterstellen würde.

»Ich meine es nicht böse, das müssen Sie mir glauben«, versuchte er sie zu beschwichtigen. »Ich sage Ihnen das nur, weil ich unter dieser Schicht aus Dämonen und Teufeln und Lesbensex zwischen Minderjährigen durchaus Potenzial sehe.«

»Oh?« Miriam erinnerte sich sehr genau, nichts dergleichen geschrieben zu haben, anscheinend war da die Phantasie mit dem Herrn Literaten durchgegangen.

»Wenn Sie diese ganzen Klischees weglassen, was haben wir dann? Die Anatomie einer unromantischen menschlichen Verbindung, ein Drama über unterschiedliche Erwartungen, über das Kommen und Gehen von Menschen im Leben und die Wunden, die sie hinterlassen. Die kleinen Verletzungen im Namen der Freundschaft, finden Sie nicht?«

»Schon ...« Er hatte keine Ahnung.

»Das hätte ich mir von Ihnen gewünscht. Aber Ihr Buch ... es fehlt ihm an Aufrichtigkeit. Und natürlich Realismus. An echten Emotionen. Jedes Buch braucht auch etwas Persönliches, das der Autor – oder die Autorin natürlich – von sich selbst einbringt. Etwas, womit sich die Leser identifizieren können, verstehen Sie?«

Miriam nickte, sie würde alles bestätigen, was er sagte, nur um dieses Interview zu beenden, und griff nach ihrem Buch. Auf dem Umschlag zeichneten sich seine schmierigen Fingerabdrücke ab, und sie wollte nicht länger mit ansehen müssen, wie er das Ergebnis monatelanger Arbeit so geringschätzig behandelte.

Mit einem aufgesetzten Lächeln nahm sie einen Kuli vom Tisch, schlug ihr Buch auf und signierte es.

Als sie es ihm reichte, sah er sofort nach, was sie geschrieben hatte.

»Für Matthias. Die Wahrheit ist, dass sich die Vergangenheit nicht ändern lässt«, las er vor, blickte auf und sah sie konsterniert an. »Was meinen Sie damit?«

Miriam beugte sich vor, bis ihr Oberkörper fast auf dem Tisch lag. Sie würde ihm ein Geheimnis verraten, das niemand außer ihm hören sollte. »Ich meine damit«, wisperte sie, »dass alles, was in dem Buch steht, genau so passiert ist.«

***

»Das hast du nicht gesagt!« Max' Stimme am anderen Ende der Leitung klang perplex und brachte Miriam zum Lächeln. Normalerweise war sie kein subversiver Mensch, das wusste er, weshalb ihre Behauptung dem Buchhändler gegenüber so atypisch gewesen war. Es war einfach über sie gekommen, und ihr kleiner Akt der Rebellion machte sie ein wenig stolz.

»Doch, hab ich. Und ihn damit zum Schweigen gebracht, unglaubliche zehn Sekunden lang.« Den wunderbaren Anblick seines verdatterten Gesichtsausdrucks würde sie für den Rest ihres Autorinnenlebens in sich tragen und abrufen, sobald erneut ein selbst ernannter Literaturexperte versuchte, sie kleinzumachen.

Max hatte sie angerufen, als sie gerade aus dem Bus gestiegen war, und inzwischen hatte sie das kleine Parkgelände zwischen den Grindelhochhäusern erreicht. Es war noch nicht einmal siebzehn Uhr, und der Weg lag nur von gelegentlichen Laternen beleuchtet dunkel und verlassen vor ihr. Trotzdem fühlte sie sich nicht unsicher, die Häuser ragten mit unzähligen Fensteraugen in den schwarzen Himmel und bewachten jeden ihrer Schritte.

»Und dann?«, hakte Max nach. Im Hintergrund diskutierten einige Männer lautstark auf Spanisch, und er musste dagegen anbrüllen, damit sie ihn verstand.

»Nichts weiter. Das Interview war zu Ende, und ich musste los.«

»Dann hast du es nicht mehr richtiggestellt?« Das dominante Gespräch wurde leiser, bis es schließlich vollständig verschwand, vermutlich hatte Max seinen Standort gewechselt.

»Wozu? Der hat mir doch sowieso nicht geglaubt.«

Max erwiderte zunächst nichts, dann seufzte er. »Tut mir leid, dass es so blöd gelaufen ist.«

Wieder lächelte Miriam, und ihre Brust füllte sich mit Wärme. Es war für sie keine Selbstverständlichkeit, jemanden an ihrer Seite zu wissen, der sich aufrichtig um sie sorgte und sie unterstützte – selbst wenn er sich zweitausend Kilometer entfernt aufhielt. »Ist nicht so schlimm, ich tröste mich mit dem Gedanken, dass die meisten anderen Buchhändler netter sind …«

Ihre Worte verloren sich, es gelang ihr einfach nicht, Türnagels Verriss abzuschütteln.

»Aber?«, hakte Max nach, er kannte sie viel zu gut, um ihren abgebrochenen Satz nicht richtig zu deuten.

Miriam holte tief Luft. »Ach, es nervt mich einfach, dass ich die Zähne nicht auseinanderbekommen habe. Ich hätte ihm mehr widersprechen sollen, du weißt schon, für mich selbst einstehen. Und natürlich«, sie zögerte, wusste sie doch, wie er auf diesen Gedankengang reagieren würde, »frage ich mich, ob er nicht vielleicht recht hat.«

»Vergiss, was er gesagt hat«, polterte Max empört, genau wie sie es vorhergesehen hatte. »Ob Buchhändler oder nicht, seine Meinung ist auch nur *eine* Meinung. Er ist niemand. Dein Buch ist in der zweiten Auflage, wie ich das sehe, gibt es genug andere Leute, die seine Ansicht nicht teilen.«

Ein Gefühl der Dankbarkeit überkam sie, und genau das war der Grund, weshalb sie ihre Selbstzweifel nie vor ihm verbarg. »Du hast recht.«

In der kurzen Pause, die entstand, drängte sich die Stille des Parks in Miriams Bewusstsein und mit ihr die Schritte, das einzige Geräusch, das sie wahrnahm.

Fremde Schritte.

Sie dachte sich nichts dabei, die Wege zwischen den Hochhäusern wurden von vielen Leuten benutzt, Tausende Menschen lebten in den zwölf Gebäuden, von Studierenden bis Erstbeziehende war alles vertreten, Restaurants, kleine Geschäfte und das Bezirksamt lockten dazu Externe in das Quartier. Hier war selten jemand allein, Schritte waren ganz normal und kein Grund zur Besorgnis. Dennoch drehte sie sich beiläufig um. Tatsächlich entdeckte sie jemanden, kaum zehn Meter hinter ihr spazierte eine hochgewachsene Gestalt, ein Mann, wie Miriam instinktiv erkannte, in Schwarz gekleidet, die dunkle Kapuze seines Mantels tief in die Stirn gezogen. Der Kunstpelzbesatz hing über seinen Augen, und ein rot karierter Schal verbarg seine Mundpartie. Spontan beschleunigte Miriam ihre Schritte, es geschah von alleine, die anerzogene Reflexhandlung einer jeden Frau.

»Bist du okay?«, hörte sie Max am Handy fragen.

Miriam antwortete nicht sofort, sondern bog zunächst an der ersten Hauswand links ab, um dem Menschen hinter ihr die Chance zu geben, seinem eigenen Weg zu folgen. »Ja, ich denke schon«, antwortete sie gedämpft. »Wäre nur schöner, wenn du jetzt bei mir wärst.« Noch während ihr die Worte über die Lippen kamen, erkannte Miriam, wie ernst sie sie meinte. Ihr Verhältnis zu Menschen hatte sich verändert, seit sie Max kannte. Früher hatte sie es vermieden, sich und ihr Leben von anderen abhängig zu machen, und war gerne mit sich alleine gewesen. Mit Max war diese bedürftige Seite in ihr zum Vorschein gekommen, die sie genauso verstörend fand, wie sie sie mit offenen Armen annahm.

»Noch eine Woche«, sagte er, und die Dringlichkeit in seiner Stimme machte sie glücklich.

Neuerliche Schritte hinter ihr ließen sie aufhorchen, und unvermittelt entschied sie sich gegen ihre gewohnte Strecke. Ein kleiner Umweg erschien ihr als das geringere Übel, als die Ungewissheit im Nacken zu spüren und darauf zu lauschen, ob der Mann sie nicht womöglich doch verfolgte.

»Ja, eine Woche …«, wiederholte sie abwesend, es kostete sie ihre gesamte Willenskraft, sich weiter auf das Gespräch zu konzentrieren.

»Hast du heute Abend Schicht?«

Miriams Mund fühlte sich trocken an. »Ja, Nachtschicht. In drei Stunden muss ich schon wieder los. Drück mir die Daumen, dass heute Nacht niemand stirbt.«

»Daumen sind gedrückt.«

Ihre Stimme versagte, als sie den schwarz gekleideten Mann wieder sah. Miriam war in die Häuserreihe abgebogen, in der sie wohnte, und dort stand er, am anderen Ende des Fußweges, und wartete auf sie. Ihren ersten Impuls ignorierend ging sie weiter, dem Mann entgegen, und mit jedem Schritt krallte sich die Angst tiefer in ihre Waden.

»Ich muss jetzt wieder an die Arbeit«, leitete Max wie hinter Watte das Gesprächsende ein.

»Kannst du bitte noch dranbleiben?«, unterbrach sie ihn, ihre Stimme deutlich höher als zuvor. Ihr eigenes Unbehagen machte ihr Angst.

»Was ist los?«

Je näher Miriam ihrem Hauseingang kam, desto drängender forderte ihr Verstand sie dazu auf, loszurennen und sich in der Sicherheit ihres Wohnhauses zu verbarrikadieren. Es wirkte nicht, als würde der Mann sie anstarren, er schien eher nur vage in ihre Richtung zu sehen, aber sie traute ihrer Einschätzung nicht. Sein Gesicht lag noch immer im Schatten der Kapuze, es war unmöglich, etwas auszumachen. Vielleicht wartete er nur auf jemanden, war verabredet und hatte keine Ahnung, welche Assoziationen sein gedankenloses Verhalten bei ihr auslöste.

»Miriam, was ist los?«, fragte Max erneut, nun drängender.

»Ich dachte kurz, jemand würde mich verfolgen, aber vermutlich ist nichts, und ich spinne nur rum.« Sie wollte ihn nicht beunruhigen, Max war in Barcelona und könnte im Notfall nicht eingreifen, trotzdem war sie froh, dass er zumindest telefonisch bei ihr war.

»Wo bist du?«, fragte Max hörbar alarmiert.

»Ich bin fast zu Hause. Jemand war hinter mir, keine Ahnung, irgendwie kam er mir komisch vor, deshalb bin ich hintenrum gegangen. Jetzt steht er vorne an der schmalen Hauswandseite und wartet, glaub ich.« Obwohl der Anblick des Mannes sie noch immer beunruhigte, hörten sich die Worte in ihren Ohren lächerlich an. »Tut mir leid, wenn ich dich aufhalte, du musst nicht –«

»Ich bleibe dran, bis du in der Wohnung bist«, fiel er ihr ins Wort, und Miriam hatte das Bedürfnis, ihm zu sagen, wie viel ihr das bedeutete. Doch sie war dem wartenden Mann inzwischen so nahe gekommen, dass sie es nicht wagte, einen Ton von sich zu geben und ihm womöglich mit einer unüberlegten Aussage etwas über sich zu verraten – selbst wenn es nur der Klang ihrer Stimme wäre. Sie erreichte ihren Hauseingang, huschte die vier

Stufen vor der Tür hinauf, die ins Treppenhaus führten, und aus dem Augenwinkel sah es aus, als würde der Mann seinen Kopf in ihre Richtung drehen, eine minimale Bewegung wie von einer besessenen Schaufensterpuppe aus einem Horrorfilm.

Miriam stieß mit der Schulter die Tür zum Vorraum auf und verlor den Mann aus dem Blick. Er könnte in diesem Moment ein langes Messer aus der Innenseite seines Mantels ziehen, und sie hätte nicht die geringste Ahnung. Hastig suchte sie in ihrer Tasche nach dem Haustürschlüssel, doch dann bemerkte sie, dass die Tür nur angelehnt war. Wütend verfluchte sie die Hausverwaltung, die es noch immer nicht geschafft hatte, das defekte Schloss zu reparieren. Wenn der Mann es tatsächlich auf sie abgesehen hatte, hätte er freien Zugang ins Haus. Sie tastete nach dem Lichtschalter, und die Halogenleuchte erwachte knisternd zum Leben. Vor dem geschlossenen Fahrstuhl drückte sie mehrfach den Knopf, ihr ungeduldiger Befehl, damit er sich auf den Weg machte. Auf der Digitalanzeige blinkte eine Dreizehn, und Miriam wusste, wie langsam sich der altersschwache Kasten bewegte.

»Miriam? Bist du noch da?«

Erschrocken fuhr sie zusammen, sie hatte Max ganz vergessen. »Ja, ich bin jetzt im Haus«, wisperte sie, um zu vermeiden, dass ihre Stimme durch das gesamte Treppenhaus hallte.

»Ist der Typ noch da?« Auch Max war dazu übergegangen, zu flüstern.

Widerwillig nahm sie ihren Blick von der Digitalanzeige und spähte durch das bodentiefe Fenster, das ihr sonst den Blick auf die kleine Treppe und den Weg freigab. Ein Gesicht mit großen Augen und bleich wie eine Leiche starrte sie an, sie selbst war es, die sich in der schwarzen Scheibe spiegelte. Dahinter – nichts. »Ich weiß nicht, wo er ist. Es ist dunkel, ich kann nichts sehen.« Unentschlossen trat sie auf das Fenster zu, um hinter ihrer Reflektion etwas auszumachen, als mit einem leisen »Klack« das Licht im Treppenhaus erlosch.

Vor ihr stand der Kapuzenmann, eine Armlänge entfernt und eine Doppelglasscheibe zwischen ihnen, und sah sie an.

Miriam stolperte zurück, stieß einen erstickten Fluch aus, den die gehässigen Wände ohne Gnadenfrist zu ihr zurückwarfen.

»Was ist passiert?«, hörte sie Max rufen, er flüsterte nun nicht mehr, während sie panisch auf den Lichtschalter einprügelte. Licht flutete den Raum und ließ den Mann unter der schützenden Hand der Dunkelheit verschwinden.

Sofort erkannte Miriam ihren Fehler. Ihn nicht mehr zu sehen bedeutete nicht, dass er weg war. Er stand an der Scheibe, sah sie, beobachtete sie, das Treppenhaus wurde zu einem Präsentierteller. Unvermittelt wandte sie sich von dem Fenster ab.

»Er steht vor dem Haus und starrt mich an«, murmelte sie mit wackeliger Stimme und fixierte angespannt die Digitalanzeige. Neunter Stock, unmöglich konnte das Ding noch langsamer geworden sein.

»Was meinst du damit, ›er steht vor dem Haus‹?«

Miriam bemühte sich, Ruhe zu bewahren. »Ich meine es so, wie ich es gesagt habe. Er steht da, vor der Scheibe, als würde er auf irgendetwas warten.« In ihrem Nacken kribbelte es, doch sie würde sich nicht umdrehen, nicht noch einmal nach ihm sehen, stattdessen blickte sie zur Haustür. Solange die sich nicht öffnete, musste er irgendwo da *draußen* sein. Und draußen war dort, wo sie ihn haben wollte.

»Warum fragst du ihn nicht einfach, was er will?«

Befremdet von seinem Vorschlag zog Miriam die Augenbrauen zusammen. »Ist das dein Ernst?« Sie war viel zu laut geworden, das Treppenhaus verzerrte ihre Stimme zu etwas, das sie nicht wiedererkannte.

Ihr Blick huschte zur Anzeige. Sechster Stock. Unruhig begann sie, vor dem Fahrstuhl auf und ab zu marschieren, ohne den Eingang aus den Augen zu lassen.

»Vielleicht ist er harmlos«, sagte Max zögerlich, er schien selbst nicht überzeugt.

Sie schnaubte aufgebracht. »Ja, genau, weil die meisten Männer, die Frauen beobachten und verfolgen, völlig harmlos sind. Er könnte aber auch ein Serienkiller sein. Hast du nichts von den Frauen mitbekommen, die gerade in Hamburg verschwinden?«

»Es verschwinden immer Frauen, Miriam, überall.«

Miriam spürte den Druck der aufsteigenden Panik in ihrem Hals. »Eben! Deshalb gehen Frauen auch nicht zu einem gruseligen Typen mit Kapuze und fragen ihn, was er will.«

Fünfter Stock. Ihre Etage. Nun bewegte sich der Fahrstuhl gar nicht mehr. Was sollte das? Ihr einziger Nachbar war bei der Arbeit, sie hatte ihn wie jeden Tag um neun Uhr seine Wohnung verlassen hören. Warum also hielt der Fahrstuhl?

Miriam presste ihre Lippen aufeinander und überlegte krampfhaft, was sie tun sollte.

»Steht er immer noch da?«

»Keine Ahnung.« Gereizt hämmerte sie auf den Knopf des Fahrstuhls ein. »Nun komm schon endlich, du blödes Scheißding«, zischte sie zwischen zusammengebissenen Zähnen hindurch. Sie fühlte sich hilflos und hasste es, hasste den Schweiß, der ihr aus allen Poren drang, hasste ihre Angst, die in ihrem Verstand randalierte. Was, wenn der Mann … »Max«, wisperte sie erschüttert, »vielleicht ist er wirklich der, der die Frauen entführt hat.« Ihre Gedanken überschlugen sich. Wenn er es war, was sollte sie dann tun? Auf so eine Situation war sie nicht vorbereitet.

»Den gibt es echt?« Max klang verunsichert.

Abermals schnaubte sie. »Das sag ich doch die ganze Zeit!«

Ein eisiger Luftzug streifte ihren verschwitzten Hinterkopf und brachte eine verstörende Erinnerung zutage: Die Haustür war nicht der einzige Zugang zum Haus. Langsam drehte Miriam sich um, zu den Stufen, denen sie den Rücken gekehrt hatte, zu der Treppe, die nach unten führte. In den Keller.

Der Fahrradkeller besaß einen separaten Eingang hinter dem Haus, die Tür war zwar die meiste Zeit abgeschlossen, doch es gab immer Leute, für die es schon zu viel verlangt war, einen Schlüssel im Schloss umzudrehen.

Schritte hallten durch den unterirdischen Gang, kamen näher, zumindest glaubte Miriam das. Sie hatte die kalte Luft am Kopf gespürt, da war sie sich sicher. Aufgescheucht wandte sie sich wieder der Fensterfront zu, sah nichts als ihr eigenes, von

Schrecken verfremdetes Gesicht, der Mann draußen konnte längst verschwunden sein. Auf dem Weg durch den Keller nach oben, um sie zu überraschen.

Miriam ließ den Fahrstuhl hinter sich und nahm die Treppe, immer zwei Stufen auf einmal, am Geländer festgeklammert, das Handy nur noch lose an ihrem Ohr.

»Ist der Fahrstuhl immer noch nicht da?«, hörte sie Max fragen, doch das dominierende Geräusch ihrer schwerfälligen Atmung drückte seine Stimme in den Hintergrund.

»Ich gehe zu Fuß«, keuchte sie und spürte bereits nach den ersten Stufen, wie sträflich sie in den letzten Monaten ihre mangelnde Kondition ignoriert hatte.

In der zweiten Etage war Miriam schweißgetränkt. Max schwieg, schien ihrem Schnaufen zu lauschen, immerhin ein Zeichen, dass ihr noch nichts passiert war.

In Etage drei verlangte ihr Körper eine Pause. Ihre Lungenflügel brannten, ihr Herz stand kurz vor dem Kollaps, und der Pullover unter dem Mantel klebte an ihrer Haut. Miriam hielt sich am Geländer fest, um auf den Beinen zu bleiben, als sie hinter sich etwas hörte. Immer noch außer Atem zwang sie sich, die Luft anzuhalten, eine Sekunde genügte, und sie war sich sicher. »Scheiße!«, wimmerte sie und trieb ihren erschöpften Körper von Neuem an, sich in Bewegung zu setzen.

Die Schritte hinter ihr im Treppenhaus, sie waren nah, und sie waren schneller als sie.

»Miriam?« Max klang erschrocken, aber sie hatte keine Zeit für Erklärungen, sie musste weiter, obwohl sie nicht mehr konnte, doch darauf nahm sie keine Rücksicht. Sie musste schleunigst in ihre Wohnung und die Tür hinter sich verrammeln, alles andere war im Augenblick vernachlässigbar.

»Miriam, sag was!«

Stufe für Stufe zwang sie sich voran, mit klammen Fingern drückte sie das Handy dicht an ihre Wange. »Jemand … ist … hinter mir«, japste sie, und ihre Worte aktivierten die wahre Bedeutung hinter ihrer Erkenntnis. Jemand hatte sie verfolgt, sie beobachtet und machte nun im Treppenhaus Jagd auf sie. Die explodierende Panik brachte sie beinahe zu Fall, sie stolperte über eine Stufe, hielt sich am Geländer fest, das sie davor rettete, mit dem Gesicht voran auf der Treppe aufzuschlagen.

Sie begann zu laufen, kein Blick zurück, keine Zeit verlieren, bloß weiter.

»Miriam, bist du dir sicher?«

Sie antwortete nicht, der Inhalt ihrer Lunge reichte längst nicht mehr für gesprochene Worte.

Als sie sich zwischen dem vierten und dem fünften Stockwerk befand, ging das Licht aus. Miriam schluchzte auf, Max brüllte sie aus Barcelona an, der nächste Lichtschalter war außerhalb ihrer Reichweite, sie musste im Halbfinsteren weiter, nur das Licht der Straßenlaternen, das schwach durch die Fenster ins Treppenhaus fand, verhinderte, dass sie in völliger Blindheit weiterstolperte. Ein Knacken hinter ihr, sie zuckte zusammen, Licht ergoss sich über ihrem Kopf, blendete sie. Die letzte Treppe lag vor ihr, sie sah ihre Wohnungstür, die verbliebenen Stufen zog sie sich hoch, ihre Sicht flackerte, jeden Moment würde ihr schwarz vor Augen werden, aber sie musste weiter, falls wirklich der Teufel hinter ihr her war.

»Miriam? Miriam! Verdammt, sprich mit mir!«

Sie erreichte ihre Wohnungstür, grapschte nach den Schlüsseln in ihrer Jackentasche, ihre Finger zitterten, sie musste aufpassen, dass sie ihr nicht aus der Hand fielen. Die schwerfälligen Schritte kamen näher, der Mann schien bereits in der Etage unter ihr zu sein, auch wenn die Angst ihr weismachen wollte, dass er längst hinter ihr stand.

»Er kommt!«, wimmerte sie, spürte ihn hinter sich, seinen Blick im Rücken, heiße Finger, die ihre Haare im Nacken zur Seite schoben, feuchten Atem an ihrem Ohr. Sie traf das Schlüsselloch beim ersten Versuch, zwei Umdrehungen, und die Tür sprang auf. Die Wohnung empfing sie mit abgestandener Luft, Miriam stürzte sich in die vertraute Wolke, zog den Schlüssel und ließ die Tür hinter sich ins Schloss fallen, ein lauter Knall, der Triumph der Sicherheit.

»Miriam!« Schon wieder hatte sie Max vergessen.

Mit dem Rücken an die Tür gelehnt, kämpfte sie um jeden Atemzug. »Ich bin jetzt … in der Wohnung«, versicherte sie ihm schnaufend. Doch ihr Verstand fand keine Ruhe, sie musste wissen, was sich vor ihrer Tür abspielte. Das Handy fest am Ohr, drehte sie sich um, ihr Gesicht näherte sich verstohlen dem Türspion.

Eine dunkle Gestalt stand vor ihrer Tür. Miriam sprang erschrocken zurück und drückte sich die Hand auf den Mund, um ihre Anwesenheit nicht zu verraten. Zögerlich sah sie noch einmal hindurch, dieses Mal darauf gefasst, in das durch den Spion verzogene Gesicht des Mannes zu blicken, und sah nur noch, wie er sich von ihrer Tür entfernte und die Treppe in die nächste Etage nahm.

»Miriam, bist du in Sicherheit?« Max' Stimme hatte einen flehenden Unterton bekommen.

Sie kam sich vor wie eine Idiotin. »Ich kenne ihn«, sagte sie, noch immer atemlos, und spürte aus den Untiefen ihrer Eingeweide ein Lachen in sich aufsteigen.

»Ist er noch da?«

Sie hatte genug gesehen, wandte sich ab und schaltete das Licht in ihrem schmalen Flur ein. Ihre Angst ebbte ab, zog sich zurück und offenbarte den Blick auf die Realität, in der sie sich gerade lächerlich gemacht hatte. »Nein, nein, alles gut«, beruhigte sie Max und ließ ihre Tasche auf den Boden fallen. Schlechtes Gewissen überkam sie. »Scheiße, Max, es tut mir leid! Aber ich dachte wirklich …« Sie pfefferte den Schlüssel an seinen Platz in der kleinen Schale auf der Kommode und wischte sich den Schweiß von der Schläfe. In den letzten fünf Minuten hatte sie eine unnatürliche Menge Adrenalin ausgeschüttet, die nun einkehrende Ruhe machte sie träge. Und sie brauchte eine Dusche.

»Dann war doch niemand hinter dir?«, fragte Max verwirrt, der Schrecken steckte noch immer in seiner Stimme.

»Es war nur ein Nachbar.« Sie überlegte, ob ihr sein Name einfiel, unsicher, ob sie ihn überhaupt kannte. »Er wohnt im siebten Stock, glaube ich.«

»Ein Nachbar? Aber das erklärt doch nicht, warum er dich durch die Scheibe beobachtet und dann durch das Treppenhaus jagt.« Er war richtiggehend entrüstet.

Das Handy weiter am Ohr, schlüpfte sie umständlich aus ihrem Mantel und hängte ihn an die Garderobe. »So war das ja nicht«, gestand sie sich beiden beschämt ein. »Ich habe sein Verhalten falsch interpretiert. Ich kenn ihn nicht persönlich, aber Frau Meyer-Thiel hat mir erzählt, dass er psychische Probleme hat.«

»Dann ist er gefährlich?«

Miriam stutzte angesichts seiner Frage. »Quatsch, nein, Max, psychisch kranke Menschen sind doch nicht gleich gefährlich«, schalt sie ihn, gewährte ihm aber den Vertrauensvorschuss, dass er es nicht so meinte. »Er hat nur ein paar Ängste, glaube ich. Menschen, Fahrstühle, so was. Kann ich verstehen.«

Wahrscheinlich war er so sehr mit seinen eigenen Dämonen beschäftigt gewesen, dass er nicht bemerkt hatte, wie beängstigend sein Verhalten für sie war. »Tut mir ehrlich leid, dass ich dich erschreckt habe«, entschuldigte sie sich erneut. »Ich habe wohl gerade meine theatralische Phase.« Auf dem Weg ins Wohnzimmer streifte sie sich die halbhohen Stiefeletten von den Füßen, schaltete auch hier das Licht an und ließ sich auf die Couch fallen. Die Aufregung hatte sie ausgelaugt, es schien ihr unmöglich, in ein paar Stunden noch die Nachtschicht durchzustehen.

»Vielleicht sollte Frau Autorin darüber nachdenken, in Zukunft Romanzen zu schreiben statt Mystery-Thriller.« Miriam lächelte, es tat gut, seine Stimme zu hören. Obwohl er sie neckte, erdete er sie auch, er wusste genau, was sie in diesem Moment am dringendsten brauchte.

»Verpiss dich, Mustermann!«, brummte sie und legte ihren Kopf auf die Rückenlehne. Eigentlich hieß er nicht Mustermann, sondern Peters, aber es war ein Running Gag seit ihrer ersten Begegnung. In Wahrheit war Max alles andere als durchschnittlich oder langweilig.

»Ich bin froh, dass dir nichts passiert ist«, sagte er ernst.

»Du fehlst mir.« Miriam biss sich auf die Unterlippe. Ihre Beziehung kam für gewöhnlich ohne großartige Gefühlsbekundungen aus, und Miriam wusste es zu schätzen, dass er, genau wie sie, keinerlei kitschige Neigungen besaß, und doch waren ihr die Worte einfach rausgerutscht. Ein Fortschritt, wenn sie berücksichtigte, dass sie vor einem Jahr noch kategorisch ausgeschlossen hatte, überhaupt jemals eine feste Beziehung einzugehen. In Momenten wie diesen, wenn Max wieder einmal in der Weltgeschichte unterwegs war und sie seine Abwesenheit spürte, musste sie sich eingestehen, dass auch sie zu einem Anflug von Sehnsucht fähig war.

Das Geräusch seines Lachens kroch ihr angenehm unter die Haut. »Natürlich vermisst du mich, offensichtlich bist du ohne mich vollkommen aufgeschmissen.«

Miriam schnaubte, konnte sich aber ein Schmunzeln nicht verkneifen. »Träum weiter, Mustermann.«

Kurz wurde es still zwischen ihnen, dann räusperte er sich. »Ich muss jetzt an die Arbeit, sonst werfen mir die Typen hier wieder spanische Schimpfwörter an den Kopf, die ich nicht verstehe.«

Miriam nickte, obwohl er es nicht sehen konnte, und einmal mehr flammte ein schmerzhaftes Vermissen in ihrer Brust auf.

»Und du bist sicher, dass alles in Ordnung ist?«

»Ja, versprochen. Alles ist gut.«

Max atmete schwer aus. »Pass auf dich auf. Ein paar Tage ohne mich wirst du hoffentlich überleben.«

»Fall du lieber von keiner Leiter, einen Schlag auf den Kopf kannst du dir nicht erlauben.«

Nachdem sie sich voneinander verabschiedet hatten, blieb Miriam noch eine Weile auf der Couch sitzen, das Handy in ihrer Hand auf dem Schoß. Die Wohnung fühlte sich noch leerer an, seit sie das Gespräch beendet hatten. Seine Stimme schien schon zu genügen, um sich weniger alleine zu fühlen. Dabei war sie es gewohnt, niemanden um sich zu haben. Max hatte eine eigene Wohnung und war als Veranstaltungstechniker viel unterwegs, dennoch schien es ihr, als würden die Anzeichen seiner Anwesenheit, seiner grundsätzlichen Existenz, mit jedem Tag verblassen. Der Geruch von Aftershave und herbem Duschgel hatte sich verflüchtigt, seine liegen gebliebenen Kleidungsstücke waren weggeräumt, seine Lebensmittel im Kühlschrank waren Stück für Stück nach hinten gerutscht. Er löste sich vor ihren Augen auf, und Miriam vermisste es, das Echo seiner Gegenwart in ihrer Wohnung zu spüren. Sein letzter Besuch war viel zu lange her.

Mit seiner verklingenden Stimme im Ohr zwang sich Miriam, aktiv zu werden. Ihre Nachtschicht auf der neurologischen Intensivstation fing in ein paar Stunden an, und bis dahin musste sie wieder auf die Beine kommen. Träge überwand sie sich, unter die Dusche zu gehen, sie hatte es nötig. Das unangenehme Interview und die anschließende unfreiwillige Sporteinheit lagen ihr wie ein schmieriger Film auf der Haut. Als sie auf dem Weg ins Badezimmer, einen Arm bereits aus dem durchgeschwitzten Pullover manövriert, an der Wohnungstür vorbeikam, war ein Rumpeln aus dem Treppenhaus zu hören. Misstrauisch verharrte sie, sie konnte das Geräusch nicht sofort zuordnen, doch es war ihr vertraut.

Einmal mehr legte sie ein Auge an den Türspion. Die Deckenlampe im Treppenhaus war erloschen, aber etwas anderes erleuchtete den schmalen Vorraum, wie eine schwerfällige Lichtsirene war es ein paar Sekunden hell und wurde dann dunkel. Die Fahrstuhltür schloss sich mit einem Rattern, stieß auf einen unsichtbaren Widerstand und öffnete sich. Miriam glaubte sich zu erinnern, dass der Fahrstuhl in ihrem Stockwerk zum Stillstand gekommen war, während sie im Erdgeschoss auf ihn gewartet hatte.

Zögerlich öffnete sie die Tür, vergewisserte sich, dass niemand im toten Winkel auf sie lauerte, und huschte auf Socken zum Fahrstuhl.

Zwischen Schiebetür und Wand stand ein alter Pappbecher. Sie stutzte und starrte ihn an, als würde er ihr jeden Augenblick verraten, wie er dorthin gekommen war, dann bückte sie sich und hob ihn auf. Der weiße Starbucksbecher hatte eine braune

Schärpe um den Bauch, der Deckel fehlte, ein verfärbter Rand deutete darauf hin, dass sich einmal etwas darin befunden hatte. Misstrauisch drehte sie ihn, fand, wonach sie gesucht hatte, und erstarrte. Mit schwarzem Edding und krakeliger Schrift hatte jemand einen Namen auf die Pappe gekritzelt: »Miriam«.

Mit einem Schaben schloss sich die Fahrstuhltür, und in völliger Dunkelheit kehrte Miriam eilig in ihre Wohnung zurück, nahm den Schlüssel aus der Schale und schloss die Tür von innen ab. Den Becher warf sie in der Küche in den Müll – sie ging nie zu Starbucks.

Scherz oder Zufall, sie wollte es nicht wissen.

***

Das heiße Wasser der Dusche verbrühte beinahe ihre Haut, doch ihre Muskeln wollten sich einfach nicht lockern. Dieser Tag war zu viel gewesen, und dabei war er noch nicht einmal vorbei. Sie ließ den harten Strahl auf ihren Kopf pladdern, doch auch das brachte nicht den Hauch von Entspannung. Also griff sie nach dem Shampoo und schäumte sich die Haare ein, als sie ein Geräusch hörte. Als hätte jemand eine Schranktür geöffnet. Aber das war unmöglich. Davon überzeugt, dass sie sich getäuscht hatte, spülte sie zunächst den Schaum weg, bevor sie das Wasser ausdrehte.

Den Kopf zur Seite gelegt, horchte sie in ihre leere Wohnung. Die Badezimmertür war angelehnt, damit sich der Wasserdampf nicht in sämtlichen Räumen verteilte, nun verhinderte sie, dass die Vorgänge außerhalb ihres Bads zu ihr durchdringen konnten.

Stille.

Sie musste sich getäuscht haben, oder es war eine Tür im Treppenhaus gewesen.

Miriam fröstelte und beugte sich vor, um das Wasser wieder anzuschalten, da hörte sie es erneut. Das langsame Schließen einer Schranktür, ein feines Quietschen von Scharnieren, Holz, das auf Holz stieß.

»Max?«, rief sie, doch das Badezimmer schien ihre Stimme nicht freigeben zu wollen, behielt dieses einzelne Wort in seinem Inneren, eingeatmet wie in einen Lungenflügel. Aber es war nicht Max, er befand sich in Barcelona, bei seinem Anruf vorhin war der Nummer die Ländervorwahl +34 vorangegangen. Er würde so was ohnehin nicht tun, ihr absichtlich Angst einjagen, nicht nach dem, was eben auf ihrem Rückweg geschehen war, niemals.

Es musste Einbildung gewesen sein, eine akustische Täuschung, was war bloß los mit ihr? Frustriert drehte sie den Wasserhahn auf, überging das ungute Gefühl, das sich zu ihr unter die Dusche gestellt hatte, und wusch sich die restliche Seife vom Körper. Die angelehnte Badezimmertür ließ sie nicht aus den Augen, nur als ihr Schaum über Stirn und Brauen lief, kniff sie kurz die Lider zusammen und spülte ihn sich aus dem Gesicht.

Schritte. Sie riss die Augen auf. Jemand stand in ihrem Badezimmer, eine verwaschene Silhouette hinter dem beschlagenen milchig weißen Duschvorhang. Miriam schrie, streckte die Arme zur Abwehr von sich und rutschte in der Badewanne nach hinten. Ihre Füße verloren den Halt, sie griff nach dem Plastik und holte die gesamte Installation herunter. Sie stürzte, schlug mit dem Hinterkopf gegen die gekachelte Wand, ein Krachen und …

Miriam lag zusammengekauert in ihrer Badewanne, begraben unter dem Duschvorhang, heißes Wasser prasselte unablässig auf ihren nackten Körper. Sie stöhnte, und der schwache Laut genügte, um einen brüllenden Kopfschmerz zu entfachen. Noch immer benommen betastete sie ihren Hinterkopf, ihre aufgequollenen Finger wühlten sich durch die nassen Haare, bis sie die Stelle fand, den Ursprung ihres Schmerzes. Ein dumpfes Stechen durchzuckte sie bei der schwachen Berührung, und sie erwartete, Blut zu sehen, doch ihre Finger waren sauber. Sie musste ausgerutscht sein, und schlagartig erinnerte sie sich an den Grund dafür. Hektisch durchsuchte ihr Blick das vernebelte Badezimmer, doch sie war alleine.

Es war niemand da.

Quälend langsam kam sie wieder auf die Beine. Sobald das Rauschen des Wassers versiegte, kehrte eine bedrückende Stille ein, die nur von dem wilden Pochen ihrer Herzschläge gestört wurde. Sie schob den Vorhang von sich, am Badewannenrand abgestützt, hievte sie sich vorsichtig von dem glitschigen Untergrund. Ihr war schwindelig, und neben dem ansteigenden Kopfdruck bemerkte sie eine schmerzende Prellung über ihrer rechten Hüfte. Vermutlich war sie bei ihrem Sturz gegen die Armatur geknallt. Noch war kaum etwas zu erkennen, ein roter Abdruck von der Größe eines Handtellers zeichnete sich auf ihrer vom heißen Wasser geröteten Haut ab, aber dem Schmerz nach zu urteilen würde die Stelle schon bald in den unterschiedlichsten Violetttönen prunken.

Ihre Knie zitterten, als Miriam endlich auf der Badematte stand. Am ganzen Körper schlotternd, griff sie sich ihren Bademantel von der Halterung an der Tür und warf ihn über sich, ohne sich zuvor abzutrocknen. Etwas in ihr drängte sie, ein Messer aus der Küche zu holen und ihre Wohnung zu durchsuchen, doch bereits als sie aus dem Bad trat und ihr Blick auf die Haustür fiel, erstarrte sie erneut.

Der Schlüssel steckte nicht länger im Schloss, ein Blick zur Seite bestätigte, dass er in seiner Schale auf der Kommode lag. Das war sie nicht gewesen.

Miriam versuchte, nicht die Nerven zu verlieren, erinnerte sich, dass sie ihr Handy im Wohnzimmer auf der Armlehne liegen gelassen hatte, und hastete los, eine Hand an der Wand, damit ihre Beine nicht einknickten. Das Klatschen ihrer nassen Füße auf dem Parkettboden drang verzögert zu ihr durch, und als sie im Wohnzimmer wie gehofft ihr Handy fand, sank sie auf die Knie. Gerade als sie es in die Hand nahm, begann es zu klingeln. Als hätte jemand auf sie gewartet. Der altmodische Klingelton bohrte sich penetrant in ihren Hinterkopf und ließ Sterne vor ihren Augen explodieren. Sie nahm zur Kenntnis, dass die Rufnummer unterdrückt war, wunderte sich kurz darüber und ignorierte es. Sie musste mit jemandem sprechen, sie war sich nicht sicher, aber es konnte sein, dass sie Hilfe benötigte.

»Hallo?« Ihr hilfloser Ton war dünn, beinahe nicht vorhanden. In ihrem Ohr atmete jemand schwer ein, dann zischte eine tiefe Stimme: »Wenn ich dich kriege, werde ich dich töten!«

»Deine Reflexe sind normal, die Pupillen zeigen keine Anzeichen eines Schädel-Hirn-Traumas.« Dr. Bent Waldemar ließ die kleine Pupillenleuchte sinken und musterte Miriam eingehend. »Hast du dich übergeben?«

Der gut aussehende junge Neurologe machte sie nervös, obwohl er sie als Mann nicht im Geringsten interessierte. »Nein«, sagte sie der Wahrheit entsprechend, angestrengt darum bemüht, sich ihr Gefühl von Minderwertigkeit nicht anmerken zu lassen. Ärzte hatten diese Wirkung auf sie, selbst dann, wenn Miriam sie auf Weihnachtsfeiern betrunken zu kitschigen Liedern hatte singen hören.

Bent saß breitbeinig vor ihr, stützte die Ellenbogen auf seine Oberschenkel und beugte sich zu ihr. »Ist dir übel oder schwindelig?«

Miriam schüttelte den Kopf, vorsichtig, damit sie ihn nicht anlügen musste. »Nein, nichts.«

»Kopfschmerzen?«

»Ein bisschen. Also nicht richtig. Nur die Stelle, die ich mir gestoßen habe, tut weh.« Demonstrativ berührte sie die fühlbare Schwellung am Hinterkopf.

Bent rollte auf seinem Drehstuhl näher, um die Beule unter ihren Haaren abzutasten, und hastig zog Miriam ihre Hand zurück, damit sich ihre Finger nicht versehentlich streiften. Sie unterdrückte ein Keuchen, als er die empfindliche Stelle auf ihrem Kopf fand. »Eine ganz schöne Beule hast du da.«

»Ich bin die Eule mit der Beule«, sagte sie leichthin und spürte sofort, wie ihr das Blut ins Gesicht schoss.

Bent sah sie fragend an. »Was?«

»Eule mit der Beule, du weißt schon. Eule wegen der Nachtschicht und Beule wegen … der Beule.« Sie seufzte resigniert. »Das ist ein Kinderbuch«, fügte sie mit glühenden Wangen hinzu. Bents Mimik machte deutlich, dass er sie noch immer nicht verstand und allmählich begann, an ihrem Geisteszustand zu zweifeln. »Vergiss es«, murmelte sie und stand von dem Schreibtischstuhl auf, um sich seinem prüfenden Blick zu entziehen. Manchmal sollte sie wirklich die Klappe halten.

»Es wäre besser, wenn du dich für heute Nacht krankmeldest. Wie es aussieht, hast du zwar kein Schädel-Hirn-Trauma, aber du brauchst dennoch Ruhe.«

»Nicht nötig, wirklich.« Unter keinen Umständen wollte sie die Nacht zu Hause verbringen. Bent musterte sie skeptisch, und Miriam sah sich hilfesuchend im Aufenthaltsraum für das Pflegepersonal um, ob jemand anwesend war, der den Arzt davon überzeugen konnte, dass es ihr gut genug ging. Doch die Übergabe mit Birte war bereits gelaufen, und die anderen Nachtschwestern drehten gerade ihre Runden.

Sie musste also selbst für sich einstehen. »Ich dachte mir schon, dass es keine Gehirnerschütterung ist, sonst wäre ich gar nicht erst gekommen. Ich wollte nur auf Nummer sicher gehen. Es geht mir gut.«

Bent gab einen Laut der Missbilligung von sich. »Wie du meinst«, sagte er und erhob sich ebenfalls von seinem Stuhl. In ihrer Erleichterung darüber, dass sie nicht sofort wieder nach Hause geschickt wurde, drängte sich die Erinnerung an die tiefe Stimme am Telefon in ihr Bewusstsein und machte ihr klar, dass sie sich nicht ewig würde verstecken können. Aber am nächsten Morgen, nach einer Schicht harter Krankenhausrealität, würde sie den Zwischenfall sicher mit mehr Rationalität betrachten. Bents große Hand auf ihrer Schulter ließ sie zusammenfahren. »Und du bist sicher, dass du arbeiten kannst? Angelika wäre sicher bereit, spontan einzuspringen, wenn du die Schicht tauschen willst.«

Vorsichtig machte sie sich von dem leichten Druck seiner Hand frei und wand sich aus seiner unerwünschten Berührung. »Es ist wirklich alles in Ordnung«, sagte sie noch einmal und brachte etwas mehr Abstand zwischen sie.

Der junge Arzt seufzte, als wäre es eine Schande, dass sie nicht auf seinen Rat hörte, und ging zur Tür. »Wie du meinst.

Es wäre trotzdem gut, wenn du unter Beobachtung bleibst. Ich sage Vera Bescheid, dass sie ein Auge auf dich haben soll, und falls dir doch noch schlecht wird –«

»Dann bin ich hier ja an der richtigen Adresse«, unterbrach sie ihn und wandte sich ab, damit er die Erleichterung in ihrem Gesicht nicht sah.

***

Eingelullt von dem regelmäßigen Pumpen der Beatmungsgeräte, dem Piepen der lebenserhaltenden Maschinen und den entfernten Unterhaltungen ihrer Kolleginnen musste Miriam feststellen, dass ihr die Arbeit auf der neurologischen Intensivstation in einer ruhigen Nacht nicht die erhoffte Zerstreuung brachte. Immer wieder kamen die Erinnerungen an den Anruf zurück, der sie beinahe in die Kardiologie befördert hätte, spielten sich vor ihr ab, als wäre sie in der Zeit zurückgereist.

»Wenn ich dich kriege, werde ich dich töten!« Der Mann meinte seine Drohung ernst, daran ließ sein Ton nicht den geringsten Zweifel. Entsetzt drückte sie den Anruf weg und stieß das Smartphone von sich, als ginge die Gefahr von dem Gerät aus. Die anschließende Stille nahm Miriam in den Würgegriff der Angst.

Jemand war in ihrem Badezimmer gewesen.

Oder?

Der Haustürschlüssel. Sie hatte ihn von innen stecken lassen, doch nun lag er in der Schale auf der Kommode. Oder hatte sie ihn selbst aus Gewohnheit dort platziert und es bloß vergessen? Miriam wusste es nicht, ihr Kopf schmerzte, ihr war bitterkalt.

»Wenn ich dich kriege, werde ich dich töten!« Ein Schaudern ging durch ihren Körper, in ihrer Furcht wagte sie es nicht, sich zu bewegen, als könnte ein einzelnes Muskelzucken die Hölle losbrechen lassen.

Das Telefon klingelte erneut. Miriam schnappte stumm nach Luft, tastete nach dem Smartphone, um den Anruf wegzudrücken, und erinnerte sich gerade noch rechtzeitig an die Mailbox, die ihren vollständigen Namen preisgab, sobald der Anrufer dorthin weitergeleitet wurde. Ihre zitternden Finger schwebten über dem grünen Hörer auf dem Display, dann schob sie ihn nach oben und nahm den anonymen Anruf an – und berührte sogleich den roten Hörer, ehe ihr jemand eine neue Morddrohung entgegenbrüllen konnte.

Sofort klingelte es erneut. Sie schluchzte auf, wusste nicht, was sie anderes tun sollte, und gab nach.

»Lass mich in Ruhe!«, schrie sie unter Tränen in ihr Telefon, noch bevor der Anrufer zu Wort gekommen war.

In ihrem Schädel hämmerte es.

Drei Atemzüge lang blieb es still in der Leitung. »Ich weiß, was du getan hast, und dafür mache ich dich fertig«, zischte ihr ein Mann ins Ohr. »Ist mir scheißegal, dass du eine Frau bist. Ich werde dich finden, und dann schlitze ich dir das Gesicht auf!«

Miriam begriff nicht, was sie ihm getan hatte, und wischte sich die Tränen aus dem Gesicht. Offensichtlich wusste er nicht, wer sie war und wo sie wohnte, was nur bedeuten konnte, dass dieser jähzornige Mann nicht in ihrer Wohnung gewesen war.

Aber wer dann?

»Ich rufe jetzt die Polizei an!« Ihre Hände zitterten, sie würde es tun, den Mann wegdrücken und die 110 wählen, sobald sich ihre Schockparalyse löste.

»Den Teufel wirst du«, schnauzte er sie an. »Du bist hier die Kriminelle, ruf die Polizei, und du wirst es sein, die sie wegsperren.«

Rückblickend erinnerte Miriam sich nicht, wie sie den Mann dazu gebracht hatte, ihr am Telefon die Einzelheiten zu verraten, wovon er eigentlich sprach. Mit hässlichen Worten und unverhohlener Verachtung hatte er von mit Säure gefüllten Pralinen gefaselt, von Verätzungen im Gesicht seiner Freundin und einer Nummer auf der Innenseite eines Deckels – Miriams Handynummer.

»Ich war das nicht!«, hatte sie geschluchzt, aufgewühlt von

dem Missverständnis, dem sie allen Anschein nach zum Opfer gefallen war.

»Und warum stand dann deine Nummer innen auf der Schachtel?«, hatte er geknurrt.

»Keine Ahnung. Ich habe mit der Sache nichts zu tun, ich weiß ja nicht einmal, wer Ihre Freundin ist.«

Und dann hatte er ihn gesagt. Den Namen seiner Freundin.

Das war der Moment gewesen, in dem Miriam klar geworden war, dass sie sehr wohl etwas mit der Sache zu tun hatte. Sie wusste nur nicht, was.

Ein schrilles Piepen riss Miriam aus ihrer Analepse.

Bitte lass heute niemanden sterben!

Sie sprang auf und rannte los, machte konzentriert ihren Job, machte ihn gut und sperrte das, was sie an diesem Abend erlebt hatte, rigoros aus. Lediglich ein inneres Vibrieren, als stünde sie unter Strom, begleitete sie durch die Nacht.

Eine stete Erinnerung an Teresa Weissenbach, ihre beste Freundin aus einem anderen Leben.

***

In dieser Nacht starb niemand auf der neurologischen Intensivstation. Die eisige Luft des frühen Morgens biss sich in Miriams Gesicht fest, als sie um sieben Uhr dreißig aus dem Hauptgebäude des Universitätsklinikums Eppendorf trat, das Paralleluniversum verließ und in das finstere Diesseits zurückkehrte. Die Nacht war dem Tag noch näher als der Morgen, Dunkelheit würde Miriam auf dem Weg nach Hause begleiten. Der Gedanke an die Leere, die sie in ihrer Wohnung erwartete, machte sie schwermütig, ein Gefühl, das sie bereits von den regelmäßigen Nachtschichten kannte, doch an diesem Tag war es anders. Trotz ihrer grenzenlosen Erschöpfung *wollte* sie nicht nach Hause. Es war nicht länger ihr Safe Space, der Beziehungsstatus zu ihrer Wohnung hatte sich nach den Ereignissen des vergangenen Abends zu »Es ist kompliziert« geändert.

Unschlüssig blieb sie auf dem zugigen Platz vor dem Haupteingang stehen und zog sich die dicke Wollmütze tiefer in die Stirn, was völlig wirkungslos blieb, der Dezember hatte die Stadt in seinem eisigen Griff. Noch fror es nicht, aber die gefühlte Kälte drang bis in ihre Eingeweide.

Und dann war da noch Teresa.

Obwohl sie sich mit aller Macht dagegen gewehrt hatte, ging Miriam ihre frühere Freundin nicht aus dem Kopf. Es war ihr vorgekommen, als stünde sie während der gesamten Nachtschicht neben ihr und beobachtete sie dabei, wie sie Medikamente in Venen spritzte und Vitalfunktionen überprüfte, wie ein Gespenst hatte sie sich unvermittelt und unter rätselhaften Umständen wieder in ihr Leben materialisiert. Miriam wusste nicht so recht, wie sie sich damit fühlte. Ihr Kopf war nicht bereit, nicht in diesem Moment und vielleicht niemals, diese Information zu verarbeiten – und doch stand sie nun im bitterkalten Ostwind und wog ihre Optionen ab.

Von dem Mann am Telefon hatte sie aufgeschnappt, dass Teresa im Krankenhaus war, offenbar wegen Verätzungen, und obwohl er den Teufel getan und ihr verraten hätte, in welcher Klinik sie lag, zog es Miriam jetzt zur dermatologischen Abteilung, die sich in der Nähe des Hauptgebäudes befand. Es wäre nur ein kleiner Abstecher, ohnehin viel zu früh, vermutlich musste sie unverrichteter Dinge wieder umkehren. Niemand würde es erfahren, schon gar nicht Teresa.

Die Sache mit ihr und Teresa damals hatte kein gutes Ende genommen, und auch Freundschaften vermochten es, Herzen zu brechen. Doch ungeachtet der Verletzung, die Teresa ihr zugefügt hatte, der Acht-Stunden-Schicht, die hinter ihr lag, und der Unwahrscheinlichkeit, dass ihre ehemalige Freundin überhaupt in diesem Krankenhaus versorgt wurde, traf Miriam eine Entscheidung. Ihre Wohnung, die noch vor ein paar Stunden der Ort von Angst und Schrecken gewesen war, würde auch noch da sein, wenn sie ein paar Minuten später nach Hause kam.

Miriam verfluchte sich selbst, als sie sich in Bewegung setzte und, statt zur Bushaltestation zu gehen, rechts abbog, um sich von unsichtbaren Schnüren zur dermatologischen Abteilung in Haus W14 ziehen zu lassen.

Nur wenige Menschen waren um diese Zeit unterwegs, viele der Geschäfte in dem kleinen Einkaufszentrum des Gesundheitscenters zu ihrer Linken hatten noch geschlossen, nur auf Höhe des Bäckers wehte der Geruch von Kaffee und frischen Brötchen zu ihr herüber. Erst jetzt spürte sie den Hunger, der in ihrem Magen schmerzte. Oder war das Angst?

Miriam versuchte sich vorzustellen, was die Flüssigkeit in den Pralinen mit Teresas Gesicht gemacht hatte. Je nach Substanz und Konzentration richteten Verätzungen entsetzlichen Schaden an, verflüssigten Hautgewebe oder töteten es ab und machten häufig rekonstruktive plastische Chirurgie notwendig. Besonders viel Flüssigkeit konnte in so einer Praline vermutlich nicht gewesen sein, doch angesichts der zornigen Beschimpfungen von Teresas Freund machte sich Miriam auf einen furchtbaren Anblick gefasst.

Das Haus der Klinik und Poliklinik für Dermatologie und Venerologie befand sich gegenüber der Notaufnahme und gehörte zu den Altbauten des UKE, ein zweistöckiger rechteckiger Kasten aus rotem Klinker, der nur wenig Charme versprühte. Miriam untersagte sich jedes Zögern, wenn sie erst einmal damit anfing und stehen blieb, um die Sache noch einmal zu überdenken, war ihr Rückzug absehbar. Stattdessen bewegte sie sich wagemutiger, als sie sich fühlte, auf die schwere Eingangstür zu und drückte sie unerschrocken auf.

Der Vorraum empfing sie mit desinfektionsmittelgetränkter Luft, ein vertrauter Geruch, und doch schien er sich zu unterscheiden von dem auf der neurologischen Intensivstation. Wie kalter Rauch löste er ein Gefühl von Beklemmung in ihr aus. Eine Glastür führte zur Station, doch sie schenkte ihr keine Beachtung, stattdessen wurde ihr Blick angezogen von einer Frau, die auf einer der seitlichen Bänke im Vorraum saß, die Augen starr auf das gegenüberliegende Fenster gerichtet, und allem Anschein nach Miriams Auftauchen nicht bemerkt hatte.

Miriam erkannte Teresa sofort. Ihre Muskeln verkrampften,

wie versteinert blieb sie stehen und sah die andere Frau ungeniert an.

Zeit war Magie. Zeit vermochte es zu zaubern, konnte lebensdurstige Zwanzigjährige in lebenstüchtige Dreißigjährige verwandeln, in Erwachsene, was tragisch und schön zugleich war.

Teresa hatte sich verändert, natürlich hatte sie das, und gleichzeitig auch nicht. Die früher blonden Haare waren noch immer lang, nun aber dunkelbraun, ihr Gesicht hatte den späten Babyspeck verloren und war schmal und kantig geworden. Die feuerrote Schwellung unterhalb ihrer Lippe und am Kinn tat ihrer zeitlosen Schönheit keinen Abbruch. Zwei bandagierte Klumpen lagen nutzlos in ihrem Schoß, plüschige Hausschuhe und eine graue Jogginghose wuchsen aus dem langen schwarzen Steppmantel, den sie bitter nötig hatte, im Vorraum war es kaum wärmer als draußen.

Miriams Magen brannte, sie hätte nicht herkommen sollen. Alte Wunden sollten ruhen dürfen und nicht bei der nächstbesten Gelegenheit wieder aufgerissen werden. Und doch rührte sie sich nicht von der Stelle, spürte den eigenen Herzschlag in ihrem Hals und glotzte Teresa weiter an.

Diese wandte plötzlich ihren Blick vom Fenster ab und musterte Miriam argwöhnisch. »Ist was?«

Ihre Kehle schnürte sich zusammen, sämtliche Worte waren ihr abhandengekommen, sich zu bewegen schien ebenfalls außerhalb ihrer Möglichkeiten. Was, wenn Teresa sie nicht erkannte? Oder – noch schlimmer – sich nicht an sie erinnerte? Miriam wusste nicht, wie sie diese Situation ohne emotionalen Schaden überstehen sollte.

Teresa erwiderte ihren Blick, und Miriam beobachtete, wie sich ihre Augenbrauen langsam hoben und eine tiefe Falte zwischen ihnen entstand. Ihre anfängliche Ablehnung wich einer zögerlichen Ahnung. »Kennen wir uns?«

Ein scheues Lächeln ließ Miriams Mundwinkel zittern. Dann endlich stürzte die Erkenntnis über Teresa herein, sie wurde weiß wie eine Wand, was den Kontrast zu ihren feuerroten Verletzungen im Gesicht noch deutlicher hervorhob. »Miriam?«, fragte sie, ihre Stimme kaum mehr als ein Flüstern.

Ihren Namen aus dem Mund der ehemaligen Freundin zu hören holte sie aus ihrer Starre. »Hallo, Teresa«, sagte Miriam reserviert.

Teresa stand auf, sichtlich unschlüssig, wie sie reagieren sollte. »Was machst du denn hier?« Es gelang ihr nicht, ihre Bestürzung vor Miriam zu verbergen.

Linkisch vergrub Miriam ihre Hände in den Manteltaschen und zuckte beiläufig mit den Schultern. »Dich besuchen«, erwiderte sie knapp, es enttäuschte sie, dass sich Teresa nicht wenigstens ein bisschen freute, sie zu sehen.

»Woher weißt du, dass ich hier bin?«, fragte sie verwirrt, offenbar hatte sie keine Ahnung, dass ihr Freund die Nummer von dem Pralinenschachteldeckel gewählt hatte.

»Wusste ich nicht«, erwiderte Miriam betreten. »Ich war nur ohnehin im UKE, und da dachte ich, ich versuch's mal.« Sogar in ihren eigenen Ohren klang diese Antwort suspekt.

Teresa zog eine entschuldigende Grimasse. »Tut mir echt leid, aber ich hatte noch keinen Kaffee heute Morgen und kann dir nicht folgen. Was wolltest du versuchen?«

Ihre Wangen brannten, und reflexartig zog sie sich die Mütze vom Kopf, um ihren Händen eine Beschäftigung zu geben. »Ich meinte damit, dass ich nachsehen wollte, ob du hier bist. Also im UKE. Das wusste ich ja nicht. Dermatologie war schon irgendwie klar, aber nicht, in welchem Krankenhaus.«

Miriam hatte nicht den Eindruck, den Hintergrund ihres Auftauchens nachvollziehbar beleuchtet zu haben, und hasste es, wenn sie aufgrund ihres Unvermögens, normale Konversation zu betreiben, ins Plappern geriet.

Teresas kritischer Blick ließ kaum Raum für Spekulationen darüber, was sie dachte. Sie wartete noch immer auf eine Erklärung.

»Hat dir dein Freund nicht gesagt, dass er mich gestern Abend angerufen hat?«

Ein zweites Mal verließ das Blut Teresas Gesicht. »Gero hat dich angerufen?«

Gero. Dass der *Freund* jetzt einen Namen hatte, änderte nichts an dem Schrecken, in den die Erinnerung an seine zornigen Drohungen sie immer noch versetzte.

Unsicher räusperte sie sich, sie wollte nur ungern vor Teresa negativ über ihren Freund sprechen, um sie nicht zu verärgern. »Also seinen Namen hat er mir nicht gesagt, er war ziemlich –« *Furchteinflößend.* »Er hat mir erzählt –« *unterstellt* »– was dir passiert ist.« Ihre Kehle kratzte wie Schmirgelpapier, manchmal, wenn sie während der Schicht zu wenig getrunken hatte, passierte ihr das. Wenn sie gewusst hätte, dass sie Teresa erst die Zusammenhänge ihres Besuchs erklären musste, hätte sie vorher ein Glas Wasser getrunken. Oder, wie es ihre ursprüngliche Absicht gewesen war, den 5er-Bus nach Hause genommen.

»Ich verstehe immer noch kein Wort«, sagte Teresa und schüttelte den Kopf. »Gero hat *dich* angerufen? Wieso? Kennt er dich?«

Vor Nervosität verhedderten sich Miriams Finger in ihrer Mütze. »Nein, nein, er kennt mich nicht. Tut mir leid, ich dachte, er hätte es dir erzählt.«

»Was denn?«, fragte Teresa ungeduldig.

Miriam wollte wirklich nicht vor Teresa schlecht über deren Freund sprechen, und kurz erwog sie, sich mit einer fadenscheinigen Ausrede aus der Situation zu entfernen und so zu tun, als hätte diese Begegnung nie stattgefunden.

Als Miriam Blut schmeckte, wurde ihr bewusst, dass sie auf ihrer Unterlippe gekaut hatte. Sie holte tief Luft und sprach schließlich aus, was Teresa früher oder später ohnehin erfahren würde. »Die Handynummer auf dem Deckel der Pralinenschachtel ist meine.«

Teresa sah sie an, als hätte sie es immer noch nicht verstanden. »Deine?«, echote sie ungläubig.

»Frag mich nicht, ich habe dir die Pralinen nicht geschickt«, sagte Miriam schnell, bevor Teresa falsche Schlüsse ziehen konnte. »Ich bin genauso überrascht wie du. Du weißt, dass ich so was nie tun würde.«

Teresas Blick zuckte umher, etwas ging in ihr vor sich, von dem Miriam keine Ahnung hatte, und sie konnte nicht einschätzen, wie sie reagieren würde.

»Deswegen bin ich jedenfalls hier«, sprach sie nervös weiter, als Teresa nichts sagte. »Also auch deswegen. Und um zu sehen, wie es dir geht.«

Teresa schien sie nicht zu hören, geistesabwesend ließ sie sich zurück auf die Bank sinken, ihre Augen blind für Miriams steigende Beklemmung.

»Das ergibt keinen Sinn«, murmelte sie und legte eine der verbundenen Hände an die Stirn, verzog das Gesicht unter Schmerzen und ließ sie wieder sinken.

Miriam war klar, dass sie keinen Beitrag leisten konnte, der irgendwie Licht in die Sache brachte, dennoch fühlte sie sich genötigt, etwas zu erwidern. »Mehr weiß ich leider auch nicht.«

Unschlüssig sah sie sich um, nahm die Tür ins Visier, durch die sie eben erst gekommen war, und fragte sich, ob Teresa es überhaupt bemerken würde, wenn sie sich heimlich davonschlich.

»Und Gero hat dich angerufen?«, fragte diese erneut und brachte Miriams vage geschmiedeten Fluchtplan zum Einsturz.

»Ja.« Sie unterdrückte den Impuls, sich dafür zu entschuldigen, doch die auflodernde Entrüstung in Teresas Mimik brachte sie ins Wanken.

»Dieses Arschloch!«, fluchte Teresa.

Erschrocken sah Miriam sie an. »Was?«

»Ich wollte nicht, dass er die Nummer anruft, und er tut es trotzdem.« Sie schnaubte und war sichtlich wütend. »Was hat er zu dir gesagt?«

Miriam zuckte mit den Schultern. »Nur, was passiert ist.« Es machte den Anschein, dass es um die Beziehung von Teresa und ihrem Freund nicht besonders gut bestellt war, dennoch wollte sie ihr gegenüber nicht offen aussprechen, was *Gero* ihr tatsächlich um die Ohren gehauen hatte.

Teresa musterte sie argwöhnisch. »Mehr nicht? Du kannst es mir ruhig sagen.«

Miriam fühlte sich ertappt und sah sich nicht imstande, es nach der expliziten Nachfrage weiter für sich zu behalten. »Na ja, und dass er mich finden wird und dann umbringt.« Sie hatte versucht, ihre Worte beiläufig klingen zu lassen, doch in Teresas Ausdruck stand pure Fassungslosigkeit geschrieben.

»Nicht dein Ernst! Der spinnt wohl.« Sie suchte Miriams Blick, die angespannten Muskeln im Gesicht wurden weicher, als sie ihn fand. »Tut mir echt leid, Miriam, das hätte er nicht tun dürfen. Ich wollte mich selbst darum kümmern. Stattdessen führt er sich auf wie ein Psychopath.«

Es erleichterte Miriam, dass Teresa das Verhalten ihres Freundes nicht herunterspielte. »Nicht so schlimm«, sagte sie arglos, eine Lüge, mit der Teresas Interesse an ihr jäh wieder verflog. Zerstreut blickte sie ins Leere, und Miriam fühlte sich fehl am Platz, plump und unbedeutend, während sie sich wartend fragte, ob das Gespräch noch einmal aufgegriffen werden würde oder ob sie sich womöglich in Luft aufgelöst hatte. Teresa schien mental längst ganz woanders.

»Darf ich dich was fragen?« Nervös zupfte Miriam an einem Stück Haut ihres Nagelbettes.

Teresa nickte, sah aber durch sie hindurch.

»Müsste sich nicht die Polizei um die Sache kümmern?«

Ein Anflug von Panik stahl sich in Teresas Augen. »Nein, ich mache das lieber selbst«, antwortete sie unverhohlen, doch Miriam nahm ihr ihre zur Schau gestellte Arroganz nicht ab.

»Weißt du denn, wer dir die Pralinen geschickt hat?«, fragte sie vorsichtig.

Mit glasigem Blick sah sie zu Miriam auf, wirkte besorgt und aufgewühlt. »Zumindest dachte ich es. Aber jetzt bin ich mir nicht mehr sicher.«

»Weil ich nicht ins Bild passe.«

»Ja, du passt nicht ins Bild.«

Teresa musterte sie nachdenklich, zum ersten Mal, seit sie durch die Tür getreten war und sie im Vorraum hatte sitzen sehen, fühlte sich Miriam wirklich von ihr wahrgenommen, und sofort kam es in ihrem Kopf zu einer Übersprunghandlung. Regelrecht gedemütigt fragte sie sich, was ihre ehemalige Freundin über sie dachte, ob sie fand, dass sie aussah wie früher, ob ihr auffiel, dass sie seit damals ein paar Kilo zugelegt hatte. Fragte sich, ob ihr Anblick Teresa enttäuschte und sie zu jemandem geworden war, mit der sie heutzutage ohnehin nicht mehr befreundet sein wollte. Plötzlich schämte sie sich für ihr Auftreten, für ihre gesamte Person, die aus ihr geworden war, und peinlich berührt löste sie eine Haarsträhne von ihrer Stirn, die noch immer dort geklebt hatte. Sicher fand Teresa sie hässlich, so verschwitzt und müde, wie sie sich fühlte.

»Sieht gar nicht so schlimm aus, dein Gesicht«, plapperte Miriam ohne Filter drauflos. »Also die Verätzung. Was nicht heißen soll, dass es nicht schlimm ist.« Schnell biss sie sich von innen in die Wange, damit sie aufhörte zu reden.

Teresa zog eine Augenbraue hoch, ein Mundwinkel zuckte. »Es ist auch nicht so schlimm, zum Glück. Verätzungen ersten Grades an Kinn und Händen. Tut weh wie ein Sonnenbrand aus der Hölle, aber mit Schmerzmitteln sind sie hier geizig.«

»Tut mir leid.« Mit einem stechenden Brennen löste sich die Haut von ihrem Zeigefinger, an dem sie unbewusst die ganze Zeit gepult hatte, ein willkommenes Feuer, das sie für den Moment erdete.

»Ich sollte sie wegen Menschenquälerei verklagen.«

Miriam wusste nicht, ob Teresa das ernst meinte oder einen Scherz gemacht hatte, also zog sie es vor zu schweigen. Eine neuerliche Pause entstand, blähte sich unangenehm auf, und Miriam begriff, dass die Chemie zwischen ihnen einfach nicht mehr stimmte. Was früher gewesen war, hatte heute keine Bedeutung mehr. Ihre Vernunft riet ihr, sich von Teresa zu verabschieden und einen finalen Schlussstrich zu ziehen unter alles, was mit ihr zu tun hatte – damals wie heute –, doch ein anderer Teil von ihr, der mit den masochistischen Tendenzen, übernahm die Führung.

Zögerlich setzte sie sich neben Teresa auf die Bank. »Wirst

du heute entlassen?« Es war peinlich, wie sehr sie sich Teresa auch heute noch an den Hals warf.

Diese nickte. »Das hoffe ich doch. Meine Zimmernachbarin sägt nämlich die gesamte Station zusammen, ich hab Angst, die Decke könnte über mir einstürzen.«

Miriam schmunzelte verhalten. Ihren trockenen Sinn für Humor, den hatte sie schon damals an ihr gemocht. »Sitzt du deswegen hier?«

Auch auf Teresas Lippen zeichnete sich ein schmales Lächeln ab. Wie zum Horchen hob sie eine ihrer verbundenen Hände hoch. »Wenn du ganz still bist, kannst du sie bis hier hören.«

Miriam hielt die Luft an, grinste und fühlte sich dabei seltsam verwegen, während sie und Teresa in die Stille der Station lauschten, die langsam mit Geschirrgeklapper und gedämpften Gesprächen zum Leben erwachte.

Schließlich zuckte Teresa mit den Schultern. »Hm, wie es scheint, ist sie aufgewacht.«

Miriam stieß mit einem scheuen Lachen die angehaltene Luft aus und fühlte sich unerwartet befreit. Vielleicht war doch nicht alles verloren, was sie damals miteinander verbunden hatte. Ihre Anspannung ließ gerade ein wenig nach, doch dann spürte Miriam, dass Teresa sie von der Seite musterte, und das Gefühl von Scham kehrte mit brachialer Härte in ihren Verstand zurück.

»Und was treibt dich um diese Uhrzeit ins UKE?«, wollte Teresa wissen, das ehrliche Interesse in ihrer Stimme überraschte Miriam.

»Ich hatte gerade Feierabend. Die Dermatologie liegt praktisch direkt um die Ecke, deswegen dachte ich, es schadet nicht, wenn ich nachsehe, ob du hier bist.«

Teresa wirkte verblüfft. »Du arbeitest hier?«

»Ich bin keine Ärztin oder so«, wehrte Miriam verlegen ab. »Nur Fachkrankenpflegerin auf der Intensivstation.«

Bei Teresas anerkennendem »Wow« schwappte eine Welle der Freude durch ihren Körper. »Heftiger Job«, schob Teresa nach, dann stutzte sie. »Wolltest du früher nicht Lehrerin werden?«

Miriams Mütze rutschte von ihren Knien. »Oh Gott, nein,

das wollte ich nie. Echt nicht.« Schnell beugte sie sich vor und hob sie wieder auf.

»Aber du hast doch damals auf Lehramt studiert, oder nicht?«

»Ja, schon –«, druckste sie, das Thema war ihr unangenehm.

Teresa zog die Stirn kraus. »Aber warum hast du es dann studiert, wenn du nie unterrichten wolltest?«

Miriam atmete langsam ein. Sie könnte lügen. Weil die Wahrheit zu viel entblößen würde, Gefühle und Enttäuschungen, mit denen sie längst abgeschlossen haben wollte. Aber gerade deshalb, erkannte Miriam, musste sie Teresa damit konfrontieren. Es war ein Teil des Heilungsprozesses und ihre Gelegenheit, endlich reinen Tisch zu machen.

Sie nahm ihren Mut zusammen, zwang sich, Teresa anzusehen, und dann sprach sie es nach all den Jahren endlich aus. »Ich habe auf Lehramt studiert, weil *du* es studiert hast, Teresa.«

***

Miriam erinnerte sich noch genau daran, wie dringend sie damals mit Teresa befreundet sein wollte. Wie sie bis zur absoluten Selbstaufgabe versucht hatte, ihren Ansprüchen zu genügen. Ihre Freundschaft wert zu sein.

Auf Teresas Gesicht legte sich ein Schatten aus Bedauern und schlechtem Gewissen, und Miriam erkannte, dass sie es gewusst hatte. Teresa hatte sich in ihrer Aufmerksamkeit gesonnt und Miriam dann, als sie ihrer überdrüssig geworden war, ohne Erklärung oder Abschied weggeworfen und vergessen.

Einmal mehr fühlte sich Miriam bloßgestellt. Sie war in die dermatologische Abteilung gekommen, auch um mit eigenen Augen zu sehen, was aus Teresa geworden war. Ob sie sich vielleicht, nur vielleicht, ein bisschen geändert hatte. Doch ihr eisernes Schweigen machte deutlich, dass dem nicht so war, mehr als einen mitleidigen Blick war sie ihr nicht wert. Miriam verschwendete ihre Zeit und bezahlte dafür mit ihrer emotionalen Gesundheit.

Von dieser Erkenntnis wachgerüttelt, sprang sie von der Bank auf. »Ich hätte nicht herkommen sollen, tut mir leid, dass ich dich belästigt habe.« Sie hastete zum Ausgang, verachtete sich für ihr fluchtartiges Verhalten, doch darauf konnte sie im Augenblick keine Rücksicht nehmen. Teresa würde es ohnehin bald schon wieder vergessen haben. *Sie* vergessen haben.

»Miriam, warte.«

Überrascht blieb Miriam stehen und wandte sich fragend zu Teresa um. Etwas, das wie Scham oder Reue aussah, flackerte in deren Gesicht auf, eine Täuschung vielleicht oder schlicht eine Fehlinterpretation.

»Keine Ahnung«, begann Teresa ungeschickt und erhob sich ebenfalls von der Sitzbank, »ob ich hier einen vor dem Frühstück bekomme, aber ich brauche dringend einen Kaffee. Kommst du mit?«

***

Miriam trug zwei Tassen an einen der freien Tische der Bäckerei, die sie bereits auf dem Weg zur Dermatologie mit ihrem Brötchenduft gelockt hatte, und stellte sie vorsichtig ab, bevor sie sich zu Teresa setzte.

Sie waren alleine in dem kleinen Sitzbereich, während Laufkundschaft kam und wieder ging. Anders als Teresa hatte sie ihren Mantel angelassen, die Wärme ließ ihr Gesicht glühen. Miriams Magen knurrte bemitleidenswert, dennoch verzichtete sie darauf, sich etwas zu genehmigen – es wäre ihr unangenehm, vor Teresa zu essen, während die nur Kaffee trank. Der welkende rote Weihnachtsstern auf dem Tisch, der mit letzter Kraft versuchte, etwas Festtagsstimmung zu versprühen, hätte ohnehin keinen Platz für einen Teller gelassen. Ein heißer Kakao musste genügen, um ihren Hunger vorläufig ruhigzustellen.

Schweigend sah Miriam dabei zu, wie sich Teresa mit den verbundenen Fingern Zucker in den Kaffee löffelte und sich dabei nicht einmal ungeschickt anstellte.

»Und, was ist mit dir? Bist du Lehrerin geworden?«, brach

Miriam das Schweigen, ihre Stimme ungeahnt belegt, und verlegen räusperte sie sich.

Teresa verzog ihr Gesicht. »Ich bin Finanzbuchhalterin. Frag mich nicht, wie das passieren konnte, ich weiß es auch nicht.«

»Ist doch egal. Hauptsache, es macht dir Freude und –«

»Ich hasse es«, platzte es aus ihr hervor, den Blick auf das Schwarz ihrer Tasse geheftet, als fände sie nur dort die Antwort auf eine ungestellte Frage.

»Das tut mir leid.«

Die Sirene eines in ihre Straße biegenden Rettungswagens brachte ihre Unterhaltung erneut zum Erliegen. Beide beobachteten, wie das Fahrzeug am Eingang zur Notaufnahme zum Stehen kam und Momente später ein älterer Mann auf einer Rollliege ins Innere transportiert wurde. Als der Einsatz nichts mehr zu sehen bot, schien Teresa noch immer gefangen in einer Szene außerhalb der Realität.

»Alles in Ordnung?«, fragte Miriam vorsichtig.

Teresas nachdenklicher Blick kehrte zu ihr zurück. »Ich verstehe einfach nicht, warum deine Nummer in der Pralinenpackung stand. Wir können nicht so tun, als wäre es bloß ein verrückter Zufall.«

Daher wehte also der Wind. Für einige glorreiche Minuten hatte sie es gewagt zu glauben, Teresas Einladung wäre der erste aufrichtige Versuch, sich für ihr Verhalten von damals zu entschuldigen, doch in Wahrheit wollte sie nur herausfinden, was sie mit den Pralinen zu tun hatte.

Miriam richtete sich auf und drückte ihr Kreuz durch, bis es knackte, um bei alledem zumindest einen Anflug von Würde vorzutäuschen. Sie und Teresa, sie waren keine Freundinnen. Nicht mehr, vielleicht nie gewesen. Sie waren lediglich zwei Frauen, die sich von früher kannten. »Du solltest Anzeige gegen unbekannt erstatten«, sagte Miriam, um Sachlichkeit bemüht. »Das war ein Anschlag auf dich und keine Bagatelle, die du selbst regeln kannst. Was hattest du überhaupt vor? Drohanrufe bringen ja offensichtlich nichts.« Eine Welle der Genugtuung überkam Miriam angesichts der Spitze gegen Teresas Freund.

Diese schüttelte den Kopf. »Gero hätte das nicht tun sollen, aber ich will keine Polizei. Auf keinen Fall.«

»Wieso nicht?«

Zum ersten Mal an diesem Morgen schien etwas von Teresas selbstbewusster Fassade abzubröckeln. »Die Angelegenheit ist ... heikel.« Sie wirkte mit einem Mal verletzlich und angreifbar. »Bitte, ich will nicht darüber reden.«

»Okay«, lenkte Miriam ein, »keine Polizei. Was dann?« Fahrig fingerte sie an ihrer Tasse herum, die Hitze des Kakaos drang von den Fingerspitzen bis in ihre Knochen.

»Hast du in letzter Zeit jemandem deine Handynummer gegeben?«, fragte Teresa nachdenklich, in ihre eigenen Überlegungen vertieft.

Miriam versuchte überflüssigerweise, sich zu erinnern, obwohl sie keinerlei Zweifel hatte. »Nein, niemandem. Und es wäre ohnehin keine Erklärung dafür, weil die Person nicht wissen kann, dass wir –« *einmal Freundinnen waren* »– uns kennen. Jemand hat dich vorsätzlich verletzt und wollte dich glauben machen, dass ich es war.«

»Dann ist diese Person aber nicht besonders clever. Wenn du auf jemanden einen Anschlag verübst, hinterlässt du doch nicht deine eigene Nummer.«

»Auch wahr. Es muss also jemand sein, der uns beide kennt, was zwei Fragen aufwirft: Woher kennt uns diese Person, und warum tut sie es gerade jetzt?«

Teresa ging nicht auf ihre Überlegungen ein. »Ist dir in letzter Zeit etwas in deinem Umfeld aufgefallen? Etwas, das merkwürdig war?«

Die Frage traf Miriam wie ein Schlag und zupfte an ihrer Angst vor der leeren Wohnung, die auf sie wartete. Wie hatte sie das so lange ausblenden können? »Ich weiß nicht«, druckste sie dennoch. Etwas in ihr wollte den Duschunfall für sich behalten, weil sie es noch immer vorzog, sich mit dem Gedanken zu beruhigen, die Gestalt in ihrem Badezimmer nicht wirklich gesehen zu haben. Sobald sie es aussprach, wurde die Sache real.

»Da ist was, stimmt's?« Teresa beugte sich etwas vor und fixierte sie mit ihrem Blick.

Miriam nahm einen Schluck von ihrem Kakao, ein hilfloser Versuch, ihre Antwort hinauszuzögern, und verbrannte sich die Oberlippe. Sie fluchte und tupfte sich mit einer Serviette den Milchschaum weg, doch als ihr kleines Manöver vorbei war, musterte Teresa sie noch immer prüfend.

Miriam knickte ein. »Es ist nur ... gestern Abend dachte ich, jemand würde mich unter der Dusche beobachten.«

»Durch das Badezimmerfenster?«, hakte Teresa nach, ihr Gesicht hatte sich verfinstert.

Miriam schüttelte langsam den Kopf. »Nein, ich meine eher ... also ich dachte kurz, ich hätte jemanden durch den Duschvorhang gesehen.«

»Und du warst alleine in der Wohnung?«

Ihre sachliche Reaktion stürzte Miriam kurz in Zweifel. »Ja, war ich«, bestätigte sie verunsichert.

»Hat jemand außer dir einen Schlüssel?«

»Nur mein Freund«, sagte sie, obwohl sie die Frage als übergriffig empfand.

»Vielleicht hat er sich einen Scherz mit dir erlaubt.«

»Nein, ganz sicher nicht.« Miriam fühlte sich schäbig, weil Max hinterrücks die Schuld zugeschoben werden sollte, noch dazu von einer Fremden, die ihn nicht einmal kannte. Er hatte mit alledem nichts zu tun, und Teresa war die Letzte, die überhaupt von ihm erfahren sollte.

»Wann haben wir uns eigentlich das letzte Mal gesehen? Vor zehn Jahren?«, fragte Teresa nach einer Pause, in der sie mit vor Schmerz verzerrtem Gesicht an ihrem Kaffee genippt hatte.

»Elf«, korrigierte Miriam sie kühl.

»Wegen damals ...«, begann Teresa unbeholfen, sie wirkte mit einem Mal wie eine Suchende, wie jemand, der so verzweifelt etwas richtig machen wollte, dass es nur misslingen konnte. Ihr Gedanke, so vielversprechend, fand keine Fortsetzung, keine Auflösung, nur sprachloses Schweigen. *Damals.* Welches Damals sie wohl gemeint hatte? Sie kannten sich seit ihrer Zeit auf dem Gymnasium, erst in der Oberstufe hatte sich zwischen ihnen entwickelt, was Miriam irrtümlich als Freundschaft interpretiert hatte. Weil Teresa sich dafür entschieden hatte, quälte sich auch Miriam durch vier Semester Deutsch und Biologie auf Lehramt, allerdings hätte sie ohne das Studium nicht gewusst, was sie sonst mit ihrem Leben anfangen sollte.

Mit »damals« konnte Teresa aber auch den Sommer gemeint haben, mit dem alles geendet hatte. Wochen, ausgefüllt mit Sonnenschein, das Programm für lernschwache Jugendliche, dieses Kaff, irgendwo am Wasser. Etwas war in diesem Sommer vorgefallen, was zur Folge gehabt hatte, dass Teresa den Kontakt zu Miriam abbrach, aus ihrem Leben verschwand und einen Haufen Scherben hinterließ. Da war noch mehr, was Miriam ihr vorwarf, doch sie bekam das richtige Bild, die passende Emotion einfach nicht zu fassen.

»Ich kann mich an so viele Dinge nicht mehr erinnern.« Es überrumpelte Miriam, dass sie diesen Gedanken laut ausgesprochen hatte. »Gruselige Vorstellung, dass wir Dinge erleben, die wir später wieder vergessen. Dinge, von denen wir nicht einmal ahnen, dass wir sie vergessen haben. Als wären sie nie geschehen.«

Miriams Worte wühlten Teresa sichtlich auf, und eine Weile schien sie in sich gekehrt. Den abwesenden Blick auf ihre bandagierten Finger gerichtet, wirkte sie einmal mehr schrecklich verwundbar.

»Ich glaube, wir müssen uns nicht alles aus der Vergangenheit merken«, sagte Teresa schließlich leise, und Miriam hatte Mühe, sie unter den Geräuschen der erwachten Bäckerei zu verstehen. »In jedem Leben passiert so viel Scheiße. Mir genügt es, wenn ich mich an die wichtigen Dinge erinnere.«

Die wichtigen Dinge. Verärgert biss sich Miriam auf die Innenseiten ihrer Wangen, damit sie Teresa nicht sagen konnte, was ihr auf der Zunge lag. Denn war es nicht vermessen von ihr, darüber zu entscheiden, was wichtig war und was nicht? War nicht alles für irgendjemanden auf der Welt wichtig? Niemand sollte eine noch so kleine Begebenheit als unwichtig abtun und vergessen dürfen, schließlich könnte sie für eine andere Person von allergrößter Bedeutung sein.

»Alles okay?« Teresa beobachtete sie.

Miriam fühlte sich wie aus einem Traum erwacht. »Ja, es ist nur … Ich bin echt erledigt, ich sollte nach Hause fahren.« Sie kramte ihre Mütze aus der Jackentasche und zog sie sich über den Kopf.

»Wo wohnst du?« Teresa war sichtlich überrumpelt.

»Eimsbüttel.«

»Dann hast du es ja nicht weit.«

»Nein, hab ich nicht.« Miriam stand auf, ihr Blick streifte den Kakao, den sie kaum angerührt hatte, sie spürte den drückenden Schmerz in ihrem Magen, den Unwillen, den sie bei dem Gedanken an ihre leere Wohnung empfand, und doch musste sie hier weg.

»Miriam?«, hielt Teresa sie auf. »Was machen wir jetzt wegen der Sache mit der Handynummer?«

Ihre Frage machte Miriam wütend. *Wir?* Es gab kein Wir. Gleichgültig zuckte Miriam mit den Achseln. »Keine Ahnung. Und ehrlich gesagt ist das auch nicht mein Problem. Die Polizei darf mich gerne kontaktieren, falls sie noch etwas von mir wissen wollen, aber es wäre schön, wenn dein Freund davon absehen würde, mir mit dem Tod zu drohen.«

Miriam erinnerte sich kaum daran, wann sie das letzte Mal ungeachtet der möglichen Konsequenzen gesagt hatte, was sie wirklich dachte. Es war ein befreiendes Gefühl, und sie zog es in Erwägung, dies in Zukunft häufiger auszuprobieren. Kam auf die Liste der Vorsätze fürs nächste Jahr. Sie schob sich an den anderen Tischen vorbei zur Glastür, spürte die Blicke der Kunden und der Verkäuferin und war sich Teresas Aufmerksamkeit bewusst.

»Was ist mit mir?«, rief diese ihr nach.

Miriam wollte sie ignorieren, blieb dennoch stehen und drehte sich um, zu Teresa, die inzwischen ebenfalls aufgestanden war und wie festgeklebt vor ihrem Tisch stand.

»Was meinst du?«

Nun kam Teresa doch auf sie zu, offenbar war es ihr unangenehm, diese Unterhaltung quer durch die Bäckerei fortzuführen. »Darf ich dich kontaktieren?«

»Du hast ja meine Nummer«, sagte Miriam matt, sie beide wussten, dass Teresa sie nicht anrufen würde. »Mach's gut. Und gute Besserung.«

Dann ließ sie Teresa stehen und ging davon. Nie wieder wollte Miriam dieses einundzwanzigjährige Mädchen von damals sein, das danach lechzte, gemocht zu werden, und dafür alle Respektlosigkeiten in Kauf nahm, sich für alle Misstöne innerhalb der Freundschaft selbst die Schuld gab, bis sie einen Punkt des Selbstekels erreicht hatte, der nicht länger zu ertragen gewesen war. Selbstekel, weil sie das alles mit sich hatte machen lassen. Miriam verdiente es, dass ihre freundschaftliche Zuneigung im gleichen Maße erwidert wurde. Dieser schmerzvolle Morgen war eine weitere Bestätigung der bitteren Erkenntnis, dass Teresa das nie getan hatte und auch niemals tun würde.

***

Am späten Vormittag wurde Teresa aus dem Krankenhaus entlassen. Trotz ihrer Bitte hatte Gero sich nicht bereit erklärt, sie mit dem Auto abzuholen. Zu viel zu tun im Restaurant, morgen war Silvester, dieselbe alte Leier. Wenn es nicht Weihnachten oder Silvester war, dann eine Konfirmation, ein sechzigster Geburtstag oder irgendein wichtiger Restauranttester. Stattdessen nahm Teresa ein Taxi. Angesichts der Tatsache, dass sie ohnehin wütend auf ihn war und sie vermutlich einmal mehr in einen unschönen Streit geraten wären, konnte sie nicht leugnen, dass ihr seine Gleichgültigkeit einigermaßen gelegen kam.

Doch noch bevor Teresa die Wohnung betrat, wusste sie, dass etwas nicht stimmte. Die Haustür war nicht abgeschlossen, nur ins Schloss gezogen worden, eine Leichtsinnigkeit, die Gero nie begehen würde.

Verunsichert trat sie ins Wohnzimmer, legte den Schlüssel auf den Tisch und wand sich aus dem Mantel. Die Luft war warm und abgestanden, und nach der Kälte von draußen brannte die Verätzung an ihrem Kinn noch heftiger als zuvor. Sie horchte in die Wohnung hinein, versuchte den Gedanken an Miriam und den Vorfall in deren Badezimmer zu verdrängen, hörte aber nichts. Dennoch gelang es ihr nicht, das Kribbeln in ihrem Nacken als Frösteln abzutun. Sie war nicht alleine.

»Gero? Bist du zu Hause?«, rief sie zögerlich in den leeren Raum hinein.

Keine Antwort.

Die Sinne geschärft, legte sie den Mantel auf der Couch ab – das Gefühl einer Präsenz in der Wohnung ließ sich auch durch rationalen Zuspruch nicht abschütteln – und ging widerwillig Richtung Badezimmer.

»Gero?« Sie trat in den Raum, schaltete das Licht an, mied den Blick in den Spiegel. Alles nicht so schlimm, hatten die Ärzte gesagt, aber Teresa wollte sich gerade nicht damit auseinandersetzen. Sie beugte sich zum Waschbecken, um sich die Hände zu waschen, hatte die weißen Verbände an ihren Fingern vergessen und hielt inne. Die jüngsten Geschehnisse füllten noch immer den Raum aus. Bilder, wie sie sich verzweifelt das Zeug aus der Praline vom Kinn wischte und der Schmerz immer schlimmer wurde, wie sich auch die Haut auf ihren Händen feuerrot verfärbt und sie sie weinend unter den kalten Wasserstrahl gehalten hatte, kamen zu ihr zurück, und sie ermahnte sich, ruhig zu atmen. Der Alptraum war vorbei. Später, wenn sie sich emotional gefestigt genug fühlte, würde sie die Wundgaze entfernen. Sie war mehr lästig, als dass sie ihr half.

Ein Geräusch drang durch die angelehnte Tür, die ins Schlafzimmer führte, und mit stockendem Atem zuckte Teresa zusammen. Gedanken an einen möglichen Einbrecher ließ sie nicht zu, obwohl durch ihren Verstand eine Warnung echote, schließlich war sie eben erst einem gezielten Anschlag zum Opfer gefallen.

»Gero?«, rief sie erneut, wütender dieses Mal, weil er nicht antwortete, und stieß die Schlafzimmertür auf.

Es war leer. Beunruhigt trat Teresa in den Raum, beinahe war sie versucht, unter dem Bett nachzusehen, doch sie wusste, dass dort zwischen den Kisten mit Wäsche und Bezügen kein Platz für eine erwachsene Person war. Sie musste sich das Geräusch eingebildet haben, Miriam hatte sie mit ihrer Paranoia angesteckt.

»Was ist?«

Sie sprang herum. Gero stand im Flur, das Badezimmer zwischen ihnen, und fingerte an den oberen Knöpfen seines weißen Hemds.

»Scheiße, sag mal, spinnst du? Warum zum Teufel antwortest du nicht, wenn ich dich rufe?«, schnauzte sie ihn atemlos an.

Gero schien von dem Schrecken, den er ihr eingejagt hatte, gänzlich unbeeindruckt. »Ich habe dich nicht gehört.«

Sie zwang sich zur Ruhe. »Was machst du hier?«

Er durchquerte das Badezimmer und ging an Teresa vorbei an seinen Kleiderschrank. »Ich wechsele nur kurz das Hemd.«

Er tat das häufiger, in einer Restaurantküche war es heiß, und auch wenn er längst nicht mehr selbst am Herd stand, hielt er sich doch viel dort auf, um seine Köche zu kontrollieren. Ein trockenes und fleckenfreies Hemd hatte für ihn oberste Priorität, es strahlte in seinen Augen Dominanz und Überlegenheit aus.

Behäbig zog er es aus und warf es aufs Bett, für gewöhnlich sammelte Teresa seine Klamotten für die Wäsche zusammen. Das weiße T-Shirt darunter behielt er an und griff sich ein frisches Hemd aus dem Schrank.

Teresa beobachtete sein überhebliches Gebaren, und die Wut in ihr wuchs. »Da du offensichtlich genug Zeit hast, um dein –« *beschissenes* »– Hemd zu wechseln, hättest du mich ja auch aus dem Krankenhaus abholen können«, zischte sie ihn an. Vermutlich wäre es vernünftiger gewesen, ihren Vorwurf einfach hinunterzuschlucken und die Sache auf sich beruhen zu lassen, aber nach Konfliktvermeidung stand ihr gerade nicht der Sinn.

Wenig tangiert streifte er sich das saubere Hemd über die Schultern und knöpfte es zu. »Offensichtlich hast du es auch ohne meine Hilfe geschafft.«

Teresa schüttelte ungläubig den Kopf. »Es geht ums Prinzip.«

Er sah sie nicht einmal an. »Das ist mir sehr wohl bewusst, aber du musst begreifen, dass ich mein Leben nicht nach deinen Befindlichkeiten richten kann. Morgen ist Silvester, Dinge müssen erledigt werden, ob du nun Rohrreiniger frisst oder nicht.«

Er hatte sie nie geschlagen, nicht mit Fäusten, aber seine verbale Gewalttätigkeit hatte soeben einen neuen Höhepunkt erreicht. »Wow. Deine Wertschätzung rührt mich.« Sie konnte kaum fassen, wie sehr sie diesen Mann hasste.

Sein Hemd fertig zugeknöpft und in die Jeans gesteckt, wandte er sich ihr schließlich zu. »Was ist dein Problem, Teresa?«

Seine Verachtung raubte ihr den Atem, infiltrierte ihr die Worte. Was war nur aus ihnen geworden? Waren sie nicht irgendwann einmal verliebt gewesen? Glücklich? Wohin war das alles auf dem Weg zu diesem Tag und diesem Moment verschwunden? Sie dachte daran, wie sie diesen Mann zum Mittelpunkt ihrer Welt gemacht hatte, ihr Leben mit allem, was sie war und besaß, in seine Hände gelegt hatte, und ihr wurde schlecht. Sie war in seine Höhle gekrochen, eingelullt von Versprechungen in seine Falle getappt, und nun fehlte ihr das Licht, um alleine wieder herauszufinden, ohne auf dem Weg kläglich zu verdursten.

Sie sah keinen Grund, ihren Zorn länger zurückzuhalten. »Du bist mein Problem, Gero. Du und dein beschissenes Restaurant und deine beschissenen weißen Hemden und dein übergriffiges Verhalten, wenn du dich entgegen meiner Anweisung in meine Angelegenheiten einmischst.«

Gero hielt inne und sah sie entgeistert an. »Entgegen deiner *Anweisung*?« Es war klar gewesen, dass er sich an ihrer Formulierung festbeißen würde, aber das war ihr egal.

»Was denkst du dir dabei, meiner Freundin mit Mord zu drohen?«

»Deiner Freundin? Meinst du das Miststück, deren Handynummer im Deckel der Pralinen stand?«

»Nenn sie nicht so.« Natürlich war es eine Übertreibung,

Miriam als Freundin zu bezeichnen, doch das änderte nichts daran, dass Gero nichts verstanden hatte von dem, was sie ihm vorwarf.

Er schnaubte verächtlich, dann ließ er Teresa stehen und marschierte zur Garderobe. Es widerte sie an, wie wichtig er sich selbst nahm.

»Lauf nicht weg, wir unterhalten uns gerade!« Teresa war ihm gefolgt und kam sich vor wie ein Hündchen. Er hatte sie gut dressiert.

»Ich muss zurück ins Restaurant«, blockte er ab und nahm seinen dunkelblauen Mantel vom Haken. »Aber hast du in deiner kindischen Unbedarftheit mal daran gedacht, dass *deine Freundin*«, er malte zwei übertriebene Gänsefüßchen in die Luft, »nicht das Unschuldslamm ist, das sie vorgibt zu sein?«

Teresa schüttelte vehement den Kopf. »Das ist nicht der Punkt. Du kannst nicht einfach einer fremden Person drohen, sie umzubringen. Haben deine Eltern dir das nicht beigebracht? Sie sollte dich anzeigen!« Seine Eltern ins Spiel zu bringen war ein erbärmlicher Schachzug und sicher nicht zielführend, dennoch war es ihr unbegreiflich, wie jemand wie Gero seine Erziehung einfach über Bord warf und innerhalb kürzester Zeit zu einem Troll wurde, der sich aus der Sicherheit der Anonymität und einer vagen Vermutung heraus zu einer Morddrohung hinreißen ließ. Er hatte Miriam zu Tode erschreckt, Teresa hatte es an ihrem verhuschten Blick erkannt, auch wenn sie sehr darum bemüht gewesen war, es sich nicht anmerken zu lassen.

»Was hast du denn nach so einem Vorfall erwartet?«, fuhr Gero sie verärgert an. »Solange du mich nicht in deine *Angelegenheit* einweihst, sehe ich keinen Grund, mich an deine *Anweisungen* zu halten.«

Teresas Muskeln verkrampften sich. Sie hatte Gero absichtlich darüber im Ungewissen gelassen, was es mit den Pralinen auf sich hatte, war sie angesichts der diskreditierenden Fotos in der Schachtel davon ausgegangen, dass es sich bei dem Absender um eine ihrer zurückgewiesenen *Eroberungen* handelte. Es war der verzweifelte Versuch gewesen, die Kontrolle zu behalten über etwas, das längst aus dem Ruder gelaufen war. Es war ihre eigene Schuld, dass sie sich in dieser Lage befand, aber das änderte nichts daran, dass sie es hasste, wie er die Worte betonte. Sie hasste alles an ihm, sein Gebaren, seine Stimme, seine Arroganz, hasste es, wie sich sein Gesicht verzog, wenn er mit ihr redete, als hätte er einen üblen Geruch in der Nase, der einzig und allein von ihr ausging.

»Du interessierst dich doch gar nicht für mich, Gero. Du bringst es ja nicht einmal fertig, mich aus dem Krankenhaus abzuholen, einen Tag nachdem ich schlimme Verletzungen erlitten habe, plusterst dich aber auf, als wärst du mein Retter, weil du einer unschuldigen Frau mit Drohanrufen Angst gemacht hast? Ich habe dir gesagt, dass ich mich selbst darum kümmere.«

Gero hatte ihr zugehört, ohne sie dabei anzusehen. Nun holte er seine Handschuhe aus der Jackentasche und zog sie sich über. »Ich habe es gut gemeint, aber offensichtlich weißt du das nicht zu schätzen.«

Teresa atmete tief durch, um die Ruhe zu bewahren. »Hast du auch die Polizei informiert?«, fragte sie dann. Sie selbst hätte es gerne getan, schon allein deshalb, weil sie sich in ihrer Sicherheit bedroht fühlte, doch diese verdammten Fotos machten es ihr unmöglich.

Ein überhebliches Lächeln grub sich in Geros Mundwinkel. »Nein, ich habe mich wie der *brave* Freund, der ich bin, ganz an deine *Anweisung* gehalten.« Mit diesen Worten öffnete er die Tür und trat in die Kälte.

Ein eisiger Luftzug erfasste Teresa, und fröstelnd warf sie die Tür hinter ihm ins Schloss. Der Knall hallte in ihrem Kopf nach und machte sie taub für ihr eigenes Schluchzen.

***

Sie hatte die Fotos im Bezug ihres Kopfkissens versteckt, noch bevor sie Gero angerufen hatte. Erst dann war der Schock über den Anschlag auf sie zu ihr durchgedrungen. Gero war es gewesen, der sie in die Notaufnahme gefahren hatte, er stand dabei, als sie den Medizinern berichtete, was geschehen war, hatte zugehört und sie betrachtet, als wäre es ihre Schuld, dass sie dort lag. Über die Bilder hatte sie geschwiegen, nicht aber über die Telefonnummer, die sie in dem Deckel der Pralinenschachtel entdeckt hatte, als sie gerade die Fotos zusammenklaubte und verschwinden ließ. Gero hatte das Angebot einer Notfallschwester abgelehnt, die Polizei zu informieren, und Teresa ihn unter Schmerzen beschworen, sich nicht einzumischen. Als sie fertig versorgt war und auf die Station gebracht wurde, war Gero verschwunden. Ins Restaurant, hatte sie vermutet. Ihr wäre nie in den Sinn gekommen, er könnte die geheimnisvolle Nummer wählen, um sich als ihr Rächer aufzuspielen. Dafür war sie ihm eigentlich nicht wichtig genug.

Nach ihrem Streit brauchte Teresa einige Zeit, ehe sie sich beruhigt hatte und die Wut verflogen war. Mit geklärtem Verstand und etwas emotionalem Abstand traf sie die einzig logische Entscheidung: Sie musste die Fotos schnellstmöglich vernichten. Die Aufnahmen ekelten sie an, die Dinge, die darauf zu sehen waren, stießen sie mit einer brachialen Kraft ab, die sie wie Hämatome an ihrem Körper spürte. Wie gierige Finger auf ihrer Haut. Und dann ihr Gesicht, der Ausdruck darauf, sie erkannte sich nicht wieder und wusste doch, dass sie es war. Sie wollte diese Frau nicht sein, sie nicht kennen, wollte nichts mit ihr zu tun haben, doch sie war *sie*, Teresa, und diese visuelle Offenbarung erfüllte sie mit einem neuen Höhepunkt ihres Selbsthasses.

Ihre Hände noch immer in Mull gehüllt, holte sie die Fotografien aus dem Bezug hervor und trug sie ins Wohnzimmer. Teresas Blick streifte nur flüchtig das, was sie zu vergessen versuchte. Die Fotos, geschossen aus immer demselben Winkel, aus einem Versteck irgendwo in der Nähe, in einem Gebüsch oder einem anderen Fahrzeug, keine Zufallsschnappschüsse, jemand hatte sich auf die Lauer gelegt. Dieser Typ hinter ihr – Teresa erinnerte sich kaum an ihn, sein Name schwebte irgendwo in den nebulösen Überbleibseln dieses Abends, sofern sie ihn überhaupt kannte – war dicklich, trug eine fette Goldkette um den

Hals, der Ausdruck seiner Erregung in seinem feisten Gesicht brannte wie Säure in ihrem Magen. Diese *Begegnung* lag bereits länger zurück, sie wusste es nicht mehr genau, schob ihre Nächte auf den Parkplätzen immer sofort in die verborgenen Kammern ihres Bewusstseins.

Draußen war es eisig, Gero würde sich später nicht über das Feuer im Ofen wundern, das Teresa angezündet hatte. Die Hitze der Flammen brannte an ihren Verätzungen im Gesicht, als sie die Klappe öffnete, aber das musste sie ertragen. Keine Schuld ohne Schmerz oder so ähnlich. Es war ein wildes Feuer, hungrig und zerstörerisch, als der Sauerstoff ins Innere des Ofens gelangte. Es fauchte und brüllte und verlangte nach Futter – nach ihren Sünden, die es für sie vernichten sollte. Teresa würde sie ihm geben und dafür selbst im Fegefeuer schmoren.

Vor dem Kaminofen hockend, warf sie ein Foto nach dem anderen in das Lodern und sah dabei zu, wie sie sich vor Hitze einrollten, sich schwarze Löcher in das beschichtete Papier fraßen, Gesichter und Körper unkenntlich wurden und verschwanden, als wäre das, was darauf zu sehen gewesen war, nie geschehen. Vollkommene Auslöschung.

Teresa wusste nicht, warum sie wildfremde Männer in ihren Wagen lockte, verstand nicht, woher dieser selbstzerstörerische Anteil ihrer Persönlichkeit kam, der es darauf anlegte, dass ihr etwas angetan wurde. Diese Männer, sie gefielen ihr nicht, es ekelte sie an, von ihnen angefasst zu werden, ihren Atem zu riechen, sie ansehen zu müssen. Und trotzdem spielte sie ihnen das Gegenteil vor, nahm sie mit in ihr Auto, trieb es auf die Spitze, um sie dann von sich zu stoßen, an einem Punkt, an dem sie sich weitaus mehr verachtete als diese aufgegeilten Männer.

Es war für Teresa zu einem Spiel geworden, und sie wartete unruhig auf den Tag, an dem sie es verlor. Auf den Tag, an dem sie an einen Kerl geriet, der sich nicht in letzter Sekunde aufhalten ließ und sich mit Gewalt nahm, was sie ihm versprochen hatte. Etwas in ihr verlangte danach, dass es endlich geschah, weil sie ihrer Ansicht nach genau das verdient hatte.

Teresa war eine Künstlerin. Sie besaß die Fähigkeit, Gedanken und Selbstreflexion zu vermeiden und die Dinge zu akzeptieren, wie sie sich ihr darstellten. Bislang war sie in stummer Übereinkunft mit sich selbst davon ausgegangen, dass Gero der Grund für ihr Verhalten war. Weil sie sich für ihre Abhängigkeit von ihm verachtete, eine stumme Rebellion gegen ihn und sich selbst, ein unkalkulierbares Risiko, das ihre Beziehung früher oder später beendete – oder eben nicht.

Doch seit der Begegnung mit Miriam war ein Funke in der Dunkelheit ihrer Selbstbestrafung aufgetaucht, der ihr etwas zu zeigen versuchte. Etwas beleuchten wollte, das vergraben war, versteckt und weggeschlossen. Teresa fürchtete sich davor, hinzusehen.

Seit Jahren hatte Teresa nicht mehr an Miriam gedacht. Früher war sie so etwas wie eine Freundin gewesen, das schon, aber keine *beste* Freundin. Eine angenehme Begleiterin, die sich mit ihr eine kleine Strecke in Richtung Zukunft bewegte und dann ohne Kratzer und Verletzungen wieder verschwand.

Zumindest hatte sie das bislang geglaubt. Miriam hatte es nicht aussprechen müssen, auch so war es Teresa nicht entgangen, dass sie sehr wohl Spuren der Verwüstung in Miriams Leben hinterlassen hatte. Sie hatte bloß vergessen, was sie getan hatte.

Teresas Handy klingelte. Die Verbände an ihren Fingern waren vom Ruß schwarz geworden. Ungeschickt holte sie das Telefon aus ihrer Hosentasche und stutzte beim Blick auf das Display. Eine unbekannte Nummer.

Sie zögerte. »Hallo?«, sagte sie, nachdem sie nach dem vierten Klingeln drangegangen war. Sie hasste Werbeanrufe, aber es könnte auch jemand aus dem Krankenhaus sein. Oder dem Restaurant, wenn einer der Mitarbeiter eine neue Nummer hatte.

Am anderen Ende der Leitung blieb es still.

»Hallo?«, versuchte sie es erneut, denn die Leitung war nicht tot. Jemand war dran, sagte aber nichts.

Kurz überlegte Teresa, selbst etwas zu sagen, beendete dann aber wortlos den Anruf und legte das Handy verstimmt zur

Seite. Nervös behielt sie es im Auge, in der Erwartung, es würde jeden Augenblick wieder zu klingeln beginnen, doch nichts geschah.

Über sich selbst verärgert, schüttelte sie den Kopf. Es gab keinen Grund für ihr Herzrasen, an einem Anruf ohne Anrufer war nichts seltsam. So etwas kam ständig vor, Menschen verwählten sich, es gab Funklöcher und Taschenanrufe.

Teresa musste husten, und erst jetzt bemerkte sie den Qualm, der sich in der Wohnung ausgebreitet hatte. Eilig warf sie die verbliebenen Fotos ins Feuer und verriegelte den Kaminofen. Alles würde stinken, wenn Gero später nach Hause kam, sie würde vorher kräftig durchlüften müssen, und hoffte, dass sich der Geruch nicht bereits in den Möbeln festgesetzt hatte.

Das Fenster im Wohnzimmer weit aufgerissen, flüchtete sie vor der eisigen Luft ins Badezimmer und entfernte vorsichtig die Verbände von ihren Händen. An drei Fingern der rechten sowie Daumen und Zeigefinger der linken Hand hatte die ätzende Flüssigkeit den größten Schaden angerichtet, zudem waren beide Handflächen in Mitleidenschaft gezogen worden. Dennoch hatte Teresa noch *Glück* gehabt, keine offenen Wunden oder Blasen, alles andere würde sie aushalten. Sie kehrte ins Wohnzimmer zurück, wo die Raumtemperatur trotz des Kaminofens um mindestens zehn Grad gesunken war, und schnell schloss sie das Fenster. Draußen wurde es bereits dunkel, sie hasste diese langen Nächte im Winter, die lediglich von kurzen Phasen mit einer hellgrauen Tageslichtsuppe unterbrochen wurden. Der Rauchgeruch hing auch jetzt noch in ihrer Nase, sie hoffte, dass er von ihrem Körper ausging und nicht von den Möbeln, und beschloss, schnell zu duschen.

... ich dachte kurz, ich hätte jemanden durch den Duschvorhang gesehen.

Sie hatte Miriams Worte im Ohr, erinnerte sich an ihre Stimme, wie sie kaum hörbar gekippt war, weil dieser Zwischenfall sie zu Tode erschreckt hatte.

Ihr Handy klingelte. Die Hose bereits ausgezogen, schielte sie misstrauisch auf das Smartphone, das auf der Couch liegen geblieben war. Es zeigte die gleiche Nummer wie vor zehn Minuten.

Unschlüssig nahm sie es in die brennende Hand, das schrille Geräusch des Klingeltons trieb ihren Puls in die Höhe. Dann nahm sie den Anruf an.

»Wer ist da?«

»Teresa?« Die Stimme einer Frau drang in ihr Ohr. »Ich bin's, Elena.«

Teresas Bauch krampfte sich zusammen. »Ich weiß nicht … ich kenne keine Elena«, brachte sie stockend hervor, ihre Stimme abwehrend, doch eine unangenehme Ahnung wisperte ihr zu, dass das nicht der Wahrheit entsprach. Mit weichen Knien setzte sie sich auf die Couch.

»Doch, du kennst mich … kanntest mich. Du hast mich nur vergessen.« Die Stimme der Frau war tief, ein wenig rauchig, und Teresa wünschte sich, sie hätte sie wirklich vergessen.

»Tut mir leid«, brachte sie mit brüchiger Stimme hervor.

»Das ist egal, ich verstehe das. Aber jetzt musst du dich an mich erinnern.«

Teresa wollte das nicht. »Nein.«

Die Frau am Telefon holte hörbar Luft. »Hör zu, Teresa, der Sommer in Seelvlieth, die Sommerschule für Jugendliche mit Lernschwäche, wir waren da für unser Studium. Weißt du das noch?«

Flackerndes Licht, bunt zuckt es umher. Bässe, die tief bis in den Bauch dringen. Der Herzschlag rast, Körper, warme, feuchte Körper, Teresa fühlt sich frei.

»Ja«, hauchte sie, wurde davongetragen von dem verführerischen Beat, ließ sich treiben von der Woge der Sehnsucht nach Leben, so fremdartig und doch etwas, das sie einst gefühlt hatte.

»Es waren du und ich gegen den Rest der Welt. Klingt pathetisch, hat sich damals aber nicht so angefühlt. Na ja, jedenfalls bis –«

»Bis du abgehauen bist«, beendete Teresa das aufgesetzte Schwelgen der anderen Frau. Trotz des fehlenden Zusammenhangs fühlte sich die Erkenntnis an wie ein Schleudertrauma.

Etwas war damals furchtbar schiefgelaufen, katastrophal schief, mit grauenhaften Folgen.

»Dann erinnerst du dich jetzt?«, fragte Elena ungeduldig.

»Es kommt gerade alles wieder, glaube ich.«

»Das ist gut. Wir müssen uns treffen.«

»Wieso?« Ihr ging das zu schnell, verloren gegangene Eindrücke preschten auf sie nieder, sie musste erst einmal den Tsunami in ihrem Kopf annihilieren, bevor er sie mitreißen konnte.

»Das erkläre ich dir, wenn wir uns sehen. Ich komme zu dir.«

»Moment, was?« Teresa krümmte sich unter den neuerlichen Bauchkrämpfen zusammen.

»Mir fliegt gerade die Vergangenheit um die Ohren, Teresa. Wir müssen uns treffen, heute noch.«

Teresa legte ihre Hand auf die Stirn, doch sie zuckte sofort wieder zurück. »Das ... geht nicht«, wehrte sie ab, ihr Blick fiel auf ihre Finger, »ich komme gerade aus dem Krankenhaus.« Das aggressive Rot der Haut auf ihren Händen war wie ein Mahnmal, und tief in ihrem Unterbewusstsein erkannte sie, dass der Anschlag auf sie der Anfang einer Lawine gewesen war, die sie nun unter sich begrub. Ihre Vergangenheit drängte mit aller Macht an die Oberfläche, auch Miriam war damals in Seelvlieth gewesen, als Lehramtsstudentin in der Sommerschule. Miriam, Elena und sie. Alles hing zusammen.

»Dann ist dir auch etwas passiert? War es ein Unfall?« Die Vehemenz in ihrer Stimme, mit der sie eine Antwort einforderte, machte Teresa Angst.

»Nein, kein Unfall, aber –« Sie wollte es leugnen, das Gespräch beenden, die Nummer sperren und alles hinter sich lassen. Ihr Leben war zu einem Geflecht aus Lügen geworden, eine schlimmer als die andere, nichts davon ließ sich wieder geraderücken, und sie selbst würde dabei in den Abgrund stürzen, mit dieser Gewissheit hatte sie sich arrangiert. Es war das Wort *auch* in Elenas Frage gewesen, das es Teresa unmöglich machte, die Wahrheit weiter zu verdrängen.

»Okay, ich komme jetzt zu dir. Du wohnst doch noch in Hamburg, oder?«

»Das ist – Ich glaube nicht, dass –« Sie stolperte über jedes Wort, keine Formulierung würde annähernd ausdrücken, was sie zu sagen versuchte, dabei klang es in ihrer Vorstellung so simpel.

Ich will nicht, dass du kommst.

Ich will die Büchse der Pandora nicht öffnen.

Stattdessen sagte sie nichts.

Und dann sprach Elena die vier alles verändernden Worte aus: »Es geht um Hartmann.«

Der Vorhang fiel, über Teresas Verstand legte sich Dunkelheit. Mit tonloser Stimme nannte sie Elena ihre Adresse.

***

Im Badezimmer wusch Teresa sich mit kaltem Wasser das Gesicht. Ihre Finger taten weh, die Haut an ihrem Kinn spannte, sie zitterte am ganzen Körper. Was um Himmels willen wühlte sie dermaßen auf? Sie verstand es nicht, wusste nur, dass damals etwas geschehen war – doch sie konnte sich nicht erinnern.

Einmal mehr vermied sie den Blick in den Spiegel, tupfte vorsichtig das tropfende Gesicht mit irgendeinem Handtuch ab, das sie zu fassen bekam, und kehrte ins Wohnzimmer zurück.

Dort speicherte sie mit zitternden Fingern Elenas Nummer in ihrem Handy ein, Elena, die über Jahre hinweg komplett aus ihrem Gedächtnis verschwunden gewesen war. Sie wusste nicht einmal mehr ihren Nachnamen.

Teresa fand sie bei WhatsApp, vertippte sich mehrmals, während sie ihr das schrieb, was sie zu sagen nicht in der Lage gewesen war.

Ich habe es mir anders überlegt, ich will nicht, dass du kommst. Lass mich in Ruhe.

Die Nachricht wurde zugestellt, aber nicht gelesen. Hibbelig knabberte sie an ihrem Daumennagel, starrte auf das Display, hoffte darauf, die App würde endlich anzeigen, dass Elena online war, aber sie tauchte nicht auf.

Ich gehe jetzt weg, es ist niemand da!

Auch die zweite Nachricht verhallte ungesehen im Orbit, und sie witterte Vorsatz, bestimmt ignorierte Elena mit Absicht ihre Kontaktversuche, damit sie Teresa ihren Willen aufzwingen konnte.

Wütend pfefferte sie das Telefon neben sich auf die Couch. Sie wollte Elena nicht in ihrer Wohnung haben, aber sie tat, was sie wollte, das war typisch für sie, trotz der kraterartigen Lücken in ihrem Gedächtnis war sich Teresa bei dieser Sache sicher. Draußen war die Sonne klammheimlich untergegangen, verborgen hinter grauen Wolken. Teresa verschmolz mit dem dunklen Wohnzimmer, wurde zu einer von der Glut des Feuers skizzierten Statue und lauschte auf Schritte vor ihrer Haustür.

Bauchkrämpfe machten ihre Gedanken schwerfällig und zäh. Elena nicht zu öffnen, sofern sie wirklich kam, schien ihrem schleppenden Verstand die einfachste Lösung, obwohl sie sich davor fürchtete, dass eine geschlossene Tür sie nicht aufhalten würde. Teresa wusste nichts über diese Frau, ihre Stimme hatte kein Bild reanimiert, Elena war ein Gespenst, das mit einschüchternder Macht in ihrem Kopf herumgeisterte und sich nicht zeigte. Bei WhatsApp hatte sie kein Profilbild eingestellt, Teresa hatte nachgesehen, und ohne Nachnamen würde ihr das allwissende Google auch keine Hilfe sein. Und so war es ohnehin besser, sie wollte nichts wissen über Elena und *Hartmann*.

Dieser Name, es genügte, ihn zu denken, um Teresas Puls zu beschleunigen – und es war kein gutes Herzklopfen. War es Angst? Dabei war auch er nur eine weiße Seite in ihrem Erinnerungstagebuch, kein Gesicht, keine Geschichte, nur eine vage ungute Ahnung, ungut genug, um ihn nicht in ihrem Bewusstsein haben zu wollen.

Die Sommerschule an der Weser. War da nicht auch eine

Insel gewesen? Und woher hatte Elena überhaupt ihre Handynummer?

Vielleicht hatte sie auch eine Schachtel Pralinen bekommen.

Als es klingelte, zuckte Teresa zusammen. Sie war nicht da, wenn Elena ihre Nachrichten gelesen hätte, wüsste sie das. Ein weiteres Klingeln. Wie lange würde sie sich tot stellen müssen, ehe Elena verschwand? Ein dritter lang gezogener schriller Ton durchriss die Stille ihrer Wohnung. Was fiel dieser *Elena* eigentlich ein? Das war Belästigung, sie sollte die Polizei rufen. Stattdessen sprang Teresa wütend auf und entschied, die Angelegenheit hier und heute zu beenden. Zum Teufel mit ihr.

Im blassen Licht der Haustürbeleuchtung stand Elena da, mit ihren schwarzen Stiefeletten verdeckte sie die letzten drei Wörter auf der Fußmatte, auf der stand: »Handy. Schlüssel. Geldbeutel. Herd aus.«

Elena war kleiner als Teresa, lange dunkelbraune Haare wuchsen unter ihrem Beanie hervor, weit auseinanderstehende Augen.

»Ich dachte schon, du machst nicht auf. Darf ich reinkommen?«

Ihre Worte produzierten kleine Wolken vor ihrem Mund, auch Teresa stieg die Kälte durch die offene Tür direkt bis in die Knochen. Der helle Schönheitsfleck neben Elenas Mundwinkel brachte die Mauer des Vergessens zum Einsturz, Teresa sah die andere Frau vor sich, deutlich jünger, eine lebensdurstige Ausstrahlung, schön und frei wollte sie ihr Dasein fühlen. Teresa spürte warmen Sand unter ihren Füßen, hörte Möwen über ihren Köpfen kreischen und sah Elena. Sie lachte, zog an einer selbst gedrehten Zigarette und blies Rauchkringel in die Luft, ihre wunderschönen grünen Iriden mit den geweiteten Pupillen glänzten fiebrig. Das Leben, es war schrecklich und schön, es trieb seine Spiele mit ihnen, und sie genossen jeden scharfen Schmerz, jede verbotene Sehnsucht, denn sie gehörten untrennbar dazu. Und dann war es wieder vorbei, Elena keine zwanzig mehr, immer noch schön, die wie eine Naturgewalt tat, was sie wollte.

Mit schweren Lidern betrachtete sie Teresa, Wehmut lag in ihrem Blick, gegen den sie sich sperrte. Zu der Verätzung in ihrem Gesicht sagte Elena nichts.

»Ich habe dir geschrieben, dass du nicht kommen sollst«, durchbrach Teresa das stumme Anstarren.

Elena zog die Achseln hoch und schlang die Arme um ihren Körper. Sie zitterte vor Kälte. »Du hast auch geschrieben, du wärst nicht da. Ich wusste, dass beides nicht stimmt.«

Dann hatte sie also inzwischen die Nachrichten gelesen. »Noch immer die gleiche Arroganz.«

»Das weißt du also wieder.« Elena stellte es fest, doch es schien ihr keinerlei Befriedigung zu bereiten.

Teresa hob das Kinn und blickte auf die andere Frau hinab. »Was willst du?«

»Lass mich rein, dann erkläre ich es dir.«

Teresa dachte nicht daran, die Tür weiter für sie zu öffnen. »Ich erinnere mich nicht an viel von damals, aber da ist diese mahnende Stimme in mir, die mir sagt, dass ich dich schnell wieder loswerden soll. Wieso ist das so?«

Statt getroffen zu wirken, hob Elena beschwichtigend die Hände. Als wären Teresas Bedenken nicht unberechtigt. »Lass mich dir alles erklären. Drinnen. Danach kannst du immer noch auf die Stimme in deinem Kopf hören. Ist das ein Deal?« Eine ihrer Augenbrauen wanderte herausfordernd nach oben.

Elena hatte eine einnehmende Art an sich, und Teresa verstand, was sie damals an ihr fasziniert hatte. Von ihr ging etwas Verbotenes aus, etwas, das erkundet werden wollte. Auch jetzt weckte sie Teresas Neugier, und resigniert stieß sie Luft aus. »Aber fass dich kurz. Und ich biete dir nichts zu trinken an.«

Elena schmunzelte, als sie an Teresa vorbei ins dunkle Wohnzimmer trat. »Nicht einmal eine Whisky-Cola?«

Vor Teresas innerem Auge flackerte ein unscharfes Bild auf, sie bekam es nicht zu fassen, und es verschwand sofort wieder. Im Wohnzimmer betätigte sie den Dimmer an der Wand, dann folgte sie Elena, die sich interessiert durch den Raum bewegte, als wäre sie in einer Ausstellung. Teresa nahm ein leichtes

Humpeln bei ihr wahr, doch dann drehte sich Elena zu ihr um, zog Jacke, Schal und Beanie aus und hielt ihr die Sachen entgegen.

»Das ist deine Wohnung? Hatte etwas anderes erwartet«, sagte Elena beiläufig.

Erst jetzt bei Licht sah Teresa die Schürfwunde an ihrem Wangenknochen, direkt über ihrem Schönheitsfleck. Linkisch verstaute sie Elenas Zeug auf der Armlehne von Geros Ledersessel, dieses scheußliche Ding, und brauchte sich nicht umzublicken, um zu verstehen, was Elena meinte. Die spartanische, aber hochwertige Einrichtung war kalt und abweisend, es fehlte der Schnickschnack, um den dunklen Farben und dem ganzen Glas und Chrom einen wohnlichen Touch zu verleihen. Die Wohnung war tot.

»Ich wohne hier nur«, erwiderte Teresa knapp, um sich nicht in Erklärungen zu verzetteln. Auf ihre Hände achtgebend, verschränkte sie die Arme vor der Brust. »Erklärst du mir jetzt, was dieser Überfall soll?«

Elena ließ sich mit einem Seufzen auf die schwarze Couch sinken und schlug ihre Beine übereinander. Nach außen hin gab sie sich gefasst und beherrscht, einer ihrer Daumen jedoch trommelte nervös auf ihren Oberschenkel. Etwas stimmte nicht.

»Schade, dass du dich nicht über meinen Besuch freust. Wir hatten damals doch eine gute Zeit.« Elenas Stimme war warm und angenehm tief.

»Das klingt, als hätten wir etwas miteinander gehabt.« Teresa versuchte es sich vorzustellen, doch es machte nicht klick. »Hatten wir doch nicht, oder?«

Elena rümpfte die Nase. »Quatsch. Wir hatten Spaß. Es war Sommer, wir waren jung und mussten arbeiten. Wir haben in unserer Freizeit einfach das Beste daraus gemacht.« Sie deutete auf Teresas Gesicht. »Was ist mit deinem Kinn passiert? Hat es hier gebrannt?«

Nein, sie hatte nur mit dem Feuer gespielt.

»Was ist mit deiner Wange passiert?«, retournierte Teresa.

»Das ist tatsächlich eine gute Frage –«

»Komm zum Punkt«, unterbrach Teresa sie verärgert. »Was willst du hier?«

Elenas Haltung veränderte sich. Eben noch schien sie dieses Treffen mit einem ironischen Augenzwinkern zu betrachten, nun war sie innerhalb eines Blinzelns fokussiert und ernsthaft.

»Ich habe Post bekommen.« Sie zog eine gefaltete Karte aus der Hosentasche und hielt sie Teresa entgegen. Ihre Hand zitterte, ein Muskel in ihrem Mundwinkel zuckte. Teresa wollte es nicht wissen, dennoch ging sie zu Elena, nahm ihr das zerknitterte Stück Pappe ab und setzte sich neben sie auf die Couch.

Hinten auf der Karte war ein austauschbarer Strand zu sehen, Teresa schenkte ihm keinerlei Beachtung und drehte sie um. Der sauber geschriebene Text auf der Vorderseite verursachte ihr unerwartete Beklemmungen.

Liebe Elena,
ich hoffe, du hast meine Grüße erhalten.
Warst du mal wieder auf Seelvlieth Island?
Ist schön hier. Kinder spielen hier noch draußen.
In Liebe
O. H.

Teresas Herz pochte aufdringlich, ihre Handflächen schwitzten, das Salz brannte in ihren Verätzungen. Schnell gab sie Elena die Karte zurück, wollte sie loswerden, als ginge von ihr ein Unheil aus.

»Was bedeutet das?«

Elena steckte die Karte wieder ein. »O. H. – Ole Hartmann«, sagte sie.

Ein unwillkürliches Schaudern überkam sie. »Okay ... Und was hat das mit mir zu tun?«

Elena befeuchtete ihre Lippen, ehe sie sich zu Teresa vorbeugte, als wollte sie ein gut gehütetes Geheimnis mit ihr teilen. »Erinnerst du dich an Helga Hartmann?« Ihre Worte wirkten wohlbedacht und kontrolliert. »Die nette ältere Frau, die uns drei Wochen lang jeden Morgen heißen Kakao gemacht hat, obwohl sie genug andere Sachen zu tun hatte?«

Teresa wollte verneinen, wollte all die Bilder von sich schieben, die ihr Gehirn mit einem Mal unaufgefordert freisetzte und auf sie abfeuerte wie eine Tennisballmaschine, Sinneseindrücke, die Elena heraufzubeschwören versuchte, doch Teresa scheiterte, der warme und süße Schokoladengeschmack auf ihrer Zunge war zu real für eine Täuschung. »Ja, ich glaube schon.«

Elena deutete auf die Schürfwunde in ihrem Gesicht, das gekünstelte Grinsen entstellte es mehr als die oberflächliche Verletzung. »Sie hat versucht, mich zu überfahren.«

Teresa starrte die Frau auf ihrer Couch ungläubig an. »Was? Wieso? Wann?«

»Vor ein paar Tagen.«

Erschüttert versuchte Teresa, ihre Gedanken zu sortieren. »Und Helga Hartmann war das? Geht es ihr gut?«

Elena zog eine Augenbraue hoch, behielt jedoch den zynischen Kommentar, der ihr offenkundig auf der Zunge lag, für sich. »Sie ist tot. Aber bevor sie vor meinen Augen gestorben ist, hat sie mir einen Zettel gegeben. Und weißt du, was daraufstand?«

Da wurde es ihr klar. Elena hatte keine Schachtel Pralinen bekommen. »Meine Handynummer.« Auf sie war also auch ein Anschlag verübt worden, im Gegensatz zu Teresa wusste sie jedoch, wer es getan hatte, auch wenn das Wissen über die Täterin keinen Sinn ergab.

Elena wirkte nicht überrascht. »Du bist gut.«

Teresas Welt begann sich zu drehen, und sie musste sich an der Couch festkrallen, um von den kollidierenden Informationen in ihrem Kopf nicht zu Boden geworfen zu werden. Miriams Nummer in dem Deckel der Pralinenschachtel, ihre eigene an Elena übergeben nach einem Autounfall. Und dann diese Postkarte. Was ging hier vor sich?

Elena ließ ihr Zeit, damit Teresa die Erkenntnis sacken lassen konnte, doch als die Stille sich wie ein Ballon zwischen ihnen auszudehnen begann, fuhr sie fort: »Was das Wieso angeht, kann ich wie du auch bloß Mutmaßungen anstellen. Ich weiß nicht, warum die alte Frau das getan hat. Auf dem Zettel stand außerdem noch, es wäre kein Unfall gewesen. Sie hatte es geplant, und ich bin davon überzeugt, dass Hartmann auf diese Weise sehr deutlich gemacht hat, dass er noch eine Rechnung mit uns offen hat.«

Hartmann steckte dahinter, natürlich, er war es auch gewesen, der ihr die Pralinen geschickt hatte, doch Teresa begriff immer noch nicht, woher diese Erkenntnis kam und was sie bedeutete. Hartmann hatte noch eine Rechnung mit ihnen offen? Vor zehn – *nein, elf!* – Jahren schien ein eigenes kleines Universum existiert zu haben, an das sich ihr Gehirn nicht erinnerte, ihr Körper aber schon, er wusste etwas und begann zu zittern, als versuchte er, ihren Verstand wachzurütteln.

»Was ist mit deinem Gesicht und deinen Händen passiert, Teresa?«, fragte Elena in forderndem Ton und riss sie damit aus der Lethargie.

Teresas Widerstand stürzte in sich zusammen wie eine von Wühlmäusen untertunnelte Wiese, in kurzen, abgehackten Sätzen berichtete sie ihr, was vorgefallen war. Über die verfänglichen Fotos und Miriams Nummer verlor sie kein Wort, ein pochendes Gefühl in ihrem Magen warnte sie davor, Elena zu vertrauen.

»Das war Hartmann«, stellte nun auch Elena fest, ihre Überzeugung schien unerschütterlich.

Teresa dachte an die Typen, die sie in ihr Auto gelockt und dann zurückgewiesen hatte, jeder von ihnen hätte einen Grund gehabt, sich an ihr zu rächen. Hartmann hingegen … er war ein Phantom, sie sah seine Umrisse, spürte seinen Schatten auf ihrer Unterhaltung lasten, aber ihr wollte einfach nicht einfallen, wer er war, was sie selbst mit ihm zu tun hatte und welche Art von offener Rechnung Elena meinte. »Du kannst nicht wissen, ob er es war.«

»Wer sonst?«

Eher würde Teresa sich selbst in Brand stecken, als Elena zu erklären, welches zweifelhafte Verhalten sie auch für andere angreifbar gemacht hatte. Sie lehnte sich zurück, das gleichmäßige Atmen war erschöpfend, und starrte in die sterbende Glut des Kaminofens.

»Warum hat Hartmann noch eine Rechnung mit dir offen?«

Der Muskel in Elenas Mundwinkel zuckte erneut, der klopfende Daumen hingegen legte eine erstarrte Pause ein. »Weißt du es denn nicht mehr? Ich habe es dir damals erzählt.«

»Erzähle es mir noch einmal.«

Elenas Blick huschte umher, sie blinzelte, dann drückte sie ihren Rücken durch. »Nein, du musst von alleine darauf kommen. Es ist wichtig, dass es deine eigenen Erinnerungen sind und du dich nicht an meinen orientierst.«

Teresa schnaubte. »Du willst darauf warten, dass ich mich erinnere? Und wenn das nie passiert?«

»Das wird es.«

»Und was, wenn ich es nicht will?«

Elenas Lippen wurden schmal, sie nickte, vermied es jedoch, Teresa anzusehen. »Hartmann hat mich erpresst.« Die Fingerknöchel ihrer Fäuste im Schoß wurden weiß, sie kämpfte um ihre Selbstkontrolle.

Ihr Geständnis regte rein gar nichts in Teresas Erinnerung. »Und womit?«

»Das ist egal. Wir müssen etwas unternehmen.«

Teresa gefiel das alles ganz und gar nicht. »Was schlägst du vor?«

»Wir fahren nach Seelvlieth.« Elena sagte es, als wäre es die einzig logische Schlussfolgerung, ein Plan und kein Vorschlag.

Teresa sprang von der Couch auf. »Auf keinen Fall!« Wieder hatte sie diese Bauchschmerzen. Seit Miriam sie an diesem Morgen besucht hatte, quälten sie immer wieder Krämpfe. Als winde sich ein Aal durch ihre Eingeweide und versuche, sich einen Ausgang durch die Bauchdecke zu fressen.

Elena tat es ihr gleich und stand auf. »Seine Postkarte war eindeutig. Er will, dass wir nach Seelvlieth kommen.«

»Wir?« Teresa schüttelte entschieden den Kopf und wich von Elena zurück. »*Du* hast die Postkarte bekommen, nicht ich.«

»Aber er hat dafür gesorgt, dass ich Kontakt zu dir aufnehmen kann.«

Ihr Oberkörper fühlte sich wie eingeschnürt an, die Enge um ihre Brust und die Bauchschmerzen trieben Teresa den Schweiß aus den Poren. »Mir egal. Ich will da nicht hin.«

»Wir müssen es tun, Hartmann will es so.« Elenas Dringlichkeit mit der Spur von Angst in der Stimme verstärkte Teresas Unwohlsein.

»Hör auf, immer ›wir‹ zu sagen«, fuhr sie die andere Frau scharf an und wich weiter von ihr zurück. »Mir ist egal, was er will. Ich fahre nicht in dieses gottverlassene Kaff, auf keinen Fall.«

Elena folgte ihr und packte sie an den Schultern, ihre Finger krallten sich unnachgiebig durch den Stoff ihres Pullovers bis in ihr Fleisch. »Hartmann hat mich in der Hand, verstehst du das? Und er ist gefährlich.«

Trotz der beunruhigenden Worte wurde Teresa wütend. »Du hast damals zu viele Drogen genommen.«

Elena ließ von ihr ab und wankte zurück. Ihr Mundwinkel zuckte, doch sie verbarg es hinter einem schiefen Grinsen. »Das kann ich nicht leugnen. Aber weißt du noch, was du damals zu mir gesagt hast? Du hast gesagt, Frauen müssten immer zusammenhalten. Immer.«

Teresa griff sich an die Stirn, ihr Kopf schmerzte. Hatte sie das damals wirklich gesagt? Sie wusste es nicht, und es klang auch nicht nach etwas, was sie sagen würde. Aber was wusste sie schon, wer sie damals gewesen war? Neuerliche Wut stieg in ihr hoch, plötzlich und heftig explodierte sie ohne Vorwarnung in ihrer Brust. Wie konnte Elena es wagen, hierherzukommen, in ihr Zuhause, nach Jahren der Funkstille in ihr Leben zu poltern und Beistand einzufordern für eine Sache, die größtenteils nur in ihrem Kopf existierte?

Zum Teufel mit ihr!

»Du hast mehr als einmal bewiesen, dass du die Bedeutung von Zusammenhalt nicht im Ansatz verstanden hast«, zischte Teresa ihr zu, den Zeigefinger in ihre Richtung gestreckt. Sie hatte nicht die geringste Ahnung, woher diese Behauptung kam und ob sie der Wahrheit entsprach, aber darum ging es nicht. Sie wollte Elena verletzen. Ihr wehtun. Weil sie sich nicht anders zu helfen wusste.

Elena schien unbeeindruckt, doch Teresa ahnte, dass sie ihre äußere Fassade gut im Griff hatte und die nicht das widerspiegelte, was tatsächlich in ihr vorging.

Sie nickte und griff nach ihren Sachen auf Geros Sessel. »Wir müssen nach Seelvlieth, Teresa. Ich verstehe deinen Widerstand, mir geht es nicht anders. Glaubst du, ich will dahin zurück?« Sie biss sich auf ihre Unterlippe, sie rang mit sich. »Denk darüber nach, okay? Schlaf eine Nacht darüber. Du musst versuchen, dich zu erinnern.« Sie schlüpfte in ihren Mantel, zog sich die Mütze über den Kopf. Wortlos sah Teresa ihr dabei zu, unfähig, auch nur einen Satz zu formulieren, wartete darauf, dass Elena endlich verschwand und den Schlüssel für das Tor zur Hölle, das sie im Begriff war zu öffnen, mit sich nahm.

»Eins solltest du bei deinen Überlegungen berücksichtigen. Etwas, das du über Hartmann verstehen musst.« Elenas Lippen wurden schmal, die Finsternis der Angst beherrschte ihre zitternde Stimme. »Was er will, das nimmt er sich. Wenn wir nicht zu ihm gehen, dann holt er uns.«

DREI

Elena ignorierte den Schmerz in ihrem Knöchel und nahm die Treppe in den zweiten Stock zu ihrer Wohnung. Ihr fehlte die morgendliche Routine, fehlte die Bewegung, in den vergangenen zwei Tagen hatte sie so viel Fett angesetzt, dass sie einen Monat brauchen würde, um es wieder abzutrainieren. Doch der Ekel vor ihrem Körper ging tiefer, über Hartmann nachzudenken, über ihn zu reden war wie das permanente Wälzen in Fäkalien, sie roch den Dreck an sich, er kroch über ihre Haut, drang durch ihre Poren und infizierte ihre Organe, nicht mehr lange, und sie krepierte elendig an einer Sepsis. In ihrer Wohnung würde sie sich als Erstes unter die Dusche stellen und ihre Haut mit Schwamm und Kernseife wund schrubben, für das Ergebnis einer minimalen Erleichterung.

Das Gehirn war eine komplexe Maschine voller Tücken und Fehler, doch ausgerechnet bei den Dingen, die sie zu vergessen versuchte, funktionierte es ausgezeichnet.

Die zwei Etagen hinaufzugehen stimmte Elena jedoch optimistisch. Ihr Knöchel bereitete ihr kaum noch Probleme, und wenn sie es für den Rest des Tages ruhig angehen ließ, konnte sie am nächsten Morgen mit einer kleinen Runde auf dem Rad ihr Training wieder aufnehmen. Und danach fuhr sie mit Teresa nach Seelvlieth, wenn nicht morgen, dann spätestens übermorgen, je nachdem, wie schnell sie Teresa überzeugte.

Auf der Fußmatte zu ihrer Wohnung lag ein rechteckiger Gegenstand. Elena trat näher, ein mulmiges Gefühl im Bauch, bis ihr klar wurde, worum es sich dabei handelte.

Es war ein Buch. Argwöhnisch hob sie es auf, begutachtete die hochwertige Klappbroschur, ein Verlagsbuch, das düstere Cover zeigte zwei Frauen, eine mit leerem Blick, die andere hinter ihr stieß einen Schrei aus, Nebel oder Rauch umwaberte sie, es wirkte schwermütig und grau.

Miriam Kamp
Die Saat
Mystery-Thriller

Elena stockte der Atem. Miriam Kamp, sie kannte diesen Namen. Hastig suchte sie die Klappen ab und fand, worauf sie gehofft hatte. Ein Foto der Autorin.

Sie war es tatsächlich, Teresas anhängliche Freundin. Auch sie hatte damals in der Sommerschule in Seelvlieth gejobbt. Elena erinnerte sich vage an sie, an den Eindruck, die Verbindung zwischen ihr und Teresa nicht zu begreifen. Miriam hatte sich gemausert, auf dem Foto machte das früher plumpe Mädchen etwas her. Noch immer etwas dicklich im Gesicht, das schulterlange Haar schimmerte in einem Kupferton. Ihre Naturhaarfarbe? Elena wusste es nicht mehr. Miriams Augen waren dunkel geschminkt, der Rotton ihres Lippenstifts biss sich auf ästhetische Weise mit ihrer Haarfarbe.

Miriam war also Autorin geworden.

Neugierig blätterte Elena durch die Seiten, blieb beiläufig an einigen Wörtern hängen, die sie sofort wieder vergaß, ihr Interesse hielt sich in Grenzen. Das änderte sich, als sie eine handgeschriebene Notiz entdeckte, direkt auf Seite fünf unter einem Zitat von Jean-Jacques Rousseau: »Warum die Hölle im Jenseits suchen? Sie ist schon im Diesseits vorhanden, im Herzen der Bösen.«

Jemand hatte mit ordentlichen Druckbuchstaben geschrieben: »Drei. Eine ist zu viel. Hiermit schließt sich der Kreis.« Es war die gleiche Handschrift wie auf der Postkarte. Was hatte das zu bedeuten? »Drei« – waren damit sie selbst, Teresa und Miriam gemeint? »Eine ist zu viel.« Wer war zu viel, und welche Konsequenz hatte das? Elena konnte nicht denken. Mit dem Gefühl im Nacken, beobachtet zu werden, blickte sie sich aufgeschreckt im leeren Treppenhaus um, dann klemmte sie sich das Buch unter den Arm, schloss mit steigender Übelkeit die Wohnungstür auf und verriegelte sie doppelt hinter sich, sobald sie sich in der Sicherheit ihrer Wohnung wähnte. In der Küche pfefferte sie das Buch auf den Esstisch. Sie würde es lesen, aber nicht sofort. Vorher musste sie sich unter der Dusche erst noch die Haut vom Körper scheuern.

***

Schlaftrunken trat Ophelia aus dem Waschraum. Bei der Vorstellung, in der Dunkelheit alleine den Weg zurück zur Hütte zu gehen, überkam sie eine Gänsehaut. Sie nahm ihren Mut zusammen und lief blindlings los und stieß mit einer Person zusammen, die sie, verborgen im Nebel, nicht gesehen hatte. Erschrocken presste sie sich beide Hände auf den Mund, um nicht aufzuschreien.

»Madita, was machst du hier?«, flüsterte sie überrascht, als sie ihre Freundin erkannte. Sie wollte niemanden wecken und womöglich eine Strafe kassieren, weil sie nach zweiundzwanzig Uhr aus ihrer Hütte geschlichen war – bedauerlicherweise nahm ihre Blase keine Rücksicht auf irgendwelche Regeln.

Madita trug nicht ihre Schlafsachen, stattdessen weiße Shorts und ein bauchfreies Trägertop. Wie es aussah, hatte sie nicht die Absicht, nur mit einem Abstecher zur Toilette gegen die Campauflagen zu verstoßen. Ihre Wangen glühten erhitzt, das Lächeln, das bis eben noch auf ihren Lippen gelegen hatte, strahlte nach.

»Nur einen Spaziergang«, kicherte Madita. War sie betrunken? Ophelia wusste von der verbotenen Flasche des Hochprozentigen, die vorhin am Lagerfeuer die Runde gemacht hatte, aber ihre Freundin trank nicht, niemals, da war sie sich sicher.

»Ein Spaziergang mitten in der Nacht? Alleine?«, fragte Ophelia, darauf vorbereitet, Madita zurück in ihre Hütte zu bringen. Womöglich hatte jemand etwas in ihr Getränk gemischt.

»Hi, Ophelia.« Hinter Madita war ein zweites Mädchen hervorgetreten und lächelte sie liebenswürdig an. Luzie. Ihre Freundlichkeit war so falsch wie die Zähne von Tom Cruise, und Ophelia fühlte sich verraten. Immer war es Luzie, die auftauchte, sobald Ophelia mit ihrer Freundin etwas Zeit verbringen wollte, drängte sich zwischen sie, und nun hatte sie Madita auch noch dazu angestiftet, etwas Verbotenes zu tun. Tatsächlich aber war das, so erkannte Ophelia in der Finsternis ihrer Desillusionierung, nicht einmal das, was sie am meisten verletzte.

»Oh, ihr macht also zusammen einen Spaziergang?«, fragte sie, ihr Interesse war nur aufgesetzt, um ihre Enttäuschung zu verbergen. In Wirklichkeit wollte sie nicht wissen, was sie um diese Uhrzeit hier draußen trieben, sondern sich stattdessen unter ihrer Bettdecke verkriechen und weinen, doch Ophelia konnte auch nicht aus ihrer Haut. Sie wollte ihre Freundin beschützen, und falls ihnen da draußen mitten in der Nacht etwas passierte, könnte es womöglich ihr Leben retten, wenn jemand wüsste, wohin sie auf dem Weg waren.

Madita und Luzie tauschten vielsagende Blicke, und wieder kicherte Madita. »Ach, wir gehen nur an den Waldsee. Im Mondlicht schwimmen, das ist bestimmt schön schaurig.«

Und gefährlich, dachte Ophelia. Sie überlegte, wie sie es Madita ausreden könnte, was sie sagen musste, um ihre beste Freundin davon zu überzeugen, dass Luzie ihr da eine ganz blöde Idee eingepflanzt hatte, doch bevor sie ihre Bedenken ausformulieren konnte, kam Luzie ihr zuvor.

»Du wirst uns doch nicht auffliegen lassen, oder?« Sie klang süß und einnehmend, doch ihr Blick sprühte gefährliche Funken, eine Warnung, dass sie sich nicht einmischen sollte.

Eingeschüchtert suchte Ophelia nach Worten, Luzie war ihr unheimlich, und in solchen Momenten fiel es ihr schwer, sich von ihrer Unsicherheit nicht davonspülen zu lassen.

Madita legte einen Arm um Ophelias Schulter. »Nein, das wird sie nicht. Ophelia ist keine Verräterin«, erklärte sie an Luzie gewandt. Sie war größer als Ophelia und blickte nun auf sie hinab, eine nie gekannte Bedrohung schien mit einem Mal von ihr auszugehen. »Habe ich nicht recht, Ophelia?«

Maditas Verhalten beunruhigte sie, die Veränderung ihrer

Persönlichkeit war nicht länger zu leugnen. »Nein … also ja, du hast recht. Ich sage niemanden etwas.« Ihre Worte waren schleppend gekommen, ihr Mund war mit einem Mal trocken, die Zunge schien an ihrem Gaumen zu kleben.

Madita musterte sie eingehend, und es kam Ophelia vor, als wittere sie ihre Angst. »Was bedrückt dich dann?«, fragte sie sanft.

Ophelia wollte es nicht aussprechen, nicht vor Luzie, nicht in Maditas Zustand, doch es war ihr, als spräche ihr Mund von ganz allein. »Warum hast du mich nicht gefragt, ob ich mitkommen will?« Denn das war es, was ihr am meisten wehtat. Nicht, dass sie etwas mit Luzie unternahm, sondern dass Madita sie offensichtlich nicht dabeihaben wollte.

Madita strich behutsam über Ophelias nackten Arm, und diese ungewöhnlich zärtliche Berührung verstörte sie. »Oh, weißt du, am Waldsee werden auch ein paar Jungs sein. Ältere Jungs aus der Stadt. Das würde dir nicht gefallen«, sagte sie in einem eigentümlichen Singsang.

Die Sorge in Ophelia wuchs, deutlicher als je zuvor spürte sie die Dringlichkeit, Madita davon abzuhalten. Nachts schwimmen im Waldsee, fremde Jungs, das schrie geradezu nach Unheil und Katastrophe. Sie musste ihre Freundin unbedingt davon abbringen, sie unter allen Umständen von Luzie fernhalten.

Erneut kam Luzie ihr zuvor. »Wir werden nackt baden und stundenlang Sex haben, bis wir mit allen Typen durch sind«, neckte sie Ophelia und zog anzüglich einen Mundwinkel hoch. »Willst du uns also begleiten? Für Madita und mich wäre es eine vaginale Erleichterung.« Sie wartete Ophelias Reaktion ab, die sie mit aufeinandergepressten Lippen anstarrte, dann lachte sie spöttisch. Lachte Ophelia aus.

Luzie versuchte nur, sie zu schockieren, und zu Ophelias eigenem Missfallen gelang es ihr ausgesprochen gut. Und wenn es die Wahrheit war? Es schauderte sie.

»Lass sie in Ruhe, Luzie«, maßregelte Madita ihre neue Freundin und stellte sich schützend vor sie. »Ophelia ist brav, sie macht solche Dinge nicht.« Sie kicherte.

Ophelia war nach Weinen zumute. Aufgewühlt und gekränkt brachte sie Abstand zwischen sich und Madita, am liebsten hätte sie ihr einen Schubs gegeben. »Du machst solche Dinge doch auch nicht«, wisperte sie vorwurfsvoll.

Die einstige Verbindung, die sie zu Madita empfunden hatte, war nicht mehr da, war einfach verschwunden, als hätte sie nie existiert, und Ophelias Herz schmerzte. Tränen bahnten sich den Weg über ihre Wangen, und beschämt wischte sie sie fort.

Sie hätte nicht weinen dürfen.

»Ich mache so etwas nur dann nicht, wenn *du* bei mir bist«, zischte Madita, mit einem Mal wie ausgewechselt, herablassend und verletzend, als wären Ophelias Tränen der Anstoß für sie gewesen, um größtmöglichen Schaden anzurichten. »Du bremst mich, Ophelia. Du hast nicht die geringste Ahnung, wer ich wirklich bin.«

Ophelia würgte ein heftiges Schluchzen hinunter, und es tat weh, als müsste sie einen Stein schlucken. Dieses Mädchen, das da vor ihr stand, war nicht Madita, ausgeschlossen.

Ihr Blick huschte zu Luzie, die etwas in den Hintergrund getreten war, um Madita dabei zuzusehen, wie sie eine alte Freundschaft zerstörte, und das Grinsen in ihrem Gesicht wirkte grotesk, wurde immer breiter, bis eine diabolische Fratze ihre Züge entstellte.

So sah kein Mensch aus.

Ophelia wankte rückwärts, stolperte und wäre beinahe über ihre eigenen Füße gestürzt. Als sie wieder aufsah, war das monströse Grinsen verschwunden, der Verstand machte ihr sofort weis, sie hätte sich das entstellte Gesicht bloß eingebildet. Doch Ophelia wusste, was sie gesehen hatte.

Maditas Kichern drang in ihren Kopf ein, wurde dort immer schriller, und Ophelia war versucht, sich die Ohren zuzuhalten, stattdessen japste sie nach Luft. Luzie hatte ihr von Anfang an Angst eingejagt, nun fürchtete sie sich auch vor Madita. »Warum hast du mich dann überhaupt überredet, mit dir in dieses bescheuerte Feriencamp zu kommen, wenn du so über mich denkst?«, flüsterte sie mit erstickter Stimme.

Madita bedachte sie mit einem Blick, der es vermochte, Ophelia in tausend kleine Stücke zu schneiden, dann wurde auch ihr Gesicht zu einer grinsenden Grimasse. »Weil du mir von allen am meisten hinterherrennst.«

Ihre Worte hatten die Kraft eines Faustschlags. Ophelia war nicht länger fähig, auf den Beinen zu bleiben, und kippte mit dem Hintern zuerst auf den Schotterweg. Madita legte den Zeigefinger auf ihre eigenen Lippen. »Shh«, machte sie in Ophelias Richtung, als wäre sie Teil ihrer Verschwörung, dann schnappte sich Luzie ihre Hand und zog sie tief in den dunklen Wald hinein.

Ophelia hörte sie noch in der Ferne lachen. Sie klangen wie Hyänen.

***

Seit sie ihren Mystery-Thriller veröffentlicht hatte, wünschte Miriam sich, dass ihr Roman auf einem der großen Buchtische auslag, direkt am Eingang, damit jeder lesende Mensch ihn sofort sehen und danach greifen konnte, sobald er das Geschäft betrat. In der Realität fand sie ihr Buch mit etwas Glück irgendwo vergraben in einem Regal, als Einzelstück, einsortiert im falschen Genre. Bei den Jugendbüchern hatte sie es einmal entdeckt, bei den Liebesromanen und im Fantasy-Bereich – bei den Thrillern schien es niemand zu sehen.

Doch Miriam besuchte Buchhandlungen nicht, um nach ihrem eigenen Werk Ausschau zu halten, schon früher hatte sie die Atmosphäre zwischen den mit Romanen gefüllten Regalen geliebt und fühlte sich von all den Geschichten, den Titeln und Covern inspiriert.

Und an manchen Tagen war der Buchladen um die Ecke ihr Zufluchtsort, wenn ihr die eigene Wohnung auf den Kopf fiel.

Während sie durch die Reihen an Tischen mit den Neuerscheinungen streifte, versuchte Miriam, sich zu entspannen. Nach dem Treffen mit Teresa am Tag zuvor war sie zu müde gewesen, um die Gedanken an potenzielle Eindringlinge in ihrer

Wohnung in ihrem Verstand auf nahrhaften Boden treffen zu lassen. Nach ein paar Stunden des unruhigen Schlafes war sie am frühen Nachmittag erwacht und hatte, noch immer völlig erschlagen, einige Besorgungen für den anstehenden Feiertag erledigt. Erst in der Nacht, als es im ganzen Haus still war und sich ihre aufgewirbelten Emotionen gelegt hatten, kehrte die Unsicherheit zurück. Also hatte sie es mit Self-Gaslighting versucht und sich eingeredet, sich die Gestalt im Badezimmer nur eingebildet zu haben, schließlich konnte unmöglich jemand in ihrer Wohnung gewesen sein. Doch nach einer schlaflosen Nacht hatte Miriams Selbstversuch ergeben, dass Self-Gaslighting anscheinend nur dann funktionierte, wenn es unterbewusst geschah.

Am Morgen war sie schließlich nach draußen geflüchtet und hatte sich treiben lassen, bis sie sich irgendwann in ihrer Stammbuchhandlung wiedergefunden hatte.

Mit zwei Thrillern und einem hübschen Notizbuch für neue Ideen, das sie in der Papeterie-Abteilung entdeckt hatte, stellte sie sich an eine der langen Schlangen, die sich vor den drei geöffneten Kassen gebildet hatten. Es waren die Tage nach Weihnachten, Buchgeschenke wurden zurückgegeben oder umgetauscht, aber Miriam hatte es nicht eilig.

Irgendwo im Laden klingelte ein Handy, und sie brauchte ein paar Sekunden, ehe ihr bewusst wurde, dass es ihr eigenes war. Seit sie den alten Klingelton mit nächtlichem Terror in Verbindung brachte, hatte sie einen anderen eingestellt, den sie noch nicht sofort erkannte. Irritiert kramte sie das Smartphone aus ihrer Manteltasche, sie erwartete keinen Anruf, hatte keine Bekannten, die lieber anriefen, als eine Nachricht zu schreiben, und mit Max war sie am Abend zum Skypen verabredet.

Obwohl das Display eine fremde Mobilnummer anzeigte, war Miriam sofort klar, wer sie zu erreichen versuchte. Hier geschah gerade etwas, was sie niemals für möglich gehalten hatte, nicht nach der Art und Weise, wie sich ihre Wege am Tag zuvor getrennt hatten.

Mit einem fehlgeleiteten Anflug von Vorfreude nahm sie Teresas Anruf entgegen.

***

Teresa atmete erleichtert auf, als sie das Telefonat beendete. Sie hatte befürchtet, Miriam könnte ihre Einladung ablehnen, und tatsächlich war sie von ihrem Anruf hörbar überrumpelt gewesen, hatte dann aber einem Treffen in einer Stunde auf einen belegten Bagel und frisch gepressten Karottensaft zugestimmt. Teresa hatte im Vorfeld eine Campus Suite in der Nähe von Miriams Wohnung ausgewählt, damit ihr eine Zusage leichterfiel, doch trotz des stockenden Gesprächs und Miriams vorsichtiger Zurückhaltung hatte Teresa gespürt, dass sie auch zugesagt hätte, wäre das Café in Neuseeland gewesen.

In der verbleibenden Zeit bis zu ihrer Verabredung duschte sie hastig und versorgte ihre Verätzungen mit Heilsalbe. Die Schmerzen waren deutlich zurückgegangen, und wenn sie Glück hatte, würden bereits im nächsten Jahr sämtliche Verletzungen verheilt sein, und nichts würde mehr an den Anschlag erinnern – zumindest nicht äußerlich.

Gero war in der vergangenen Nacht nicht nach Hause gekommen, doch das hatte Teresa auch nicht erwartet. Es war Silvester, und im Hinterzimmer des Restaurants stand eine Couch, auf der er übernachtete, wenn er zu erschöpft war, um sich ins Auto zu setzen. Wochenlang hatte er auf diesen Tag hingearbeitet, erstmals richtete sein Restaurant ein großes Silvester-Dinner aus, zu dem sich illustre Gäste der Hamburger Society angekündigt hatten. Gero war es nicht müde geworden, von den unzähligen Vorbereitungen zu berichten, von der gewaltigen Verantwortung, die auf seinen Schultern lastete, und den Möglichkeiten, die seine Veranstaltung dem Restaurant eröffnete. Dennoch machte es Teresa wütend, dass er es nicht für nötig befunden hatte, sie über seine Abwesenheit zu informieren.

Nach dem verbalen Zusammenstoß am Nachmittag zuvor wusste Teresa ohnehin nicht, wie es weitergehen würde. Obwohl sie kaum noch etwas anderes als Verachtung für ihn empfand, ängstigte sie die Vorstellung, er könnte sie verlassen. Sie brauchte ihn, brauchte ihn wie ein Parasit seinen Wirt, eine ungleiche Symbiose, bei der nur sie verlieren konnte.

Teresa schob den Gedanken an Gero beiseite, als sie sich auf den Weg zum verabredeten Treffpunkt mit Miriam machte. Ein Blick auf ihre Wetter-App sagte ihr, dass die Temperatur weiter gesunken war. Als sie auf die Straße vor ihrem Haus trat, explodierten bereits die ersten Böller, und der Geruch von Schwefel hing schwer in der Luft.

Kaum hatte sie sich hinter das Lenkrad ihres Wagens gesetzt, kehrten die Bauchschmerzen zurück. Der Aal in ihren Eingeweiden war erwacht und forderte Teresas Aufmerksamkeit ein. Stumm jagte sie ihn zum Teufel und startete das Fahrzeug. Sie fuhr auf der Kollaustraße in Richtung Innenstadt, als ihr ein dunkler VW auffiel, der bereits seit einiger Zeit an ihren Fersen zu kleben schien, doch als er schon kurz darauf wieder aus ihrem Rückspiegel verschwunden war, ärgerte sie sich angesichts ihrer eigenen Paranoia.

Wenn wir nicht zu ihm gehen, dann holt er uns.

Teresa hasste es, dass es Elena gelungen war, ihr Angst zu machen. Ihr ganzes Gerede um Hartmann war ihr an die Nieren gegangen, aber das alles war ausgemachter Blödsinn. Niemand würde sie holen, schon gar nicht nach so langer Zeit und aus Gründen, die offenbar so banal waren, dass sich Teresa nicht einmal richtig an diesen ominösen Mann erinnern konnte, ungutes Gefühl hin oder her. Alte Rechnungen, die beglichen werden mussten – so etwas passierte vielleicht in Filmen oder Büchern, aber nicht im realen Leben.

Erst als sie von der Hoheluftchaussee rechts in den Neuen Jungfernstieg abbog, glaubte Teresa, den dunklen VW abermals hinter sich im Seitenspiegel auszumachen, was kurz ihren Puls ansteigen ließ, bis die rational denkende Seite ihres Gehirns wieder übernahm. Es gab unzählige dunkle VWs auf den Hamburger Straßen, und Teresa hatte nicht einmal das Modell erkennen können. Niemand folgte ihr.

Zehn Minuten vor der verabredeten Zeit fand sie einen überteuerten Parkplatz am Dammtorbahnhof, und nachdem sie ausgestiegen war und das Ticket gezogen hatte, sah sie sich zu ihrer eigenen Beruhigung noch einmal prüfend um, doch von dem verdächtigen Fahrzeug fehlte jede Spur. Erleichtert platzierte sie das Parkticket hinter ihrer Frontscheibe, bevor sie mit hochgezogenen Schultern durch die Eisluft zum Eingang des Gastro-Cafés eilte.

Der warme Geruch von Kaffee und Waffeln empfing sie, und während sie nach Miriam Ausschau hielt, suchte sie nach einem Tisch. Sie hatte Glück und fand einen direkt am Fenster neben der Eingangstür, der gerade frei geworden war, und schleunigst nahm sie ihn in Beschlag, bevor ihn ihr jemand wegschnappen konnte. Durchgefroren setzte sie sich und blickte sehnsüchtig zum Tresen. Ihr Körper lechzte nach Koffein, trotzdem beschloss sie, mit ihrer Bestellung zu warten, bis auch Miriam eingetroffen war.

Die Campus Suite war gut besucht, das war sie immer, die Nähe zur Universität sorgte dafür, dass der stete Fluss an Studierenden nie versiegte. Mit ihren zweiunddreißig Jahren hob Teresa den Altersdurchschnitt drastisch an, wie sie einmal mehr betroffen feststellte, dennoch mochte sie es hier. Kein Grund, sich alt zu fühlen.

Sie versuchte gerade, sich aus den Fängen ihres Mantels zu befreien, als sich jemand zu ihr an den Tisch setzte. Bereits ein Lächeln im Gesicht, erkannte sie, dass es nicht Miriam war.

»Hey, Teresa, so ein Zufall, dass wir uns hier treffen.« Elena saß ihr gegenüber und grinste ironisch.

Dann hatte sie sich also doch nicht geirrt. »Du bist mir hierher gefolgt?«, fragte sie verärgert, sie konnte nicht fassen, dass Elena das getan hatte.

Elena zuckte mit den Schultern. »Hat sich so ergeben. Ich wollte dich gerade besuchen, als du in dein Auto gestiegen bist.«

»Und dann folgst du mir? Ist dir schon mal in den Sinn gekommen, dass du mir damit Angst machen könntest?« Teresa musste sich zurückhalten, damit sie Elena nicht anschrie.

Diese sah sie interessiert an. »Hast du gedacht, es wäre Hartmann?«

Die Haut auf ihren Händen spannte schmerzhaft, als Teresa sie zu Fäusten ballte und sich ihre Fingernägel tief in die Handflächen gruben. »Das nennt man Stalking.«

Ihr Gesicht eine perfekte Maske der Gelassenheit, beugte sich Elena vor. »Hast du dich an etwas erinnert?«, fragte sie mit gesenkter Stimme.

Am liebsten hätte Teresa sie gepackt und eigenhändig aus der Campus Suite geschmissen, doch ihre Selbstbeherrschung war stärker. »Du musst gehen, ich bin verabredet.« Aus den Katakomben ihres Gedächtnisses kämpfte sich eine Erinnerung an die Oberfläche, keine Bilder, aber ein Gefühl, das sich zu dem Aal in ihren Gedärmen legte. Elena und Miriam, es hatte nicht funktioniert, Miriam war eifersüchtig gewesen, und Elena … Sie hatte Lebenslust und Freiheit und Gefahr bedeutet. Stimmte das? War es so zwischen ihnen gewesen?

»Es gibt eine neue Entwicklung, die dich bestimmt interessiert«, zerrte Elena sie schonungslos aus der Vergangenheit zurück an den Tisch.

Es war nicht gut, dass sie hier war. Teresa bekam nicht zu greifen, woher die Sorge kam, aber sie wollte verhindern, dass Miriam sie zusammen mit Elena sah. »Ich glaube nicht, dass sie mich interessiert«, sagte Teresa ungeduldig und erkannte im gleichen Augenblick, dass sie Elena so nicht loswerden würde. »Meinetwegen kannst du später bei mir vorbeikommen und mir von dieser neuen Entwicklung erzählen«, lenkte sie gehetzt ein und deutete mit ihrem Blick in Richtung Ausgang, »aber ich will, dass du gehst. Jetzt. Bitte respektiere das.«

Als hätte diese auf ein Stichwort gewartet, entdeckte sie Miriam, die draußen auf den Eingang zukam. Ihre Blicke trafen sich durch das Fenster, Miriams Augen huschten zu Elena und wieder zurück zu Teresa, und auf ihr Gesicht legte sich ein verletzter Ausdruck. Statt die Tür zu öffnen, ging sie schnurstracks daran vorbei.

Teresa sprang auf, die Füße des Stuhls kratzten über den

Boden. »Miriam, warte!«, rief sie in dem Versuch, sie durch die Glasscheibe hindurch aufzuhalten, doch sie konnte sie unmöglich gehört haben. Sie rannte zur Tür, die Glocke über ihrem Kopf bimmelte hämisch, als Teresa sie aufriss und erneut Miriams Namen rief. Die eisige Kälte sickerte augenblicklich durch ihren Pullover, Mantel und Schal lagen noch auf dem Stuhl im Bistro, sie musste sich beeilen. Mit um den Körper geschlungenen Armen lief sie zu Miriam, die auf dem Fußgängerweg an der stark befahrenen Hauptstraße stehen geblieben war und sich nun zu ihr umdrehte. Die Kränkung in ihrem Gesicht bestürzte Teresa.

»Willst du nicht reinkommen?«, fragte sie vorsichtig.

Miriam stand da wie ein Häuflein Elend, ihre Hände schützend in die Ärmel ihres Mantels gezogen, und bemühte sich, ihre verletzten Gefühle herunterzuspielen. »Mir ist gerade eingefallen, dass ich noch … ich muss noch Wäsche waschen. Und aufhängen. Wenn sie zu lange in der Maschine bleibt, wird sie ganz knittrig, und ich habe echt keine Lust, heute noch zu bügeln«, plapperte sie, und Teresa wusste nicht, ob sie lachen oder Miriam anschreien sollte, damit sie mit diesem Blödsinn aufhörte.

»Ist es wegen Elena?«, fragte sie stattdessen. Fahrzeuge donnerten an ihnen vorbei und versuchten, Teresas Worte mitzureißen. Die Kälte hatte mittlerweile die Kontrolle über ihre Muskeln übernommen, sie zitterten so heftig, dass ihre Zähne aufeinanderschlugen.

Miriam wich Teresas Blick aus. »Ich wusste nicht, dass sie auch da sein würde. Ihr seid also noch befreundet?«

»Nein, wirklich nicht. Sie sollte nicht dabei sein. Es ist nur … wollen wir das nicht drinnen besprechen?« Nicht mehr lange, bis sie ihren Körper nicht mehr spürte.

Miriam schüttelte entrückt den Kopf. »Ich kann das nicht noch einmal mitmachen. Ihr habt mir damals wehgetan. Elf Jahre sind in deinen Augen vielleicht ausreichend, um über den Dingen zu stehen, aber unabhängig davon, ob ich das auch so sehe, werde ich das nicht noch einmal zulassen.« Miriam holte tief Luft, und Wolken stoben aus ihrem Mund, als sie wieder ausatmete. »Ich möchte in meinem ganzen Leben nie wieder etwas mit Elena zu tun haben.«

Miriams Vehemenz machte Teresa sprachlos. Gerade erst hatte sie sich vage an die Spannungen zwischen Elena und ihr erinnert, aber dass es Miriam so nachhaltig verletzt hatte, war in der tintenschwarzen Tiefe des Vergessens kleben geblieben.

Eine Welle des Mitgefühls überkam Teresa, der Wunsch, Miriam zu beschützen, und während sie in der beißenden Kälte stand, begriff sie, dass sie sie nicht ins Warme des Cafés locken, sondern ziehen lassen sollte. Um ihr Bedürfnis zu respektieren und sie von Elena fernzuhalten.

»Okay«, sagte Teresa und nickte.

»Okay«, erwiderte auch Miriam, Erleichterung und Enttäuschung in ihren Zügen, die Andeutung eines Lächelns, falsch oder ehrlich, auf den Lippen. »Tja, dann …«, setzte sie an, zuckte verloren mit den Schultern und machte Anstalten, ihre Flucht fortzusetzen.

Teresa streckte die Arme nach ihr aus, ohne sie zu berühren. »Aber bevor du deine Wäsche machst, muss ich dir noch dringend etwas sagen.«

Miriam verharrte und sah sie mit verwunderter Neugier an. Teresa wusste nicht, wie sie anfangen sollte und wann sie überhaupt die Entscheidung getroffen hatte, es ihr zu erzählen, aber obwohl sie Elenas Gerede über offene Rechnungen und den bösen Mann aus der Vergangenheit, der sie heimsuchen würde, nicht glaubte, durfte sie Miriam nicht darüber im Dunkeln lassen. Nachdem sie früher offensichtlich vieles falsch gemacht hatte, wollte sie nun das Richtige tun. »Vermutlich ist es nur Unsinn, aber es geht um Hartmann.«

Miriams Augenbrauen zogen sich fragend zusammen. »Wer soll das sein?«

»Du kennst ihn nicht?«

»Nein, woher sollte ich ihn kennen?«

Teresa schlang die Arme um ihren Körper, doch es half nichts, die Kälte begann, sie zu sich zu holen. Fußgänger, denen sie im

Weg standen, bedachten sie mit feindseligen Blicken. »Damals, die Sommerschule in Seelvlieth, erinnerst du dich daran?«

»Ja …«, sagte Miriam gedehnt, es war offensichtlich, dass sie noch nicht kommen sah, worauf Teresa hinauswollte.

»Hartmann war auch dort und hat die Jugendherberge bewirtschaftet, in der wir gearbeitet haben. Der Bauernhof auf der Flussinsel, weißt du noch?« Teresa wollte Miriam die Dringlichkeit nicht spüren lassen, die sie angesichts der drohenden Lungenentzündung empfand, doch es brachte auch nichts, sie unter Druck zu setzen.

»Ah, okay«, sagte sie, doch ihr Blick blieb fragend.

»Weißt du jetzt, wen ich meine?« Teresa fürchtete, Miriam könnte sich von ihr abwenden, wenn sie nicht langsam auf den Punkt kam.

Ihre abwehrende Körperhaltung deutete genau das an. »Ja, ich glaube schon.« Sie zögerte, sichtlich unschlüssig, ob sie die sich daraus ergebende Frage aussprechen oder es auf sich beruhen lassen sollte. »Was ist mit ihm?«, fragte sie dann doch.

Teresa sortierte hastig ihre Gedanken. »Ich weiß, so aus dem Zusammenhang gerissen klingt es total verrückt, aber es könnte sein, dass es Hartmann war, den du in deinem Badezimmer gesehen hast.« Sie spürte ihre Lippen kaum noch, und die Worte, die über sie gekleckert waren, klangen in ihren Ohren verwaschen und undeutlich.

Doch Miriam hatte sie verstanden, und ihre Mimik verhärtete sich. »In meinem Badezimmer war niemand, es war nur eine optische Täuschung«, erwiderte sie kühl.

Teresa konnte nachvollziehen, dass Miriam sich die harmlosere Variante der Ereignisse einzureden versuchte, doch ohne diesen Schutzmechanismus war ihr am Tag zuvor Miriams Angst viel zu real vorgekommen, um die Erscheinung im Badezimmer leichtfertig als Einbildung abzutun. »Und wenn nicht?« Teresa sah sie besorgt an.

Miriam erwiderte ihren Blick, und die Wut, mit der er Teresa traf, war neu. »Hör auf, mir Angst zu machen. In meinem Badezimmer war niemand, das ist unmöglich.«

Einen eiskalten Atemzug lang zog Teresa es in Erwägung, ihr diesen Anker der Sicherheit zu lassen, und was machte es schon, wenn sie nicht von Hartmann erfuhr? Es war ohnehin nicht wahr, was Elena ihr erzählt hatte. Das aggressive Hupen eines vorbeifahrenden Autos riss sie von der weichen Wolke der Gleichgültigkeit. Wahr oder nicht, Miriam musste gewarnt sein. »Okay, tut mir leid, ich wollte dir keine Angst machen. Es ist nur –«

»Warum?« Miriam funkelte sie verstört an. »Ich meine, wie kommst du darauf, dass dieser Hartmann, mit dem ich vor zehn Jahren nicht einmal einen Satz gewechselt habe, plötzlich in meinem Badezimmer auftauchen sollte?«

Elf Jahre, schoss es Teresa durch den Kopf. »Ich weiß auch nicht, es ist kompliziert …« Sie suchte verzweifelt nach einer Erklärung, die nicht alles noch schlimmer machte.

Miriams Blick huschte zu dem Gebäude, schien durch dessen Mauern zu sehen und erneut Elena dort im Bistro am Tisch zu entdecken, und sie zog die nächstliegende Schlussfolgerung. »*Sie* hat dir das eingeredet.« Keine Frage, sie wusste es einfach. Teresa wollte es leugnen, doch sie wollte nicht lügen, also sagte sie nichts.

Miriam nickte, zog resigniert ihre Mundwinkel nach unten, interpretierte Teresas Schweigen offenbar als Bestätigung. Ihr Kinn zitterte, und grob versuchte sie, es sich aus dem Gesicht zu wischen. »Hast du es denn immer noch nicht verstanden? Elena lügt, schürt Unsicherheiten und manipuliert, sobald sie den Mund aufmacht.« Sie lachte ein Lachen, das eigentlich ein Schluchzen war. »Es hat sich absolut nichts geändert. Keine Ahnung, was sie aus dem Loch ihrer Versenkung geholt hat und was sie mit ihren kruden Geschichten bezweckt, aber halte mich da raus.«

Miriam ging ein paar Schritte rückwärts, für sie war das Gespräch beendet, und Teresa erkannte, dass sie es vermasselt hatte.

»Miriam, ich –« Sie wollte Miriam an ihre Telefonnummer erinnern, die in dem Deckel der Pralinen gestanden hatte, wollte ihr von Elenas Unfall erzählen, doch ihre gefühllosen Lippen quittierten ihren Dienst.

»Guten Rutsch, Teresa«, sagte Miriam, enttäuschte Freundlichkeit lag in ihrer Stimme, dann drehte sie sich um und ging davon. Vielleicht, dachte Teresa, als sie ihr hinterhersah, war es besser so. Vielleicht wollte sie gar nicht hören, was Miriam ihr sonst gesagt hätte, nämlich dass hinter allem, was zuletzt geschehen war, womöglich Elena selbst steckte.

***

Elena hatte die Unterbrechung genutzt und sich an dem gerade kundenfreien Tresen einen TopFitSaft geholt. Von ihrem Fensterplatz aus konnte sie Teresas Beine sehen, vor Kälte trat sie von einem Fuß auf den anderen. Elena hatte nur einen flüchtigen Blick auf Miriam werfen können, und ohne das Buch auf ihrer Fußmatte wäre sie vermutlich nie darauf gekommen, woher sie sie kannte. Seelvlieth, natürlich. Elena war neugierig, unter welchen widrigen Umständen der Kontakt zwischen Teresa und Miriam wieder zustande gekommen und was ihre Erklärung dafür war, aber wenn sie Glück hatte, würde sie gleich noch die Gelegenheit haben, Teresa danach zu fragen.

Es dauerte vier Minuten, Elena hatte die Uhrzeit auf ihrem Handy im Blick behalten, bis Teresa in die Campus Suite zurückgepoltert kam. Widerwille troff aus jeder ihrer Poren, es bereitete ihr sichtliches Unbehagen, sich wieder zu Elena an den Tisch zu setzen, doch ihr Zittern verriet, dass ihr Streben nach Wärme drängender war als die Abneigung gegen sie.

»Wo hast du denn Miriam gelassen?«, wollte Elena wissen, und machte damit kein Geheimnis daraus, dass sie wusste, um wen es sich handelte. Sie wollte keine Zeit verschwenden, denn sie ging davon aus, dass Teresa sie nicht mehr lange mit ihrer Anwesenheit beehren würde. Die Flamme der Faszination, die sie früher zu Elena hingezogen hatte, war unabänderlich erloschen.

»Was willst du von mir?« Teresa war sichtlich gereizt, während sie sich im Sitzen den Mantel überzog.

»Du bist immer noch mit Miriam befreundet?«, fragte Elena

und sog an dem Strohhalm ihres TopFitSaftes. Das erfrischende Aroma von Orange, Apfel und Karotte breitete sich in ihrem Mund aus.

Teresa gab ein verächtliches Schnauben von sich, und Elena fragte sich, ob es ihr oder Miriam galt. »Nein, bin ich nicht«, sagte sie scharf.

Beinahe gewaltsam wickelte sie sich ihren Schal um den Hals, als versuchte sie, sich selbst zu strangulieren. Sie war so gut wie weg.

Elena stellte ihr Glas auf den Tisch und hielt Teresa mit ihrem Blick fest. »Ich mache es kurz«, sagte sie und beugte sich zur Seite, um etwas aus der Tasche zu holen. »Gestern Abend lag ein Buch vor meiner Haustür. Und zwar dieses hier.«

Sie legte den Thriller auf den Tisch, Titel und Autorinnenname für Teresa gut leserlich.

Nur widerstrebend sah sie hin, sie wollte weg, Elena spürte ihre Ungeduld. Dann wurden ihre Augen groß, und überrascht zog sie das Buch näher zu sich. »Miriam hat ein Buch geschrieben? Das hat sie mir gar nicht erzählt.«

Unwillkürlich fragte sich Elena, was Teresa erwartet hatte. Eine Veröffentlichung war unter den Umständen ihrer unfreiwilligen Zusammenführung nicht unbedingt die wichtigste Information. Andererseits …

»Haben wir nicht alle unsere Geheimnisse?« Sie zog eine Augenbraue hoch. »Du hast mir auch nicht erzählt, dass Miriams Telefonnummer bei den Pralinen war.«

Verwirrt blickte Teresa auf. »Woher weißt du das?«

Elenas rechter Mundwinkel hob sich. »Wusste ich nicht. Einfache Schlussfolgerung. Wieso sonst solltest du dich mit ihr treffen, wenn ihr nicht miteinander befreundet seid?«

Teresas Finger nestelten an dem Buch, ihr Blick wanderte ins Leere. Dann zog sie ihre Hände zurück, die vor Kälte und Verätzung zu glühen schienen. »Warum zeigst du mir das?«

»Hast du mir nicht zugehört? Das Buch lag auf *meiner Fußmatte. Jemand* hat es dort hingelegt, und ich bin mir sehr sicher, dass es nicht Miriam war.«

Teresa verzog das Gesicht. »Miriam will nichts mit dir zu tun haben.«

Elena hatte nichts anderes erwartet. »Ich fürchte, sie hat keine Wahl. Wir sind ein Trio, *du* bist das Bindeglied zwischen mir und ihr.«

»Auf die Gefahr hin, mich zu wiederholen.« Teresa atmete schwer aus und verschränkte die Arme vor der Brust. »Was willst du?«

»Ich hab's dir bereits gesagt, ich will, dass wir Seelvlieth einen Besuch abstatten.« Sie war fest entschlossen zurückzukehren, zusammen mit Teresa und nun auch Miriam.

»Wozu?« Teresa wirkte erschöpft, als sie sich in ihrem Mantel zurücklehnte. »Du *weißt* doch nicht einmal mit Sicherheit, ob dieser Hartmann für die Dinge verantwortlich ist, die du ihm unterstellst.«

Elena schob ihren Saft von sich und beugte sich vor, verkleinerte den Abstand, den Teresa eben noch zwischen sie gebracht hatte. Ihre aufgesetzte Leichtigkeit bekam einen Riss, Elena spürte, wie er sich durch ihre Oberfläche zog und sie spaltete. »Glaub mir, ich weiß es.«

Teresa schien die Veränderung in Elenas Verhalten zu bemerken, wortlos blickte sie sich im Bistro um, auf der Suche nach einer Erwiderung, bis sie schließlich doch wieder zu Elena sah. »Okay, von mir aus«, begann sie und zuckte mit den Schultern. »Angenommen, wir fahren dort wirklich hin. Was dann? An seine Tür klopfen und sagen ›Hier sind wir‹? Was versprichst du dir davon?«

Elena fühlte sich in eine Wolke des Unbehagens gehüllt. Die gleiche Frage hatte sie sich auch gestellt, immer und immer wieder, seit sie Teresas Nummer gewählt hatte, doch es gab so viel mehr zwischen der einfachen Antwort und der Wahrheit, für die sie beide noch nicht bereit waren – Teresa, um sie zu erfahren, und Elena, um sie auszusprechen. Sofort zwang Elena sich zur Kontrolle, die dunklen Schwaden der Gefühle trübten ihre Selbstbeherrschung, und in dieser Angelegenheit gab es keinen Raum für Schwäche. »Ja, genau das will ich tun.

An seine Tür klopfen und ihn zur Rede stellen. Er soll uns den Grund verraten, warum er mich … uns nicht endlich in Ruhe lässt. Es reicht einfach, ich habe genug …« Ihre Stimme brach, und sie räusperte sich. Der letzte Satz war ohne ihr Zutun über ihre Lippen gekommen, sie musste sich verdammt noch mal zusammenreißen!

Teresa zeigte sich besorgt und erschrocken. »Was um Himmels willen ist damals passiert?«

Doch Elena schüttelte den Kopf, sie würde darauf nicht antworten, hatte schon zu viel gesagt. »Du erinnerst dich immer noch nicht?« Ihre Stimme war auch jetzt belegt, aber sich selbst hatte sie wieder im Griff, etwas anderes würde sie nicht akzeptieren.

Die eben noch gezeigte Sorge verflog wie der blaue Dunst einer ausgeblasenen Kerze. »Was glaubst du denn?«, fragte sie schnippisch. »Das ist kein Fotoalbum, das ich aus dem Regal holen und aufschlagen kann.«

Teresa hatte natürlich recht, Erinnerungen ließen sich nicht erzwingen, sie führten ihr eigenes Leben, versteckt in den verschlungenen Gängen unterhalb des Bewusstseins. Und dennoch suchte Elena verzweifelt nach einer Möglichkeit, die wichtigen Bilder der Vergangenheit in Teresa zu triggern.

»Was ist nun, kommst du mit?«, fragte Elena ungelenk, nachdem sie eine Weile geschwiegen hatten und ihr keine Idee gekommen war, wie sie den Erinnerungsprozess beschleunigen konnte. Teresa trug noch immer ihren Mantel, offenbar hatte sie ihren Aufbruch aber vorläufig vertagt.

Nachdem sie einige Momente in Gedanken versunken die Frauen auf dem Buchcover angesehen hatte, hob Teresa ihren Blick. »Nein, ich komme nicht mit.« Sie klang beinahe, als würde sie sich für ihre Entscheidung entschuldigen. Nachdenklich nahm sie das Buch von Miriam, blätterte es durch, ohne darin zu lesen. Elena dachte an die handgeschriebenen Worte auf Seite fünf, dachte an die Summe, die die Rechnung in ihrem Verständnis ergab, und fragte sich, ob Teresa wohl auf das gleiche Ergebnis käme.

»Drei. Eine ist zu viel.«

Doch Teresa übersah die handgeschriebene Nachricht.

»Hast du das Buch gelesen? Worum geht es?«, wollte sie wissen, als sie bemerkte, wie eingehend Elena sie bei der Begutachtung des Buches beobachtete.

Der Inhalt war tatsächlich ein weiterer Grund gewesen, weshalb Elena die Sache nicht wie ursprünglich beabsichtigt bis zum 1. Januar ausgesessen hatte. Das Buch gab der Situation eine neue, etwas schräge Wendung.

»Es geht um uns«, sagte Elena, und ein innerer Aufruhr, der sie beim Lesen am Abend zuvor erstmals befallen hatte, begann von Neuem in ihr zu wüten. Obwohl ihr der Schreibstil nicht sonderlich zugesagt hatte, war es ihr schwergefallen, sich von der Geschichte wieder zu lösen, und jede weitere Seite hatte dieses Gefühl von nervöser Agonie verstärkt. »Ich bin noch nicht weit, aber wie es aussieht, hat sie einen Thriller über unseren Sommer in Seelvlieth geschrieben.«

Teresa sah erstaunt von dem Buch auf, doch bevor sie etwas erwidern konnte, klingelte ihr Handy.

Sie warf einen irritierten Blick aufs Display. »Tut mir leid, ich muss da rangehen«, murmelte sie, gedanklich bereits ganz woanders, und wischte auf dem Gerät nach oben.

»Hallo, Sina«, begrüßte sie die Anruferin mit aufgesetzter Freundlichkeit. Eine Weile hörte sie zu, wobei sich ein Schatten über ihre Miene legte, der es Elena unmöglich machte, darin zu lesen. »Was soll das heißen? … Nein, bin ich nicht … Ja, kann ich … Etwas ansehen?« Elena zog ihren Saft wieder zu sich heran und nahm durch den Pappstrohhalm, der bereits weich wurde, einen großen Schluck. »… Von mir aus, ich komme vorbei.«

Teresa wirkte verunsichert, nachdem sie das Gespräch beendet hatte. Fahrig steckte sie ihr Handy ein, griff nach ihrer Tasche und stand auf. »Ich muss los«, sagte sie sichtlich durcheinander.

»Ist etwas passiert?« In den letzten Tagen hatten sich unerwartete Zwischenfälle gehäuft, da schien Elena die Frage durchaus berechtigt.

»Vergiss es, das hier hat nichts mit Hartmann zu tun«, wiegelte sie grob ab, als hätte sie Elenas Gedanken gelesen.

Begleitet von überdrehter Electromusik aus dem Hintergrund, zischenden Kaffeemaschinen und Stimmengewirr fremder Unterhaltungen eilte Teresa aus der Campus Suite. Elena blieb noch eine Weile sitzen, blickte nachdenklich durch das Fenster in das ersterbende Licht des sich verabschiedenden Jahres, Teresas letzten Satz als Dauerschleife im Ohr, und trank ihren Saft aus. Sie tat ihr ein bisschen leid, denn sie hatte nicht verstanden, dass absolut *alles* mit Hartmann zu tun hatte. Elena konnte für sie nur hoffen, dass das, was am anderen Ende des soeben angetretenen Weges auf Teresa wartete, nicht so schlimm war, wie sie befürchtete.

***

Energisch klopfte Teresa gegen die gläserne Eingangstür, als sie am späten Vormittag Geros Restaurant erreichte. Die »Traumhöhle« hatte noch nicht geöffnet, doch sie wusste, dass im Inneren die letzten Vorbereitungen für die Silvesterparty liefen. Normalerweise besaß sie einen Schlüssel, doch sie hatte nicht ahnen können, dass sie ihn für einen sogenannten Notfall benötigen würde. Es dauerte einige Augenblicke, ehe sie in dem aufgeregten Gewusel von jemanden bemerkt wurde, der sich ihrer erbarmte.

Seit sie Urlaub hatte, war sie nicht mehr hier gewesen, und sie musste zugeben, dass Gero großartige Arbeit geleistet hatte. Metallicgoldene Lamettavorhänge hingen von der Decke, goldglitzernde Tischläufer veredelten die mit Tellern, Weingläsern und Besteck eingedeckten Tische, schwarze und goldene Luftballons bewegten sich träge in den Luftzügen der umhereilenden Servicekräfte. An eine der weißen Wände wurde gerade der Höhepunkt eines Feuerwerks projiziert.

Sina Krause, stellvertretende Geschäftsführerin und Chefköchin des Fusionsrestaurants, empfing sie mit einem Ausdruck aufsteigender Panik am Tresen der Bar. »Danke, dass du gekommen bist! Ich weiß, dass du Urlaub hast, aber ich wusste nicht, was ich sonst tun sollte.« Sie war den Tränen nahe und schüttelte hilflos den Kopf.

Teresas Verhältnis zu der Frau Anfang vierzig war seit jeher angespannt gewesen, immer häufiger versuchte sie, Gero in Entscheidungen hineinzureden, die nicht in ihrem Aufgabengebiet lagen, und auch in Teresas Buchhaltung hatte sie sich bereits mehrfach eingemischt. Sie nun dermaßen aufgelöst zu sehen beunruhigte Teresa.

»Ist schon gut, nicht so schlimm. Aber du musst mir noch einmal erklären, was los ist, ich habe das eben am Telefon nicht richtig verstanden. Was meintest du mit ›Gero ist weg‹?«

Sina holte tief Luft, anscheinend um sich zu beruhigen. »Alles war ganz normal«, begann sie zu erzählen. »Als ich vorhin hier ankam, war Gero bereits da. Er hat im Hinterzimmer geschlafen, zumindest glaube ich das, weil er die gleichen Klamotten wie gestern anhatte. Ich habe die Post der letzten Tage mit reingebracht, sie ihm gegeben und mich für die Küche umgezogen. Als ich zurückkam, um mit ihm die letzten Details für die Veranstaltung zu besprechen, war er weg.« Der Unglaube stand ihr ins Gesicht geschrieben, sie konnte nicht begreifen, dass dies gerade wirklich geschah. »Zuerst dachte ich, dass er vielleicht noch schnell etwas einkaufen ist, obwohl er normalerweise vorher Bescheid sagt. Aber als er nicht wiederkam, wusste ich, dass etwas nicht stimmt. Was soll ich denn jetzt machen?«

Ein ungutes Gefühl setzte sich tief in Teresas Bauch fest und breitete sich in ihrem ganzen Körper aus. »Hast du ihn angerufen?«

Sina blickte sie an, als hätte sie von ihr mehr erwartet als das Offensichtliche. »Natürlich! Ich habe sogar Leon zu eurer Wohnung geschickt, aber es hat niemand geöffnet.« Sie stöhnte leise auf. »Wo steckt er nur?«

Teresa konnte es ihr nicht sagen. Es passte nicht zu Gero, ohne ein Wort zu verschwinden – nicht, wenn es um sein Restaurant ging, und dann auch noch an dem Tag, auf den er wochenlang hingearbeitet hatte.

Sina blickte sie flehentlich an, sie lechzte nach einer Lösung. Hastig sah Teresa sich im Restaurant um, alles schien fertig, und sie wägte ab, welche Möglichkeiten sie hatte.

»Sina, du übernimmst das hier«, wies Teresa sie an. Wie sie es einschätzte, benötigte Sina in dieser Situation lediglich jemanden, die ihr sagte, was sie tun sollte. »Ihr seid gut vorbereitet«, fuhr Teresa zügig fort, »und du bist die Einzige, die in der Lage ist, die Party zu schmeißen. Du warst von Anfang an in die Planung involviert und kennst die Abläufe. Du kannst das. Alles wird klappen, da bin ich mir sicher.«

Sina nickte stumm, dennoch stand ihr die Anspannung in den Augen. Nicht wegen der Verantwortung, sondern wegen Gero. Auch Teresa fiel kein Grund ein, weshalb er seine eigene Silvesterparty versäumen würde, weil es keinen gab. Etwas musste passiert sein.

»Ich werde Gero suchen«, versuchte sie, Sina zu beruhigen, und sofort zeigte sich auf deren Gesicht ein Anflug von Erleichterung, die Teresa selbst noch nicht empfand. Sie dachte an Elena und ihre Warnung vor Hartmann, an den Autounfall, obwohl Elena das Humpeln auch gespielt haben könnte, und die Postkarte.

»Wo ist die Post, die du Gero gegeben hast?«, fragte Teresa aus einer Ahnung heraus.

Sina deutete auf die Ablage neben der Kasse und eilte zurück in die Küche. Mit weichen Knien wankte Teresa zu dem Stapel Briefe, sie machte sich unnötig verrückt, Geros Verschwinden hatte nichts mit Elena oder Hartmann zu tun. Vielleicht war er krank geworden oder hatte einen Unfall gehabt, sein Handy vergessen oder etwas anderes, so banal, ganz viel Wald, und kein einziger Baum war zu sehen, so war es doch immer. Als Erstes würde Teresa die Krankenhäuser in ihrer näheren Umgebung anrufen, vielleicht auch ein paar seiner Freunde. Wahrscheinlich tauchte er ohnehin bald von alleine wieder auf, und sie würde sich den gereizten Vorwurf anhören müssen, wie sie jemals auf die lächerliche Idee gekommen war, er würde seine eigene Party verpassen.

Der Stapel Briefe in Teresas Händen fühlte sich schwer an. Sie steigerte sich in die Sache hinein, ganz eindeutig, ging die Post nur flüchtig durch, um ihre Unvernunft nicht überhandnehmen zu lassen. Umschlag, Umschlag, noch ein Umschlag, alle zweifelsfrei geschäftlicher Natur.

Ein weiterer Umschlag ... Teresa hielt inne, ihr Puls klopfte wie eine tickende Zeitbombe. Zwischen den Umschlägen lag eine Postkarte. Das Motiv, ein sonniger Strand, kam ihr, anders als beim ersten Mal, als sie ihn bei Elena gesehen hatte, verstörend bekannt vor.

Mit zitternden Fingern drehte sie die Karte um. Sie war an sie adressiert.

Diese Handschrift ...

Ihr Magen krampfte sich zusammen.

Liebe Teresa,
ich wollte immer nur dich, und bald können wir endlich zusammen sein. Dann musst du dich auch nicht mehr mit anderen Männern herumtreiben.
In Liebe
O. H.

Teresa ließ die Karte sinken. Sie erinnerte sich. An damals. An Seelvlieth, Elena und Hartmann. Wie ein dunkler Raum, an dem sie unzählige Male vorbeigegangen war, ohne zu ahnen, dass er existierte – auf einmal brannte Licht in ihm. Kein Film, der vor ihren Augen ablief, kein Fotoroman, und doch genügend Fragmente, in ausgeblichenen Farben und mit unscharfen Konturen, um die losen Teile miteinander zu verbinden. Ein Gefühl dafür zu bekommen.

Ein schlimmes Gefühl. Und die endgültige Gewissheit, dass Elena sie angelogen hatte.

Als wäre es niemals vergessen gewesen, erinnerte sie sich an nie enden wollende Nachhilfestunden in Mathematik und Englisch, an aufmüpfige Jugendliche, an zu kurze Nächte und Sonnenaufgänge. Und Pferde, es hatte Pferde gegeben und Ausflüge an den Strand. Nichts davon war schrecklich gewesen, anstrengend vielleicht, dennoch etwas, an das sie sich gerne hätte erinnern sollen. Weil es schön gewesen war. Oder nicht?

Da war noch mehr, und sie ließ es zu, dass es kam und ihr Gehirn flutete, sie konnte es ohnehin nicht aufhalten. Sie erinnerte sich an Streitereien, an das unwohle Gefühl, niemals alleine zu sein, die Enge der Zimmer mit zu vielen jungen Frauen, keine Privatsphäre. Zu viel Alkohol. Zu viel Gras. Zuckende Lichter und dröhnende Musik. Elena. Immer wieder Elena. Sie drängte sich in jedes Bild, in jede neue Erinnerung, drängte alles andere in den Hintergrund. Miriam. Und Wasser. Der Sommer endete mit Wasser, und alles hatte sich verändert.

Teresa konnte nicht atmen. Sie wusste es wieder, wusste, was sie getan hatte. Ihr wurde schlecht, sie musste raus an die frische Luft, bevor sie Sina auf die goldene Deko kotzte. Blind grapschte sie nach der Postkarte und stürmte durch das Restaurant. Raus. Die kalte Luft empfing sie mit einer Ohrfeige, die sie dringend gebraucht hatte. Tiefe Atemzüge, die ihre scharfen Krallen in ihre Lungenflügel schlugen, beruhigten ihren Magen, holten Teresa zurück in die Gegenwart.

Eine Weile stand sie vor dem Restaurant, Passanten gingen an ihr vorüber, musterten sie argwöhnisch, fragten sich vielleicht, was ihr widerfahren war. Böller explodierten, doch Teresa nahm sie nur am Rande wahr. Sie musste nachdenken, sich etwas überlegen.

Schließlich machte sie sich auf den Weg. Sie hatte Sina versprochen, nach Gero zu suchen, und das würde sie tun. Und wenn sie damit fertig war, würde sie Elena aufsuchen und sie zur Hölle jagen.

Linda begriff nicht, dass sie sich nicht zu sorgen brauchte. Zwischen Elena und Paul würde niemals etwas passieren, doch Linda glaubte ihr nicht, hatte kein Vertrauen und ihr stattdessen unmissverständlich zu verstehen gegeben, dass sie Elena nicht in Pauls Nähe tolerierte. Aus diesem und noch vielen anderen Gründen war Elenas Anwesenheit vor dem Haus der Familie keine kluge Entscheidung, doch es hatte auf ihrem Weg gelegen, wenn sie den Umweg von fünf Kilometern nicht berücksichtigte.

Es war der Wunsch nach diesem beruhigenden Gefühl gewesen, noch einmal seine Gegenwart zu spüren, der sie hierher gezogen hatte. Es war nicht ihre Absicht gewesen, ein paar Meter von dem kleinen Reihenhaus entfernt zu parken und aus ihrem Wagen zu steigen, sie hatte sich nicht aus Vorsatz in der einbrechenden Silvesternacht mit Kapuze und einer alten FFP2-Maske unsichtbar gemacht, um auf der anderen Seite die Straße entlangzuwandern, in der Hoffnung, zwei oder drei Herzschläge lang durch die beleuchteten Fenster wenigstens einen kurzen Blick auf seine Silhouette zu erhaschen.

Es bedurfte jedoch keines Vorsatzes, so hatte Elena schmerzhaft gelernt, um etwas Verbotenes zu tun.

Die erhellten Räume waren leer gewesen, doch einzelne Raketen, die aus dem Garten hinter dem Haus in den Himmel schossen, hatten sie ins Dickicht gelockt. Ein Trampelpfad, der an den Terrassen der Häuserreihe entlangführte, wurde zu ihrem Versteck, sie schämte sich für ihre Schwäche, für ihr verwerfliches Verhalten, sie benahm sich wie eine Stalkerin, aber das war sie nicht. Sie wollte ihn nur kurz sehen, musste es, ein letztes Mal in diesem Jahr, bevor sie ihn im nächsten aufgab, wie sie es sich geschworen hatte. Ihr blieben nur noch Stunden für ein paar letzte gestohlene Momente, dafür gemacht, um sie durch die Zeit ohne Paul zu begleiten.

Und so beobachtete Elena die kleine Familie dabei, wie sie bereits am frühen Abend die Geister des ausklingenden Jahres verscheuchte, drang ein in ihre Zusammengehörigkeit und wurde eine von ihnen, ohne dass die anderen je davon erfahren würden.

Sie sah zu, wie Paul immer neue Raketen auf die Flaschen am Boden verteilte, wie Linda und Sophia, die kleine Tochter auf ihrem Arm, die Hälse reckten und ihre Köpfe in den Nacken legten, um dem Kreischen des Feuerwerkskörpers zu folgen. Der Wind trug ihre »Ohs« und »Ahs« zu Elena hinüber, ihr ständiges »Schau-mal-da!« und »Guck-mal-wie-schön!«, während sie die bunten Sternenexplosionen und den Funkenregen am Himmel bewunderten.

Sophia – Paul hatte Elena erzählt, sie wäre im Sommer gerade zwei geworden – ähnelte ihm unbeschreiblich, sie beide waren so schön, dass es regelrecht wehtat, sie anzusehen.

Das vibrierende Handy in Elenas Tasche informierte sie über das Eintreffen einer Nachricht, und sie musste einsehen, dass die Zeit gekommen war, sich aus dem Unterholz zurückzuziehen. Für dieses Jahr hatte sie genug Schuld auf sich geladen.

***

Die Wärme ihrer Wohnungen schien die Menschen in eine wohlige Umklammerung genommen und sie zu träge gemacht zu haben, um sich mit Feuerzeug und Knallkörpern in die Kälte der anbrechenden Nacht zu begeben. Obwohl es bereits nach einundzwanzig Uhr war, zerriss nur gelegentlich ein lauter Knall die stille Dunkelheit. Statt nach Schießpulver roch die Luft nach Schnee und Bodenfrost. Die Straße vor Elenas Haus war ausgestorben, nur die Lichter in den aufgerissenen Augen der Häuser, das Flackern der Fernseher und das entfernte Lachen, das gespenstisch an ihr vorbeiwaberte, erinnerten Elena daran, dass sie nicht der letzte Mensch war auf einem verlassenen Planeten.

Eine dunkle Silhouette zeichnete sich auf dem Spielplatz neben Elenas Hauseingang ab, sie saß auf der Schaukel und pendelte leicht vor und zurück, vor und zurück. Elena spürte den Blick der Gestalt, dachte sich nichts dabei und beschleunigte dennoch die Schritte, eine Hand bereits in der Tasche, um nach ihrem Schlüssel zu tasten.

Das Gefühl, beobachtet zu werden, es suchte Elena seit Jahren immer wieder heim, zuletzt vor ein paar Tagen beim Joggen an der Elbe, kurz bevor der Wagen aus dem Nichts aufgetaucht war und sie um ein Haar frontal erwischt hatte. Die sterbende Helga Hartmann, deren Anblick Elena bislang erfolgreich aus ihrem Gedächtnis verbannt hatte, holte sie jetzt ein, die Fratze des Todes, und sie lächelte höhnisch.

Vor dem mit Stuck verzierten Eingang des Altbaus blieb Elena stehen und sah sich noch einmal um. Die Gestalt auf der Schaukel war aufgestanden und kam in ihre Richtung, nicht schnell oder langsam, überquerte wie beiläufig den Spielplatz, aber das stimmte nicht, sie hatte ein Ziel: Elena. Hin- und hergerissen zwischen Vorsicht und Neugier versuchte sie, das Gesicht auszumachen, doch eine Mütze verschattete ihre Züge.

Es war nicht Hartmann, ganz sicher nicht.

Und dann erkennte Elena sie. »Teresa?«

Teresa trat auf sie zu, bis sie schließlich am Rande des Spielplatzes zum Stehen kam. »Habe ich dich erschreckt?« Mit den vor der Brust verschränkten Armen machte sie nicht den Eindruck, als täte es ihr leid, dunkle Ringe unter ihren Augen zeugten von Erschöpfung und ließen ihr Gesicht eingefallen und skeletthaft wirken. Von der Verätzung an ihrem Kinn war kaum noch etwas zu sehen. Dies war kein Besuch unter Freundinnen, Elena sah, dass sich alles in Teresa dagegen sträubte, hier zu sein, und trotzdem hatte sie wer weiß wie lange bei Eiseskälte vor ihrem Haus ausgeharrt.

»Was ist passiert?«

Teresa schnalzte mit der Zunge. »Du hast meine Nachricht also noch nicht gelesen.«

Elena erinnerte sich an das Geräusch der eingegangenen Nachricht, während sie hinter Pauls Haus gestanden hatte, verbot es sich, in ihren Gedanken an diesen Ort zurückzukehren, und holte stattdessen ihr Handy aus der Tasche. Es war ein einziges Wort, das Teresa aber dermaßen heftig auf der Seele gebrannt haben musste, dass sie Elena danach gleich noch einen Besuch abstattete.

Lügnerin.

Das reichte, um Elenas Herzfrequenz in die Höhe zu treiben. »Ach, wie nett«, sagte sie ironisch, steckte das Smartphone zurück in die Tasche und schloss die Haustür auf. Endlich war es so weit. »Kommst du mit nach oben, oder willst du mir hier draußen erzählen, woran du dich erinnerst?« Sie wartete Teresas Antwort nicht ab, das musste sie nicht, sie konnte hellsehen und in die Zukunft blicken, Teresa wollte mehr, als sie nur wissen zu lassen, dass sie sie für eine Lügnerin hielt. Elena ging voran, Teresa folgte ihr wortlos die Treppe hinauf in den zweiten Stock.

»Mir war gar nicht bewusst, dass du weißt, wo ich wohne.« Den Schlüssel im Schloss, öffnete sie die Tür. »Hast du mich etwa beobachtet?«

Teresas Blick streifte sie, wie eine Klinge der Ablehnung schnitt er durch Elenas Fleisch, als sie an ihr vorbei in den Flur trat. »Stand auf der Postkarte, die du mir gezeigt hast.«

Elena nickte, ihr war am Tag zuvor nicht aufgefallen, dass Teresa sich die Karte so aufmerksam angesehen hatte.

Teresa zeigte kein Interesse an Elenas geräumiger Altbauwohnung, sah sich nicht um, marschierte geradewegs in den Raum mit der offenen Tür, der sich als Wohnzimmer zu erkennen gegeben hatte. In ihrem Mantel setzte sie sich auf die cremefarbene Couch und zog lediglich ihre Mütze vom Kopf, bevor sie abermals die Arme vor der Brust verschränkte, eine Trotzreaktion auf ihren Unwillen.

Elena ließ sie nicht aus den Augen, ihr Verhalten machte sie neugierig und nervös zugleich. Dennoch ließ sie sich von ihrer Routine nicht abbringen, schlüpfte in Ruhe aus dem warmen Wintermantel und wusch sich im Badezimmer die eisigen Hände mit heißem Wasser, bis sie brannten.

»Willst du vielleicht einen Tee oder einen Kaffee?«, fragte sie die durchgefrorene Frau auf ihrer Couch, als sie auf ihrem

Weg in die Küche am Wohnzimmer vorbeikam. Teresa war in ihrer Position verblieben, mit leicht vorgebeugtem Oberkörper und schmalen Lippen sah sie aus wie eine Statue aus Eis.

»Du hast mir damals nicht erzählt, womit Hartmann dich erpresst«, platzte es aus ihr heraus, und Elena deutete es als Nein auf ihre Frage nach einem Heißgetränk.

Ungerührt ging sie zu Teresa ins Wohnzimmer, die konnte nicht wissen, dass Elena darüber schweigen würde, bis der Tod sie holen kam.

Wut flammte in Teresas Gesicht auf, entstellte ihre Züge. »Du bist eine Lügnerin.« Sie sprang auf, als hätte die Couch sie abgeworfen. »Du hast das alles hier doch selbst inszeniert, um deinem armseligen Leben wieder einen Hauch von Relevanz zu geben, ist es nicht so?« Sie schüttelte verächtlich den Kopf. »Miriam hat recht mit allem, was sie über dich sagt.«

Elena brannte darauf, zu erfahren, welche unschmeichelhaften Worte Miriam für sie gefunden hatte, ließ es aber für den Moment auf sich beruhen. Anders als vermutlich beabsichtigt verletzten Teresas Worte sie nicht, dafür hatten sie den Eindruck bestätigt, dass unter ihrer Wut hilflose Verzweiflung steckte.

»Warum bist du hier, Teresa? Doch nicht nur deshalb, damit du wie ein bockiges Kind verbal auf mich eintreten kannst. Lass uns diesen Teil einfach überspringen und direkt zum wahren Grund kommen.«

Kein Leugnen mehr, Teresa suchte Elenas Blick, und die Wut rutschte aus ihrem Gesicht. »Gero ist verschwunden.«

»Gero?«

»Mein Freund.«

Elena wurde flau im Magen. *Er* war gekommen, eine Vermutung, die sie Teresa aufgetischt hatte, um ihr Angst zu machen, aber wie es aussah, hielt *er* sich tatsächlich in ihrer Nähe auf, sah und wusste alles, was sie taten, und scheute nicht davor zurück, Unbeteiligte in *ihre* Angelegenheit zu ziehen, vielleicht sogar zu verletzen. Damit hätte sie rechnen müssen.

»Er ist nicht in seinem Restaurant«, fuhr Teresa aufgewühlt fort, »heute findet dort ein großes Silvester-Event statt, in das er wochenlange Arbeit gesteckt hat. Aber er ist einfach weg und geht nicht an sein Handy. Ich habe sämtliche Krankenhäuser abtelefoniert, ein paar seiner Freunde, jedenfalls die, die ich kenne. Und als vermisst melden kann ich ihn auch nicht, denn dafür ist er noch nicht lange genug verschwunden.« Teresa schnaubte, neue Wut zeichnete sich in ihrem Gesicht ab, doch dieses Mal war sie nicht gegen Elena gerichtet. »Die Beamten auf dem Revier haben mir zu verstehen gegeben, dass ›gewisse Männer‹«, verächtlich zeichnete sie die obligatorischen Gänsefüßchen in die Luft, »Silvester als eine Gelegenheit für einen ›Neuanfang‹ betrachten und abhauen.« Sie schnaubte verächtlich. »Wenn es nur um mich ginge, könnte ich nicht einmal etwas dagegen vorbringen, aber das ist *sein* Restaurant, verstehst du? Das würde er nicht aufgeben.«

Elena hatte Teresa nur halbherzig zugehört, ihre Beteuerungen bezüglich Geros emotionaler Bindung an sein Restaurant interessierten sie nicht, dafür waren ihre eigenen Gedanken zu laut, brüllten, sie sollte weglaufen, sich in Sicherheit bringen und verstecken, bis dieser Spuk vorbei war, doch das würde sie nicht tun. *Er* war gekommen, um mit ihr zu spielen? Das konnte er haben, Elena war nicht mehr das ängstliche Mädchen von damals, das sich alles gefallen ließ. Sie hatte hier jetzt die Kontrolle, das durfte sie nicht vergessen.

Sie spürte Teresas fordernden Blick auf sich und musste sich zwingen, gedanklich in diesem Raum zu bleiben und nicht erneut in die Vergangenheit abzudriften.

»Was glaubst du, was mit ihm passiert ist?«, fragte Elena und rieb sich die Stirn. Ein drückender Schmerz hatte sich hinter ihrer Schädeldecke festgesetzt, und sie wünschte, sie hätte wenigstens für sich selbst einen Tee gemacht.

»Woher soll ich das wissen? Hätte ich eine Ahnung, wäre ich ja wohl kaum *hier*«, gab sie schroff zurück, offensichtlich nicht bereit, ihre Abwehrhaltung abzulegen.

»Wirklich nicht? Du glaubst ernsthaft, ich habe die Lösung?« Sie lächelte herablassend. »Ich habe nur die eine Lösung, von der du nichts wissen willst.«

Teresa antwortete nicht sofort, senkte den Blick, nur kurz, dann schüttelte sie den Kopf.

Elena unterdrückte ein verärgertes Stöhnen. Dieses Gespräch war ermüdend, zumal Teresa zu glauben schien, sie würde erfolgreich verbergen, dass sie etwas zurückhielt. Für Geheimnisse hatte Elena Verständnis, sie wusste aus eigener Erfahrung, dass es zumeist gute Gründe dafür gab, sie im Verborgenen zu bewahren. Aber dass Teresa anscheinend glaubte, sie könne zu ihr nach Hause kommen und ihr weismachen, sie wäre wegen eines verschwundenen Mannes bei ihr, der, wie Elena vermutete, keinerlei emotionale Wichtigkeit für sie besaß, war hanebüchen und reine Zeitverschwendung.

Bereits genannte Gründe mussten nicht wiederholt werden, um die Basis für eine Entscheidung zu sein. Also tat Elena es, sie traf eine Entscheidung, um die Sache nicht unnötig in die Länge zu ziehen.

»Wir fahren morgen früh nach Seelvlieth«, informierte sie Teresa, dann ging sie an ihr vorbei ins Schlafzimmer. Der Boden knarzte bei jedem Schritt, ein Geräusch, an das sie sich gewöhnt hatte und das sie begleitete, wohin sie in ihrer Wohnung auch ging.

Ihr Bett war nicht gemacht, eine Nachlässigkeit, die ihr aufgrund der jüngsten Ereignisse irgendwie durchgerutscht war, doch es kümmerte sie nicht, sie zog stattdessen eine Reisetasche darunter hervor, um sie mit wahllos aus dem Kleiderschrank gegriffenen Klamotten vollzustopfen.

»Elena, nein!« Es kam von der Zimmertür, Teresa stand im Rahmen, ihre Gestalt im Mantel wirkte deplatziert und brüchig, ein einziger Luftzug würde genügen, und sie zerspränge in hunderttausend kleine Splitter. »Es ist *deine* Fehde mit Hartmann, nicht meine. Bitte zieh mich nicht mit rein, ich weiß ja nicht einmal, was für dich auf dem Spiel steht.«

Elena hielt inne und warf der bleichen Teresa einen prüfenden Blick zu. »Für *dich* steht nichts auf dem Spiel?«

Teresas Kopf verneinte, doch ihr Kinn zitterte. »Geros Verschwinden hat nichts mit Hartmann zu tun«, beharrte sie. Ihre verzweifelte Angst füllte bereits den Flur aus, drängte sich bis ins Schlafzimmer, wo sie Elena die Brust zudrückte, weil es auch ihre eigene Angst war.

»Von mir aus. Aber warum bist du dann hier?«, fragte Elena erneut und ging auf sie zu.

Statt zu antworten, drehte sich Teresa um und ging davon. Elena fürchtete, jeden Moment die zufallende Wohnungstür zu hören, nahm bereits an, ein weiteres Mal bei dem Versuch gescheitert zu sein, sie zu ihrer Verbündeten zu machen. Doch der Knall blieb aus, und so folgte sie ihrer unsichtbaren Spur – das knarzende Holz kündigte ihre Rückkehr ins Geschehen an – und fand Teresa wieder im Wohnzimmer vor, den Mantel mittlerweile neben sich auf der Couch abgelegt und griffbereit.

Aus einem Impuls heraus setzte sich Elena nicht neben sie, sondern gab ihr den Raum, den sie offensichtlich wollte, und setzte sich an Ort und Stelle auf den Fußboden.

Nach einer Weile des einvernehmlichen Schweigens fühlte Elena sich genötigt, das Gespräch wieder aufzunehmen, und sie wusste, sie musste ihre Worte mit Bedacht wählen, wenn sie Teresa doch noch von einer gemeinsamen Sache überzeugen wollte. Sie räusperte sich, die Unterhaltung zerrte an ihren Nerven. »Ich weiß nicht, warum«, begann sie sachlich, »aber *er* will dich. Nicht nur mich, auch dich, Teresa.«

Erneut wanderte ihre Hand an die pochende Stirn. »Ich kenne ihn. Er wird dafür sorgen, dass er dich auch kriegt. Mit allen Mitteln. Und ich sage das nicht, weil ich dir Angst machen will, sondern weil es das ist, was ich wirklich glaube. Dein Freund ist nicht grundlos verschwunden, und diese ganzen Vorfälle sind auch kein Versuch von mir, *meinem armseligen Leben wieder einen Hauch von Relevanz zu geben*. Hartmann war das.«

In einer nicht enden wollenden Verneinung schüttelte Teresa den Kopf, gefangen in einer Situation, für die sie weder einen Ausweg noch Worte fand.

»Wenn du willst, dass er aufhört, müssen wir nach Seelvlieth fahren.«

Ihre Augenbrauen zuckten, während sie angestrengt auf die

Finger in ihrem Schoß starrte. »Ich vertraue dir nicht, Elena«, sagte sie schließlich.

Elena nickte. *»Fair enough.«*

Als Teresa abermals schwieg, zog Elena ihre Schuhe aus, stellte sie zur Seite und setzte sich in den Schneidersitz. Sie schuldete Teresa eine Erklärung, so viel war klar. »Ich war nicht immer ehrlich zu dir, aber ich habe dich nie angelogen«, sagte sie ruhig.

»Du machst irgendwie die ganze Zeit aus allem so ein großes Geheimnis.« Teresas mit Vorwurf und Verachtung getränkte Stimme bebte. »Erzähl mir doch einfach, was ich wissen muss.«

Elena seufzte frustriert. »Ich kann nicht.« Ihr Blick wanderte ins Leere, während sie nach den richtigen Worten suchte, sie musste aufpassen, dass die Vergangenheit sie nicht wieder mit ihren Krallen an den Schultern packte und mitriss. »Hör zu, es gibt in meinem Kopf diesen toten Winkel, irgendwo zwischen dem, was vor über zehn Jahren in Seelvlieth geschehen ist, und dem, was jetzt passiert.« Elenas eben noch verhangene Sicht klarte auf, und sie sah in Teresas angespanntes Gesicht. »Du bist damals die letzten Tage dort gewesen, als ich schon weg war. Das bedeutet, dass sich die Antwort darauf, warum *er* jetzt wiederaufgetaucht ist, höchstwahrscheinlich nicht in meinem Gedächtnis befindet, sondern in deinem.«

***

Miriam nahm einen Schluck von ihrer Cola, ihr Hals war vom vielen Reden schon ganz ausgetrocknet. »Dann stellt sich aber heraus«, fuhr sie enthusiastisch fort, »dass der scheue Nachbar, von dem alle glaubten, er hätte eine Sozialphobie, in Wahrheit der Serienkiller ist, der die Bekannten im Umfeld der Protagonistin getötet hat. Der Twist dabei ist, dass er sich in sie verliebt hat und für sie mit dem Morden aufhören wollte – vorher hat er nämlich nur Frauen umgebracht –, aber weil ihm immer mehr Leute auf die Schliche kamen, musste er sie beseitigen. Er wollte sich bessern, doch die Sünden seiner Vergangenheit haben ihn nicht gelassen.« Gespannt blickte sie auf den Bildschirm ihres Laptops.

Max hatte ihr interessiert zugehört, eine Flasche San Miguel in der Hand, ohne daraus zu trinken, was jedoch nicht zwangsläufig der Genialität ihres Plots zuzuschreiben war, sondern vermutlich der Tatsache geschuldet war, dass er Bier nicht besonders mochte. Es stand nur bei ihm, weil es ein Geschenk des Veranstalters in Madrid gewesen war, für den er arbeitete. Es kam einem Wunder gleich, dass Max nach dem Stress der vergangenen Tage am Silvesterabend freihatte, doch die Veranstaltung würde erst am nächsten Tag stattfinden.

»Wie geht es aus?«

Miriam wiegte den Kopf hin und her. »Da bin ich mir noch nicht sicher. Ich würde meine Protagonistin gerne überleben lassen.«

Max zog überrascht eine Augenbraue hoch. »Wie jetzt? *Du* willst ein Happy End schreiben?«

Besonders viele Bücher hatte sie noch nicht geschrieben, aber es stimmte, »Die Saat«, ihr bislang einziges veröffentlichtes Buch, hob sich besonders durch sein nihilistisches Ende hervor. »Ich dachte, ich probiere mal was Neues«, sagte sie schulterzuckend. »Und, was denkst du?«

»Der Plot gefällt mir. Aber könnte es sein, dass dich der Zwischenfall im Treppenhaus ein bisschen inspiriert hat?«

Miriam schüttelte vehement den Kopf. »Mein Mörder und mein gruseliger Nachbar sind komplett verschieden«, wiegelte sie ab, zumal sie fest davon ausging, dass ihr Nachbar, der anscheinend Angst davor hatte, mit dem Fahrstuhl zu fahren, kein Frauenmörder war. »Ist schwer zu erklären, du wirst es verstehen, wenn ich es geschrieben habe.«

Max nickte und strich sich eine aschfarbene Strähne hinters Ohr, die ihm ins Gesicht gefallen war. Er hatte irgendwann angefangen, seine Haare wachsen zu lassen, und inzwischen reichten sie ihm bis zum Kinn. »Darf ich noch etwas anmerken?«

»Du? Immer!« Sie rückte den kabellosen Over-Ear-Kopfhörer zurecht, die Ohrenpolster drückten unangenehm, obwohl die Produktbeschreibung versprochen hatte, dass sie genau das nicht tun würden. Trotzdem wollte sie nicht auf die In-Ear-Kopfhörer umsteigen. Sie hasste Silvester, hasste den Krach und die Böller und zuckte bei jedem Knall zusammen. Die aktive Geräuschunterdrückung half ihr dabei, den Abend einigermaßen schreckfrei zu überstehen.

»Achte darauf, dass du den Mörder nicht zu sympathisch machst«, sagte Max. »In deiner Erzählung wirkte es, als wäre er das Opfer einer bösen Gesellschaft, die ihm die Läuterung verwehrt. Aber er ist immer noch ein Mörder, gute Absichten hin oder her. Ich meine, es wäre vielleicht etwas anderes, wenn er für seine Taten geradestehen und sich der Polizei stellen würde. Stattdessen löscht er ein Menschenleben nach dem anderen aus, um seinen eigenen Arsch zu retten. So einer hat keine Sympathie verdient.«

»Nein, auf keinen Fall«, wiegelte sie sofort ab. »Er ist und bleibt der Böse, und er wird leiden für das, was er getan hat.«

»Sehr gut! Nichts anderes habe ich von dir erwartet.« Er grinste sie an, und Miriam wurde warm. In Momenten wie diesen fühlte sie sich vom Leben beschenkt, weil der Mann, mit dem sie zum ersten Mal in ihrem Leben eine Beziehung eingegangen war, dem sie vertraute und der sie uneingeschränkt unterstützte, gleichzeitig so unfassbar hübsch war.

»Danke, dass du es dir angehört hast. Mal sehen, ob ich dieses Buch irgendwann schreibe.«

Max wirkte irritiert. »Wieso solltest du nicht?«

Sie seufzte theatralisch, doch das Gefühl dahinter war echt. »Ach, du weißt doch, wie das ist. Mein nicht vorhandener Wortschatz, mein fehlendes Sprachgefühl, mein Schreibstil einer Vorschülerin …«

Er schnaubte. »Vergiss die Kritiker. Nur wer nicht existiert, macht sich nicht angreifbar.«

Sie verdrehte die Augen, Max hatte viele solcher Weisheiten auf Lager, und Miriam kannte sie inzwischen alle. Aber er hatte ja recht. Es würde immer jemanden geben, der ihre Bücher kritisierte, es war schlichtweg unmöglich, es allen recht zu machen.

»Ja, ich weiß.«

Max lächelte aufmunternd und nahm einen Schluck von dem Bier, zog eine Grimasse und stellte die Flasche wieder weg.

»Aber es ist ja nicht nur das«, fuhr Miriam fort, »die Arbeit schlaucht mich, die Schichten, und wenn ich dann mal Freizeit habe, möchte ich die lieber mit dir verbringen. Wenn du denn mal da bist.«

»Mit mir?«

»Ja, blöd, ich weiß.«

Wieder grinste er, und Miriam erwiderte es.

Es tat gut, Max zu sehen, nachdem sie an so vielen Tagen nur mit ihm telefoniert hatte. *Er* tat ihr gut. Dabei war sie anfangs sehr zögerlich gewesen, sich überhaupt auf ihn einzulassen. Er war nicht nur sieben Jahre jünger als sie und beruflich permanent unterwegs, die größte Schwierigkeit war sie selbst gewesen.

Mit siebzehn hatte Miriam entdeckt, dass ihr Desinteresse an Sex nicht bloß *eine Phase* war, sondern ein tiefgehender Teil ihrer Persönlichkeit. In ihr war nie das Bedürfnis herangewachsen, sich sexuell auszuprobieren oder eine Beziehung einzugehen, und sie hatte es deshalb nie versucht. Gut gemeinte Ratschläge von Familie oder Freunden, die sie ungefragt auf ihr nicht vorhandenes Sexleben ansprachen, hatten lediglich eine zusätzliche Abwehrhaltung in ihr hervorgerufen. Nein, sie wollte es nicht *wenigstens ein Mal versuchen*, um sicher zu sein, dass sie *wirklich* keinen Sex haben wollte, und nein, sie glaubte auch nicht, dass mit dem *richtigen Mann* – oder der *richtigen Frau* – der Wunsch danach schon von alleine kommen würde. Sie empfand keine körperliche Anziehung, keine Erregung beim Anblick nackter Menschen und sah auch ganz ohne Trauma keine Notwendigkeit, den in ihren Augen gesellschaftlich überhypten Koitus am eigenen Leib zu erfahren.

Emotionale Bindungen hingegen wünschte sie sich schon, war hin und wieder welche eingegangen, hilflose Versuche auf der Suche nach freundschaftlicher oder romantischer Zuneigung, die sie stets viel intensiver zu empfinden schien als die andere Person. Es war nie gut gegangen. Miriam hatte sich damit abgefunden, dass sie für andere immer zu viel oder zu wenig war, zu viel für eine platonische Freundschaft und zu wenig für eine romantische Beziehung. Das Ergebnis war immer das gleiche gewesen: Sie war alleine und fühlte sich unzulänglich. Falsch. Nicht gut genug.

Bis sie vor zwei Jahren Max bei einer Lesung kennenlernte. Miriam hatte die Karte von einer Bekannten auf Instagram geschenkt bekommen, die einige Wochen zuvor überraschend aus Hamburg weggezogen war. Obwohl Miriam sich unwohl dabei gefühlt hatte, alleine zu dem Spektakel zu gehen, das die Lesungen dieses Autors immer waren, war sie interessiert genug gewesen, um es trotzdem zu tun.

Die Veranstaltung hatte in der Neuen Flora stattgefunden, einem Musical-Theater mit tausendachthundertfünfzig Plätzen, und war restlos ausverkauft gewesen. Die gewaltige Menschenmasse hatte Miriam zutiefst verstört, und ihr Oberteil war schweißdurchtränkt gewesen, als sie endlich ihren Platz in einer der mittleren Reihen direkt neben dem Lichtpult fand.

»Ihr seid echt alle für einen Typen hier, der Bücher schreibt?«, sprach einer der zwei jungen Männer hinter dem Pult sie an, und überrascht sah sie zu ihm auf. Er machte nicht den Eindruck, als versuchte er, sie anzubaggern, in seiner Frage steckte ein aufrichtiges Erstaunen, das Miriam dazu veranlasste, sich auf das Gespräch einzulassen.

»Macht irgendwie Hoffnung, dass Kunst nicht immer brotlos sein muss«, erwiderte sie und musterte den Tontechniker. Im Zwielicht des Theaters konnte sie seine Züge nur erahnen, doch etwas an ihm faszinierte sie sofort. Sein leicht nach vorne gebeugter Oberkörper, die langen Finger, seine Ausstrahlung – Miriam bekam es einfach nicht zu fassen.

»Was der Typ schreibt, ist Kunst?« Er wirkte nicht herablassend, vielmehr schien es eine ernst gemeinte Frage zu sein.

Miriam sah ihn abschätzig an. »Versuch du mal, Zehntausende Wörter zu einer schlüssigen Geschichte zusammenzusetzen. Natürlich ist das Kunst! Ob es *gute* Kunst ist, liegt dann natürlich im Auge des Betrachters.«

Er zog eine Augenbraue hoch, und ihre Blicke trafen sich. Etwas passierte in Miriams Körper, sie spürte ihr Herz, ein stetes Klopfen in ihrem Brustkorb, das ihr etwas mitzuteilen versuchte. Rückblickend betrachtet, fragte sich Miriam, wie sie in diesem Moment nicht gewusst haben konnte, dass dies die Wendung in ihrem Leben sein würde, mit der sie nicht mehr gerechnet hatte. Aber sie hatte keine Ahnung gehabt, woher auch, es war nichts weiter als eine flüchtige Begegnung mit einem Kerl, der deutlich jünger war als sie und noch dazu so gut aussah, dass er keine Probleme haben würde, Gleichaltrige kennenzulernen.

Er deutete auf sein Headset als ein Zeichen, dass er eine Anweisung bekam, und Miriam vermutete das Gespräch als beendet. Das Licht im Saal erlosch, die Scheinwerfer richteten sich nach vorne auf die Bühne. Doch statt sich auf die Lesung zu freuen, waren ihre Gedanken ganz woanders. Scheu sah sie noch einmal zur Seite, sie wollte sich nicht lächerlich machen, doch erneut trafen sich ihre Blicke, und es war wie ein Blitzeinschlag in ihren Bauch. Er beugte sich zu ihr, er war ihr plötzlich so nahe, dass sie die winzige Kuhle zwischen seinen Augenbrauen erkennen konnte.

»Wie heißt du?«, flüsterte er.

»Miriam. Und du?« Sie fühlte sich zittrig und verwegen und mutig wie nie zuvor in ihrem Leben.

»Max.«

»Mustermann?«

Er lachte über ihren kindischen Witz, als hätte er ihn das erste Mal gehört. »Nein, nicht Mustermann. Nur Peters. Tut mir leid, dass ich dich enttäuschen muss.«

Miriam schüttelte den Kopf, ein Lächeln eroberte ihr Gesicht, sie konnte nichts dagegen tun. »Nein, ich bin nicht enttäuscht. Überhaupt nicht.«

Während der Lesung bemerkte Miriam, dass ihr Blick immer wieder nach links zu Max hinter dem Lichtpult wanderte. Er saß in völliger Dunkelheit da, konzentriert bei der Arbeit, seine Silhouette zog ihre Augen an, und sie wünschte sich seine Aufmerksamkeit zurück. Doch er schien sie vergessen zu haben, es war sowieso vermessen gewesen zu glauben, sie könnte für jemanden wie ihn auch nur ansatzweise relevant sein. Es war ohnehin besser so, Miriam wusste ja, dass jede weitere Kontaktaufnahme in eine Sackgasse führen würde, weil sie so war, wie sie war.

Nach der Lesung blieb Miriam sitzen und sah den Massen dabei zu, wie sie sich zu den Ausgängen und dem Signiertisch walzten. Sie wollte kein Autogramm. Aus dem Augenwinkel beobachtete sie, dass Max von ihr abgewandt in ein Gespräch mit seinem etwas älteren Kollegen vertieft war. Enttäuscht packte sie Jacke und Tasche zusammen und stand auf, es war albern gewesen, in eine unbedeutende Unterhaltung etwas hineinzuinterpretieren, das in ihrem Leben nicht vorgesehen war.

»Miriam, warte mal«, hörte sie eine Stimme hinter sich, als sie sich bereits in die wartende Schlange vor einem der Ausgänge gereiht hatte, und überrascht drehte sie sich um. Max war hinter seinem Pult hervorgetreten und ihr die drei Schritte, die sie schon vorangekommen war, gefolgt. Er war schmächtiger, als sie vermutet hatte, und überragte sie um einen halben Kopf. Sein nervöses Grinsen brachte Miriams Herz wie schon zuvor unnatürlich heftig zum Klopfen. »Ich weiß nicht, hast du vielleicht Lust, irgendwann mal einen Kaffee oder so mit mir zu trinken? Es interessiert mich sehr, was du so über gute und schlechte Kunst denkst.« Linkisch trat er von einem Fuß auf den anderen. »Ich gebe dir auch meine Nummer, damit du mir deine nicht geben musst.«

Da war es wieder, Miriams Dead End. Obwohl sie sich wahnsinnig freute, dass Max sie angesprochen hatte, machte es ihr auch Angst. Dieses heftige Herzflattern, es war neu, aber es änderte nichts, denn selbst wenn ein Kaffee noch kein Versprechen auf mehr war, stellte es doch eine theoretische Möglichkeit in Aussicht, die es bei Miriam nicht gab.

»Tut mir leid, ich verabrede mich nicht«, sagte sie und quälte ein entschuldigendes Lächeln auf ihr Gesicht.

Max wirkte getroffen, dennoch grinste er schief. »Oh, okay. Schade. War trotzdem nett, dich kennenzulernen, Miriam.« Er hob zum Abschied die Hand, dann drehte er sich um und eilte zurück zum Lichtpult.

Es passierte Miriam nicht oft, dass sie von Männern angesprochen wurde. Obwohl sie sich immer gefragt hatte, woran das lag, war sie auch froh darüber. Und wenn es dann doch mal passierte und sie die Einladung freundlich ablehnte, war ihr stets ein verletztes Ego begegnet, das nur Milderung fand, indem es sie abwertete. Was oberflächlich betrachtet ein Booster für das Selbstbewusstsein sein könnte, verkehrte sich ganz schnell ins Gegenteil, wenn sie *dankbar dafür sein sollte, dass sie überhaupt gefragt worden war.*

Und dann kam ein Max Peters daher und brachte sie mit seiner liebenswürdigen Reaktion dazu, ihre Antwort zum ersten Mal zu bereuen.

Miriam war umgekehrt und hatte sich gegen den Strom zurück zum Lichtpult gedrängt. »Weißt du was?«, fragte sie ihn atemlos, als sie schließlich wieder vor ihm stand. »Ich habe es mir anders überlegt. Wenn du immer noch möchtest, würde ich sehr gerne deine Telefonnummer nehmen.«

Noch am selben Abend hatte sie ihm eine Nachricht geschrieben, und am darauffolgenden Sonntag hatten sie sich in einem Café getroffen.

Sie hatte es ihm direkt erzählt. Ihm gesagt, dass sie keinen Sex haben wollte und bei emotionalen Bindungen dazu neigte, zu viel zu erwarten. Nichts davon hatte ihn abgeschreckt.

Ihre Intimität war emotionaler Natur und basierte vor allen Dingen auf uneingeschränktem Vertrauen und aufrichtiger Zuneigung. Nie musste sie fürchten, Max könnte sie zu etwas überreden, was sie nicht wollte. Ihre Umarmungen machten sie glücklich, mit ihm einzuschlafen und morgens neben ihm aufzuwachen übertraf alles, was sie jemals zu hoffen gewagt hatte. Er stellte ihre Sexualität nie in Frage und machte nie Andeutungen, dass ihm etwas fehlte. Und manchmal, wenn sie einander nahe waren, fragte Max: »Was ist mit Küssen? Ist das okay?«

Und Miriam antwortete dann immer: »Ja, Küssen ist okay.« Mehr als okay, denn sie musste sich nie Sorgen machen, er könnte es als eine Einladung für mehr verstehen. Manchmal hatte sie die Vermutung, dass er ein bisschen so war wie sie, aber das musste er selbst herausfinden.

»Du fehlst mir, Mustermann. Nächstes Jahr möchte ich Silvester mit dir zusammen verbringen und nicht alleine in meiner Wohnung.«

»Wenn du freibekommst, nehme ich dich einfach mit, falls ich arbeiten muss.«

Die Vorstellung gefiel ihr. »Aber bitte irgendwohin, wo es warm ist. Hier ist es –« Sie unterbrach sich, als sie Max' Gesichtsausdruck bemerkte. Sein Blick war kurz über ihre Schulter gewandert, und mit einem Mal schien ihn etwas zu irritieren. »Was ist?«

»Nichts.« Er winkte ab, doch seine Augenbrauen waren unsicher zusammengezogen.

Miriam tat es ihm gleich und blickte über ihre Schulter. Sie erkannte sofort, was ihm die besorgte Miene ins Gesicht gehämmert hatte: Ihre Zimmertür, die immer offen stand, war geschlossen.

***

Auf Höhe ihres Fensters explodierte eine Rakete – viel zu früh, Mitternacht lag noch Stunden vor ihnen –, rote Funken tauchten für wenige Sekunden das spärlich beleuchtete Wohnzimmer in ein anrüchiges Licht. Sie verglühten vor ihren Augen und verschwanden, als hätten sie niemals existiert.

Elena fühlte sich wie diese Rakete, sie war die Funken und Hartmann die Nacht, die es vermochte, ihr letztes kraftloses Glühen zu verschlingen. Seit ihrer Flucht aus Seelvlieth hatte sie abgeschlossen mit dem, was dort geschehen war, hatte sich Hilfe gesucht und versucht zu vergessen. Hatte an sich und ihren Dämonen gearbeitet. Nun zwangen zwei Buchstaben auf einer Ansichtskarte sie zurück auf dieses brüchige Eis, das ihre Vergangenheit war.

Sie hatte sich geschworen, nie wieder die Kontrolle zu verlieren, das erste Mal nach den Geschehnissen in Seelvlieth, das zweite Mal vor wenigen Tagen in ihrer Küche. Sie wollte keine Marionette mehr sein. Elena erkannte es an der Art, wie sie sie ansah, hörte es aus jedem ihrer Worte, dass Teresa sie für abgebrüht hielt, für kalt und berechnend, doch sie verstand nicht, dass sie so sein musste. Das war ihre Überlebensstrategie, ohne die das wackelige Gerüst ihrer Persönlichkeit in sich zusammenbrechen und nichts als ein Häufchen Asche hinterlassen würde.

»Woran erinnerst du dich?«, fragte Elena nach einer Weile, sie hatte Teresa lange genug Zeit gegeben, in ihre eruptierenden Erinnerungen einzutauchen.

Doch als Teresa sie ansah, lag Abscheu in ihrem Gesicht. »Du hast mich damals zu Hartmann geschickt«, sagte sie vorwurfsvoll.

Elena fühlte sich angesichts ihrer Anschuldigung wie geschlagen. »Nein, so war das nicht.« Sie musste aufpassen, nicht zu emotional zu werden, Gefühle konnte sie nicht gebrauchen, sie ließen Menschen irrational handeln, davon konnte auch sie sich nicht frei machen.

»Das ist es aber, woran ich mich erinnere«, beharrte Teresa, und aus ihren Zügen war jeder Ansatz von Schönheit verschwunden.

Elena schüttelte den Kopf. »Du erinnerst dich falsch.«

»Woher willst du das wissen?«, fragte Teresa wütend. »Vielleicht erinnerst *du* dich falsch, schon einmal darüber nachgedacht?«

Elena wusste, dass dem nicht so war. Seit Jahren verfolgten sie die Tage in Seelvlieth, immer und immer wieder hatte sie die Ereignisse gedanklich durchgespielt, hatte sich voller Schuld und Selbsthass gefragt, an welchem Punkt in ihrer Geschichte sie hätte abdrehen müssen, um dem Unheil zu entkommen, das dann über sie hereingebrochen war, versuchte sich vorzustellen, was für ein Leben sie heute führen würde, wäre damals alles ganz anders gekommen. Sie hatte Fehler gemacht, sich furchtbare Verfehlungen geleistet, aber sie erinnerte sich genau, dass das, was Teresa ihr vorwarf, keine davon gewesen war. Ihre einzige selbstlose Handlung war der Versuch gewesen, Teresa vor dem gleichen Schicksal zu bewahren, das sie selbst ereilt hatte.

Aber Teresa wollte sich nicht belehren lassen, und Elena würde über dieses Thema nicht mit ihr diskutieren. Sollte sich das Bild, das sie von Elena hatte, ruhig verfestigen, es spielte keine Rolle. Sie waren keine Freundinnen mehr, waren es vielleicht nie gewesen.

»Was ist danach passiert, Teresa? Bist du zu ihm gegangen?« Elena wollte sich nicht vorstellen, was das bedeuten würde.

Teresa antwortete nicht sofort. »Ich bin mir nicht sicher.« Sie wich ihrem drängenden Blick aus, die Augen auf ihre im Schoß verflochtenen Finger geheftet, als suche sie in ihnen nach innerer Sicherheit, die ihr irgendwann in den vergangenen Tagen abhandengekommen war. Elena war überzeugt, dass sie etwas zurückhielt.

»Erzähl es einfach, ich muss es wissen.«

Teresa sah auf, sie wirkte aufgewühlt, und auch Elena wusste, dass diese Unterhaltung an ihnen beiden nicht spurlos vorübergehen würde. Der Muskel in ihrem Mundwinkel begann zu zucken, ein Beweis für den Tumult in ihrem Inneren, der Teresa unmöglich entgangen sein konnte.

»Das ist nicht so leicht, ich weiß einfach nicht …«, begann sie und verstummte sofort wieder. Elena hätte sie am liebsten geschüttelt. »Wusstest du, dass der Sommerkurs vorzeitig abgebrochen wurde?«

Eine ängstliche Aufregung überkam Elena. »Nein, das wusste ich nicht.«

»Es war wegen Miriam«, sagte Teresa gedehnt, tief in Gedanken. Der Nagel an ihrem Daumen geriet zwischen ihre Zähne, abwesend wurde an der Nagelhaut gebissen, bis sie blutete.

»Etwas war passiert.« Sie ließ den verwundeten Finger zurück in ihren Schoß sinken, ohne ihm Beachtung zu schenken. »Miriam ist in der Weser ertrunken.«

***

Miriams Nackenhaare stellten sich auf. Sie nahm den Kopfhörer von den Ohren und legte ihn sich um den Hals, während sie in ihre Wohnung hineinhorchte. Draußen knallten Böller im Sekundentakt, kreischende Raketen durchbrachen die Stille im Inneren, die nichts von ihren Geheimnissen preisgab. »Hast du gesehen, wie die Tür zugegangen ist?«, fragte sie Max, ohne den Blick von der geschlossenen Zimmertür abzuwenden.

»Nein, ich habe nichts bemerkt.« Seine Stimme an ihrem Hals schien weit entfernt, dennoch hörte sie, wie besorgt er klang, und das alarmierte Miriam noch mehr.

»Aber sie war doch offen, oder spinne ich jetzt?« Eigentlich war sie sich absolut sicher, sie offen gelassen zu haben, sie konnte es nicht ausstehen, wenn sie das Gefühl hatte, nicht mitzubekommen, was im Rest der Wohnung geschah. Doch angesichts der Tatsache, dass die Tür nun eindeutig und unleugbar geschlossen war, wie konnte sie da an ihrer Gewissheit festhalten?

»Ich dachte auch, aber ich muss mich geirrt haben.« Sein schwacher Versuch, sie zu beruhigen, scheiterte kläglich.

Widerwillig wandte sie sich Max auf ihrem Bildschirm zu. Er sah blass aus, seine Augen waren blutunterlaufen. Hatte er eben auch schon so zerrüttet ausgesehen?

»Ich lasse die Tür immer offen«, wisperte Miriam mit zittriger Stimme.

»Ich weiß.«

Erneut sah sie zur Tür, starrte sie an, als könnte sie sich jeden Augenblick von alleine bewegen. Ihre Vernunft sagte ihr, dass sie sich bestimmt vertan hatte, dass sie einfach davon ausgegangen war, die Tür wäre offen, weil sie sie *immer* offen ließ. Gab es dafür nicht einen Begriff? Konfabulation, der Mandela-Effekt? War das überhaupt logisch? »Wir irren uns doch nicht beide.« Flehend sah sie wieder zu Max, er sollte etwas sagen, das ihr die Angst nahm, weil es ihr selbst nicht gelang.

»Hast du irgendwo in der Wohnung das Fenster offen gelassen?«

»An Silvester und bei der Kälte?« Miriam schüttelte den

Kopf, sie fühlte sich den Tränen nahe. »Das kann ich mit Sicherheit ausschließen.«

Max kannte sie gut genug, um das nicht in Frage zu stellen.

Panik walzte durch ihren Verstand, Miriam wollte das nicht, nicht wegen einer verdammten Tür, und womöglich hätte sie keine verspürt, wäre da nicht diese andere Sache gewesen.

»Ich glaube, neulich war jemand in meiner Wohnung«, flüsterte sie, als könnte jemand im Nebenzimmer sie belauschen. Mit rasendem Herzen nahm sie ihren Laptop vom Stromkabel und stellte ihn sich auf den Schoß, während sie sich auf ihrem Stuhl der Tür zuwandte.

»Was meinst du? Wann?« Max, der sein Handy zum Skypen benutzte, war aufgestanden und hatte angefangen, rastlos durch sein Zimmer zu laufen. Die Unfähigkeit, ihr aus der Ferne zu helfen, setzte ihm sichtlich zu.

Nervös kaute sie auf ihrer Unterlippe. »Neulich, nachdem ich dachte, mein Nachbar würde mich verfolgen.« Bei der Erinnerung daran, was danach passiert war, hielt sie sich den Mund zu, um nicht zu schluchzen. »Jemand war in meinem Badezimmer, während ich geduscht habe. Ich war mir nicht sicher, ob …« Sie brach ab, als sie Max' entsetztes Gesicht sah. »Tut mir leid, dass ich es dir nicht erzählt habe. Ich wollte dir nicht schon wieder einen Schrecken einjagen, und es kann ja auch eigentlich gar nicht sein, deshalb habe ich mir eingeredet, dass es Einbildung war.«

Max sah sie befremdet an. »Warum solltest du dir so was einbilden?«

Sie liebte ihn dafür, dass er ihr glaubte. Dafür, dass er ihr keine Vorwürfe machte und nicht aufzählte, was sie alles falsch gemacht hatte und stattdessen hätte tun sollen. »Was soll ich jetzt machen?«

Er kam mit seinem Gesicht ganz nah an die Kamera. »Du musst die Polizei rufen«, sagte er, seine Stimme eindringlich.

»Max, es ist Silvester.« Ein ohrenbetäubender Knall im Park vor ihrem Haus bekräftigte ihre Worte. »Die haben Besseres zu tun, als nachzusehen, warum meine Tür plötzlich geschlossen ist.« Es überhaupt auszusprechen klang lächerlich, und doch zitterte sie am ganzen Körper.

Er schien angespannt zu überlegen. »Sag ihnen, dass dieser Frauenmörder in deine Wohnung eingebrochen ist.«

Miriam wollte aufspringen und sich in der hintersten Ecke des Zimmers verstecken, irgendwo zwischen dem Schreibtisch, an dem sie sich abgründige Geschichten über kaputte Gestalten ausdachte, und dem Bücherregal voller gruseliger und blutrünstiger Thriller. Stattdessen blieb sie auf ihrem Stuhl sitzen und konnte sich nicht bewegen. »Glaubst du, er könnte es sein?«

Max schüttelte den Kopf. »Nein, natürlich nicht. Sag's der Polizei trotzdem, dann kommt sie bestimmt.«

Sie nickte. Obwohl ihr Verstand in dem zähen Sirup der Angst festhing, versuchte sie nachzudenken, pragmatisch an die Situation heranzugehen. Max hatte recht, sie musste die Polizei rufen.

Und dann erinnerte sie sich. Sie hatte ihr Handy in der Küche liegen lassen, als sie sich einen Berliner geholt hatte und ins Arbeitszimmer gelaufen war, weil Max auf dem Laptop anrief. Sie unterdrückte ein Fluchen und stand auf, konnte nicht ruhig sitzen bleiben und auf die Tür starren, sie musste sich bewegen. Mit dem schweren Laptop in der Hand ging sie fieberhaft ihre begrenzten Möglichkeiten durch.

Max könnte aus Madrid die Polizei in Deutschland anrufen, doch dafür müsste er die Verbindung zu Miriam unterbrechen. Je länger sie darüber nachdachte, desto unsicherer wurde sie. Hatte sie die Tür womöglich doch geschlossen? Die Heizung war an, vielleicht hatte sie sie zugemacht, damit die Wärme im Raum blieb. Sie war ins Zimmer gelaufen, damit sie Max' Anruf nicht verpasste, hatte sie die Tür dabei …

»Miriam«, rief Max durch den Kopfhörer um ihren Hals, der Horror von vor zwei Tagen schien sich auch für ihn zu wiederholen, als sie eine Weile nichts gesagt hatte. Es nützte nichts, sie wusste es einfach nicht mehr, ob sie die Tür geschlossen hatte oder nicht, also traf sie eine Entscheidung.

»Ich gehe jetzt nachsehen.« Sie stellte den Laptop zurück

auf den Schreibtisch. »Lauf nicht weg, ich bin gleich wieder da.« Ein schneller Blick auf den Bildschirm zeigte ihr einen aufgelösten Max, der noch näher an die Kamera gekommen war und wild gestikulierte. »Tu es nicht, Miriam«, dröhnte sein Rufen durch die Kopfhörer, und kurz überlegte sie, sie wegzulegen, behielt sie dann aber um den Hals. Es beruhigte sie, ihn akustisch dabeizuhaben, auch wenn er sie im Gegenzug nicht hören konnte.

Entschlossen ging sie zur Tür. Sie war angelehnt, was bedeuten könnte, dass sie ihr selbst einen kleinen Schubs gegeben hatte.

»Miriam, mach schnell, ich sterbe hier sonst«, hörte sie Max sagen und gab ihm recht, auch sie wollte es schnell hinter sich bringen. Mit einem Ruck, wie man ein Pflaster von der Haut reißt, öffnete sie die Tür nach innen und spähte in die Wohnung, die sich dahinter verbarg. Auf den ersten Blick schien alles normal, doch ein ungutes Gefühl legte sich um ihren Körper und verursachte eine Gänsehaut. Das Wohnzimmer war leer, auch der Flur schien unverdächtig. Mit brachial pochendem Herzen arbeitete sie sich vorwärts durch die Räume, alles sah normal aus, nichts hatte sich verändert. Doch als sie an der Küche vorbeiging, um im Schlafzimmer nachzusehen, erstarrte sie. Donnern in ihren Ohren, ein leises Wimmern kroch aus ihrer Kehle.

Die Kühlschranktür stand weit offen.

Jemand war in ihrer Wohnung. Oder? Trieb ihr Verstand ein hinterhältiges Spiel mit ihr? Die Berliner, sie waren im Kühlschrank gewesen, aber sie hätte nie … Mit weichen Knien betrat sie die Küche, ging langsam auf den Kühlschrank zu. Sie sollte sich das nicht ansehen, sollte von hier verschwinden und Unterstützung holen, wenn nicht von der Polizei, dann von irgendwem, doch sie konnte nicht. Niemand war in der Küche, so viel erkannte ihr umherhuschender Blick, nun musste sie nachsehen, was es mit dem offenen Kühlschrank auf sich hatte.

Sie hörte Max ihren Namen brüllen.

Einige der Lebensmittel waren aus dem Kühlschrank geräumt worden, Butter und Wurst und Marmeladen auf der Ablage vor dem Fenster verteilt, darunter die Gitter, auf denen sie im Kühlschrank gestapelt gewesen waren.

Das hatte sie ganz sicher nicht selbst getan.

Kein Leugnen mehr, kein Irrtum, jemand war in ihrer Wohnung, schlich sich womöglich in diesem Moment von hinten an sie heran.

»Max!«, brüllte sie in die leere Küche und wirbelte herum, sie fühlte sich schutzlos, hilflos, zitterte am ganzen Leib. Er konnte sie nicht hören, und selbst wenn ... Sie war alleine.

»Miriam? Was ist los? Hast du geschrien? Komm zurück zum Laptop, ich will dich sehen!« Die Panik in seiner Stimme trieb ihr Tränen in die Augen. Sie konnte sich nicht bewegen, die Angst hatte sie an den Schultern gepackt und hielt sie fest.

Dann spürte sie die Kälte. Sie drang durch ihren Pulli, der offene Kühlschrank, er wartete auf sie. Langsam wandte sie sich ihm zu, mit verschleiertem Blick sah sie, dass etwas in den leer geräumten Fächern stand.

Etwas, das zuvor nicht dort gewesen war.

Sie schluchzte auf und biss sich auf die Unterlippe, bis sie Blut schmeckte.

Es war ein übergroßer Glasbehälter.

»Miriam! Verschwinde aus der Wohnung! Du musst sofort da weg!« Max' panische Stimme prallte an ihr ab, sie war nichts gegen den Schrecken, der in ihr selbst tobte.

Eine Fratze, sie starrte Miriam an, durch das Glas wie von einer Lupe vergrößert und zu einem Monstrum angeschwollen, mit aufgerissenen Augen, entsetzlich vertraut.

Miriam schrie.

Max brüllte ihren Namen, immer und immer wieder, doch sie konnte nicht antworten, konnte nur schreien.

In ihrem Kühlschrank stand, eingepfercht in einen durchsichtigen Behälter, ein abgetrennter Kopf.

***

Teresa hasste es, die Sache mit Miriam vor Elena auszubreiten. Seit sie sich an immer mehr aus dem Sommer in Seelvlieth erinnerte, war der Aal zurück und fraß sich Schicht für Schicht durch ihre Eingeweide.

»Was meinst du damit, Miriam ist ertrunken?« Elena war ihre Ratlosigkeit anzusehen, und Teresa bereute es, nicht die richtigen Worte gefunden zu haben.

»Einer der jugendlichen Schüler hat sie aus dem Wasser gezogen«, erklärte sie mit belegter Stimme. Ihr Hals war trocken, doch jeder Schluck wäre Futter für den Aal in ihr. »Es soll ziemlich knapp gewesen sein, sie musste wiederbelebt werden und kam anschließend ins Krankenhaus.« Teresa selbst war nicht dabei gewesen, das meiste wusste sie aus Erzählungen. Es hatte eine große Aufregung in der Jugendherberge gegeben, alle erzählten unterschiedliche Versionen dessen, was passiert war, und so war Teresa zum Ufer gelaufen, von der stummen Hoffnung getragen, alles wäre bloß ein schrecklicher Irrtum und die ertrunkene Aushilfslehrerin nicht Miriam.

Sie hatte mit eigenen Augen gesehen, dass ihre Hoffnung vergebens gewesen war.

»Konnte sie denn nicht schwimmen?«

»Doch, schon. Es ist nur … sie war alleine und trug noch ihre Klamotten. Es wurde nie geklärt, was eigentlich passiert war.« Jeder Satz war Überwindung, jedes Wort voller Reue. Obwohl sie keine Bestätigung in den Abrissen ihrer Erinnerung fand, spürte Teresa eine tief verankerte Schuld, sobald sich ihre Gedanken Miriam und diesem verhängnisvollen Tag im Sommer näherten.

»Hast du sie nie danach gefragt?« Elena wirkte überrascht.

»Nein.« Scham brannte auf ihren Wangen, nach außen hin ganz still, wurde Teresa Teil des Tumults in ihrem Körper.

»Wieso nicht?«, drängte Elena ungeduldig.

»Wir haben danach nicht mehr miteinander gesprochen.«

Elena zog die Stirn kraus. »Ich fürchte, das musst du mir erklären.«

Teresa holte tief Luft, seit sie sich wieder erinnerte, schien die

Wahrheit darauf zu warten, endlich aus ihr herauszubrechen. »Wir hatten nach diesem Sommer keinen Kontakt mehr. Miriam hat sich nicht bei mir gemeldet, und ich … ich habe mich nicht getraut, sie zu fragen, wie es ihr geht. Also habe ich es gelassen.«

Teresa schlang die Arme um ihren Körper, sie fühlte sich elend mit dem Wissen, dass sie Miriam im Stich gelassen hatte, und begriff nicht, wie sie dieses schlechte Gewissen all die Jahre über hatte aushalten können.

»Das letzte Mal, als ich sie gesehen habe, wurde sie in einen Krankenwagen geschoben. Sie war bei Bewusstsein, aber ihr Blick …« Ihre Stimme geriet ins Wanken, Teresa hatte es wieder vor Augen, Miriams Ausdruck, leer und verloren, als wäre ihre Seele bei der Wiederbelebung abhandengekommen. Der Körper lebte, die Lungenflügel hatten ihre Arbeit wieder aufgenommen, das Herz pumpte Blut bis in ihr Gehirn, doch ein wichtiger Teil, den keine Mund-zu-Mund-Beatmung und keine Herzmassage wieder zurückholen konnte, schien von der Weser verschlungen worden zu sein. Dieser Anblick hatte elf Jahre in Teresas Gedächtnis geschlummert, ohne dass ihr Verstand es gewagt hätte, ihn noch einmal abzurufen. »Als sie gestern im Krankenhaus plötzlich vor mir stand … es war, als würde ich mich zum ersten Mal daran erinnern, dass ich sie vergessen hatte.«

»Und *warum* hast du dich nach ihrem Unfall nicht bei ihr gemeldet?« Elena wirkte wenig beeindruckt von Teresas Beichte, sie schien nur darauf bedacht, das große Ganze zu erfassen.

Teresa schloss die Augen und rieb sich die Stirn. »Ich weiß es nicht mehr.« Unabhängig davon, dass sie sich nicht sicher war, ob das der Wahrheit entsprach, entschied sie, dass sie Elena genug gesagt hatte. »Mir tut der Kopf weh.«

Elena stand vom Fußboden auf. »Willst du einen Wein?«

»Nein, für mich keinen Alkohol.« Teresa fühlte sich wie erschlagen, ihr Körper war seit dem Streit mit Gero am Tag zuvor dauerangespannt, nun lösten sich die Verkrampfungen, doch es brachte ihr keine Erleichterung.

Elena deutete in eine Richtung, in der Teresa die Küche vermutete. »Ich habe auch Sekt da, ist ja Silvester. Du kannst hier übernachten, wenn du nicht mehr fahren willst.«

»Ich habe Nein gesagt«, fuhr Teresa sie schroff an, sie erinnerte sich an die fordernde Elena von früher, die über alles bestimmte und keine Ausflüchte zuließ. Nicht noch einmal würde sie sich davon dominieren lassen.

Elena schien kurz wie erstarrt, dann nickte sie und verließ das Wohnzimmer. Der Druck auf ihrer Brust lockerte sich, und Teresa konnte seit Stunden endlich wieder durchatmen. Es hatte sich wie ein Befreiungsschlag angefühlt, sich Elena zu widersetzen. Damals war sie fasziniert von ihr gewesen, alles an ihr hatte sie angezogen und in ihr den Wunsch geweckt, mehr wie sie zu sein. Davon hatte sie sich längst distanziert, aber Teresa ertrug es auch nur schwer, sie selbst zu sein.

Knallkörper explodierten unterhalb des Fensters, und Teresa fuhr der Schreck durch den Leib. Das war also ihr Silvester. Sie dachte an Gero und kramte ihr Handy aus der Tasche ihres Mantels, der neben ihr auf der Couch lag. Es war dreiundzwanzig Uhr vierzehn, und weder er noch Sina hatten sich bei ihr gemeldet. Wo steckte Gero nur?

Als wäre ihr Smartphone durch ihre unerwartete Berührung zum Leben erwacht, begann es in ihrer Hand zu klingeln.

Miriams Name stand auf dem Display.

Elena, die gerade mit einem Glas Rotwein in der Hand zurück ins Wohnzimmer kam, sah Teresa fragend an.

Teresa ignorierte sie, und mit Bauchschmerzen nahm sie den Anruf nach dem dritten Klingeln an.

»Miriam? Ist alles in Ordnung?«

Zunächst blieb es still in der Leitung, eine männliche Stimme war im Hintergrund zu hören, ganz leise, vielleicht der Fernseher, dann ein unterdrücktes Schluchzen. »Bist du zu Hause?«

»Ja«, log Teresa aus einem Impuls heraus. »Was ist los?« Das Herz klopfte ihr bis zum Hals, sie spürte Elenas neugierigen Blick und drehte sich demonstrativ weg.

»Kann ich zu dir kommen? Also nur, wenn ich nicht störe. Ich würde auch zu meinen Eltern fahren, aber ich weiß nicht, wie ich heute noch nach Flensburg kommen soll.« Miriam klang zutiefst verängstigt und kämpfte hörbar gegen die Brandung einer unbestimmten Verzweiflung.

Teresa zögerte nicht. »Natürlich kannst du kommen. Was ist denn passiert?«

Miriam klang kurzatmig, im Hintergrund sprach wieder ein Mann, dann ein zweiter, zu weit entfernt, um sie zu verstehen. »Die Polizei ist hier und stellt gerade alles auf den Kopf.« Miriam schluchzte erneut, verschluckte sich und lachte auf. Es dauerte nicht lange, ehe sie sich wieder gefangen hatte. »Jemand war in meiner Wohnung. Diesmal wirklich.«

Sie hatte es befürchtet. Teresa stand auf, hektisch sah sie sich um. »Soll ich dich abholen?«

Miriam zog geräuschvoll ihre Nase hoch. »Ich verderbe dir dein Silvester.«

»Mach dir darum keine Sorgen. Ich bin für dich da, und du kannst auch bei mir bleiben, solange du willst. Ich zieh mir schnell etwas über und komme dann zu dir. Hältst du bis dahin durch?«

Eine Pause entstand, und Teresa fürchtete, Miriam hätte das Gespräch beendet, doch die Stimmen im Hintergrund waren noch da. Dann hörte sie ein leises Weinen.

»Alles wird gut, ich bin gleich da, okay?«, versuchte Teresa, sie zu beruhigen.

»Danke«, flüsterte sie, dieses eine Wort getränkt von erschöpfter Erleichterung, und beendete das Gespräch.

Wie paralysiert starrte Teresa auf das Smartphone in ihrer Hand. Ihr Körper fühlte sich taub an, gleichzeitig drohte sie von innen zu verglühen. Wie sich Miriam bei ihr bedankt hatte, war nicht richtig, Teresa bereute ihr Versprechen, für sie da zu sein, war es doch genau das, worin sie in den letzten elf Jahren versagt hatte. Dieses Mal, beschloss sie, würde es anders sein, nicht noch einmal würde sie ihr die Freundschaft verwehren, die sich Miriam damals so schmerzlich gewünscht hatte.

»Was ist passiert?«, fragte Elena. Das Rotweinglas in ihrer Hand war leer.

»Jemand ist bei Miriam in die Wohnung eingebrochen, mehr weiß ich auch nicht. Ich hole sie jetzt ab und bringe sie zu mir.« Teresa griff nach ihrem Mantel und zog ihn sich über. Draußen explodierte eine Salve an Böllern und erinnerte sie an die bösen Geister, die mit dem Krach verjagt werden sollten, damit sie nicht die Grenze ins neue Jahr übertraten.

Wenn es doch bloß auf alle bösen Geister anwendbar wäre.

Als Teresa an Elena vorbei zur Wohnungstür gehen wollte, packte diese sie überraschend am Arm. »Wir fahren morgen früh nach Seelvlieth, und Miriam kommt mit, hörst du? Wir haben keine andere Wahl.«

Wütend machte Teresa ihren Arm los und funkelte die kleinere Frau an. Sie wollte Elena anbrüllen, sie schütteln, um sie zur Vernunft zu bringen oder zumindest dazu, sie in Ruhe zu lassen, weil das alles ihre verdammte Schuld war, doch es würde nichts ändern. Die Wahrheit war, dass mit Geros Verschwinden und nun dem Einbruch in Miriams Wohnung kein Spielraum blieb, um Elena als paranoide Irre zu betrachten.

Teresa wollte es nicht, absolut nicht, aber sie konnte nicht länger die Augen davor verschließen, dass sie womöglich recht hatte. Mit allem. Jemand hatte es auf sie abgesehen, auf sie drei, und er würde nicht damit aufhören, ihnen Angst einzujagen, ehe er bekam, was er verlangte. Aber Teresa sah sich nicht als Kämpferin, fühlte sich nicht stark und glaubte auch nicht daran, dass die Rückkehr nach Seelvlieth die Lösung ihrer Probleme war. Ihrer Probleme, die viel weiter reichten als bis an die Weser.

Teresa beobachtete, wie Elena ihr leeres Weinglas auf dem Tisch abstellte, jede ihrer Bewegungen schien kontrolliert, die Entschlossenheit auf ihrem Gesicht ließ erkennen, dass sie kein Nein akzeptierte, nicht heute und auch nicht morgen.

Teresa stöhnte frustriert. »Vor mir aus, Elena, du hast gewonnen. *Ich* fahre mit dir dahin. Aber Miriam bleibt hier.«

»Nein«, erwiderte Elena und schüttelte den Kopf.

»Wir haben ihr damals übel mitgespielt, lass uns sie diesmal aus der Sache raushalten.«

Bei der Erinnerung grinste Elena schief. »Wie es aussieht,

hat sie endlich erreicht, was sie die ganze Zeit wollte: Sie gehört jetzt dazu.«

Teresa verachtete Elena für diese Gehässigkeit, doch statt etwas darauf zu erwidern, hastete sie zur Wohnungstür, überprüfte ihre Manteltaschen auf Vollständigkeit und zog sich ihre Mütze über den Kopf.

»Sie wird ohnehin nicht mitkommen. So wie sie über dich gesprochen hat, wird sie sich nicht einmal mit dir in ein Auto setzen.«

Elena schien nicht überrascht, stattdessen war ihrem Gesicht anzusehen, dass sie gleich etwas einfordern würde. Teresa erinnerte sich, dass sie sie auch früher oft so angesehen hatte. Damals hatte es sie mit Aufregung erfüllt, heute bereitete es ihr Bauchschmerzen.

»Du musst sie überzeugen mitzukommen. Ich weiß, dass du das kannst. Wenn sie glaubt, dass du sie dabeihaben willst, wird sie dir überallhin folgen.«

Erkenntnisekel besudelte Teresa von oben bis unten. Die Vergangenheit würde sich wiederholen, noch konnte sie sich vormachen, sie würde Miriam dieses Mal beschützen, aber am Ende würde es genauso ablaufen, wie Elena es ihr aufgetragen hatte. Weil Teresa kein Rückgrat besaß, vor elf Jahren nicht und heute nicht. Und das war das Schlimmste von allem.

NEUJAHR

Myriaden Sterne am dunklen Firmament raubten Madita den Verstand. Sehnsüchtig streckte sie einen Arm aus. Wenn sie doch nur einen von ihnen berühren könnte! Sie würde sie fangen wie kleine Glühwürmchen und sie dann verschlucken, damit sie in ihrem Inneren weiterleuchten könnten. Sterne in ihrem Bauch, womöglich vermochten sie es, sie in den Himmel zu heben, bis ins Weltall, wo sie als neugeborene Sonne anderen Planeten mit Wärme und Licht das Geschenk des Lebens machen würde.

Madita seufzte bei der Vorstellung. Das Zeug, das Luzie ihr gegeben hatte, war der Wahnsinn, niemals wieder wollte sie auftauchen aus diesem seligen Zustand. Sie fühlte sich frei, fühlte sich, als wäre nichts unmöglich, und sie könnte alles schaffen, wenn sie es nur wollte. Sogar eine Sonne werden.

Sie ließ den Arm sinken und versuchte, ihren Kopf zu heben, doch er war viel zu schwer, etwas hielt ihn am Boden, aber es fühlte sich nicht bedrohlich an. Madita tastete den Untergrund ab, spürte Grashalme an ihren Handflächen und erinnerte sich an den Waldsee, zu dem Luzie und sie geschlichen waren, mitten in der Nacht. Abseits vom Ufer, an dem sie sich tagsüber aufhielten, waren sie tiefer ins Dickicht vorgedrungen, um sich mit irgendwelchen Jungs zu treffen. Ein leises Plätschern drang bis zu ihrem Verstand durch, es waren ihre langen blonden Haare, die im Wasser hingen und ihren Kopf so schwer machten. Sie drehte ihn zur Seite, sah den Waldboden, auf dem sie lag, auf Moos und Erde, umgeben von Eichen, Kastanien, Ahorn und Linden. Sie alle hatten sich versammelt, um ihnen beizuwohnen, und Madita vergötterte jeden einzelnen Baum für seine pure Existenz.

Wo steckte Luzie?

Sie rollte ihren Kopf auf die andere Seite, und da sah sie sie, Luzie saß auf einem Jungen, der wie Madita selbst auf dem Waldboden lag, vollständig nackt, während sie ihr Becken über seinem Schoß kreisen ließ. Der Junge hatte die Augen geschlossen und stöhnte, lieferte sich der Lust des Mädchens auf ihm mit Haut und Haaren aus.

Oh, dachte Madita nur. Oh.

Luzies Bewegungen veränderten sich, aus dem Kreisen wurde ein Stoßen, ein heftiges Auf und Ab, das sie mit ächzenden Lauten weiter vorantrieb. Ihr wilder Blick begegnete dem von Madita, und ein ekstatisches Grinsen der Verbundenheit legte sich auf ihr Gesicht. Madita wich ihren Augen aus, die fiebrig zu glänzen schienen, sah verlegen in den Wald hinter ihnen und hatte plötzlich das Gefühl, dort zwischen den Bäumen lauerte etwas, das ihre düstersten Abgründe zum Vorschein brachte.

Wie gebannt starrte sie in die Dunkelheit, in das schwarze Nichts der Nacht und versuchte, etwas darin auszumachen.

Die Dunkelheit starrte zurück.

Es stimmte, was Nietzsche gesagt hatte. Der Abgrund, er blickte in sie, bis in ihr Innerstes, und ihr war, als würde sich eine Gestalt darin abzeichnen, ein Gesicht, seltsam entstellt und bedrohlich, schob sich aus den Schatten, materialisierte sich vor ihren Augen, eine Kreatur mit leuchtend roten Kugeln in einer Fratze und gebogenen Hörnern, die ihr aus der Stirn wuchsen.

Maditas Oberkörper fuhr hoch, endlich brachte sie die Kraft auf, die nassen Haare aus dem Wasser zu ziehen. Doch nun, da sie der Kreatur näher gekommen war, zog diese sich ins Geäst zurück, nur die zwei brennenden Kugeln verblieben, frei in der Luft schwebend.

Ein Knurren zog Maditas Aufmerksamkeit wieder auf das Paar neben ihr. Luzie stieß einen weiteren animalischen Laut aus, ihre Hände wanderten unter ihr weißes, weites Hemd. Sie warf ihren Kopf in den Nacken, und was zunächst aussah, als würde sie sich selbst streicheln, wurde zu einem brachialen Akt, als sie ihre Finger in das Fleisch zwischen ihrem Busen vergrub und sich mit Schreien der Lust oder des Schmerzes eine Rippe aus dem Brustkorb brach.

Entsetzt zuckte Madita vor dem grotesken Anblick zurück, rutschte auf ihrem Hintern über Rasen und Waldboden und glaubte sich träumend, als Luzie ihre gebogene Rippe wie eine Trophäe in die Luft hielt. Die verstörten Schreie des Jungen hallten über den See in die Nacht hinein, mit weit aufgerissenen Augen starrte er die blutende Luzie an und versuchte, sie von sich zu stoßen, doch sie hörte nicht auf, ritt ihn hart, ihre straffen Schenkel an seinen Oberkörper gepresst. Auf ihrem weißen Hemd wuchs der blutrote Fleck zu einem Rorschachmuster heran, doch sie nahm keine Notiz davon, immer brutaler rammte sie seinen Penis in ihren Unterleib, während mit einem ekelerregenden Knirschen die Rippe in ihren Händen in zwei ungleiche Teile brach.

Madita glaubte nicht, was sie sah, konnte gleichzeitig nicht aufhören hinzusehen, auch dann nicht, als Luzie die gesplitterten Enden ihrer Rippe in den Hals des Jungen jagte. Sein Blut spritzte in alle Richtungen, in Luzies Gesicht, in Maditas Gesicht, der Junge brüllte gurgelnd, und sie trieb ihm die Knochen ins Gesicht, in seine Augenhöhlen, seine Wangenknochen, wie im Rausch zertrümmerte sie seinen Kopf, bis der Junge nicht mehr schrie, bis Fetzen seiner Haut und Gehirnmasse und rohes Fleisch vom Hals abgetrennt waren und in den Waldsee rannen. In den Waldboden sickerten. Luzie warf ihre Knochenreste von sich, streifte sich das blutgetränkte Hemd von den Schultern und offenbarte die klaffende Wunde, durch die sie ihre Rippe gebrochen hatte.

Der Junge war tot. Luzie beugte sich vor und badete ihre Hände in seinem Blut, rieb es sich ins Gesicht, verteilte es auf ihrem bebenden Leib, während sie, getrieben von unablässiger Gier, mit seinem toten, aber immer noch harten Glied bis auf ihren erbarmungslosen Höhepunkt zusteuerte …

Mit einem erstickten Schrei fuhr sie hoch. Sonne blendete, Madita lag im Gras, und grauenvolle Bilder peitschten auf ihren Verstand ein. Heilige Scheiße, was war das für ein Trip gewesen! Das Zeug, das Luzie ihr gegeben hatte, musste aus der Hölle gewesen sein, anders konnte sie sich nicht erklären, woher die alptraumhaften Halluzinationen gekommen waren. Das war wirklich das schlimmste Zeug von allen gewesen, nie wieder wollte Madita so einen Trip durchmachen.

Von der Sonne erhitzt rieb sie sich das Gesicht, und ihr wurde zunehmend klarer, in welche Schwierigkeiten sie sich gebracht hatte. Sie wusste nicht, wie spät es war, sie musste davon ausgehen, dass die Campleiter ihr Verschwinden bereits bemerkt hatten. Warum hatte Luzie sie überhaupt alleine im Wald gelassen? Ihr Blick fiel auf ihre Finger, und alle Probleme verschwanden in belangloser Nichtigkeit.

An ihren Händen klebte Blut!

Es war ein aufwühlender Jahresabschluss gewesen. Das Gespräch mit Teresa und die Offenbarung über den Zwischenfall mit Miriam in der Weser hatten Elenas Gedanken auf Trab gehalten, der Entschluss, am nächsten Tag nach Seelvlieth zu fahren, lag ihr wie eine eiskalte Hand im Nacken, und mit dem nicht enden wollenden Geböller, das der Wind aus der ganzen Stadt zu ihrer Wohnung zu tragen schien und an ihre Fenster hämmern ließ, hatte Elena keinen Schlaf gefunden. Stattdessen hatte sie gelesen und getrunken. Nun bereute sie jedes gelesene Wort und jeden Schluck.

Als es ihr hochkam, polterte das Buch dumpf auf den Boden. Elena wankte ins Badezimmer, Tränen quollen aus ihren Augen, und ihre Sicht verschwamm zu einem konturlosen Film mit verwackelter Perspektive, während sie sich über der Toilette erbrach.

***

Teresa war eine Zeitreisende gewesen, hatte alles hinter sich gelassen und in ihrem Auto die unsichtbare Mauer ins nächste Jahr durchbrochen, während sie auf den ausgestorbenen Straßen nach Eimsbüttel gerast war. Sie hatte nicht auf die Uhr gesehen, kein Radio eingeschaltet, und so war der Himmel von einer Sekunde auf die andere in einem farbenfrohen Lichtgewitter explodiert. Kaum begann das Jahr, schon verspottete es sie, gaukelte ihr mit der bunten Schönheit des Feuerwerks vor, alles würde gut werden. Dabei hatte sie nicht einmal eine Ahnung, wie ihr Leben in den nächsten Tagen, in den nächsten Stunden aussehen würde. Und Gero, lebte er noch? Was sollte sie tun, wenn nicht? Und was sollte sie tun, wenn doch? Auf keinen Fall würde es weitergehen wie bisher, das konnte es nicht, ganz gleich, was geschah, und diese Gewissheit erfüllte sie mit Schrecken. Sie konnte das nicht, sie war einer Veränderung nicht gewachsen.

Miriam wirkte in sich gekehrt und zutiefst verstört, als Teresa sie bei irgendwelchen Nachbarn abholte, und erzählte, während Teresa sie zu sich nach Hause brachte, mit zitternder Stimme von einer geschlossenen Zimmertür und dem Glasbehälter mit einem Foto ihres eigenen Gesichts darin, das sie im ersten Moment für einen echten Kopf gehalten hatte. Die übrige Autofahrt schwieg sie und versuchte erfolglos, ihren Freund Max auf dem Handy zu erreichen.

In Teresas Wohnung ging Miriam ohne Umschweife schlafen, sie sah unendlich erschöpft aus, bestand aber trotzdem darauf, die Couch im Wohnzimmer zu nehmen. Teresa war alles recht, solange Miriam zur Ruhe kam, denn trotz ihrer oberflächlichen Stille tobte eine Unruhe in ihr, die Teresa ebenfalls spürte. Reden konnten – und mussten – sie, wenn es draußen hell und der Schrecken der Nacht nur noch ein Schatten war.

Teresa fühlte sich abgekämpft, nur ein einziges Mal ließ sie die Wahlwiederholung Geros Nummer wählen, und einmal mehr verendete der Anruf im Irgendwo. Sie schrieb eine kurze Nachricht an Sina, fragte sie, wie das Event im Restaurant gelaufen war und ob sie etwas von Gero gehört hatte. Dann fiel auch sie ins Bett.

Miriams leises Weinen riss Teresa aus ihrem unruhigen Schlaf. Eine Weile starrte sie an die Zimmerdecke und überlegte, ob sie zu ihr gehen sollte, doch als Miriam unverständliche Worte schluchzte, begriff Teresa, dass sie gar nicht wach war. Miriam träumte.

»… Tür auf! … bitte … Tür …« Den Rest verschluckten die Wände.

Unschlüssig tastete sie nach ihrem Handy auf ihrem Nachttisch. Es war bereits kurz vor sechs, und Teresa ächzte. Gefühlt hatte sie nicht einmal annähernd genug geschlafen. Schwerfällig sah sie die Nachrichten durch, die während der Nacht eingegangen waren. Sinas Antwort war kurz nach drei Uhr gekommen, und sie hatte geschrieben, dass das Silvester-Event ein Erfolg gewesen sei, sich ihr Chef aber nicht gemeldet hätte. Obwohl Teresa es bereits befürchtet hatte, legte sich das schwere Gewicht der Sorge auf ihren Körper. Beziehungsprobleme hin oder her, sie wollte nicht, dass Gero etwas passiert war.

Auch Elena hatte ihr geschrieben, in einem Zeitraum von zwei Stunden waren gleich mehrere Nachrichten von ihr gekommen.

Ich hole dich morgen um 10 ab.
0:50

Was ist eigentlich bei Miriam los gewesen?
0:58

Ich lese gerade ihr Buch weiter, und es ist eindeutig über uns. Auf gar keinen Fall ist es nicht so.
1:27

scheiße dieses verdamte buch ist der totale abfuck!!!!!!!
miriam ist sowas von gestört1111!!!
2:01

Um zwei Uhr vierundvierzig hatte sie eine Sprachnachricht geschickt. Teresa versicherte sich, dass der Ton leise eingestellt war, dann spielte sie, das Handy dicht an ihrem Ohr, die Voicemail ab.

»Teresa? Ich wollte dir nur sagen, dass du Miriam nicht glauben darfst! Wenn sie dir erzählen will, dass sie sich an damals nicht mehr erinnert, dann lügt sie! Miriam weiß alles! Alles! Ihr verdammtes Buch ist an allem schuld!«

Teresa seufzte müde. Elena war betrunken gewesen, die

Worte waren undeutlich aus ihrem Mund gestolpert. Am liebsten hätte sie ihre Anschuldigungen unkommentiert gelassen, doch dann tippte sie trotzdem eine schnelle Antwort, obwohl sie nach ihrem Zustand zu urteilen ohnehin nicht um zehn Uhr bei ihr auf der Matte stehen würde.

Werde erst mal wieder nüchtern. Und komm später nicht vor 12, ich will vorher noch mit Miriam reden. Btw hat jemand Miriam einen Kopf in den Kühlschrank gestellt. Keinen echten, aber sie ist fertig mit den Nerven. Also benimm dich nicht wie ein Arschloch, wenn du willst, dass sie mitkommt.
5:54

Als Teresa das Handy zurück auf ihr Nachttischchen legte, war es im Wohnzimmer wieder still.

***

Unvertraute Geräusche einer fremden Wohnung weckten Miriam, und sobald sie die Augen aufschlug, kam der Horror der vergangenen Nacht zurück. Der Kopf in ihrem Kühlschrank, der sie aus monströsen Augen anstarrte. Wie sie aus ihrer Wohnung geflüchtet war und in Socken und Jogginghose an Türen gehämmert hatte, panisch und davon überzeugt, jemand würde ihr aus der eigenen Wohnung folgen. Das Handy in der Küche, den Kopfhörer unterwegs irgendwo verloren, hatte sie noch immer Max' Stimme im Ohr gehabt, wie er verzweifelt ihren Namen brüllte.

»*Miriam! Verlass die Wohnung! Du musst sofort die Wohnung verlassen!*«

Ein kalter Schauer der Angst durchfuhr sie, und sie setzte sich auf. Die Couch in Teresas Wohnung, auch das fiel ihr wieder ein. Es war warm, ihre Wangen glühten, und doch überzog eine Gänsehaut ihren Körper.

Hatte Max über die Webcam etwas in ihrem Arbeitszimmer

gesehen, während sie in der Küche den ausgeräumten Kühlschrank entdeckt hatte? Warum sonst war er auf einmal so panisch geworden? Die Vorstellung, jemand könnte sich die ganze Zeit in ihrer Wohnung aufgehalten haben, war eine Form von Psychoterror, die sie zuvor nicht gekannt hatte.

Miriam schlug die Wolldecke zurück und setzte ihre Füße auf den Laminatfußboden. Die Klamotten klebten an ihr, und ein penetranter Schweißgeruch ging von ihnen aus, es waren immer noch die gleichen, die sie bei ihrem Skype-Gespräch mit Max getragen hatte.

Max. Sie hatte ihn nicht anrufen können, als ihr jemand zwei Etagen tiefer die Tür aufgemacht und sie ein romantisches Silvesterdate gecrasht hatte. Sie kannte seine Nummer nicht auswendig, und ihr eigenes Handy hatte sie in der Küche liegen lassen. Stattdessen riefen sie die Polizei. Als die Beamten eine Stunde später mit Miriam zusammen ihre Küche betraten und den vermeintlichen Kopf als einen lebensgroßen Ausdruck ihres Autorinnenfotos enttarnten, in HD-Qualität und laminiert in einen durchsichtigen und mit Wasser gefüllten Kunststoffbehälter gesteckt, ging Max nicht mehr an sein Telefon. Ob wegen eines überlasteten Mobiltelefonnetzes oder aus einem anderen Grund, diese Frage war die ganze Nacht bis jetzt unbeantwortet geblieben.

Mit klammen Fingern griff Miriam nach ihrem Handy, das sie neben ihr Kopfkissen gelegt hatte.

Kein Anruf, keine Nachricht.

Sie versuchte es noch einmal, hielt sich das Smartphone verkrampft ans Ohr, doch das Freizeichen in Madrid wurde nicht erhört. Frustriert legte sie das Telefon zur Seite und rieb sich übers Gesicht.

»Geht er immer noch nicht ran?«

Erschrocken sah Miriam auf. Teresa stand mit verschränkten Armen im Türrahmen des Badezimmers, für den Tag fertig angezogen in Jeans und Rollkragenpullover, die langen Haare noch nass vom Duschen, und brachte den schweren Geruch von Vanille mit. Sie sah schön aus, wie immer, alles ganz normal, sie konnte kein Wässerchen trüben, doch als Teresa auf sie zukam, bemerkte Miriam das Make-up. Es war keine Schminke, es war eine Maske, mit der sie nicht nur die Verätzung am Kinn kaschierte, sondern hinter der sie sich auch zu verstecken versuchte.

»Nein, geht er nicht«, sagte Miriam, »aber das habe ich mir schon gedacht. Diese Neujahrs-Veranstaltung, auf der er arbeitet, findet gerade statt. Ich habe ihm ein paar Nachrichten geschickt, aber er hat die Funktion ausgestellt, die mir anzeigt, ob er sie gelesen hat, deshalb ...« Sie zuckte mit den Schultern. Teresa setzte sich neben sie, und der Vanillegeruch stieg Miriam aufdringlich in die Nase.

»Machst du dir Sorgen?«

Miriam schüttelte den Kopf. »Nein. Er ist ja in Madrid, da ist er deutlich besser aufgehoben als hier, schätze ich. Ich will nur nicht, dass *er* sich Sorgen macht.« Er hatte sie in der Küche schreien gehört, hatte womöglich gesehen, dass sich jemand in ihrer Wohnung aufhielt, und wusste bislang nicht, dass sie in Sicherheit war. Sie konnte nur hoffen, dass er ihre Nachrichten gelesen hatte und lediglich keine Zeit zum Antworten fand.

»Glaubst du, dass das Ding in meinem Kühlschrank eine Morddrohung war?« Der Gedanke war Miriam in der Nacht gekommen, hatte sich in ihre Träume geschlichen und war ihr als deren Souvenir bis zurück in den Wachzustand gefolgt, und genauso fühlte es sich an, ihn auszusprechen, metaphysisch und absurd.

Teresa betrachtete sie ernst. »Nein, das glaube ich nicht.«

»Es war *mein* Gesicht.« Miriam wurde das Bild ihrer eigenen verzerrten Fratze nicht los. Sie hatte sich selbst nicht erkannt und gleichzeitig doch, sicher würde der Anblick sie noch lange verfolgen. Ein Streich, hatten die Beamten vermutet, ihre verzweifelten Beteuerungen, jemand müsse in ihre Wohnung eingebrochen sein, waren von ihnen nur halbherzig zur Kenntnis genommen worden, wohl auch deshalb, weil es keine Spuren an der Tür oder sonstige Hinweise darauf gegeben hatte. Dennoch würden sie in den nächsten Tagen die Spurensicherung vorbeischicken, bis dahin solle Miriam bitte nichts anfassen.

Wenn es sonst nichts war.

»Aber wenn es keine Morddrohung war, was sollte das dann?«

Teresa begegnete ihrem verzweifelten Blick, und in ihren Augen sah Miriam das widerwillige Aufflammen einer Antwort, die sie ihr bislang vorenthalten hatte. Bis jetzt. »Miriam, es gibt da etwas, das du wissen musst.«

***

Teresa hatte Miriam zu einer Dusche überredet, zu einem Glas Milch und einem Toast mit Marmelade. Wenn es möglich gewesen wäre, hätte sie ihr auch frische Kleidung aus ihrem Schrank angeboten, doch die war Miriam zu eng, weshalb sie wieder mit ihren eigenen Sachen vorliebnehmen musste.

Bereits den ganzen Morgen fühlte sich Teresa elend. Elenas Vorhaben, am Vormittag nach Seelvlieth loszufahren, rückte mit jeder Minute näher, und sie hatte keine Ahnung, wo genau zwischen den Stühlen sie selbst eigentlich saß. Sie sträubte sich dagegen, Miriam zu etwas zu überreden, von dem sie selbst nicht überzeugt war, aber was war die Alternative? Egal wie sie es drehte oder wendete, am Ende würde sie immer die falsche Entscheidung treffen. Dann konnten sie genauso gut nach Seelvlieth fahren und hoffen, dass sich zumindest einige Unklarheiten damit auflösten.

Miriam knabberte appetitlos an ihrem Toast, und Teresa hatte ihr Frühstück, mit Ausnahme des Kaffees, nicht angerührt. Draußen wurde der Tag munter, anscheinend waren auch die letzten Langschläfer zum Leben erwacht, und in unregelmäßigen Intervallen wurden die Restböller zum Teufel gejagt.

»Jetzt rück schon raus damit, was muss ich wissen?«, fragte Miriam, nachdem sie Teresa eine Weile abwartend gemustert hatte.

Teresa stellte ihre Kaffeetasse ab. Sie hatte sich nach ihrer großen Ankündigung viel zu lange vor einer Erklärung gedrückt, Miriam mehrfach auf später vertröstet, nach der Dusche, erst einmal Frühstück machen, nun gab es keine Ausflüchte mehr. Angespannt räusperte sie sich. »Erinnerst du dich, dass ich gestern mit dir über Hartmann gesprochen habe?«

Miriam nickte zögerlich und ließ den Toast auf ihren Teller sinken. »Der Typ, der sich angeblich in mein Badezimmer geschlichen hat?« Ihr aufgesetzter Spott scheiterte an den Schatten unter ihren Augen und den Nebelschwaden der Angst, die ihren Blick verdunkelten.

»Ich glaube, er ist es auch gewesen, der dir den Kopf in den Kühlschrank gestellt hat.« Teresa griff sich an die Stirn, als könnte es ihr beim Denken helfen. »Es sind Dinge passiert … nicht nur dir, sondern auch mir und …« Gerade noch rechtzeitig stoppte sie sich, es wäre taktisch nicht klug, Elena jetzt schon zu erwähnen. »Ich befürchte, dass er uns gezielt tyrannisiert und angreift, weil er etwas von uns will.«

Miriams Stirn in tiefen Falten, schien sie darum bemüht, das Gesagte zu begreifen. »Nur mal für mich, zum besseren Verständnis: Wen meinst du mit *uns*?«

Teresa presste die Lippen aufeinander, es war naiv gewesen zu glauben, dass Miriam, einen Tag nachdem sie sie mit Elena gesehen hatte, nicht sofort riechen würde, woher der Wind wehte. »Ich meine damit dich und mich – und Elena«, gab sie widerwillig zu.

Entgegen ihrer Befürchtung zeigte Miriam keine Enttäuschung oder Wut, stattdessen reagierte sie gar nicht auf Elenas Namen.

»Und du glaubst wirklich, dieser Hartmann steckt dahinter?« Miriams sachliche Nachfrage erweckte den Eindruck, als betrachtete sie alles aus weiter Ferne, wie etwas, das sie nicht selbst betraf.

Teresa nickte. »Du weißt doch inzwischen wieder, wer er ist, oder?«

Miriam blinzelte mehrmals, in ihrem Blick fehlte jede Spur des Erinnerns. »Der Typ aus Seelvlieth, ich weiß so viel, wie du mir gestern über ihn erzählt hast.« Nachdenklich tastete sie ihren Hinterkopf ab, ihre Finger schienen etwas zu suchen, bis sie schließlich an einer Stelle verweilten. »Und was ist es *deiner* Ansicht nach, was er von uns will?« Ihre Betonung machte deutlich, dass sie Teresas Gedanken dazu hören wollte und nicht die von Elena.

»Er will, dass wir nach Seelvlieth kommen.« Teresa hatte keine Ahnung, ob sie das wirklich glaubte, aber eine andere Antwort hatte sie nicht.

Miriam schob langsam den Teller von sich und legte ihre Unterarme auf der Tischplatte ab. »Und woher wissen *wir*, dass er das will?« Erneut schwebte Elena über ihrer Unterhaltung, und Teresa gab es auf, länger so zu tun, als wäre nicht ebendiese die treibende Kraft.

»Elena«, sie räusperte sich, die brodelnde Säure in ihrem Magen griff bereits ihre Stimmbänder an, »sie hat eine Postkarte von ihm bekommen, und was daraufsteht … also er hat nicht explizit geschrieben, dass wir nach Seelvlieth kommen sollen, aber er deutet es an.«

»Er deutet es an?«, echote Miriam ungläubig, eine Braue hochgezogen. »Von mir aus –« Sie rieb sich die Stirn. »Angenommen, Hartmann will wirklich, dass Elena, du und ich nach Seelvlieth kommen«, sagte sie und machte eine hilflose Geste. »Warum?«

»Das weiß ich nicht.«

»Was glaubt denn *Elena*, was er will? Ich meine, diese fixe Idee ist schließlich von ihr, da muss sie doch auch eine Theorie haben.«

»Falls sie eine hat, hat sie die bislang für sich behalten. Aber ich glaube ihr, denke ich.«

Miriam lehnte sich auf ihrem Stuhl zurück, nun schließlich wirkte sie doch enttäuscht, als hätte sie nach all den Jahren mehr von Teresa erwartet. »Du glaubst ihr also? Eine Postkarte und ein paar vage Vermutungen reichen, um dich zu überzeugen?« Ihr Gesicht verzog sich geringschätzig. »Es hat sich wirklich nichts verändert, du folgst ihr immer noch blind.«

Teresa verstand ihre Wut, nicht jedoch die Ignoranz, mit der Miriam den Geschehnissen begegnete. »Halte mich ruhig für leichtgläubig, vermutlich habe ich das verdient, aber ganz ehrlich? *Mir* wächst die ganze Sache über den Kopf. Ich meine, jemand war in deiner Wohnung, und ich kann dir versichern, dass es nicht Elena gewesen ist. Willst du das einfach ignorieren? Ich sehe doch, dass dir das Angst macht.«

Miriam wandte den Blick ab, ihr Gesicht eine angespannte Maske ihrer ambivalenten Gefühle.

»Gero ist verschwunden. Erst die Pralinen und jetzt das. So kann es doch nicht weitergehen. Wir müssen etwas tun, irgendwas, damit das aufhört.«

»Gero ist verschwunden?« Miriam wirkte bestürzt, die Sorge um ihren eigenen Freund, den sie nicht ans Telefon bekam, stand ihr ins Gesicht geschrieben.

Teresa atmete schwerfällig aus. »Ja, seit gestern Vormittag. Es muss nichts bedeuten, aber er ist nicht der Typ, der einfach abhaut.«

»Was ist mit der Polizei?«

»Es ist kompliziert.«

Miriam konnte die Frustration nicht länger verbergen, die unter der Oberfläche brodeln musste. »Ihr habt also wieder eure Geheimnisse, schön, dann erzählst du es mir eben nicht.«

Teresa wand sich innerlich, sie wollte nicht darüber sprechen, es nur vergessen, aber Miriams Ärger war gerechtfertigt. »Hartmann … er weiß *Dinge* über uns.«

»Uns? Du meinst dich und *Elena*?«

Teresa nickte.

»Er erpresst euch also, willst du mir das damit sagen?«

Teresa nickte erneut.

»Wie das? Habt ihr mit ihm gesprochen?«

Teresa schüttelte den Kopf. »Er hat mir auch eine Postkarte geschickt.«

»Eine Postkarte? Mir hat er keine geschickt, und er weiß auch keine *Dinge* über mich.« Miriam machte keinen Hehl daraus, dass sie nichts mit ihnen gemeinsam haben wollte, aber Teresa kapierte nicht, wie sie all das leugnen oder ignorieren konnte, das sie drei verband.

»Du gehörst trotzdem dazu, Miriam, siehst du das denn nicht?« Und noch während sie das fragte, wurde ihr bewusst, dass sie nicht mehr versuchte, auch sich selbst zu überzeugen, sondern längst ein Teil von Elenas Sache geworden war. Sie war im Begriff, genau das zu tun, was Elena von ihr erwartete, hatte es zugelassen, dass sie ihr diese Idee einer offenen Rechnung einpflanzte und sie zu ihrer Komplizin machte. Die Verachtung, die Teresa in diesem Moment für sich selbst empfand, überforderte sie, der Aal in ihren Gedärmen zuckte, und sie wünschte sich, sie könnte endlich aufwachen aus diesem nicht enden wollenden Alptraum.

»Elena will, dass wir alle drei nach Seelvlieth fahren«, fuhr Teresa fort, nicht für Elena, sondern für sich selbst und für Miriam, sie musste es sich nur oft genug sagen, dann würde es auch irgendwann zur Wahrheit werden. »Ich verstehe, dass dir scheißegal ist, was *sie* will, aber mal im Ernst, was sind deine Alternativen? Du kannst dein Schloss austauschen, dir einen Hund anschaffen, umziehen, vielleicht in eine andere Stadt. Oder einen Selbstverteidigungskurs machen. Aber willst du das wirklich, wenn doch ein kurzer Ausflug nach Seelvlieth das Problem am Ursprung beheben könnte?« Sie beugte sich nach vorne und suchte Miriams Blick. »Ich habe Angst, dass dir etwas passiert, wenn du alleine hierbleibst, Miriam.«

Ohne darüber nachzudenken, streckte sie ihre Arme über den Tisch zu Miriam aus, eine freundschaftliche Geste mit dem einzigen Zweck, sie zu manipulieren, und sofort bereute Teresa sie. Miriam sah betroffen auf die angebotenen Hände, beinahe erschrocken, erkannte, was sie tatsächlich waren.

Teresa war zu weit gegangen, hatte womöglich ihren alten Schmerz getriggert. Beschämt zog sie ihre Hände zurück, räusperte sich, sie wusste nicht weiter. »Ich brauche dich als Verbündete. Ich vertraue Elena nicht«, wisperte sie hilflos, diesmal keine Manipulation, nur eine von vielen Wahrheiten.

Wie aufs Stichwort klingelte es an der Haustür. Teresa sah auf ihr Handy, es war noch nicht zwölf Uhr. Eine ungelesene Nachricht von Elena.

»Ist sie das?«, fragte Miriam angespannt, Teresa sah ihr an, dass es sie verunsicherte, Elena zu begegnen.

»Ja, ich fürchte, sie ist es.« Unwillig stand sie auf, und während sie zur Haustür ging, las sie Elenas eingegangene Nachricht.

Bin wieder nüchtern, Gehirnaktivität zurück im Normalzustand. Halte Miriam immer noch für eine Lügnerin mit einer kranken Phantasie. Fahre jetzt los. Du musst sie überzeugen, egal wie.
11:04

Teresa schnaubte genervt, Elena hatte sich in dieser Sache mit dem Buch komplett verfahren.

So nüchtern, wie sie in der Nachricht behauptet hatte zu sein, sah Elena nicht aus, als Teresa ihr die Tür öffnete. Die Sonnenbrille in ihrem Gesicht wirkte deplatziert unter der Mütze – der dunkle Wintertag zeigte keine Spur von Sonnenschein –, und der frostige Wind, der in die Wohnung fegte, ließ sie frösteln. Bei dem Blick auf die Tasche zu Elenas Füßen fiel Teresa ein, dass sie auch noch packen musste, und alles in ihr sträubte sich dagegen.

»Frohes Neues oder so«, sagte Elena und betrat an Teresa vorbei die Wohnung. Flüchtig suchten ihre Augen das Wohnzimmer ab, Miriams Schlafsachen hatte Teresa längst weggeräumt, nichts deutete darauf hin, dass sie hier war.

»Wo ist sie? Hast du schon mit ihr gesprochen?«, fragte Elena fahrig und nahm die Sonnenbrille ab, leicht gerötete Augen kamen zum Vorschein, ansonsten keine sichtbaren Hinweise auf Übernächtigung.

»Ja, Teresa hat mit *ihr* gesprochen.«

Wie in einer perfekt einstudierten Choreografie wandten Teresa und Elena ihre Köpfe Richtung Küche, und mit den Armen vor der Brust verschränkt, kam Miriam zu ihnen ins Wohnzimmer.

»Du siehst fertig aus, lange Nacht?«, fragte sie an Elena gerichtet und ließ sich auf die Couch sinken.

Elena grinste. »Ja, ich habe noch gelesen.«

Miriams Augenbrauen zuckten, ansonsten zeigte sie nicht, was in ihr vorging.

»Um deine Frage zu beantworten, *Elena.*« Wieder sprach sie den Namen aus, als verursachte er einen bitteren Geschmack auf ihrer Zunge. »Ich weiß Bescheid über Hartmann und deine fixe Idee, nach Seelvlieth zu fahren.«

»Du bist auch –«

»Und weißt du was, Elena?«, unterbrach Miriam sie, und ihr zur Schau gestelltes Selbstbewusstsein kam Teresa irgendwie falsch vor. »Ich glaube, ich komme wirklich mit. Aber ich habe zwei Bedingungen.« Sie hielt ihren Daumen hoch. »Erstens: Wir fahren mit Teresas Wagen. Ich besitze weder Auto noch Führerschein, und auf gar keinen Fall mache ich mich von dir abhängig, Elena.«

Ein Blick wanderte zwischen Miriam und Elena hin und her, den Teresa nicht deuten konnte. Dann wandte sich Miriam ihr zu. »Ich will, dass du mir versprichst, dass du mich zurückfährst, wenn ich das möchte.«

Teresa nickte und sah fragend zu Elena, doch die beobachtete Miriam angespannt. »Versprochen«, sagte sie heiser, ihre Kehle war trocken und kratzte.

»Und zweitens«, fuhr Miriam fort, und ihr Zeigefinger gesellte sich zu ihrem Daumen, »unterwegs erzählt ihr mir alles, was ihr vor mir geheim haltet.«

***

In Rekordzeit packte Teresa ihre Tasche, nachdem sie und Elena Miriams Bedingungen zugestimmt hatten. Teresa würde fahren, Elena war bereits dabei, die Strecke in das Navi ihres Handys einzugeben. Sie wollte das nicht, wollte nicht nach Seelvlieth, nicht herausfinden, warum Hartmann sie erpresste, aber wie sie es selbst gesagt hatte, ließ ihr der Mangel an Optionen keine andere Möglichkeit. Und nachdem sie es gewesen war, die Miriam dazu überredet hatte, mitzukommen, gab es für sie kein Herauswinden mehr, kein Ignorieren, bis es von alleine vorbeiging.

Sie hatten Miriam zugesagt, einen Zwischenstopp bei ihr in Eimsbüttel einzulegen, bevor sie der Route des Navis folgten, damit auch sie ein paar Sachen zusammenpacken konnte. Mit Miriam bereits auf dem Beifahrersitz, war Elena damit beschäftigt, ihre Tasche in den Kofferraum zu verfrachten, und bedachte sie mit einem erbosten Blick, als sie sich mit der Rückbank zufriedengeben musste. Während der Fahrt versuchte Miriam wiederholt, ihren Freund anzurufen, und mit jedem nicht angenommenen Anruf wurde die Sorgenfalte zwischen ihren Augenbrauen tiefer.

Nach zwanzig Minuten erreichten sie die Grindelhochhäuser, die mitfahrende Abneigung zwischen Miriam und Elena hatte die Temperatur im Wagen die der Außentemperatur angepasst, und schließlich begleiteten sie die blass gewordene Miriam ins Haus.

»Wann hast du zuletzt in deinen Briefkasten geguckt?«, fragte Teresa an Miriam gerichtet, die nervös mit dem Schlüssel in ihren Händen spielte, während sie alle ungeduldig vor dem Fahrstuhl warteten.

»Gestern oder vorgestern. Wieso?«

»Vielleicht hast du auch eine Postkarte bekommen. Die Zuverlässigkeit der Post ist um die Feiertage herum immer etwas unbeständig.«

Miriam schnaufte unwillig und ging zu den Briefkästen auf der gegenüberliegenden Seite des Fahrstuhls.

Elena bedachte Teresa mit einem fragenden Blick. »Eine Postkarte von Hartmann? Wieso sollte *sie* eine Karte von ihm bekommen?«, flüsterte sie herablassend.

Teresa versenkte ihre eisigen Hände in den Taschen ihres Mantels. Eigentlich hatte sie nicht vorgehabt, es ihr zu erzählen, schon alleine deshalb, um unausweichliche Fragen zu vermeiden, und auch jetzt noch sträubte sie sich dagegen, aber es wäre sinnlos, sie anzulügen. »Weil ich ebenfalls eine gekriegt habe.«

Elena sah sie an, als hätte Teresa ihr eine Ohrfeige verpasst. »Wann?«

»Gestern.«

»Und warum hast du mir das nicht erzählt?« Elena schien ernsthaft aus dem emotionalen Gleichgewicht gebracht.

»Weil ich es nicht wollte«, sagte sie abweisend, und im gleichen Moment kam Miriam zurück, die Hände leer und sichtlich erleichtert.

»Keine Postkarte für mich. Anscheinend gehöre ich doch nicht zu eurem exklusiven Club.« Sie schaute demonstrativ zu Elena, um deutlich zu machen, dass sie trotz des Flüstertons jedes Wort gehört hatte.

»Vielleicht ist die Karte noch unterwegs, meine kam ja auch später als die von Elena.«

Miriam hob abwehrend die Hände. »Schon gut, du musst mich nicht trösten, ich verzichte gerne.«

Der Fahrstuhl war zu klein für die Spannung, die zwischen den Frauen herrschte, und Teresa fürchtete, er könnte auf der Fahrt nach oben bersten und sie in den Abgrund reißen.

»Ihr könnt nicht mit reinkommen. Bis die Spurensicherung da war, darf nichts angefasst werden«, durchbrach Miriam die Stille in dem rechteckigen Kasten.

Etwas an ihren Worten schien Elena aufzurütteln, ihre geröteten Augen zuckten zu Miriam. »Die Polizei war hier?« Genau wie Teresa schien sie die Beziehung zur Polizei als kompliziert zu empfinden.

Miriam sah sie an, als hätte sie etwas ausgesprochen Dummes gesagt. »Ich dachte, ich hätte einen Kopf in meinem Kühlschrank. Natürlich habe ich die Polizei gerufen.« Diese Perspektive leuchtete anscheinend auch Elena ein, denn sie sagte nichts mehr, wirkte aber besorgt.

Endlich öffnete sich die Tür des Fahrstuhls, und Teresa trat als Erste hinaus, froh, wieder frei atmen zu können. Hastig schloss Miriam die Tür zu ihrer Wohnung auf, sie schien es nun auf einmal schnell hinter sich bringen zu wollen, drückte sie dann aber nur langsam auf, als befürchtete sie, jemand könnte ihr dahinter auflauern. Im Eingangsbereich brannte Licht, sie hatte offenbar alles so gelassen, wie es in der Nacht gewesen war.

»Gebt mir fünf Minuten, ich mach, so schnell ich kann«, sagte sie, atmete tief durch und verschwand in ihrer Wohnung.

Elena schien darauf gewartet zu haben, packte Teresa ohne Vorwarnung am Ärmel und zog sie in die hinterste Ecke des Treppenhauses, möglichst weit weg von der nur angelehnten Tür.

»Wir müssen über Miriams Buch reden.«

»Du warst betrunken«, zischte Teresa leise, damit Miriam nicht hörte, dass sie schon wieder hinter ihrem Rücken über sie redeten. Elenas fehlgeleitete Beharrlichkeit nervte sie. »Ich glaube, du interpretierst etwas in die Geschichte, was gar nicht da ist.«

Elena sah sie an, es waren dieselben grünen Augen wie vor elf Jahren, jene Augen, in denen ein Feuer der Lebenslust gelodert hatte. Nun gehörten sie einer Fremden, das Feuer in ihnen hatte nur noch saphirschimmernde Asche hinterlassen. »Woher willst du das wissen?«, fragte sie aufgebracht. »Hast *du* es gelesen?«

»Nein, aber –«

»*Ich* habe es gelesen, Teresa. Vom Anfang bis zum gottverdammten Ende. Sie hat über uns geschrieben, über mich und dich und den Sommer in Seelvlieth. Und über Hartmann.«

»Er kommt auch darin vor?« Teresa zweifelte immer noch an, was Elena über das Buch behauptete, doch sie konnte nicht leugnen, dass sie neugierig geworden war. Vielleicht sollte sie es auch lesen.

Elenas Blick huschte zur Wohnungstür, offensichtlich fürchtete sie, Miriam könnte erneut einer Unterhaltung zuhören, die nicht für ihre Ohren bestimmt war.

»Das Buch ist der Grund, weshalb Hartmann wiederaufgetaucht ist.« Elenas Vorwurf war dermaßen weit hergeholt und so wenig plausibel, dass Teresa von ihr zurückwich.

»Du meinst wirklich, Hartmann liest Mystery-Thriller?«, fragte sie bissig.

»Ja«, erwiderte sie ebenso schnippisch, »wenn er die Autorin kennt.«

»Ich weiß nicht …«

Elena schnaubte verächtlich. »Du glaubst mir nicht, von mir aus. Aber es ist alles da, Teresa. Es steht alles in ihrem Buch. Ich habe es unten in meiner Tasche, ich kann es dir zeigen.«

Alles? Teresa verstand nicht, was sie damit meinte, was dieses Alles war, auf das sie sich bezog, und die bohrende Ungewissheit, welche Erinnerungen ihr noch fehlten, bereitete ihr Bauchschmerzen. »Vielleicht sollten wir –« Eine Bewegung im Augenwinkel ließ Teresa innehalten.

»Fertig.« Miriam stand im Türrahmen, umgezogen und einen Rucksack über die Schulter geworfen. Neugierig sah sie von Teresa zu Elena und wieder zurück. »Vielleicht sollten wir was?«

***

Elena beanspruchte den Beifahrersitz für sich, bevor Miriam eine Chance hatte, ihn wieder einzunehmen.

»Hinten wird mir leider schlecht«, sagte sie mit einem entschuldigenden Lächeln, doch Miriam erkannte die Boshaftigkeit dahinter, ihr Bestreben nach Kontrolle, genau wie es damals schon gewesen war. Elena log sich die Welt zurecht, um für sich das Beste herauszuschlagen, sie schien zu glauben, zwischen ihnen sei ein neuer Kampf um Teresas Aufmerksamkeit entbrannt. Doch da irrte sie sich.

Teresas Freundschaft bedeutete ihr nichts mehr. Sie hatte auf die harte Tour erfahren, dass sie für Teresa beliebig austauschbar war, es hatte sie Jahre gekostet, um zu begreifen, dass sie Besseres verdiente. Deshalb überraschte oder verletzte es Miriam auch nicht, dass Teresa versuchte, sie für ihre Zwecke zu manipulieren. Sollte Teresa ruhig eine Weile in dem Glauben bleiben, sie könnte sie mit den gleichen leeren Versprechungen auf Freundschaft in irgendeiner Form indoktrinieren.

»Ich habe Angst, dass dir etwas passiert.«

»Ich brauche dich als Verbündete.«

Ihre Versuche waren armselig gewesen, sie hatte sich nicht einmal besonders Mühe gegeben.

Natürlich war das auf Elenas Mist gewachsen, sie dirigierte Teresa wie eine Marionette, wie sie es schon vor elf Jahren getan hatte. Und Teresa ließ es zu, flüsterte immerzu heimlich mit Elena, sobald sie Miriam außer Hörweite vermutete, sie pendelte zwischen den zwei Frauen hin und her, verbündete sich mit beiden gegen die jeweils andere und glaubte auch noch, es würde niemandem auffallen.

Miriam hatte es anfangs nicht bemerkt, aber sie war aus der Rolle von Teresas ungewolltem Anhängsel herausgewachsen.

Dass sie dennoch zu ihnen ins Auto nach Seelvlieth stieg, war dem tatsächlichen Mangel an Optionen geschuldet, den Teresa ihr aufgezeigt hatte. Denn ob sie es wahrhaben wollte oder nicht, so hatten ihr die Vorfälle in ihrer Wohnung vor allen Dingen eine Sache vor Augen geführt: Sie war alleine.

Und sie hatte Angst, eine denkbar schlechte Paarung.

Max kam erst in ein paar Tagen aus Madrid zurück, ihre Eltern lebten in Flensburg, zu ihren Kolleginnen pflegte sie privat keinen Kontakt, und die flüchtigen Bekanntschaften aus dem Internet betrachtete sie nur mit Vorsicht als so etwas wie Freunde, die ohnehin zu weit weg waren, um sie um Hilfe zu bitten. Sie konnte nicht in ihre Wohnung zurück, nicht alleine, nicht über Nacht, ihre Panik und die Präsenzfetzen des Unbekannten waren in den Räumen verblieben und fielen augenblicklich über sie her, sobald sie sich in ihnen aufhielt. Also hatte sie sich für das vermeintlich kleinere Übel entschieden, eine Fehleinschätzung, wie sich bereits abzeichnete, bevor sie überhaupt losgefahren waren.

»Schon gut, Elena, ich sitze gerne hinten«, sagte Miriam mit gespielter Freundlichkeit, ein verständnisvolles Lächeln auf ihren Lippen, und rutschte auf den Rücksitz. Im Fußraum stieß sie mit einem Schuh gegen etwas Weiches, und als sie sich vorbeugte, entdeckte sie eine Nylonstrumpfhose und einen schwarzen Slip. Angeekelt schob sie beides mit dem Stiefel tiefer unter den Sitz, sie wollte nicht einmal darüber nachdenken, was sich hier hinten abgespielt hatte.

Zwei Stunden Autofahrt standen ihnen bevor, und die Stille

im Wagen war ohrenbetäubend. Die Heizung voll aufgedreht, erreichte die Wärme irgendwann auch Miriam, dann aber mit voller Wucht, und umständlich wand sie sich unter dem Gurt aus ihrem Wintermantel. Von ihrem Platz hinter dem Beifahrersitz aus sah sie ausschließlich einige Strähnen von Elenas dunklen Haaren, die auf beiden Seiten der Kopfstütze auf ihren Schultern lagen. Dafür hatte sie freien Blick auf Teresas rechte Gesichtshälfte, und das genügte, um zu wissen, dass sie angespannt nachdachte. Orientierungssicher steuerte sie das Fahrzeug durch die Stadt, über die Kieler Straße, bis sie schließlich in die Auffahrt der A 7 abbog.

Die Weigerung, ein Gespräch zu beginnen, dehnte sich aus wie die warme Luft im Auto, doch Miriam wollte erst einmal abwarten und den anderen die Chance geben, von sich aus mit dem Reden zu beginnen, schließlich schuldeten sie ihr noch die Wahrheit. Als sie Hamburg jedoch schon einige Kilometer hinter sich gelassen hatten, sah sie ein, dass weder Elena noch Teresa den ersten Schritt machen würden.

»Was ist das eigentlich mit diesem Hartmann? Ich weiß nicht einmal, wer er ist«, begann Miriam, und es kostete sie Kraft, ihre Wut nicht nach außen zu zeigen.

Elena schnaubte, ein Geräusch voller Spott und Herablassung. »Klar weißt du, wer er ist.«

Früher schon hatte ihre ganze Art und wie sie mit ihr sprach, Miriam eingeschüchtert, und daran hatte sich seitdem nichts geändert. »Ich meine damit, dass ich nichts mit ihm zu tun hatte.«

»Ich weiß, dass du es nicht vergessen hast, Miriam«, beharrte Elena, »aber es muss dir nicht peinlich sein. Teresa und ich wissen, dass du auf ihn gestanden hast.«

»Ich habe auf Hartmann *gestanden*?« Miriam verzog das Gesicht. Alleine die Vorstellung war so absurd, dass sie beinahe lustig wäre, würde sie sie nicht dermaßen verstören. »Ganz sicher nicht.«

Elena drehte sich zu ihr um, weit genug, dass Miriam ihr Feixen erkannte. »Teresa hat es mir damals erzählt.«

Ein alter Schmerz durchfuhr Miriam, das Gefühl, einmal mehr verraten worden zu sein, nicht durch das Verraten von Geheimnissen, sondern durch das Erzählen von Lügen.

»Tut mir leid, Miriam. Das war echt scheiße von mir«, sagte Teresa geknickt, ihre Augen suchten im Rückspiegel nach Miriams Blick, doch sie wich ihnen aus.

»Warum hast du ihr so einen Quatsch erzählt?«

Teresa seufzte, ihre Stirn legte sich in Falten. »Das war kein Quatsch. Es war nicht zu übersehen, wie du ihn angestarrt hast, wenn er in der Nähe war.«

»Spinnst du? Wann soll das gewesen sein? Er war doch so gut wie nie in meiner Nähe.« Miriam fühlte sich ungerecht behandelt und verleumdet, gleichzeitig stellte sie ihre eigene Erinnerung in Frage. Sie versuchte sich den Mann vorzustellen, der ihr höchstens ein paarmal über den Weg gelaufen war. Sie hatten nie miteinander gesprochen oder auch nur einen Blick gewechselt, für Miriam war er kaum mehr als eine Randerscheinung gewesen, und sie war sich sicher, dass er nicht einmal ihren Namen gewusst hatte.

Woher weiß er ihn dann jetzt?

Sie wusste, dass er groß gewesen war, ein nordischer Typ mit blondem Vollbart und Haaren, die immer vom Wind zerwühlt waren. In den Fünfzigern, gut aussehend oder nicht, das lag im Auge des Betrachters, aber gezeichnet von der Arbeit auf dem Hof, der die Jugendherberge von Seelvlieth mitversorgt hatte. Miriam erinnerte sich an Kühe, aber darauf schwören würde sie nicht. Hühner ebenfalls. Und Pferde.

Hartmann war einfach dort gewesen, ein Mann im Hintergrund, der Milch und Eier lieferte und im größten Notfall auch mal einen verstopften Abfluss von Klopapier befreite. Rückblickend erschien er ihr höchstens nett, aber auf ihn gestanden hatte Miriam mit Sicherheit nicht.

»Komm schon, Miriam, ist doch nicht schlimm. Kein Grund, deswegen sauer zu sein«, versuchte Teresa, die Lüge aufrechtzuerhalten und Miriam schlecht dastehen zu lassen.

Neuerliche Wut kochte in ihr hoch, dennoch ließ sie es auf

sich beruhen. Es sollte keine Rolle spielen, was sie dachten, Miriam wusste es besser.

»Dann erzähl mal«, forderte sie Teresa stattdessen heraus, »womit hat dich *mein Schwarm* in der Hand?«

Keine Musik aus den Lautsprechern, nur das Rattern der Reifen über den Asphalt der Autobahn begleitete sie die nächsten Kilometer, in denen Teresa nicht antwortete. Miriam beobachtete sie, und auch Elena machte keinen Hehl daraus, dass sie an Teresas Geständnis interessiert war. Miriam wunderte sich darüber, dass Elena das Geheimnis von Teresa nicht längst kannte.

Die Lippen fest aufeinandergepresst, wechselte Teresa plötzlich die Spur und gab Gas. »Es gibt Fotos. Von mir mit anderen Männern«, sagte sie konzentriert über das Donnern des Fahrtlärms hinweg.

Miriam fiel der Slip tief unter ihrem Sitz wieder ein, und Ekel krabbelte über ihren Rücken. Nein, sie wollte es wirklich nicht wissen.

Als Teresa nichts mehr sagte, schnalzte Elena enttäuscht mit der Zunge. »Das ist alles? Du bist untreu? Damit lässt du dich erpressen? Ganz offensichtlich läuft in deiner Beziehung etwas ziemlich verkehrt, da wäre es doch ohnehin besser, wenn du sie beendest.«

Teresa starrte auf die Straße, die Hände krampften sich ums Lenkrad, ihr Gesicht zerbrechlich, als könnte es jederzeit zerfallen. »Das ist nicht so einfach.« Sie sprach so leise, dass Miriam sich nach vorne beugen musste, um sie zu verstehen.

»Ich bin Finanzbuchhalterin in seinem Restaurant«, sagte Teresa. »Die Wohnung, in der wir wohnen, ist sein Eigentum. Ich bin ein Parasit, der in seinem Fleisch lebt. Ohne ihn verhungere ich.« Sie biss sich auf die Unterlippe und begann, darauf zu kauen. Miriam kannte die Abscheu in Teresas Blick, kannte die Selbstverachtung, die sie angesichts ihrer Schwäche, sich von Gero zu lösen, empfand, kannte sie von sich selbst.

»Hör auf, dich zu bemitleiden«, herrschte Elena sie an. »Such dir einen anderen Job und zieh aus. So schwer ist das nicht. Emanzipiere dich!«

Teresa schwieg, und erst als sie auf die A 261 Richtung Tötensen wechseln musste, ging sie vom Gas.

Zum gefühlt hundertsten Mal nahm Miriam ihr Handy zur Hand und versuchte, Max anzurufen. Dieses Mal ging nur noch die Mailbox ran, und frustriert legte sie auf. Um sich von der wachsenden Sorge abzulenken, dachte sie noch einmal über Teresas Geständnis nach.

»Ich verstehe immer noch nicht, was Hartmann von dir will«, sagte Miriam nachdenklich. »Was du in deiner Freizeit treibst, hat doch nichts mit ihm oder der Sommerschule zu tun. Was hattet ihr damals miteinander zu schaffen?«

Teresa dachte nicht einmal darüber nach. »Nichts, ich hatte nichts mit ihm zu schaffen.«

»Und du, *Elena*?« Miriam konnte nicht anders, wie von alleine benutzte sie ihren Namen wie ein Schimpfwort. »Was ist deine Verbindung zu Hartmann?«

Elena veränderte ihre Position auf dem Sitz, sie nahm eine aufrechtere Haltung an, bereitete ihren Körper vor.

»Wir ... hatten etwas miteinander. Also nichts Ernstes, keine Gefühle.« Ihre Stimme war distanziert, doch in ihrem Mundwinkel zuckte ein nervöser Muskel.

Es fiel Miriam schwer, sich Elena mit dem ältlichen Hünen vorzustellen, diesem Mann mit seiner von der Arbeit im Freien gegerbten Haut und den schwieligen Händen, die junge Studentin, die mit ihrer wilden und unberechenbaren Art alles vom Leben einforderte, was es ihr zu geben bereit war. Es war ein schiefes Bild, in vielerlei Hinsicht verstörend und widersinnig, aber Miriam konnte nicht behaupten, dass es sie überraschte. Kurzerhand schnallte sie sich los und rutschte auf der Rückbank in die Mitte – gerade rechtzeitig, um Teresas verstohlenen Blick zu Elena zu bemerken.

Elena räusperte sich. »Als seine Sexpraktiken immer ... ausgefallener wurden, habe ich die Sache beendet. Er hat es nicht gut aufgenommen und mich gestalkt, bis ich es nicht mehr ausgehalten habe und aus Seelvlieth abgehauen bin. *End of story.*«

Ihr Tonfall machte klar, dass es keine weiteren Aussagen geben würde.

Miriam schnallte sich wieder an und verschränkte die Arme vor der Brust. »Und warum fahren wir jetzt dahin, wenn du doch damals so unbedingt wegwolltest? Hast du ihn so sehr vermisst, dass du sofort ins Auto springst, weil er dir eine Postkarte geschrieben hat?«

»Hör auf damit.« Elena warf ihr im Rückspiegel einen gefährlichen Blick zu. »Du machst dich lächerlich. Willst du das, ich meine, vor Teresa?«

Ein Schlag ins Gesicht hätte nicht schlimmer sein können. Fassungslos sah sie Elena an, Scham brannte auf ihren Wangen, und sie wusste nicht einmal, warum. Ihr Herz pumpte und erinnerte Miriam daran, dass sich noch immer etwas von ihr in ihrem Körper befand, auch wenn ihr Verstand einer Geisterstadt wie nach einer Detonation glich. Drei qualvolle Sekunden kämpfte sie gegen die Tränen, wie glühende Steine würgte sie jede wütende und verletzende Erwiderung herunter. Das war Elenas Niveau, Miriam war besser als das.

»Was will Hartmann?«, brachte sie schließlich hervor, den Geschmack von Blut im Mund, so heftig hatte sie sich auf die Innenseiten ihrer Wangen gebissen. »Du hast doch sicher eine Theorie.«

Elena zuckte mit den Schultern. »Natürlich habe ich die.« Ihr zynischer Unterton machte Miriam kurz stutzig.

»Er hat dich auch damals schon erpresst, stimmt doch, oder?«

Elenas kalte Augen trafen Teresa, die nur starr auf die Straße sah, und Miriam schämte sich nicht für die Genugtuung in ihrer Brust, die ihr kurzfristig wieder Aufwind gab.

»Das musst du falsch verstanden haben«, sagte Elena ruhig, als wäre Miriam ein kleines Kind, und drehte sich auf ihrem Sitz zu ihr um. »Hartmann hat mich nicht erpresst. *Ich* habe *ihn* erpresst.«

***

Sie fuhren auf der A 1 Richtung Bremen, die leere Autobahn lag im diesigen Licht des Neujahrstages vor ihnen, der Himmel hatte sich rötlich grau verfärbt und verlieh seiner Umgebung eine unwirkliche Atmosphäre. Elena hatte Teresas vorwurfsvollen Blick gespürt, würde sich aber weder jetzt noch später für ihre Lüge rechtfertigen.

»Du hast ihn erpresst?« Miriam hörte einfach nicht auf, Fragen zu stellen. »Womit?«

Elena schüttelte den Kopf, sie hatte genug gesagt. »Versuch mal, selbst darauf zu kommen. Du bist doch *Autorin*, dir fällt bestimmt etwas ein.«

Im Rückspiegel beobachtete sie Miriams Reaktion, denn Elena hatte beschlossen, dass es an der Zeit war, ihrer Motivation für das Buch auf den Grund zu gehen. Teresa glaubte ihr nicht, dass Miriam ihre ganz eigene Version des Sommers in Seelvlieth zu Papier gebracht hatte, und das enttäuschte und verletzte sie, änderte jedoch nichts. Sie wusste, was sie gelesen hatte, und dass die Realität die Kunst beeinflusste, war nicht besonders neu.

Wie sie gehofft hatte, schien Miriam von ihrer Aussage überrumpelt zu sein. »Woher weißt du, dass ich Autorin bin?«

»Ich bin rein zufällig darüber gestolpert.«

Miriam zog die Augenbrauen zusammen, erwiderte jedoch nichts.

»Weißt du, was mich bei manchen Büchern stört?«, fuhr Elena fort. »Dass sich die Leute immer so detailliert an Ereignisse aus ihrer Vergangenheit erinnern. Niemand hat so ein gutes Gedächtnis. Das ist völlig illusorisch.«

Miriam nickte zögerlich, sie schien nicht zu wissen, worauf Elena hinauswollte. »Es ist ein Buch, natürlich ist es nicht realistisch. Aber das ist doch der Zauber des Schreibens, dass man sich die Welt so zurechtschreiben kann, wie es am besten zur Geschichte passt.«

Sie klemmte sich die strähnigen Haare hinter ihre Ohren, ihr plötzlicher Redeschwall schien sie lockerer zu machen, weshalb Elena sie nicht unterbrach. »Und mal ehrlich, die Realität ist für gewöhnlich doch viel zu langweilig.« Sie schnitt eine Grimasse, anscheinend wurde ihr bewusst, dass ihre Realität gerade dieser Behauptung widersprach. »Wusstest du zum Beispiel, dass Erinnerungen in Wirklichkeit total unzuverlässig sind, insbesondere dann, wenn sie lange zurückliegen oder häufig verwendet wurden? Das liegt daran, dass wir die Originalerinnerung nur ein einziges Mal abrufen können. Wenn wir uns erinnern, fertigen wir eine Kopie der Erinnerung an, und das Gehirn löscht das Original. Beim nächsten Mal ist es dann nur noch die Kopie einer Kopie und immer so weiter. So schleichen sich automatisch Fehler ein, aus Ungenauigkeit oder bewusst herbeigeführt. Es ist ein bisschen wie bei Stille Post. Auf dem Weg zum Empfänger werden Worte falsch verstanden oder ausgelassen, und wenn sich in der Reihe jemand bewusst dazu entschließt, den Satz komplett zu verändern, kommt am Ende etwas vollkommen anderes an, als am Anfang losgeschickt wurde. Nur das weiß der Empfänger eben nicht.«

Miriams Gerede brachte Elena aus dem Konzept. Was sie sagte, war unmöglich, die Bilder aus der Vergangenheit, sie waren klar und plastisch, Elena konnte Gerüche und Geräusche heraufbeschwören, sie war dazu in der Lage, regelrecht in der Zeit zurückzureisen, wenn sie es wollte. Miriam versuchte nur, sie zu verunsichern.

»Neuen oder besonders lebendigen Erinnerungen ist übrigens auch nicht zu trauen«, fuhr Miriam unbeirrt fort, als hätte sie einen kurzen Abstecher in Elenas Gehirn gemacht, »weil wir von unseren Sinnen getäuscht werden. Wir merken es nur nicht. Es ist also mehr als wahrscheinlich, *Elena*, dass jede deiner Erinnerungen Wahrnehmungsfehler enthält.« Sie zuckte mit den Schultern. »Letztendlich müssen wir davon ausgehen, dass nicht alles, woran wir uns erinnern, auch wirklich passiert ist. Nicht so. Vielleicht anders. Oder eben gar nicht.«

Wütend drehte sich Elena zu Miriam um. »Das denkst du dir gerade aus.«

»Wenn du meinst«, gab Miriam gleichmütig zurück und schwieg, ein selbstgefälliges Lächeln auf den Lippen.

»Miriam arbeitet im UKE in der Neurologie. Sie weiß so was«, sagte Teresa, sie schien schlichten zu wollen, doch ihre Worte wühlten Elena nur noch mehr auf. Was Miriam gesagt hatte, war Schwachsinn. Mehr gab es darüber nicht zu wissen.

»Ich dachte, du bist Autorin«, gab Elena bissig zurück.

Als Miriam nichts erwiderte und die trotzige Stille einmal mehr das Innere des Fahrzeuges in Beschlag zu nehmen drohte, huschten Teresas Augen von der Straße kurz zu ihrer Nachbarin. »Was machst du eigentlich beruflich? Du hast doch damals auch auf Lehramt studiert, oder? Du warst zwei Semester über uns.«

Elena passte es nicht, dass Teresa versuchte, das Thema zu wechseln. »Ich bin Pädagogin und arbeite für die Hamburger Schulbehörde als Schulinspektorin«, antwortete sie deshalb knapp.

»Echt? Du?«, kam es ungläubig von der Rückbank. Elena ignorierte es.

»Du hast es echt durchgezogen.« Auch Teresa schien verblüfft, dabei verstand Elena nicht, was daran so eine große Sache sein sollte. Sie hatte schließlich mit dem Studiengang begonnen, da war es nicht außerordentlich ungewöhnlich, ihn auch abzuschließen.

»Du musst Kinder und Jugendliche wirklich mögen. Dabei bist du gar nicht der fürsorgliche Typ.«

Elena warf Miriam im Rückspiegel einen gefährlichen Blick zu. »Wie gesagt, ich bin in der Schulbehörde und keine Lehrerin. Viel Kontakt zu den Blagen habe ich nicht.«

»Irgendwelche nennenswerten Beziehungen in deinem Leben?«, bohrte nun auch Teresa weiter – und landete einen Volltreffer.

Elenas Brust zog sich zusammen. Sie dachte an Paul, wie er vor ein paar Stunden völlig losgelöst und nichts ahnend hinsichtlich seiner heimlichen Beobachterin Raketen angezündet hatte, um die bösen Geister des vergangenen Jahres zu verscheuchen. Sie selbst war einer dieser bösen Geister, zumindest wenn es nach Linda ging.

»Es ist kompliziert«, sagte Elena. Selbsterklärend und überhaupt die ultimative und hilfreichste Antwort seit Facebook. Ihr Mund war mit einem Mal trocken, und sie griff nach ihrer Wasserflasche, die sie in der Seitentür verstaut hatte. Ihr Hals brannte bei jedem Schluck, doch ihr Herz beruhigte sich.

»Erzähl mal, Miriam, wie ist das so mit dem Schreiben? Das interessiert mich wirklich sehr. Woher kommen deine Ideen, was inspiriert dich?«, übernahm sie wieder die Kontrolle über das Gespräch.

Teresa bedachte sie einmal mehr mit einem strafenden Blick, doch Elena ignorierte ihn. Miriam schien nach Worten zu suchen, ihre kurzzeitige Selbstsicherheit wegen ein paar ausgedachten *Fakten* über das Gedächtnis hatte sich sichtlich in Luft aufgelöst. Gut so. »Keine Ahnung, alles Mögliche.«

Elena fing im Rückspiegel Miriams Blick ein, doch Miriam wich ihm aus, löste ihren Gurt und rutschte zurück auf ihren alten Platz, wo Elena sie nicht sehen konnte, versteckte sich wie ein Mäuschen, was einem Schuldeingeständnis gleichkam.

»Die Nachrichten ... Begegnungen mit anderen Menschen ... meine Arbeit ... Mich inspiriert alles. Geschichten sind überall«, fuhr Miriam eingeschüchtert fort. »Wieso willst du das wissen?«

Elena überging ihre Frage. »Ist es eigentlich erlaubt, über echte Menschen zu schreiben, ohne sie davon in Kenntnis zu setzen?«

»Ich weiß nicht, ich glaube nicht, aber ich habe das noch nie gemacht, deshalb –«

»Ich habe übrigens dein Buch gelesen«, unterbrach Elena sie schroff. Genug gespielt.

»Okay ...« Miriam klang zögerlich, und Elena hätte gerne ihren Gesichtsausdruck gesehen.

»Es hat mir nicht besonders gefallen. Ehrlich gesagt fand ich es scheiße.«

»Jetzt lass gut sein, Elena«, ging Teresa sie scharf von der Seite an. »Vielleicht können wir versuchen, uns wie vernünftige Erwachsene zu benehmen, bis wir da sind?«

Die nächsten dreißig Minuten schwiegen sie wie vernünftige Erwachsene.

Bevor sie auf die B 212 auffuhren, hielt Teresa an einer Raststätte, und jede holte für sich einen kleinen Snack. Elena hatte keinen Hunger. Sie fühlte sich aufgeschwemmt und träge, es waren zu viele Tage gewesen, an denen sie ihrer morgendlichen Routine nicht hatte nachkommen können. Dennoch holte sie sich ein neues Wasser und einen Müsliriegel, von dem sie einmal abbiss, bevor sie den Rest in einer Mülltonne entsorgte.

Kahle Bäume flogen an ihrem Fenster vorbei, die die Landstraße nach Seelvlieth säumten. Elenas Handy gab einen vibrierenden Laut von sich, und eine nie zu stillende Hoffnung, Paul könnte sich Linda widersetzen, alle Widrigkeiten in den Wind schlagen und sich bei ihr melden, regte sich in ihrer Brust. Aber wie immer wurde sie enttäuscht. Es war eine WhatsApp von einer unbekannten Nummer.

> *Endlich seit ihr auf dem Weg zu mir, gut gemacht. Schon bald werden wir uns wiedersehen. Richte Teresa aus, das sie vorsichtig fahren soll.*

Ihr brach der Schweiß aus, er drang aus all ihren Poren, ihr Kopf begann zu glühen. Das konnte unmöglich wahr sein, jemand erlaubte sich einen Scherz mit ihr. Sie musste sich zusammenreißen. Teresa und Miriam durften nicht mitbekommen, dass sie kurz davor war, die Kontrolle zu verlieren, über sich und über die Situation. Sie musste sich zurückhalten und bei sich bleiben, durfte nicht die Zügel aus der Hand geben.

Vorsichtig schaute sie zur Seite. Teresa sah konzentriert auf die Straße, tief in ihre eigenen Gedanken eingetaucht, bekam sie nichts von Elenas verzweifeltem Kampf gegen die Angst mit.

Ein Schulterblick, Miriam auf der Rückbank hatte ihr Smartphone in der Hand, tippte etwas, die Augenbrauen zusammengezogen. Das musste es sein, Miriam hatte ihr die Nachricht geschrieben, sie versuchte, Elena fertigzumachen, vielleicht wegen der Sache mit dem Buch oder weil sie eine durchgeknallte

Irre war. Wer konnte das schon wissen? Sie drehte sich weiter nach hinten, streckte den Arm aus und entriss Miriam grob das Mobiltelefon.

»Spinnst du? Was soll das?«, schnauzte Miriam sie an und versuchte nach vorne gebeugt, Elena das Telefon wieder abzunehmen, doch diese schob sich auf dem Sitz außerhalb ihrer Reichweite.

»Ich will nur kurz etwas nachsehen«, zischte sie und ignorierte Miriams lauter werdende Proteste.

Die Nachricht, die Miriam verfasst hatte, war an einen Max gerichtet und noch nicht fertig.

Deine Veranstaltung müsste inzwischen vorbei sein, und wahrscheinlich seid ihr gerade mit dem Abbau beschäftigt. Ich bin für ein oder zwei Tage in Seelvlieth, lange Geschichte, also fa–

Ein Blick in den Verlauf verriet Elena, dass Miriam in den letzten Stunden niemandem außer diesem Max eine Nachricht geschickt hatte, aber das bedeutete gar nichts. Gesendete Texte konnten auch wieder gelöscht werden.

»Elena, was ist los?«, drang Teresas entfernte Stimme zu ihr durch. Ihre Ohren schienen mit Watte gefüllt, nur das Rauschen von Blut und ihren brachialen Herzschlag nahm sie wahr.

Eine weitere Nachricht ging ein. Elena hatte das Gefühl, sich jeden Augenblick übergeben zu müssen. Schon wieder.

Sie schleuderte Miriams Handy gleichgültig auf die Rückbank, ein wütendes Schimpfwort irgendwo im Orbit, doch ihr Herz schlug zu laut, um es zu verstehen, während sie las, was auf dem Display stand.

Drei sind immer noch eine zu viel. Für wen entscheidest du dich?

Elena konnte nicht atmen, große Pranken drückten ihren Brustkorb zusammen. In ihrem Kopf drehte es sich, ihre Gedanken standen still, rebellierten angesichts der unwirklichen Situation. Nur ihre Finger funktionierten noch, von alleine tippten sie eine verzweifelte Antwort, eine Frage, die sie seit Tagen nicht schlafen ließ.

Was willst du von mir?

Beinahe augenblicklich traf eine neue Mitteilung ein, als hätte er auf ihre Frage gewartet, sie vorhergesehen und sich darauf vorbereitet.

Glaubst du wirklich, ich wüsste nicht, was du getan hast?

Sie starrte auf das Display, ihr Körper schien ihr endgültig sämtliche lebenswichtigen Funktionen zu verweigern.

»Elena!« Irgendjemand, vermutlich Teresa, rief ihren Namen. Sie wollte wissen, was los war, sie könnte behaupten, sie wäre eingenickt und hätte schlecht geträumt. Lügen, nichts als Lügen, etwas anderes hatte sie bislang nicht hervorgebracht.

»Er weiß, dass wir zu ihm unterwegs sind. Er weiß alles, und –« Mehr Worte brachte sie nicht zustande, sie steckten in ihrem Mund fest, von den klappernden Zähnen zurückgehalten. Echter, roher Schrecken ließ ihre Fassade endgültig zusammenstürzen. Alles an ihr zitterte, das Ende ihres Satzes, seine Konsequenz, es war zu unberechenbar, um es auszusprechen. Manche Befürchtungen waren zu schrecklich, um ihnen mit Worten Macht zu geben.

Das Ende zu kennen war Elenas Strafe.

… er will, dass ich eine von euch töte.

SEELVLIETH

Seelvlieth war eine kleine Stadt in der Wesermarsch, hatte gut achttausend Einwohner und wurde vor allen Dingen geliebt für seine breiten Sandstrände entlang der Weser. Große Teile des Stadtgebiets bestanden aus Naturschutzgebiet, Hochmoorgrünländereien und Brachflächen durften wegen einer Vielzahl brütender Vögel nicht bewirtschaftet werden. Obwohl Seelvlieth an keinem Meer gelegen war, brachten Möwen und die Umgebung mit ihren Fischbrötchenständen und den kleineren Frachtschiffen auf der Weser ein maritimes Flair in die Stadt. Es gab fünf Restaurants, zwei Cafés und eine Kneipe mit dem einladenden Namen Zur falschen Krabbe. Wer sich für einen Urlaub in Seelvlieth entschied, verbrachte seine Zeit damit, auf dem Fahrrad die Landschaft zu erkunden, am Strand spazieren zu gehen oder mit dem Sportboot über den Fluss zu brettern.

Zumindest war es vor elf Jahren so gewesen, und der Altersdurchschnitt des gewöhnlichen Touristen oder Einwohners hatte deutlich über dem einer Gruppe halbwüchsiger Sommerschüler gelegen, die die Jugendherberge von Seelvlieth einige Jahre für vier Wochen eingenommen hatte.

Seitdem war viel Wasser den Fluss hinuntergeflossen.

Als sie im violetten Dämmerlicht das Ortsschild passierten, erkannte Miriam nichts wieder. Als wäre sie nie an diesem Ort gewesen.

Die Straßen waren leer, viele Häuser wirkten verlassen, einige sogar heruntergekommen. Nichts hier wirkte einladend, Seelvlieth hatte seine besten Zeiten hinter sich gelassen, Touristen würde sie nur noch zur Durchreise vermuten.

»Was ist hier passiert? Wo sind die ganzen Menschen hin?«, sprach Teresa den Gedanken aus, der auch Miriam beschäftigte. Seit Elenas Beleidigungen über ihr Buch und deren Angstausbruch nach Hartmanns Nachricht zog Miriam es vor, sich im

Hintergrund zu halten. Auch sie war beunruhigt von der Tatsache, dass Hartmann jeden ihrer Schritte zu kennen schien, aber es spielte keine Rolle, wo sie sich aufhielten, ob in Hamburg oder in Seelvlieth, die Bedrohung war überall, sie fuhr mit, war zur vierten Person im Auto geworden und brachte sie alle mit ihrer Gegenwart an ihre Grenzen.

»Elena?«, hakte Teresa nach, als diese nicht auf ihre Frage reagierte. Elena blickte aus dem Fenster, auch sie war in den letzten dreißig Minuten still geworden. Sie alle.

»Woher soll ich wissen, was hier passiert ist?«, schnauzte sie Teresa an, und Miriam war froh, dass sie es nicht gewesen war, die Elena gefragt hatte.

»Hast du Seelvlieth denn nicht mal gegoogelt, bevor wir losgefahren sind?«

»Wieso sollte ich? Wir sind nicht hier, um die Stadt zu bewundern.« Dennoch zückte Elena mit einem grimmigen Laut des Unwillens ihr Handy.

Nun drängte sich auch Miriam eine Frage auf, die keine der Frauen bislang berücksichtigt hatte. »Wo sollen wir eigentlich unterkommen?«

Elena war entweder in ihre Internetrecherche vertieft oder ignorierte sie.

»Gute Frage«, stellte Teresa nachdenklich fest und bestätigte Miriams Vermutung. »Wie wäre es mit der Jugendherberge, in der damals die Sommerschule war? Sofern sie zu dieser Jahreszeit überhaupt offen hat.«

In Miriam zog sich alles zusammen. Sie wollte nicht verwöhnt erscheinen, aber allein die Vorstellung, physisch in diese Zeit ihres Lebens zurückzukehren, bereitete ihr Wachalpträume. »Bitte nicht, aus dem Alter für Hochbetten und Mehrbettzimmer bin ich echt raus.«

»Hast du im Internet was darüber gefunden, was hier passiert ist?«, fragte Teresa nach einigen Minuten an Elena gerichtet. Sie hatte kurzerhand am Straßenrand gehalten, statt weiter ahnungslos durch die dunkle Stadt zu kurven.

Elena stöhnte. »Nein, nicht wirklich. Nur ein paar kryptische

Bewertungen einiger Pensionen, die sind aber schon ein paar Jahre alt.«

»Was meinst du mit kryptisch?«

»›Nie wieder!‹«, las sie vor. »Oder hier: ›Schlimmste Nacht meines Lebens.‹ Oder das: ›Unterkunft war okay, aber in der Nacht hat irgend so ein Arschloch mein Auto zerkratzt.‹«

»Muss ich jetzt Angst um mein Auto haben?«, fragte Teresa besorgt. Miriam hingegen machte sich weniger Sorgen um das Auto an sich als um die Frage, ob sie nun darin die sich nähernde Nacht verbringen mussten.

»Und wo schlafen wir jetzt?«, meldete sie sich vorsichtig aus dem Hintergrund.

Zu Miriams Überraschung schien Elena ihre Anwesenheit inzwischen doch wieder wahrzunehmen. »Die meisten Pensionen haben dichtgemacht. Aber eine scheint es noch zu geben.«

»Dann versuchen wir es dort«, entschied Teresa und startete den Motor.

»Ich ruf da mal an, bevor wir direkt hinfahren. Ich muss mich ohnehin mal bewegen.« Unvermittelt löste Elena ihren Gurt und stieg aus dem Wagen aus, bevor Teresa losfahren konnte. Mit ihrem noch immer geöffneten Mantel wirkte sie wie auf der Flucht. Ein beißender Wind fuhr durch die offene Tür ins Innere des Fahrzeuges, ehe sie mit einem dumpfen Knall zugeworfen wurde und Elena in der sich allmählich herabsenkenden Finsternis verschwand. Die Temperatur musste noch mal um ein paar Grad gesunken sein, und Miriam dankte im Stillen der Standheizung.

Während sie schweigend warteten, nahm Miriam ihr Smartphone zur Hand. Noch immer keine Nachricht von Max, mittlerweile war das mehr als ungewöhnlich. Die rote Anzeige wies sie darauf hin, dass ihre Akkuladung bei nur noch drei Prozent war, und sie fluchte leise.

»Was hast du für ein Handy?«, fragte Miriam, über ihre eigene Vergesslichkeit verärgert. Nur die Scheinwerfer in der Dämmerung draußen und das schwache Display brachten etwas Licht in das sonst dämmrige Fahrzeug.

»Ein iPhone, wieso?«, fragte Teresa und drehte sich zu Miriam um.

»Scheiße«, entfuhr es ihr. »Ich habe mein Ladekabel vergessen, und mein Akku ist fast leer.«

Teresa verzog entschuldigend das Gesicht. »Ich habe gesehen, dass Elena auch ein iPhone hat, tut mir leid.«

Was für ein Mist! Es gefiel Miriam nicht, jeden Augenblick von der Außenwelt abgeschnitten und von Teresa und Elena abhängig zu sein. Zudem würde Max sie nicht mehr erreichen können. Sie hatte ihm zwar mehrfach geschrieben, dass es ihr nach dem Vorfall in ihrer Wohnung gut ging, war aber noch immer im Dunkeln darüber, ob das auch auf ihn zutraf.

Nachdenklich blickte Miriam aus dem Seitenfenster. Es war dunkel um sie herum, eine Sonne hatte sich ihnen den ganzen Tag nicht gezeigt, und es war noch nicht einmal siebzehn Uhr.

Noch zwei Prozent Akku. Sie hatte keine andere Wahl.

»Darf ich … also ist es in Ordnung, wenn ich Max deine Nummer schicke, damit er mich erreichen kann?« Besser Teresa als Elena, sagte sie sich, obwohl sie gerne darauf verzichtet hätte, aber an diesem späten Nachmittag in Seelvlieth ein passendes Ladekabel zu finden war doch eher unwahrscheinlich.

»Klar, mach das gerne.« Teresa wirkte froh darüber, ihr diesen Gefallen tun zu können, was Miriam befremdete. Schnell begann sie, eine weitere Nachricht an Max zu tippen, ehe ihrem Handy die Lebensgeister versagten.

»Wegen Elena …«, begann Teresa betreten, »tut mir leid, dass sie so zu dir ist.«

Ihre aufrichtige Betroffenheit überraschte Miriam, sie zeigte Verständnis und Mitgefühl angesichts von Elenas Verhalten, etwas, wonach die Miriam von vor elf Jahren so gehungert hatte. Jetzt wollte sie es nicht mehr, nicht hier und jetzt und nicht von Teresa. »Ist doch nichts Neues«, sagte sie schulterzuckend. »Abgesehen davon habe ich in den letzten Jahren gelernt, dass die Meinung von Arschlöchern keine Bedeutung für mich hat. Ihre Gemeinheiten sagen nichts über mich, aber alles über die Arschlöcher aus.«

Das entsprach nicht ganz der Wahrheit. Sie hatte das Prinzip verstanden, ja, aber in der Ausführung dieser Erkenntnis war noch Luft nach oben, solange Meinungen wie die von diesem Buchhändler und Elena trotzdem wehtaten.

»Das klingt vernünftig«, sagte Teresa nachdenklich und nickte, dann richtete sie ihren Blick durch das Seitenfenster nach draußen. Schnell widmete sich Miriam wieder der Nachricht an Max, viel Zeit blieb ihr nicht, ehe diese Chance vertan war.

Ich bin in Seelvlieth und habe mein Ladekabel vergessen. Du kannst mich aber unter der Nummer einer Bekannten erreichen. Bitte melde dich, sobald du kannst. Ich gestehe, Mustermann: Ich mache mir Sorgen.

Miriam tippte auf Senden und schickte ihm Teresas Nummer direkt hinterher, dann schaltete sie das Handy aus, vielleicht konnte sie auf diese Weise die verbliebenen zwei Prozent für einen absoluten Notfall retten.

»Wo bleibt Elena? Kannst du sie sehen?«, fragte Teresa, ein Anflug von Unruhe schwappte zu Miriam nach hinten.

Sie beugte sich vor, näher an die Scheibe, bis ihre Nasenspitze sie beinahe berührte, um etwas zu erkennen, doch außer dunklen Häusern und einer leeren Straße konnte sie nichts ausmachen. »Nein, ich sehe sie nicht.«

»Das dauert ganz schön lange.« Teresa klopfte nervös auf das Lenkrad, ein geheimer Code, der sie entweder beruhigte oder noch mehr in Aufregung versetzte. »Sollen wir nachsehen?«

Wir. Die Vorstellung, nach draußen in die Kälte zu treten, um nach Elena zu suchen, ließ Miriam erschaudern. Woher sollten sie wissen, wer oder was dort alles auf sie lauerte? »Sie kommt bestimmt gleich wieder.« Miriam wollte sich gar nicht ausmalen, welche Wendung ihr kleiner Ausflug ins Ungewisse nehmen würde, wenn Elena an diesem Punkt verschwand, womöglich geholt von Hartmann, der die letzten elf Jahre auf genau diese Gelegenheit gelauert hatte.

»Glaubst du, Hartmann ist gefährlich?«

In Teresas Gesicht zuckte es nervös, der Gedanke war ihr anscheinend nicht neu. »Du meinst, ob er uns etwas antun wird?«

Miriam sagte nichts.

Teresa blickte abermals nach draußen, sie wollte offensichtlich nicht darüber nachdenken.

Die Beifahrertür wurde aufgerissen, und Teresa stieß einen erschrockenen Laut aus. Die Hände auf ihre Brust gedrückt, sah sie Elena vorwurfsvoll an, die in den Wagen stieg und die Tür geräuschvoll wieder zuzog. An ihr haftete kalte Luft, und Miriam fröstelte sofort.

»Wo warst du so lange?«, fragte Teresa atemlos.

»Ich habe uns eine Unterkunft organisiert.«

»Dann hat die Pension Zimmer frei?«, fragte Miriam hoffnungsvoll, sie benötigte dringend ein wenig räumliche Distanz nach der pausenlosen Konfrontation.

»Nein, die ist ausgebucht. Irgend so eine Hochzeitsgesellschaft mit ehemaligen Anwohnern. Aber eine gewisse Sandra von der Rezeption hat mir die Nummer für eine privat vermietete Ferienwohnung gegeben. Da habe ich auch direkt angerufen.« Sie grinste selbstgefällig. »Die Vermieterin trifft sich in einer halben Stunde mit uns vor dem Haus.«

***

Das Holzhaus war verwittert und von Efeu überwuchert, machte aber einen akzeptablen Eindruck. Es lag abseits einer kleineren Siedlung, die im Vorbeifahren den Anschein erweckte, auch hier wäre ein unerklärliches Unheil über die Bewohner gekommen und hätte sie aus ihren Häusern vertrieben.

Teresa parkte den Wagen vor dem kleinen Weg zur Haustür, wo bereits eine zierliche Gestalt auf sie wartete.

Während Elena und Miriam ihr Gepäck aus dem Kofferraum holten und sich von der Vermieterin Frau Feddersen begrüßen ließen, blieb Teresa im Wagen sitzen und atmete tief durch. Sie war zu einem Nervenbündel geworden, seit sie in Seelvlieth angekommen waren, und hatte nicht die geringste Ahnung, woran es lag. Die Nachricht, dass Hartmann über ihre Anreise Bescheid wusste, beunruhigte sie, aber es war etwas an dieser ausgestorbenen Stadt, das ihr die Nackenhaare zu Berge stehen ließ. Obwohl sie hier nichts wiedererkannte, kamen immer mehr Erinnerungen über sie, nicht greifbar, nicht beschreibbar, aber begleitet von Gefühlen, die sie zutiefst aufwühlten und auch den Aal in ihrem Bauch heftig umtrieben.

Schließlich stieg Teresa aus ihrem Wagen, holte ihre Tasche und ging zu den anderen.

Die Vermieterin, eine kleine Frau in den Sechzigern, ihr freundliches Gesicht voller tiefer Gräben und mit einem gewinnenden Lächeln, hatte die Tür bereits aufgeschlossen und überreichte Elena die Schlüssel und einen Umschlag. Ein muffiger Geruch trat ihnen entgegen, doch Teresas Höflichkeit verbot es ihr, das Gesicht zu verziehen.

»Wie lange werden Sie voraussichtlich bleiben?«, fragte Frau Feddersen an Elena gerichtet, während sie ihr den Vortritt ins Haus ließ.

»Das wissen wir noch nicht«, erwiderte Elena und suchte an der Wand nach einem Lichtschalter.

»Auf den Betten liegen frische Handtücher und Bezüge. Die Wohnung wurde grundgereinigt, allerdings ist das schon einige Wochen her. Auf die Schnelle konnte ich leider nichts organisieren.«

»Schon gut, nicht so schlimm«, sagte Teresa und betrachtete sich nachdenklich in dem Spiegel neben der Garderobe. Sie erkannte sich kaum wieder. Das grelle Deckenlicht ließ sie käsig erscheinen, ihr Gesicht war neben der wieder mehr hervortretenden Verätzung am Kinn übersät mit roten Flecken. Das Make-up des Tages war unsichtbar geworden, und Teresa wollte nicht wissen, was sie unter der Schicht aus Concealer und Foundation erwartete.

»Darf ich Sie etwas fragen?«, richtete sich Teresa aus einem Impuls heraus an die Vermieterin, die bereits im Begriff war, nach draußen zu gehen. »Was ist in Seelvlieth passiert? Als ich das letzte Mal vor elf Jahren hier gewesen bin, war die Stadt so viel … lebendiger.«

Die ältere Frau nickte traurig. »Ich weiß, was Sie meinen. Eigentlich sollte ich Ihnen das nicht erzählen, weil es nicht die beste Werbung für unsere Stadt ist, aber da Sie ohnehin schon hier sind …« Sie schloss die Tür hinter sich, um die Kälte und den Rest der Stadt auszuschließen. »Seelvlieth hatte einige Jahre ein Problem mit … wie soll ich sagen?« Sie suchte nach Worten. »Mit jemandem, der uns das Leben sehr schwer gemacht hat. Es fing damit an, dass eines Tages ein Hund verschwand. Das war nicht unbedingt verwunderlich, Hunde laufen schon mal weg oder geraten unter Räder, aber dieser Hund … er wurde ein paar Tage später gefunden, furchtbar zugerichtet. Jemand hatte ihm etwas angetan, das war kein Unfall gewesen. Aufgehängt wurde er, der Bauch … ich mag gar nicht daran denken. Das Tier musste schrecklich gelitten haben. Vielen von uns brach es das Herz. Und es blieb nicht bei dem einen Hund. Wir hatten Angst, natürlich, ich meine, erst waren es Haustiere, wer konnte schon wissen, ob sich dieser Irre nicht als Nächstes unsere Kinder holte?« Sie seufzte, die Sache ging ihr sichtlich nahe. »Bedauerlicherweise wurde nie *bewiesen*, wer für diese Abscheulichkeiten verantwortlich gewesen war.«

Auch Elena und Miriam hatten der Erzählung Frau Feddersens zugehört. »Aber Sie haben einen Verdacht, wer es gewesen ist?«, hakte Elena mit dünner Stimme nach. Teresa fiel auf, dass sie blass geworden war, sie sah aus, wie sie sich selbst fühlte.

Das freundliche Gesicht der Vermieterin nahm einen harten Zug an. »Natürlich hatten wir das, aber wir konnten ihn nie auf frischer Tat ertappen.«

Teresa schlang fröstelnd die Arme um ihren Körper. Niemand sagte es, doch es war klar, dass Elena dabei an Hartmann dachte, und wenn das alles wirklich stimmte, war er noch gefährlicher, als sie befürchtet hatte. Hierherzukommen war ein großer Fehler gewesen.

»Was ist dann passiert?«, fragte Elena weiter.

»Wie gesagt, wir hatten Angst. Und dann war da noch die Sache mit den Touristen.«

»Ihre Autos wurden zerkratzt«, sagte Elena nachdenklich.

Frau Feddersen schien überrascht. »Sie wissen davon?«

»Ich habe es im Internet gelesen.«

Die alte Frau atmete schwer aus. »Das war nicht besonders förderlich für den Ruf der Stadt. Die Gäste blieben aus, kleinere Geschäfte mussten schließen, und die Pandemie hat dann den Rest erledigt.«

»Das tut mir leid«, sagte Teresa. »Und wie ist es jetzt? Hat die Stadt immer noch dieses … Problem?«

»Sie meinen, ob Ihr Auto sicher ist?« Frau Feddersen schmunzelte traurig. »Seit einigen Jahren ist es ruhiger geworden. Keine toten Tiere mehr, keine zerkratzten Fahrzeuge. Der Ruf ist dennoch ruiniert, und das alles wegen einem Verrückten.«

Teresas Magen krampfte sich zusammen, und dieses Mal wusste sie auch, warum. Weil sie alle hierhergekommen waren, um sich einem Verrückten zu stellen.

***

Auch jetzt wollte der Mann, den Miriam damals flüchtig gekannt hatte, nicht in das Bild passen, das Elena von ihm gezeichnet hatten. Ihrer Einschätzung nach musste er inzwischen über sechzig sein, hatte an der Oberfläche ein unbescholtenes Leben mit Hof und Frau geführt, hatte hart gearbeitet und sich etwas aufgebaut. Was war passiert, dass er eines Tages aus dem Raster sprang und die Kontrolle über sich verlor? Hatte er diese dunkle Seite schon immer gehabt und nur geschickt versteckt? Miriam verstand es nicht, verstand noch immer nicht, was das alles mit ihr zu tun hatte und warum er neben Elena und Teresa ausgerechnet sie hier haben wollte.

Nachdem Frau Feddersen gegangen war, sahen sie sich im Haus um. Es war klein und altmodisch eingerichtet, den Möbeln nach befanden sie sich aktuell im Bayern der neunziger

Jahre, inklusive Staubschicht und Spinnen in den Ecken, aber es war alles vorhanden, was sie benötigten. Neben dem Eingangsbereich führte ein Bogendurchgang in eine Küchennische, die mit einer Vielzahl getrockneter Blumengestecke dekoriert war, hinter dem Küchentisch standen an zwei Wänden eine Sitzbank und davor zwei Stühle mit an die Rückenlehne geknoteten Sitzkissen. Im Badezimmer gab es eine Dusche, im Wohnzimmer einen Kaminofen und verschiedenfarbige Polstermöbel.

Elena war bereits weiter mit ihrer Besichtigung und kam gerade aus einem gefangenen Zimmer, das vom Wohnzimmer abging, als sich ihre Wege streiften.

»Hey, Miriam«, sagte sie im Vorbeigehen und deutete mit dem Daumen zur Tür, »du hast ja gesagt, dass du aus dem Alter für Mehrbettzimmer raus bist, daher schlage ich vor, du nimmst das Einzelzimmer. Ich teile mir das andere mit Teresa.«

Ehe sie eine Chance bekam, darauf zu reagieren, war Elena schon aus dem Wohnzimmer verschwunden. So blieb ihr wenigstens ihr gehässiges Feixen erspart, dachte Miriam finster und sah sich den Raum an, den Elena für sie auserkoren hatte.

Das Gästezimmer war winzig, die spartanische Einrichtung hätte selbst die Spartaner überzeugt. Außer einem Bett gab es nur noch eine helle Kommode und ein Nachttischchen von der Größe eines Taschenbuchs. Neben Badezimmer und Küche war es der einzige Raum, in dem kein Teppich auslag, weiße Bodenfliesen versprachen kalte Füße.

Miriam war es gleich. Wenn Elena sich einbildete, sie könnte sie mit diesem Zimmer in irgendeiner Form bestrafen, dann irrte sie sich. Früher hätte Elenas Verhalten sie zerstört, sie hätte sich ausgegrenzt und abgeschoben gefühlt, ihrer besten Freundin entrissen und ausgetauscht, aber Elena hatte nicht verstanden, dass Dinge sich ändern konnten. Dass Menschen sich ändern konnten – auch wenn das ganz offensichtlich nicht auf Elena zutraf. Elena war noch die gleiche Lügnerin wie früher.

***

»Du hast Miriam angelogen«, flüsterte Teresa zornig, nachdem sie die Zimmertür hinter sich geschlossen hatte. Überhaupt machte Elenas Verhalten sie wütend. Ihr war nicht entgangen, dass sie über ihrer beider Köpfe hinweg über die Zimmerverteilung entschieden hatte, ein dermaßen kindisches Benehmen, das zu einer gehässigen Fünfzehnjährigen auf Klassenfahrt passte, aber nicht zu einer Pädagogin Anfang dreißig. Anscheinend war Elena beides.

Elena breitete gerade das große Spannbettlaken über dem Doppelbett aus und sah nicht einmal auf. »Na und? Das hättest du auch tun sollen. Meine Angelegenheiten gehen sie nichts an. Und deine auch nicht.«

Obwohl Elenas Kaltschnäuzigkeit sie verärgerte, ging Teresa zum Bett und half ihr, das Laken über die Ecken der Matratze zu ziehen. »Du solltest echt mal damit aufhören. Sie hat dir nichts getan.«

»Du hast ihr Buch nicht gelesen, Teresa. Sie ist ein hinterhältiges Miststück, das uns nicht nur verarscht, sondern auch an dieser ganzen Situation schuld ist.«

Teresa richtete sich wütend auf. »Dann zeig es mir, Elena«, forderte sie sie auf und deutete mit dem Kinn zu Elenas Tasche vor dem Kleiderschrank, in der sie das Buch vermutete.

»Nicht jetzt«, sagte Elena kühl und griff sich das erste Kissen, um es grob in den weißen Überzug zu stopfen.

»Wieso nicht?«

Elena hob nur kurz den Blick. »Siehst du doch, ich beziehe gerade unser Bett.«

Frustriert stöhnte Teresa auf. »Dieses ständige Lügen … das muss aufhören. Ich habe längst den Überblick verloren, was wahr ist und was nicht. Wann du ehrlich zu mir warst. Ob du überhaupt jemals ehrlich zu mir warst. Wie soll *ich* dir noch irgendetwas glauben können?«

Elena warf das fertig bezogene Kopfkissen auf das frische Laken. »Ich lüge dich nicht an. Dich nicht«, sagte sie mit einem Nachdruck, der Teresa dazu verführte, ihr zu glauben. »Und ich würde auch niemals etwas tun, das dir schaden könnte. Das war schon damals so.« Ihre Stimme hatte einen weichen Klang bekommen, ihre Augen huschten aufgewühlt umher, als suchte er die richtigen Worte. »Die Freundschaft, die wir damals hatten, und das, was wir zusammen erlebt haben, bedeutet mir etwas. Ich weiß, dass du es nicht sein willst, nicht mehr, und das ist dein gutes Recht, aber ich betrachte dich nach wie vor als meine Freundin. Die Zeit damals hat das für mich zu einem unveränderlichen Zustand gemacht.«

Jede mögliche Erwiderung erstarb in Teresas Verstand. Auch sie hatte ihre Freundschaft damals als etwas Positives empfunden, doch das war lange her, und retrospektiv betrachtet, hatte ihre Verbindung toxische Züge gehabt. Dieser ganze Trip nach Seelvlieth, er war nicht als glückliche Reunion gedacht, und wie auch immer die Dinge standen, sobald diese unsicheren Tage vorbei waren, würde Teresa sich von dieser Bekanntschaft endgültig zurückziehen.

Elenas gesamtes Wesen überforderte sie, und seit der Nachricht von Hartmann hatte sie sich drastisch verändert, war noch launischer und nervöser geworden, noch gemeiner. Teresa hatte es auf die Angst vor Hartmann geschoben, auch sie selbst fühlte sich unwohl in ihrer Haut, doch mittlerweile hatte sie immer mehr den Verdacht, dass Elenas größte Angst die Gefahr war, er könnte ihr Geheimnis preisgeben.

»Wenn es wirklich stimmt, dass du mich nicht anlügst, dann verrate es mir, Elena. Verrate mir, womit Hartmann dich erpresst.«

Elena zuckte kaum merklich zurück, ihr Körper strahlte Unwillen aus, ein innerer Kampf zwischen dem Wunsch, den ultimativen Freundschaftsbeweis zu liefern, und der hilflosen Ahnung, dass es nach der Wahrheit keine Freundschaft mehr gab. »Ich kann nicht. Du würdest –« Sie stoppte, ihr Blick mied die Konfrontation mit Teresa, sie wand sich wie der Aal, der in Teresas Bauch wohnte. »Du musst mir vertrauen, dass ich nicht mehr der Mensch von damals bin. Dass ich –« Ein kurzes Summen schnitt ihr das Wort ab. Eine Nachricht war auf Elenas Handy eingegangen, und Teresa erstarrte. Elena zog das Telefon aus ihrer Hosentasche, ihr Gesicht verriet nicht, was in der Mitteilung auf dem Display zu lesen war.

»Ist sie von Hartmann?«, fragte Teresa nervös.

Elena zog die Brauen zusammen, dann schüttelte sie den Kopf. »Nein ... nein, nur Neujahrsgrüße von einem Arbeitskollegen«, erwiderte sie beiläufig und schob das Smartphone zurück in ihre Tasche.

Teresa atmete durch, doch Erleichterung wollte sich nicht einstellen, und während sie Elena dabei beobachtete, wie sie die erste Bettdecke bezog, fragte sie sich mit einem fauligen Geschmack im Mund, ob Elena die Wahrheit gesagt hatte.

Als sie Teresas Blick bemerkte, sah Elena auf, ihre Züge nicht mehr weich, stattdessen verschlossen und distanziert. »Frag mich nicht mehr danach. Diese eine Sache, die nehme ich mit ins Grab.«

***

Miriam sah müde aus, abgekämpft und blass, als Teresa in die Küche kam und sie am Tisch sitzend fand. Sie kaute an ihrer Unterlippe wie an einem trockenen Stück Brot, und das rot angeschwollene Fleisch hob sich deutlich von ihrem Gesicht ab. Obwohl es noch nicht einmal neunzehn Uhr war, hätte sich auch Teresa am liebsten ins Bett gelegt und bis zum nächsten Tag durchgeschlafen – vorausgesetzt, ihr Verstand ließe sie. Stattdessen hatte sie im eisigen Wohnzimmer den Kaminofen angezündet, und setzte sich nun zu Miriam an den Küchentisch. Nachdenklich betrachtete sie ihre Hände, sie waren zu rußigen Eisblöcken geworden, doch als sie Miriams Blick auf sich spürte, sah sie auf.

»Vielleicht sollten wir erst einmal etwas einkaufen gehen«, sagte Miriam gehemmt, als befürchtete sie, ihr Vorschlag würde unweigerlich auf Ablehnung stoßen.

Teresa fand das eine vernünftige Idee, doch Elena, die in diesem Moment die Küche betrat, schnaubte herablassend. »Das hier ist kein verdammter Urlaub. Einkaufen gehen? Und danach kochen wir was Schönes und gucken einen Film?« Sie kramte in den Hängeschränken, holte schließlich ein Glas heraus und füllte es mit Wasser aus der Leitung.

»Was schlägst du stattdessen vor?«, fragte Teresa genervt.

Elena trank das Glas in einem Zug leer und stellte es auf die Anrichte. »Wir gehen zur Jugendherberge.«

Miriams panischer Blick machte Teresa deutlich, dass sie genauso wenig dorthin wollte wie sie selbst. Dort war nichts Schlimmes passiert, dennoch erschien ihr ein Besuch eine schlechte Idee. *Schlafende Geister sollte man nicht wecken.*

»Lass uns morgen dorthin gehen, okay?«, versuchte sie es diplomatisch. »Es ist schon dunkel, und ehrlich gesagt habe ich auch Hunger.« Abgesehen von dem halbherzigen Frühstück und dem labbrigen Sandwich von der Raststätte hatte sie an diesem Tag nichts gegessen.

»Wir haben Januar. Es ist praktisch immer dunkel.« Elena war eine Getriebene, erkannte Teresa. Sie würde nicht zur Ruhe kommen, ehe sie das Gefühl hatte, alles Nötige erledigt zu haben.

»Und was willst du da? Glaubst du wirklich, Hartmann wartet dort auf uns?«

»Keine Ahnung!«, gab sie genervt zurück, ging durch den Bogendurchgang zur Garderobe und holte sich ihren Mantel. »Ich bleibe jedenfalls nicht hier und warte darauf, dass er an die Tür klopft und uns ein Willkommenspräsent vorbeibringt.« Mit einem Ratschen schloss sie den Reißverschluss und blickte Teresa auffordernd an, die sich jedoch nicht regte.

»Dann gehe ich eben alleine«, zischte Elena verärgert und kramte eine Mütze aus der Jackentasche.

Das war es, was Teresa befürchtet hatte. Sie stand auf und ging zu ihr, am liebsten hätte sie Elena geschüttelt, damit sie wieder klar denken konnte, stattdessen wagte sie es nicht einmal, sie anzufassen. »Elena«, begann sie eindringlich. »Alleingänge sind nicht zielführend.«

Obwohl Elena einen halben Kopf kleiner war als Teresa, schüchterte ihre wütende Entschlossenheit sie ein. »Dann komm mit. Ich gehe sowieso, mit dir oder ohne dich.«

Sie tauschten zornige Blicke, Elena forderte sie heraus, wie sie es früher so oft getan hatte. Damals lockte sie mit Eskapaden als Ausdruck eines selbstbestimmten Lebens, hier und jetzt jedoch verließ sie sich auf ihr Verantwortungsbewusstsein, das es Teresa unmöglich machte, sie alleine gehen zu lassen.

»Na schön, von mir aus«, stöhnte Teresa. Sie gab nach, sie war die Schwache von ihnen, schon immer gewesen. Doch anders als früher lag in Elenas Miene kein Ausdruck des Triumphs. Ihr Gesicht blieb leer, dann nickte sie. Mit einem bohrenden Schuldgefühl wandte sich Teresa schließlich Miriam zu. »Was ist mit dir?«

Miriam war bereits aufgestanden. »Ich bleibe nicht alleine hier, echt nicht. Dann hätte ich gleich in Hamburg bleiben können.« Und als sie an Teresa vorbeiging, um ihren Mantel zu holen, murmelte sie frustriert etwas über Gruppenzwang.

Genau das war es, gab Teresa ihr im Stillen recht. Gruppenzwang und emotionale Erpressung. So funktionierten sie. Diese Rückkehr nach Seelvlieth würde ganz sicher in einem Blutbad enden.

***

Die Sommerschule in der Jugendherberge von Seelvlieth war eine Initiative des Bundesministeriums für Bildung gewesen und für Jugendliche aus den Klassen 7 bis 11 gedacht, deren Versetzung aufgrund ihrer Leistungsschwäche auf der Kippe stand. Während der vier Wochen des intensiven Lernprogramms bekamen sie die Möglichkeit, mit der Unterstützung von Aushilfslehrern und Lehramtsstudenten den Lernstoff nachzuholen und aufzufrischen.

Der wenig attraktive Unterricht während des Sommers wurde mit einem abwechslungsreichen Nachmittagsprogramm verbunden, damit die Schülerinnen und Schüler am Ende der Ferien ihre Versetzung geschafft und trotzdem das Gefühl haben konnten, im Urlaub gewesen zu sein. Und so standen vormittags Mathe, Englisch und Deutsch auf der Tagesordnung, während der Nachmittag ausgefüllt war mit Ausflügen an den Strand, in die Innenstadt, auf Pferden durch das Wesermarschland, mit Beachvolleyball, Minigolf, Tischtennis, Lagerfeuer und Zelten, gefolgt von gemeinsamen Fernseh- oder Spieleabenden. Für die Lehramtsstudenten war es ein harter Fulltime-Job gewesen, sie waren Lehrerinnen und Erzieherinnen, manchmal über Mitternacht hinaus, konfrontiert mit den Gefühlsschwankungen von knapp fünfzig pubertierenden Jungen und Mädchen zwischen dreizehn und siebzehn.

Miriam hatte alles daran gehasst. Obwohl es auch schöne Momente gegeben hatte, wollte sie nie wieder zurückkehren. Bereits vor diesem Sommer hatte sie erkannt, dass sie ihre Zukunft nicht als Pädagogin vor einer Klasse sah. Nur wegen Teresa hatte sie den Job angenommen, der am Ende ihre Entscheidung nur besiegelt hatte.

Das Haus der Jugendherberge war ein flacher, rechteckiger grauer Kasten, der ein bisschen verloren in der kargen Umgebung stand. Kein Licht, keine Stimmen, der Spielplatz vor dem Eingang verlassen.

Sie standen vor dem unscheinbaren Gebäude, und es wirkte auf Miriam, als hätte es sich eben erst aus der Unsichtbarkeit materialisiert, weil sie gekommen waren, um es anzusehen. Der ungewöhnlich helle Himmel in der Dunkelheit verlieh ihm eine gespenstische Atmosphäre, und Miriam fröstelte. »Die hat dann wohl auch dichtgemacht«, stellte sie gleichgültig fest. Sie hatte die Hände tief in ihren Manteltaschen vergraben, der eisige Wind hatte zugenommen und nagte an ihren Wangen.

»Was du nicht sagst«, gab Elena zurück, offenbar brachte das abgehalfterte Haus sie aus dem Konzept.

»War irgendwie zu erwarten gewesen.« Teresa hielt sich den Kragen ihres Mantels vor den Hals, ihre Finger leuchteten rot. »Und was nun?«

Elena setzte sich in Bewegung und stapfte auf den Eingang der Jugendherberge zu. Miriam sträubte sich dagegen, etwas Verbotenes zu tun, dennoch folgte sie ihr. Elena aufzuhalten wäre wie der Versuch, einem Tiger das Fressen zu verbieten.

»Wollt ihr da etwa rein?«, rief Teresa ihnen hinterher. Sie selbst war noch stehen geblieben, unwillig sah sie sich in der Dunkelheit um und gab ihren Widerstand schließlich auf.

Der Haupteingang war verschlossen, doch ein paar Meter weiter hatte jemand die Verandatür eingeschlagen. Das Glas war sauber herausgetrennt, das zu einem X geklebte Absperrband der lustlose Versuch, den Einstieg ins Innere zu unterbinden. »Wie du siehst, war schon jemand vor uns hier.« Elena deutete auf die offene Einladung, und auch Miriam konnte nicht leugnen, dass die fensterlose Tür eine gewisse Anziehung ausübte.

Mit der Taschenlampenfunktion ihres Handys leuchtete Elena in den vorderen Raum, Miriam erinnerte sich undeutlich, dass dort der Eingangsbereich mit seinem Empfang sein musste. Trotz des Lichts war auf den ersten Blick nicht viel zu erkennen.

»Glaubst du, Hartmann ist da drin?«, fragte Teresa, und Miriam wünschte, sie würde den Mund halten. Auch ohne einen potenziell irren Tiermörder war es hier unheimlich genug.

»Ich weiß es nicht, okay?«, zischte Elena sie an, ein Muskel in ihrem Mundwinkel zitterte, einmal mehr war die Selbstkontrolle dieser getriebenen Frau verschwunden, stattdessen wirkte sie zornig und angespannt. »Hör auf, mich ständig mit Fragen zu bombardieren, ich habe keine Ahnung, verstehst du das? Ich weiß nicht, was sein Plan ist, ich weiß nicht, warum ich hier bin, und habe auch nicht den geringsten Schimmer, was ich hier tue.« Elena zuckte mit den Achseln, was von ihrem großen Mantel beinahe verschluckt wurde. »Ich muss da einfach rein, um … keine Ahnung, um mich zu erinnern. Oder um zu vergessen. Such es dir verdammt noch mal selbst aus.«

Teresa sagte nichts mehr, nickte nur und holte ihr eigenes Handy hervor. Schweigend stiegen sie nacheinander an der Absperrung vorbei in die Vergangenheit.

»Let's make new memories to remember«, murmelte Miriam verdrossen und folgte ihnen als drittes Rad in den Eingangsbereich.

Die Jugendherberge hatte mit dem Verlust ihrer Einrichtung

ihr Leben ausgehaucht. Was blieb, waren leere Räume ohne Bedeutung und ohne Charakter. Es war zugig – irgendwo in der Nähe musste eine weitere Scheibe eingeschlagen worden sein –, aber längst nicht so kalt wie draußen.

Miriam versuchte, ihre Muskeln zu lockern, doch ihr kam immer häufiger der Verdacht, dass nicht allein die Temperatur für ihre Anspannung verantwortlich war. Ein ungutes Gefühl begleitete sie, während sie mit zwei zuckenden Lichtern tiefer in das Gebäude vordrangen. Sie ärgerte es, dass sie selbst keine Taschenlampe hatte, und so hielt sie sich an Teresa. Sollte sie sich aus unerfindlichen Gründen dazu entschließen, sie im Stich zu lassen, war Miriam aufgeschmissen. Ohne Licht würde die Finsternis zwischen den nackten Wänden sie bei lebendigem Leib verdauen.

Sie ließen den Empfangsbereich hinter sich und kamen in den Speisesaal. Auch hier waren Tische und Stühle verschwunden, alle Essensgerüche vor Jahren verflogen. Die Küche war mit dem Verlassen der Köche gestorben. Miriam konnte in den umherhuschenden Lichtern den frei stehenden Tresen ausmachen, früherer Standort des kalten Büfetts, und weiter hinten die Bedienungstheke, an der damals die warmen Mahlzeiten ausgegeben wurden. Plötzlich hatte sie wieder das Stimmengewirr im Ohr, es wurde durcheinandergeredet, gelacht, eine Symphonie hoher und tiefer Stimmen, das Chaos, während die Schülerinnen und Schüler in der Schlange standen und sich zu den Platten durchkämpften. Nichts davon war echt, nur eine akustische Erinnerung, und trotzdem fühlte sich Miriam in diese Zeit zurückversetzt, mit all ihren negativen Gefühlen und Enttäuschungen. Und auf einmal wollte sie nicht mehr so eng neben Teresa stehen, wollte die beiden Frauen möglichst weit weg von sich haben und kämpfte den Drang nieder, sie einfach stehen zu lassen und blind zurück zum Auto zu laufen, raus aus der Jungendherberge, weg aus Seelvlieth.

Sie wollte nicht hier sein, alles daran fühlte sich falsch an, nicht noch einmal konnte sie die Demütigung von damals ertragen. Sie war wieder einundzwanzig, die letzten elf Jahre waren nicht passiert, und an diesem Ort gab es niemanden, dem sie auch nur das Geringste bedeutete. Auf der ganzen Welt gab es keinen Menschen, dem sie so wichtig war, wie sie es für jemanden sein wollte.

Unvermittelt blieb Elena stehen. »Wir sollten uns trennen«, flüsterte sie, ein unerklärliches Phänomen, dass in leer stehenden und dunklen Gebäuden geflüstert wurde, besonders dann, wenn der Aufenthalt darin verboten war. »Ich sehe mir die Zimmer an und ihr euch die Mitarbeiterräume.«

Teresa leuchtete ihr versehentlich – oder nicht ganz versehentlich – ins Gesicht, und Elena hob ruckartig eine Hand vor die Augen.

»Spinnst du?«, wisperte Teresa entrüstet. »Wir trennen uns auf gar keinen Fall. Hast du noch nie *irgendeinen* Film gesehen?«

»Das hier ist aber kein Film, höchstens ein Buch, hab ich nicht recht, Miriam?« Elena ließ ihren Arm sinken und warf Miriam diesen Blick zu, als spürte sie ihre Schwäche und ihre alte Verletzlichkeit und drückte gerade deshalb mit voller Absicht ihre schmutzigen Finger in die Wunde. Weil sie es konnte. Miriam wusste nicht, worauf Elena anspielte, sie fühlte sich zu klein, um sich darüber Gedanken zu machen, mit jedem Herzschlag schrumpfte sie weiter, und sie wünschte sich, sie könnte sich unsichtbar machen oder für immer vollständig verschwinden.

Teresa senkte die Taschenlampe und stellte sich in einer verteidigenden Geste näher zu Miriam. Miriam wollte sie nicht, wusste um den Verrat, der unweigerlich darauf folgen würde, doch sie konnte sich nicht rühren und ließ es einfach geschehen.

»Ich diskutiere nicht mir dir, Elena. Wir bleiben zusammen, fertig«, entschied Teresa und richtete ihr Licht auf die gläserne Tür, die zu den Zimmern führte.

Die Sommerschule hatte damals den Ostflügel der Jugendherberge eingenommen, während der Westflügel weiterhin für Touristen zur Verfügung gestanden hatte. Doch schon damals war die Herberge nicht besonders gut besucht gewesen, sodass die Schülerinnen und Schüler das Haus größtenteils für sich alleine gehabt hatten. Auf zwölf Zimmer mit bis zu sechs Betten verteilt, hatte ein ganzer Gang inklusive Aufenthaltsräumen, die für den Unterricht genutzt wurden, ihnen gehört.

Diesen Gang gingen sie nun entlang, elf Jahre später, offene Türen entblößten nackte Zimmer, die Etagenbetten waren verschwunden, die Tische, Schränke, nichts war geblieben. Miriam hörte die Schritte, die über den Linoleumboden quietschten, es war gerannt worden, gerauft, Ball gespielt, obwohl verboten. Der Geruch nach Schweiß hing durchgängig in der Luft, der nach Duschgel und Seife drang aus den Waschräumen, nur wenige Zimmer hatten ein eigenes Bad, süßliches Parfüm und herbes Aftershave, verströmt von denjenigen Jungen, denen bereits ein Bart wuchs.

Und Socken. Überall roch es nach Socken.

Und immer dieser Lärm. Überall. Es gab kein Entkommen.

Miriam wollte nach Hause.

Sie erreichten ein weiteres Zimmer, vor dem Elena zum Stehen kam. Als wäre sie eben erst daraus herausgelaufen, um sich in einer der Toiletten einzuschließen und zu weinen, wusste Miriam, dass es sich dabei um ihr altes Zimmer handelte. Der Raum, in dem sechs Lehramtsstudentinnen für vier Wochen miteinander hatten auskommen müssen.

Elena leuchtete in den Raum hinein, auch sie hatte ihn erkannt, obwohl er sich in nichts von den anderen unterschied. Dann betrat sie ihn, sah sich darin um, horchte, ob die Wände ihr ein paar Geheimnisse zuwisperten. Teresa war ihr zögerlich gefolgt, nur deshalb tat Miriam es auch, ging in das Zimmer, das sich gegen sie zu wehren schien und versuchte, sie wieder auszuspucken.

Elenas Lichtstrahl blieb an einer Stelle der Tapete hängen, hier war die pissgelbe Wandfarbe etwas dunkler, und Miriam erinnerte sich, dass dort ein Bett gestanden hatte. Das Bett, in dem Elena geschlafen hatte, direkt unter Teresa. Dort an der Wand hing etwas, von einer unheilvollen Neugier gezogen, ging sie näher heran und erkannte gerade noch, dass es ein Foto war, mit Tesafilm an die Wand geheftet, bevor Elena es abriss. Sie betrachtete es eine Weile, ihr Gesicht lag im Schatten und wirkte grotesk verzerrt. Schließlich ließ sie es zu, dass Teresa es ihr abnahm, und während Elena rückwärtszuwanken schien, wagte sich Miriam näher heran.

Es war ein Gruppenfoto, aufgenommen in diesem Zimmer, sechs junge Frauen elf Jahre zuvor, die Studentinnen auf eines der Etagenbetten verteilt, drei oben und drei unten. Miriam erkannte sich rechts außen, sie wirkte in sich gekehrt und nicht ganz da, während die anderen Frauen posierten, lachten oder Grimassen schnitten. Elena saß auf dem oberen Bett in der Mitte, sie hatte Daumen und Zeigefinger zu einem Kreis geformt und grinste dreckig, daneben, dicht an sie gepresst, hockte Teresa, die ihren Zeigefinger in den von Elena geformten Kreis gesteckt hatte. Ihre Wangen glühten, es war heiß gewesen an diesem Tag im Sommer. Die drei anderen Frauen verschwammen in Miriams Sichtfeld, sie hatten keine Relevanz für sie, ihre Namen waren längst vergessen, ihre Gesichter eine leere Fläche. Nur sie drei waren wichtig.

»Ich erinnere mich nicht an dieses Foto«, sagte Miriam leise, es war die Stimme ihres zweiunddreißigjährigen Ichs, sie kam ihr fremd vor, sie spürte keine Verbindung zu ihr, zu dieser Frau, die sie erst in ein paar Jahren sein würde.

»Das war am ersten Tag, glaube ich«, wisperte Teresa und strich mit dem Mittelfinger der Hand, mit der sie die Taschenlampe hielt, über die Oberfläche des matten Fotopapiers. Die Reflektion blendete sie, trotzdem sah sie genau hin, damit ihr nichts entging. Kein Staub, das Bild war noch nicht lange an diesem Ort.

»Wer hat es gemacht?«, fragte Miriam, ihre Stimme kaum mehr als ein Ausatmen.

»Elena, bist du das nicht gewesen? Mit Selbstauslöser?«

Noch immer erinnerte sich Miriam nicht, dennoch glaubte sie, dass Teresa sich irrte. Das war kein Selbstauslöser, noch jemand hatte sich in dem Zimmer aufgehalten, hatte sie aufgefordert, *»cheese«* zu sagen, hatte über die versaute Geste von

Teresa und Elena gelacht. Hartmann? Aber sein Bild wollte einfach nicht in die Szenerie passen.

»Elena, wo bist du?«, hörte sie Teresa rufen, aus der weit entfernten Gegenwart, und jetzt fiel auch Miriam auf, dass Elena nicht auf die Frage geantwortet hatte.

Mit einer Verzögerung von zwei Sekunden sah Miriam sich um. Wie schon Teresa kurz zuvor wurde ihr klar, dass Elena das Zimmer verlassen hatte, und wie eine Motte folgte sie dem Schein der Taschenlampe, der bereits dem anderen Licht hinterhereilte. Teresa war im Flur stehen geblieben, ein paar Meter hinter Elena, die ein neues Foto in der Hand hielt.

»Was ist los?«, fragte Teresa beunruhigt. »Elena?«

Doch Elena schien die Gegenwart aller anderen Lebenden vergessen zu haben, sie antwortete nicht, reagierte nicht, zerknüllte das Foto und stopfte es in die Untiefen ihrer Manteltasche. Dann hastete sie weiter, suchte die Wände nach Fotos ab, fand eins, noch eins und noch eins. Sie zerknüllte alle sofort, war den anderen beiden immer einige Schritte voraus, Teresa rief ihren Namen, laut und beschwörend, nun gab sich niemand mehr Mühe, leise zu sein.

Miriam blieb hinter ihnen, fühlte sich seltsam entrückt, alles schien ihr wie ein Fiebertraum. Sie verstand, was Elena tat, sie folgte einer Spur, gelegt aus Fotos, inzwischen rannte sie, Teresa lief ihr hinterher, nicht schnell genug, hungrig danach, den verborgenen Bildern ihr Geheimnis zu entlocken. Miriam heftete sich weiter an ihre Fersen, um sie nicht zu verlieren, doch ihre Beine trugen sie nicht so schnell, wie sie es wollte, sie lief durch Sirup, jeder Schritt vom Boden festgehalten, damit sie nicht vorwärtskam.

Elena polterte durch eine Tür am Ende des Ganges, stieß geräuschvoll gegen die Wand dahinter. Miriams Herz pumpte wild, sie bekam kaum Luft. Elena verharrte kurz, dann rannte sie, ehe Teresa sie erreichen konnte, eine Treppe nach unten.

In den Keller. Teresa zögerte nicht, und mit ihr verschwand das Licht. Absolute Finsternis umschloss Miriam. Kalte Finger streckten sich nach ihr aus, nur Zentimeter davon entfernt, sie zu berühren. Sie fröstelte, tastete nach der Wand, sie musste Teresa und Elena in den Keller folgen, denn dort war das Licht. Hinter sich hörte sie Schritte, sie schienen weit weg zu sein, im Westflügel vielleicht oder in dem verschlungenen Labyrinth ihrer Erinnerung. Sie verbot sich nachzusehen, hinter ihrem Rücken war nichts als Schwärze, sie durfte sich nicht in der Dunkelheit verheddern, sie musste in den Keller, obwohl sich ihre Angst dem Vorwärtskommen entgegenstellte.

Also rannte sie. Die Arme nach vorne gestreckt, mit der ungefähren Vorstellung, wo sich die Glastür befand, die inzwischen wieder zugefallen war. Sie zählte ihre Schritte, acht bis zum Durchgang, wie zuvor Elena stieß sie die Tür von sich, sechs intuitive Schritte durch den unsichtbaren Raum, der früher vollgestellt gewesen war mit Getränke-, Süßigkeiten- und Popcornautomaten, bis ihre Finger das Geländer der breiten Kellertreppe berührten.

In diesem Moment hörte sie Elena schreien.

***

Zuerst wusste Teresa nicht, wohin die Treppe führte, doch als sie den länglichen Kellerraum im schmalen Lichtkegel ihrer Handytaschenlampe sah, erinnerte sie sich. Hier hatten früher Tischtennisplatten und Kicker gestanden. Von ihnen war nichts geblieben als die Kratzer, die sie auf dem Boden hinterlassen hatten. Elena war vor einer verschlossenen Tür zum Stillstand gekommen, ihre Schultern hoben und senkten sich, sie keuchte und zitterte und zerknüllte ein weiteres Foto, das sie wie die anderen in ihrer Tasche verschwinden ließ, als sie Teresa bemerkte.

»Elena …«, begann sie aufgewühlt und wusste nicht weiter. Sie wollte nicht hier sein, es roch ranzig und unheilvoll, sie machte sich Sorgen, durch welchen Alptraum Elena gerade irrte, wollte nicht wissen, was sich auf den Fotos und hinter dieser Tür verbarg. Elena wandte ihren Kopf nur halb zu Teresa, Worte schienen auf den Absprung von ihren Lippen zu warten, doch dann überlegte sie es sich anders und drückte, ohne zu zögern, die Tür auf.

Teresa sah hilflos zu, wie Elena den Raum betrat, ein süßlicher Geruch umwehte ihre eigene Nase, der vertraute Duft nach Zuckerwatte und Limonade, und es fiel ihr wieder ein. Das war der Partykeller, die Discokugel an der Decke war verschwunden, die abgewetzten Sitzkissen und Sofas, die an den Wänden gestanden hatten, gab es ebenfalls nicht mehr. Keuchend folgte sie Elena in den Partykeller, sie schwitzte in ihrem Mantel und erkannte, dass sie sich geirrt hatte. Das war nicht der Raum aus ihrer Erinnerung, sondern nur eine verstörende Version davon. Eine Kopie. Hier hatte nie jemand getanzt oder gelacht, dieser Ort war erfüllt von Schimmelgeruch, gebrochenen Seelen und zersplitterten Herzen.

Teresa schauderte. Elena war vor einer Wand stehen geblieben, sie bebte am ganzen Körper, während sie den Lichtstrahl auf die Wand vor ihr richtete.

Und dann sah Teresa es auch.

MADMANN was here

Die Worte waren an die karge Mauer gesprayt worden, die rote Farbe an einigen Stellen verlaufen und schon vor langer Zeit getrocknet.

Madmann. Mit zwei N.

Hartmann.

Elena schrie. Nicht aus Angst, nicht aus Traurigkeit, es war ein lang gezogener und tiefer Laut der Wut, der Frustration, der frenetischen Wildheit. Sie brüllte, bis ihr die Luft ausging, dann trat sie mit ihren Stiefeln gegen die Wand, trat immer wieder zu. »Ich bin hier, was willst du denn noch von mir?«, kreischte sie, fand endlich Worte für ihren Zorn und stieß sie immer und immer wieder aus. »Was willst du von mir? Was verdammt willst du von mir?«

Teresa sah wie erstarrt zu, wusste nicht, was sie tun sollte, und mit einem Mal ergriff sie die Angst, Elena könnte sich bei ihrem Wutanfall die Füße brechen. Sie rannte zu ihr, packte sie an den Schultern und zog sie von der Wand weg. Elena ließ es geschehen, kurz, dann riss sie sich von ihr los und ging in die Knie. Sie schluchzte nicht, weinte keine Träne, sie saß nur da, mit den Knien auf dem kalten Boden, die Hände auf die Oberschenkel gestützt, und japste nach Luft.

»Was ist passiert?« Miriam tauchte aus dem Nichts auf. Teresa hatte sie vollkommen vergessen. Sie deutete auf die Worte an der Wand, ohne Elena aus den Augen zu lassen, und ließ es zu, dass Miriam ihr das Handy abnahm, um sich anzusehen, was Elenas Ausbruch verursacht hatte. Sie blieb nicht lange vor der Wand stehen, und als sie wiederkam, nahm sie Teresa zur Seite.

»Ist sie deswegen ausgeflippt?«, flüsterte sie, darauf bedacht, dass Elena sie nicht hörte.

Teresa zuckte mit den Schultern. »Oder wegen der Fotos, es müssen mindestens zehn sein.« Sie nahm eine Bewegung im Augenwinkel wahr und fuhr herum.

Elena war aufgestanden, sie wirkte gefasst, beinahe gelangweilt, als wäre nichts geschehen. Ohne auf sie zu warten, ging sie an ihnen vorbei zum Ausgang. »Lasst uns verschwinden«, sagte sie tonlos. »Hier ist nichts.«

Als sie den Raum und den Keller und die Jugendherberge hinter sich ließen, blickte sich Teresa nicht noch einmal um. Niemals wieder wollte sie hierher zurückkommen.

Sie fuhren zurück zu ihrer Unterkunft, hielten kurz an einem kleinen in eine Tankstelle integrierten Supermarkt to go, in dem Miriam schnell einige Besorgungen machte. Elena beschwerte sich nicht, sie hatte sich wortlos auf den Rücksitz gesetzt und machte sich unterwegs kein einziges Mal bemerkbar. In ihrer Ferienwohnung gab es nur einen Snack, den jede für sich in einer eigenen stillen Ecke zu sich nahm, und schließlich zogen sie sich ohne ein Wort in ihre Zimmer zurück.

Teresa gingen die Fotos nicht aus dem Kopf. Sie hatte Elena beobachtet und wusste, dass sie sich noch immer in ihren Manteltaschen befanden. Etwas in ihr drängte sie, sich die Bilder anzusehen, doch da Elena vermutlich einen weiteren Wutanfall bekäme, wenn sie sie danach fragte, beschloss sie zu warten, bis sie schlief, um sich dann Gewissheit darüber zu verschaffen, was Elena derart aus der Fassung gebracht hatte.

***

Die Geräusche des Waldes gaben Ophelia ein wenig von dem Frieden zurück, den sie in den vergangenen Tagen hatte einbüßen müssen. Reglos saß sie mit geschlossenen Augen auf einem Stein und lauschte den Blättern, die leise im sanften Sommerwind raschelten, hörte ein paar entfernte Vögel ihre eigenen Melodien singen und fühlte, wie Ruhe in ihr Chaos einkehrte. Durch das Geäst der Bäume fanden einige Lichtstrahlen zu ihr, sie spürte die Wärme in ihrem Nacken und auf ihrem rechten Oberschenkel. Sie lebte, und obwohl ihre Knie noch immer schmerzten von der Mutprobe, zu der Madita und Luzie sie gezwungen hatten, war es für diesen Moment des Durchatmens auszuhalten.

In einem Gebüsch ganz in ihrer Nähe raschelte es, und erschrocken öffnete sie die Augen. Etwas unter den Blättern zuckte, und ein kleines Gesicht kam scheu zum Vorschein.

Ophelia rührte sich nicht, sie wollte das Tier nicht verscheuchen und beobachtete es dabei, wie es schnuppernd mit der Nase über den Boden wanderte und dann den Blick hob. Es war ein Hermelin, und neugierig starrte es sie an. Trotz des schwülheißen Hochsommers hatte es sein Winterfell, es war schneeweiß und wunderschön. Lediglich die Schwanzspitze blitzte schwarz zwischen dem Grün hervor.

Das Hermelin stellte sich auf die Hinterfüße und richtete sich zu seiner ganzen Größe auf, während es Ophelia nicht aus den Augen ließ. Sie wusste, dass es ein Raubtier war und Beute töten konnte, die deutlich größer war als es selbst, doch es sah so niedlich und weich aus, dass sie es am liebsten gestreichelt hätte. Stattdessen blieb sie bewegungslos, sie spürte eine tiefe Verbundenheit zu dem marderähnlichen Wiesel und wollte wissen, was es wohl als Nächstes tun würde. Plötzlich lief es los, flitzte auf der Lichtung hin und her, Ophelia konnte gar nicht so schnell gucken, wie das weiße Tier an ihr vorbeihuschte. Dabei kam es ihr immer näher, verharrte zwischendurch, um die Lage zu überprüfen, bis es schlagartig vor ihren Füßen anhielt und sich erneut auf die Hinterpfoten stellte.

Es sah sie an. Neugierig. Interessiert. Sein Blick berührte sie tief, sie fühlte sich wahrgenommen und bedeutend, und sie wusste, dass sich dieser Moment für immer in ihr Gedächtnis einbrennen würde. Sie atmete die wunderbare Luft ein und war glücklich.

Ein Schrei zerriss den Augenblick, jemand rief Ophelias Namen, und das Hermelin flitzte davon.

»Ophelia, du musst mir helfen!« Madita kam aus der Richtung des Waldsees gerannt, sie war verschwitzt, ihr Gesicht glänzte fleckig rot. Ophelia fühlte sich hin- und hergerissen zwischen Entrüstung und Sorge, Maditas aufgelöstem Gebaren nach zu urteilen war wirklich etwas Schlimmes geschehen.

»Was ist los?«, fragte sie, stand von dem Stein auf und ging dem anderen Mädchen entgegen. Ein schneller Blick ins Gebüsch bestätigte ihre Befürchtung – das Hermelin war verschwunden.

Außer Atem kam Madita vor ihr zum Stehen. Ihr schwarzes Augen-Make-up war verschmiert, sie hatte geweint, weinte auch jetzt noch. »Es ist wegen Luzie … Sie ist in Schwierigkeiten«, schluchzte sie aufgewühlt.

Die Erwähnung von Luzies Namen war wie ein Faustschlag in den Magen. »Nicht mein Problem.« Sie wandte sich ab, um zu gehen, doch Madita hielt sie am Handgelenk fest.

»Ophelia, bitte! Ich weiß nicht, was ich tun soll!«, heulte sie. »Sie ist am See, und dieser Typ, er will sie nicht gehen lassen.«

Ophelia verdrehte die Augen und versuchte, ihren Arm frei zu machen, doch Madita ließ einfach nicht los.

»Dann hol einen von den Aufsehern!«, riet Ophelia ihr genervt. Sie wollte mit Luzie nichts zu tun haben, und schon gar nicht, wenn es um eine ihrer Jungengeschichten ging.

»Du weißt, dass das nicht geht. Luzie dürfte eigentlich gar nicht am See sein.«

Ophelia schnaubte. Natürlich ging es Madita bloß darum, Luzies Arsch zu retten. Seit dem Verschwinden einiger Jungs aus dem benachbarten Ferienlager war es ihnen untersagt, sich weiter als eine halbe Meile vom Camp zu entfernen. Der See jedoch lag viel tiefer im Wald verborgen, sie hätten sich also gar nicht erst dort aufhalten dürfen. Erneut versuchte sie, Madita abzuschütteln, doch je mehr sie zog, desto fester wurde ihr Griff.

»Was willst du von mir?« Die Dreistigkeit, mit der Madita ihre Hilfe einforderte, machte Ophelia fassungslos. »Ihr habt mich wochenlang wie ein Stück Scheiße behandelt, und jetzt soll ich mich selbst in Schwierigkeiten bringen, um *ihr* zu helfen?« Sie spuckte das Wort aus wie eine giftige Waldbeere.

»Tut mir leid, dass wir so gemein zu dir waren, ehrlich.« Madita bemühte sich um Ruhe, doch ihre Stimme zitterte. Trotzdem glaubte Ophelia ihr kein Wort. »Aber dieser Typ«, fuhr Madita immer panischer fort, »er hat ein Messer. Ich glaube, er wird Luzie etwas antun.«

Soll er ruhig, dachte Ophelia kurz, doch sofort schämte sie sich dafür. Sosehr sie das andere Mädchen auch verachtete, so etwas hatte es vermutlich nicht verdient. Und wenn es stimmte, was Madita sagte, musste tatsächlich schnell gehandelt werden.

»Und was erwartest du jetzt von mir? Was kann ich schon ausrichten?«

Ein Hoffnungsschimmer in Maditas glasigen Augen wies darauf hin, dass sie Ophelias Frage falsch gedeutet hatte. »Zu dritt sind wir stärker als er. Gemeinsam können wir es schaffen«, sagte sie mit einem Mal völlig aufgekratzt und nickte frenetisch. Ihre Pupillen waren riesig.

Ophelia beschlich ein ungutes Gefühl. »Hol einen Betreuer oder ruf die Polizei. Ist doch egal, ob ihr danach eine Strafe bekommt. Das Wichtigste ist doch, dass Luzie nichts passiert. Oder?«

Maditas Finger hielten ihren Arm wie in einem Schraubstock, eine schmerzhafte Spannung lag auf ihrem Gelenk, und sie gab ein verärgertes Wimmern von sich. »Du bist eine Heuchlerin, weißt du das?«, zischte Madita nun wütend. Sie wechselte ihre Stimmungen, als wäre sie besessen. »Frauen müssen zusammenhalten, sagst du das nicht immer? Aber wenn es wirklich ernst ist, läufst du weg. Ich habe wirklich geglaubt, dass du besser bist als *das*!«

Ophelia wusste nicht, was sie tun sollte. Madita hatte recht mit dem, was sie sagte, andererseits kam ihr das Verhalten ihrer einstigen Freundin bedrohlich vor. Also blieb sie ihr eine Antwort schuldig.

Eine Bewegung hinter Madita erweckte Ophelias Aufmerksamkeit. Ein Junge, blass und mit blonden Locken, stand zwischen den Bäumen und beobachtete sie. Ophelia erkannte sein Gesicht, sie hatte es in den letzten Tagen Dutzende Male gesehen.

»Ist er das?«, ächzte Ophelia atemlos. Obwohl sie ihn sah, obwohl sich ihre Blicke ineinander verhakt hatten, traute sie ihren Augen nicht.

»Was? Wer?«, fragte Madita irritiert und drehte sich zu der Stelle um, die Ophelia so auffällig anstarrte. Im selben Moment lief der Junge los, verschwand hinter einem Baum und war nicht mehr zu sehen.

»Da war eben jemand im Wald ...« Ophelias Puls beschleunigte sich. »Er sah aus wie dieser vermisste Junge, Jordan Jefferson.«

Als sie seinen Namen sagte, ließ Madita ihren Arm los, als hätte sie sich an ihm verbrannt.

»Du musst dich geirrt haben«, sagte sie gereizt, von ihrer panischen Angst um Luzie war nichts mehr zu spüren.

Ophelia dachte nicht nach. Sie lief los.

»Bleib hier!«, hörte sie Madita wütend hinter ihr brüllen, doch wie es schien, folgte sie ihr nicht.

»Jordan, warte! Jordan!«, rief Ophelia und rannte, so schnell sie konnte.

Der Wald wurde immer dichter, und sie war sich nicht sicher, in welche Richtung er verschwunden war. Als ihr ein herabhängender Ast ins Gesicht schlug, blieb sie frustriert stehen. Ihr Atem ging schwer, ihr Handgelenk schmerzte, aber sie war sich sicher, dass sie sich nicht getäuscht hatte. Sie hatte sich Jordan nicht eingebildet.

Nur langsam bekam sie wieder Luft. Sie wandte sich um und wollte gerade den Rückweg antreten, als sie ihn erneut sah. Er stand drei Meter vor ihr und lächelte sie zaghaft an. Ophelia wollte seinen Namen sagen, doch Jordan hob seinen Zeigefinger und legte ihn sich auf die blassen Lippen. Fasziniert sah sie ihm dabei zu, was er als Nächstes tat. Mit ausgestrecktem Arm deutete er auf die Stelle im Wald, von der sie gekommen waren. Dort, wo Madita vermutlich noch stand und auf Ophelia wartete, damit sie zusammen Luzie helfen konnten. Langsam, aber eindringlich schüttelte Jordan den Kopf. Sein Gesicht war freundlich, doch in seinen blauen Augen stand eine deutliche Warnung geschrieben.

Nein!

»Ophelia, hier bist du ja.« Madita tauchte hinter ihr auf, und erschrocken fuhr sie herum. Ihr Gesicht war zu einer zornigen Maske geworden, so hatte Ophelia ihre Freundin noch nie gesehen. »Jetzt komm, verdammt, wir müssen Luzie helfen, sonst bist du schuld, wenn ihr etwas passiert!«

Ophelia wollte sich wieder zu Jordan umdrehen, doch er war verschwunden. Geblieben war seine Warnung.

Ohne ein weiteres Wort ließ Ophelia ihre einstige Freundin stehen und rannte zurück ins Camp, um die Betreuer zu informieren.

Elena saß, die Beine ausgestreckt, auf ihrer Seite des Bettes und las in Miriams Buch, als Teresa ins Zimmer kam. Sie ließ es sinken und sah Teresa mit einer hochgezogenen Augenbraue an. »Frauen müssen zusammenhalten, hm? Ich wusste schon damals, dass so ein Spruch eher zu Miriam passt.«

Elena wirkte wie immer, nichts deutete darauf hin, dass sie noch vor knapp zwei Stunden völlig aufgelöst auf eine Wand eingetreten hatte. Leise schloss Teresa die Zimmertür, schaltete das Deckenlicht aus und umrundete das Bett.

»Ich dachte, du wärst damit durch.«

Elena zuckte mit den Schultern und klappte das Buch zu. »Ich wollte nur noch einmal etwas nachlesen.«

Widerwillig setzte sich Teresa auf ihre Seite der Matratze. Es war ihr unangenehm, mit Elena in einem Bett zu schlafen. In den letzten Tagen hatte es immer wieder Momente gegeben, in denen sie ihre Absichten in Frage gestellt hatte. Sich neben sie zu legen bereitete ihr Unbehagen. Doch die Kälte in dem Zimmer ließ ihr kaum eine andere Wahl, und so überwand sie sich und kroch mit den Beinen unter die Decke. Immerhin hatte sie eine eigene.

Die Nachttischlampe gab ein leises Summen von sich. »Wie kannst du so … normal sein, nachdem du eben dermaßen –«

»– die Kontrolle verloren hast?«, beendete Elena den Satz für sie. »Ich habe sie mir zurückgeholt.« Ihr Gesicht blieb ausdruckslos, als hätte sie es von ihren Gefühlen abgekoppelt. Absolut nichts war darin zu lesen.

»Na, wenn das so einfach ist …« Teresa konnte nicht behaupten, eine derartige Selbstbeherrschung zu besitzen.

»Ist es nicht«, erwiderte Elena kühl, und Teresa zog ihre Decke ein Stückchen höher. Sie war müde, der Kopfteil des

Bettes, an den sie sich beide angelehnt hatten, drückte an ihrem Rücken, und am liebsten hätte sie sich hingelegt. Doch sie durfte nicht vor Elena einschlafen, sie musste wach bleiben, damit sie einen Blick auf die Fotos in Elenas Tasche werfen konnte.

»Können wir jetzt über das Buch reden?«, fragte Elena überraschend. Sie schien im Gegensatz zu Teresa überhaupt nicht erschöpft zu sein. Und das, obwohl sie nur einen kleinen Snack zu sich genommen hatte. Und Wasser in sich hineingekippt, als bestünde sie innerlich aus Sandwüste.

»*Du* wolltest doch vorhin nicht«, gab Teresa zurück. Eigentlich hatte sie keine Lust, sich ihre Verschwörungstheorie über Miriams Buch anzuhören, zumal das bedeutete, dass Elena so bald nicht zur Ruhe kommen würde, aber Teresa ahnte, dass sie keine andere Wahl hatte.

»Vorhin wollte ich in die Jugendherberge. Jetzt können wir es nachholen.« Die Art und Weise, wie Elena sprach, kam Teresa merkwürdig vor. Als hätte sie komplett die Verbindung zu sich selbst verloren.

Sie seufzte ermattet. »Von mir aus. Worum geht es in dem Buch?«

»Okay, pass auf.« Sie hielt das Buch hoch, als wüsste Teresa nicht, um welches es sich handelte. »Da sind diese drei Mädchen in einem Feriencamp, alle sechzehn oder siebzehn. Zwei davon sind Freundinnen, Madita und Ophelia. Das dritte Mädchen, Luzie, kommt neu dazu und drängt sich zwischen die Freundinnen. So weit, so verstörend vertraut, oder?«

Teresa zog zweifelnd die Nase kraus. »Es gibt viele solcher Geschichten, und die Mädchen sind auch deutlich jünger, als wir es damals waren.«

»Das ist mir bewusst. Aber es geht noch weiter. Madita ist das schöne Mädchen, mit dem alle befreundet sein wollen, logisch. Luzie dagegen ist die Unruhestifterin, sie nimmt sich, was sie will, und entschuldigt sich für nichts.«

»Du meinst also, ich bin Madita, und du bist Luzie? Totale Stereotypen.«

Elena nickte beiläufig, anscheinend wollte sie nicht unterbrochen werden. »Ophelia wiederum ist ein Mauerblümchen, unscheinbar, schüchtern, *unschuldig*. Natürlich ist sie die Protagonistin, mit der sich die lesende Person identifizieren soll. Warum Madita und Ophelia miteinander befreundet sind, bleibt ein Geheimnis, sie haben nichts gemeinsam und null Chemie – aber das ist nur meine bescheidene Meinung.« Elena holte Luft. »In diesem Ferienlager treffen sie jedenfalls auf Luzie, von der Madita verständlicherweise sofort fasziniert ist. Luzie hilft Madita, aus ihrem Gefängnis der Langeweile auszubrechen, obwohl es in dem Buch eher so dargestellt wird, als würde sie sie auf den Pfad der Sünde führen.«

»Der Sünde?«, fragte Teresa skeptisch, als Elena sie erwartungsvoll ansah. Sie wollte ihre Meinung hören, doch war sich Teresa nicht sicher, wie die aussah. »Okay, es stimmt schon, das ist alles sehr ähnlich. Aber selbst wenn Miriam auf diese Weise ihre Enttäuschung von damals verarbeitet hat, was ist daran so schlimm?«

Elena schlug das Buch auf und schien nach einer Seite zu suchen, während sie weitersprach. »Der interessante Teil kommt erst noch. Luzie ist nämlich ganz zufällig besessen, und zwar von der Tochter Satans höchstpersönlich. Sie verführt Madita dazu, immer schlimmere Dinge zu tun und furchtbar gemein zu Ophelia zu sein. Aber in Wirklichkeit geht es Luzie gar nicht um Madita, sondern eigentlich will sie Ophelia.«

Schließlich hatte Elena die Seite gefunden und begann vorzulesen. »Das Böse giert nach der Unschuld, doch die Unschuld hält sich von dem Bösen fern. Also muss sich das Böse ihr heimtückisch nähern und ihr in vertrauter Gestalt begegnen. So kriegt das Böse die Unschuld.«

Mit einer dramatischen Geste schlug Elena das Buch zu und sah Teresa an, als hätte der Absatz alles gesagt, was es brauchte, um sie zur Einsicht zu bringen.

Hatte er nicht. Die Passage war ein bisschen gruselig, aber das sollte sie vermutlich auch sein. Mit der Realität hatte das alles wenig zu tun.

»Nimmst du das nicht ein bisschen zu persönlich?« Abgekämpft rieb Teresa sich die Augen. »Dann bist du eben in ihren Augen die Tochter des Teufels, denn seien wir ehrlich, du *hast* mich damals zu Sex und Drogen verführt.«

»Aber woher weiß sie das? Hast du es ihr erzählt?«, fragte Elena.

»Nein, natürlich nicht. Aber sie muss kein Genie sein, um zu kapieren, dass wir uns nachts nicht heimlich rausgeschlichen haben, um uns die Sterne anzusehen.« Teresa dachte an verschwitzte Nächte in Dorfdiscos, zuckende Lichter und donnernde Bässe. An verpasste Regionalbahnen und gierig-feuchte Küsse, die nach Bier schmeckten. An unbequemen Sex in einer Toilettenkabine. »Hat sie uns nicht sogar einmal erwischt?«, erinnerte sie sich dunkel.

Elena nickte. »Hat sie. Dazu gibt es auch eine passende Szene in ihrem Buch.«

Teresa war froh, dass Elena ihr die nicht auch noch vorlas. »Von mir aus«, gab sie nach, um diese Unterhaltung auf dem Weg des geringsten Widerstands in Richtung Ende zu führen. »Dann hat sie sich eben auf diese Weise Luft gemacht. Ich finde das nicht schlimm. Niemand weiß, dass sie uns damit meint, und selbst wenn doch, das, was wir getan haben, war völlig normal in unserem Alter. An der Grenze der Legalität, aber nichts, wofür wir zur Rechenschaft gezogen werden könnten.«

»Aber wenn eben nicht nur wir wissen, wen sie damit meint?«

Teresa musste sich zusammenreißen, um nicht laut aufzustöhnen. »Du meinst Hartmann?«

»Ihr Buch hat ihn provoziert.«

»Kommt er denn darin vor?«

»Ja, tut er. Er ist so eine Art allgegenwärtige Bedrohung, die über der Geschichte schwebt und die Jugendlichen dazu verführt, schlimme Dinge zu tun. Wirklich schlimme Dinge. Aber nur in einer Szene tritt er tatsächlich in Erscheinung.«

»Was passiert in dieser Szene?«, fragte Teresa, obwohl sie es eigentlich gar nicht wissen wollte. Elena würde es ihr ohnehin trotzdem erzählen.

»Er beobachtet Luzie dabei, wie sie einen Typen mit ihrer Rippe tötet, die sie sich aus der Brust gerissen hat.«

»Mit einer Rippe?« Teresa zog die Augenbrauen zusammen, sie konnte sich beim besten Willen nicht vorstellen, wie das funktionieren sollte.

In Elenas Ausdruck trat Abscheu, immerhin eine Regung. »Es ist grotesk und widerlich und absolut krank. Diese Gestalt sieht also dabei zu, wie Luzie diesen Jungen vernichtet. Ich glaube, er ist Satan.«

»Luzies Vater?« Sie hob abwehrend die Hände. Langsam wurde es abstrus. Hatte Teresa anfangs noch einigermaßen nachvollziehen können, wie Elena auf diesen Gedanken gekommen war, dass Miriam über sie geschrieben hatte, fand sie dies inzwischen mehr als weit hergeholt. »Komm schon, Elena, Miriam hat einfach ihrer Phantasie freien Lauf gelassen. Das tun Autorinnen. Sie nehmen wahre Eindrücke und blasen sie zu einer Geschichte auf. Das hat nichts mit dir zu tun.« Ein verstörender Gedanke streifte sie, ein Scherz oder echte Sorge, Teresa konnte es nicht sagen. »Oder hast du jemanden mit einer Rippe getötet?«

»Findest du das witzig?«, fragte Elena.

Teresa wagte es kaum, sie anzusehen. Es fühlte sich auf einmal nicht mehr an wie ein Scherz, sondern wurde zu einer unwahrscheinlichen Möglichkeit, die die Erpressung durch Hartmann erklären würde. »Hast du?« Ihre Angst wuchs. Aber sie musste es jetzt wissen. »Hast du jemanden umgebracht? In dem Sommer vor elf Jahren? Ist das dein Geheimnis, mit dem Hartmann dich erpresst, und der Grund, weshalb dich das Buch so aufregt?«

Elena antwortete nicht. Mit panisch pochendem Herzen drehte Teresa den Kopf zur Seite und stellte sich ihrem Blick.

Elena wirkte völlig unberührt. »Natürlich nicht«, sagte sie dann.

»Tut mir leid.« Teresa fühlte sich erbärmlich. Morde in der Jugend, die einen erst Jahrzehnte später einholten – so was passierte in Büchern oder Filmen, nicht im echten Leben. »Warum ärgert dich das Buch dann so?«

»Soll ich dir sagen, wie es endet?«, fragte sie kühl.
»Ja, dann sag's halt.«
»Luzie und Madita wollen Ophelia in eine Falle locken, damit Luzie ihren ›unschuldigen‹«, sie malte unsichtbare Gänsefüßchen in die Luft, »Körper übernehmen kann. Ophelia wird aber von dem Geist des toten Jungen gewarnt und kann entkommen. Also dringt Satans Tochter in Madita ein und ertränkt in ihrer Gestalt Ophelia im Waldsee.«
Teresa blinzelte. Ein Atemzug, zwei Atemzüge, langsam drang zu ihr durch, was Elena gesagt hatte.
»Meintest du nicht, Miriam wäre damals beinahe in der Weser ertrunken?«, bestätigte Elena ihre Befürchtung.
Teresa wurde übel.
»Wie ich das deute«, sagte Elena lapidar, »gibt sie *dir* dafür die Schuld.«

***

Ein unsichtbarer Faden zog sie zu Miriam, was ihr auf der Seele brannte, es konnte nicht bis zum nächsten Morgen warten. Auf eisigen Zehenspitzen huschte sie durch die Wohnung, bemühte sich, leise zu sein, obwohl vermutlich niemand schlief, aber dunkle Zimmer bei Nacht verlangten es, ganz ungeachtet der Umstände. Das Wohnzimmer war der wärmste Raum, und Teresa erwog es, sich ihre Decke zu holen und auf der durchgesessenen Couch zu schlafen.
Scheu klopfte sie an Miriams Tür, wartete nicht ab, öffnete sie einen Spalt und schob ihren Kopf vorsichtig hindurch. »Schläfst du schon?«
Das Rascheln von steifer Bettwäsche war zu hören, dann ein belegtes Ächzen. »Schön wär's.«
Im gleichen Moment ging die Nachttischlampe an, und Teresa kniff geblendet die Augen zusammen. »Darf ich reinkommen?«, fragte sie blinzelnd und erkannte schemenhaft, dass Miriam nickte. Schnell schlüpfte sie ins Zimmer, und obwohl die Fliesen am Boden aus Eis zu bestehen schienen, kam ihr

der Raum nicht so kalt vor wie der von ihr und Elena. »Schön warm hier, bei uns sind gefühlt minus zehn Grad.«

»Ich bin näher dran am Heizofen.« Miriam legte den Kopf schief. »Bist du deswegen hier? Um dich aufzuwärmen?«

Teresa setzte sich ans Fußende und zog die Beine in den Schneidersitz. Sie schämte sich, Miriam mitten in der Nacht aufzusuchen, schämte sich für den Grund und ihren Egoismus. Aber nun war sie hier. Aufgewühlt befeuchtete sie ihre Lippen, sie waren rissig von der Kälte, und wahrscheinlich hatte sie auch zu wenig getrunken.

»Ich bin hier, um mich bei dir zu entschuldigen –« Ihre Stimme wackelte, deshalb unterbrach sie sich. Die Worte waren falsch gewesen, Miriams Blick wurde misstrauisch. Teresa schüttelte den Kopf und begann neu. »Ich will mich nicht bei dir entschuldigen. Ich bitte dich um Verzeihung. Ich war damals echt … ekelhaft zu dir, egoistisch und … ein richtiges Miststück. Ich wollte nur, dass du weißt, dass es mir leidtut.«

Es war ihr unmöglich, Miriam in die Augen zu sehen, sie fühlte sich wieder wie fünfzehn, wie ein typischer Teenager, in ihrem Kopf herrschte Chaos, obwohl sie gehofft hatte, ihre Entschuldigung würde etwas Klarheit hineinbringen. Als Miriam nichts erwiderte, sah Teresa sie schließlich doch an.

Miriam musterte sie kritisch, ihre roten Haare waren vom Kissen zerzaust, der Schein der Nachttischlampe gab ihr mit ihrer bleichen Haut ein gespenstisches Aussehen. »Okay. Danke«, sagte sie distanziert.

Teresa konnte ihren Blick nicht deuten. »Darf ich dich etwas fragen?«, setzte sie an, um endlich zum Punkt zu kommen, weshalb sie überhaupt mit Miriam sprechen wollte.

Miriam nickte, doch sie wirkte enttäuscht.

»Ich weiß, es kommt ziemlich spät … also ungefähr elf Jahre zu spät … aber ich würde gerne wissen …« Erneut bemühte sie sich, ihre Gedanken in eine vernünftige Ordnung zu bringen, damit sie nicht länger klang wie ein unterwürfiges Kind. »Warum warst du damals im Wasser?«

Miriams Augenbrauen zuckten irritiert. »Was meinst du?«

»Als du fast in der Weser ertrunken bist, also ich habe mich gefragt, wieso du überhaupt im Wasser warst?«

Skepsis legte sich auf ihr Gesicht. »Du musst da etwas durcheinanderbringen. Ich bin nie fast in der Weser ertrunken.«

Teresa blinzelte mehrmals, wartete darauf, dass Miriam ihren Scherz aufklärte, doch die sah sie nur fragend an. »Doch, bist du. Weißt du nicht mehr? Du musstest wiederbelebt werden und wurdest ins Krankenhaus gebracht. Die Sommerschule wurde daraufhin abgebrochen, erinnerst du dich?«

Miriams Abwehrhaltung wurde entschiedener. »Das war ich nicht.« Die verborgene Andeutung in ihren Worten bekam Teresa im ersten Moment nicht zu fassen.

»Was?« Sie begann zu frieren.

»Das Mädchen, das fast ertrunken ist, war eine der Schülerinnen«, sagte Miriam gereizt, anscheinend hatte Teresas Entschuldigung sie nicht besänftigt. »Ihren Namen habe ich vergessen, aber sie war alleine in der Weser schwimmen gegangen und musste von einer der Lehrerinnen an Land geholt und beatmet werden. Es gab richtig Ärger deswegen, es hieß, wir hätten unsere Aufsichtspflicht verletzt.«

Miriam machte keinen Scherz. Teresa sah sie ungläubig an, sie konnte das Bild, wie Miriam in den Krankenwagen geschoben wurde und sie mit leeren Augen anblickte, nicht vergessen. Es war da, es war echt, sie spürte die Schuld, die sie damals empfunden hatte. Und Miriam wollte ihr nun erzählen, dass sei nie geschehen? Wenn das stimmte … Was war mit ihrem Kopf los? Zuerst erinnerte sie sich gar nicht und jetzt nur falsch. Alles, was seit zwei Tagen immer deutlicher zurückgekommen war, sollte eine Erfindung ihres Unterbewusstseins sein? War das möglich? Und wenn das tatsächlich stimmte, warum tat ihr Unterbewusstsein so etwas?

»Bist du dir sicher?« Sie war entschlossen, sich trotz Miriams überzeugender Erklärung von ihren eigenen Erinnerungen nicht abbringen zu lassen. Vielleicht war es gar nicht sie selbst, die einiges durcheinandergebracht hatte, sondern Miriam.

»Natürlich bin ich mir sicher. Ich würde mich wohl daran

erinnern, wenn ich fast gestorben wäre«, gab Miriam schroff zurück, zeigte sich aber sofort milder. »Ich war damals an einem sehr dunklen Ort, aus unterschiedlichen Gründen, deshalb habe ich Tagebuch geschrieben. Ich könnte es dir zeigen, aber dummerweise habe ich dieses im Keller vergrabene Relikt zu unserem kleinen Ausflug nicht mitgenommen.«

Teresa konnte nicht aufhören, den Kopf zu schütteln, sie hatte die Arme um ihren frierenden Körper geschlungen, eine hilflose Geste in diesem Wust aus Irrsinn. »Ich verstehe das nicht. Ich dachte, du wärst sauer auf mich, weil ich mich danach nicht um dich gekümmert habe.« Eben erst hatte Teresa sich genau dafür entschuldigt, für Elena und weil sie ihr nicht die Freundin gewesen war, die Miriam sich gewünscht hatte. Und für ihr Schweigen nach dem traumatischen Erlebnis in der Weser.

In ihrem Bauch rumorte es. »Warum haben wir nach diesem Sommer dann nicht mehr miteinander gesprochen?«

Es war nicht zu übersehen, dass sie Miriam einmal mehr verletzt hatte. Doch statt mit Enttäuschung reagierte Miriam mit Wut. »Macht Sinn, dass du es vergessen hast«, sagte sie hart. »Dann musstest du dich in den letzten Jahren nicht damit auseinandersetzen, was für ein schlechter Mensch du bist.«

Teresa konnte nichts sagen, starrte Miriam nur bestürzt an und wusste nicht, ob sie dieses schonungslose Urteil wirklich verdiente. Sie war sich bei nichts mehr sicher, ihre Welt hatte einen Riss bekommen.

Niemand wollte ein schlechter Mensch sein. Niemand wollte ein Leben lang vorgehalten bekommen, was sie irgendwann vor langer Zeit einmal getan hatte.

Es überraschte Teresa, als Miriam plötzlich zu erzählen begann. »Dass ich keinen Sex haben will, wusste ich schon länger, aber ich hatte nie mit jemandem darüber gesprochen. Zu der Zeit in Seelvlieth ging es mir deswegen schlecht, überall waren diese jungen Menschen, die sich ineinander verliebten und ihre Sexualität entdeckten. Ich habe das gesehen und gedacht, ich würde für immer alleine sein und niemals eine richtige Beziehung führen. Du warst die Einzige, der ich mich anvertraut habe. Aber du hast meine Ängste genommen und mich mit ihnen gequält, mit der einzigen Absicht, mich zu verletzen.«

Teresa hörte ihr zu, verstand ihre Worte und deren Bedeutung, doch sie riefen nichts in ihr hervor, keine Erinnerung, keine Gefühle, nichts. In Miriams Gesicht hingegen stand der Schmerz, trotz ihrer Wut kämpfte sie darum, nicht in Tränen auszubrechen. »Dass ich so was nicht erfinden müsste, hast du gesagt, dass jeder Mensch Sex will und ich schon einen Kerl finden würde, der es mir *richtig besorgt*. Dass mich jeder Mann betrügen würde, wenn er nicht bekäme, was er braucht. Dass ich nicht normal wäre und mal zum Arzt gehen sollte. So ging es den ganzen Sommer, du hast mich frigide genannt, eiserne Jungfrau und Trockenpflaume, auch vor den anderen in unserem Zimmer, nur um mich zu demütigen. Du hast mir ins Gesicht gesagt, dass ich einsam und ungeliebt sterben würde, wenn ich nicht die Beine breitmache.« Sie lachte verbittert. »Natürlich hast du Elena davon erzählt. Bei ihr war alles sexuell, immer diese Zweideutigkeiten und Obszönitäten, sie hat mein Gesicht regelrecht in ihre Ausschweifungen gedrückt, um mich zu verstören und bloßzustellen. Ihr habt gelacht und auf mich gezeigt, als wäre ich eine Abnormität, und ihr habt dafür gesorgt, dass ich mitbekomme, was ihr über mich denkt. Solche Menschen seid ihr gewesen, Teresa.«

»Hast du es denn schon einmal ausprobiert?«

»Nein, aber darum geht es ja. Ich will es gar nicht probieren.«

»Vielleicht würde es dir gefallen.«

»Ich muss mir auch kein Bein brechen, um zu wissen, dass es mir nicht gefällt.«

»Das ist ein blöder Vergleich. Niemand will sich ein Bein brechen, da bist du keine Ausnahme. Du solltest es versuchen, sonst verpasst du was. Ich helfe dir. Wir suchen dir einen hübschen Kerl, der dich ein bisschen verwöhnt.«

»Ekelhaft.«

»Ich schwöre dir, danach bist du geheilt.«

Dieser Gesprächsfetzen war plötzlich einfach da, drängte

sich in Teresas Kopf und brachte noch mehr durcheinander. Sie erinnerte sich an das Gespräch, gleichzeitig hatte sie Miriams Grinsen vor Augen, als Teresa sie fragte, ob sie auf Hartmann stand. Es passte nicht zusammen, konnte gegensätzlicher kaum sein, und trotzdem war beides in ihrem Gedächtnis.

»Ich habe nach der Sommerschule wochenlang auf eine Entschuldigung von dir gewartet, weil ich glauben wollte, dass Elena jemanden in dir zum Vorschein gebracht hat, die du eigentlich nicht bist.« Miriam sah sie durchdringend an, keine Chance, ihr zu entkommen. »Diese Entschuldigung kam nie. Deshalb, Teresa, habe *ich* nach der Sommerschule nicht mehr mit *dir* geredet.«

***

Im Wohnzimmer begegnete ihr Elena. Sie hockte vor dem Kaminofen, ihr Blick in den Flammen versunken, als wollte sie eins mit ihnen werden. Der beißende Geruch von Rauch lag in der Luft, vermutlich hatte sie die Tür des Ofens geöffnet. Sie sahen sich in stummem Verständnis an, dann richteten sich Teresas Augen ins Feuer, und sie erkannte den vertrauten Anblick von verbranntem Fotopapier. Kleine gekräuselte Häufchen loderten vor sich hin und fraßen ihr Geheimnis mit erregter Gier. Elena hatte eine Entscheidung getroffen, niemand außer ihr selbst würde die Bilder je zu sehen bekommen. Teresa dachte an die fremden Männer, die sie mit in ihr Auto genommen hatte, und an den empfundenen Ekel beim Anblick der Aufnahmen, die sie in diesen herabwürdigenden Situationen zeigten.

Ekel vor sich selbst.

Sie und Elena, ging es ihr in all dem Durcheinander um Miriams Vorwürfe durch den Kopf, waren sich doch ähnlicher, als sie vermutet hatte. Mit diesem Gedanken kroch sie in dem leeren Doppelbett unter ihre Decke.

***

Schritte. Jemand lief ums Haus. Miriam schwebte auf einer weichen Wolke, wurde von ihr mit warmer Fürsorge umarmt und in den seligen Sog des Friedens gezogen. Sie wollte ihre Augen nicht öffnen, wollte bleiben, wo sie war, nicht an gestern oder morgen denken, sperrte alles aus, drängte zurück, was sich an die Oberfläche zu kämpfen versuchte.

Tsch, tsch, tsch.

Schritte. Vor ihrem Fenster. Eine Ahnung von Unheil veranlasste Miriam, die Augen zu öffnen, nur ein wenig, gerade weit genug, um ihren Geist rauszulassen, aber die Realität nicht rein. Es war dunkel. So dunkel.

Mitten in der Nacht, vielleicht. Sie hoffte es, denn sie wollte noch nicht aufstehen. Am liebsten nie wieder.

Ihre Lider fielen zu, Miriam lauschte in die Stille der fremden Umgebung. Lauschte lange, zwang sich, ihr Bewusstsein wach zu halten, während ihr Körper tief fiel.

Keine Schritte mehr. Vermutlich nur ein Traum. Also ließ sie es zu, dass ihr Geist ihrem Körper zurück in den Schlaf folgte.

In der Nacht hatte es geschneit, doch das hielt Elena nicht auf. Sie musste laufen, sonst würde sie den Verstand verlieren. Die Kontrolle über sich selbst lag längst brach, woran ihre pochenden Zehen sie erinnerten. Womöglich waren ein oder zwei von ihnen angeknackst, doch darauf nahm sie keine Rücksicht. Sie brauchte die Bewegung, den Sauerstoff, die brennenden Muskeln – und womöglich brauchte sie auch den Schmerz.

Als sie am Morgen aus dem Haus geschlichen war, hatte Stille geherrscht, jeder ihrer Schritte war einem Donnerschlag gleichgekommen. Auch jetzt war es noch dunkel, als ihre Füße über die dünne Schneeschicht flogen, die den Sand bedeckte. Der Strand war leicht zu finden gewesen, die Erinnerung hatte ihr den Weg gezeigt. An der Weser zu laufen unterschied sich kaum von der Elbe, aber obwohl sie sich auf ihrer improvisierten Strecke immer weiter entfernte von der Jugendherberge und der Flussinsel, kam es ihr vor, als würde sie hier, anders als in Hamburg, nicht länger vor etwas weglaufen. Sie lief auf etwas zu. Was sie am Ende des Weges erwartete, wusste sie nicht, aber sie würde es annehmen – sie lief schon zu lange, um sich länger davor zu verstecken.

Kleine Eiskristalle bildeten sich in ihren Lungenflügeln, jeder Atemzug wurde begleitet von einem Stechen in der Seite, dennoch trieb sie sich vorwärts, bis sie die letzte Grenze ihres Körpers überschritten hatte. Sie wurde langsamer, bis sie nur noch ging, ihre heiße Haut, die mit dem Winteratem in Berührung kam, schien zu dampfen. Elena fühlte sich elend und dennoch besser als die Tage zuvor.

Das Handy in der Tasche ihrer gefütterten Laufhose gab einen bedenklichen Ton von sich. Vermutlich hatte Teresa ihr Verschwinden bemerkt und ihr eine vorwurfsvolle Nachricht über die Gefahren von Alleingängen geschickt, versuchte Elena sich zu beruhigen. Von *ihm* hatte sie seit der Autofahrt nichts mehr gehört, bestimmt würde sich das in der frühen Morgendämmerung nicht ändern.

Doch sie irrte sich.

Lauf, Elena, lauf, deine Vergangenheit ist dir auf den Fersen und wird dich einholen, wenn du nicht schnell genug bist.

Er beobachtete sie, natürlich tat er das. Wie hatte sie nur eine Minute glauben können, dass sie ausgerechnet hier vor seiner Observation sicher war? Ihr Herz pumpte vom Laufen, doch seine Worte ließen es nicht zur Ruhe kommen. Elena drehte sich nach allen Seiten, versuchte, etwas in dem dunklen Grau auszumachen, und einmal mehr blieb sie erfolglos. Ihr Handy piepte erneut, und verängstigt zuckte sie zusammen. Die Muskeln in ihren Schultern und Armen wurden zu Stein, ihr Herz zu Eis, die Luft schien plötzlich zu viel für ihre Lungen, als müsste sie gleich daran ersticken.

Drei sind eine zu viel. Was ich von dir will? Ich will, dass du eine Entscheidung triffst. Heute auf Seelvlieth Island.

Er hatte sie in der Jugendherberge gehört, dort hatte sie immer wieder diese Frage gebrüllt. Er war dort gewesen, im selben Gebäude, ganz in ihrer Nähe, hatte sich daran ergötzt, wie sie der Spur seiner Fotos in den Abgrund gefolgt war.

Heute auf Seelvlieth Island würde es zu Ende gehen. In Elena wuchs eine verzweifelte Erleichterung, die aus ihrer Brust aufstieg und sich ihren Weg nach draußen bahnte. Ohne nachzudenken, zerrte sie sich den rechten Handschuh von den Fingern, und statt ihre aufgestauten Emotionen in Form eines Schreies zu entladen, grub sie sich die Zähne in ihre rechte Hand, ein tiefes Grollen in ihrer Kehle, biss noch fester zu, bis die Tränen unter ihren Wimpern zu gefrieren begannen. Der Druck ihres Kiefers ließ nach, die innere Anspannung war verschwunden. Was blieb, waren Entschlossenheit und Ruhe. Auf ihrer Haut zeichneten sich die Gräben ihrer Zähne ab, kein Blut, aber ein Hämatom bildete sich bereits auf ihrem Handrücken. Elena zog den Handschuh über den pochenden Schmerz, dann rannte sie los – zurück und dem Ende des Alptraums entgegen.

Drei sind eine zu viel. Wenn es keinen anderen Weg gab und sie es wirklich tun musste, würde es Miriam sein, das war Elena bereits vor ihrer Reise nach Seelvlieth klar gewesen. Bevor sie das Buch gelesen hatte. Seit dem Moment, als sie zu ahnen begann, was die handgeschriebenen Worte auf Seite fünf von ihr verlangten, war ihre Entscheidung gefallen.

Elena hatte es bereits einmal getan. Wenn sie dazu gezwungen war, würde sie es auch ein zweites Mal schaffen.

Jemanden zu töten.

***

Der helle Weidenkorb hatte in der Küche auf dem Tisch gestanden, als gehöre er dorthin, die Klappe mit der kleinen goldenen Schnalle verbarg den Inhalt. Teresa hatte ihn weit von sich geschoben. Seit sie dort saß und auf Elena wartete, klopfte ihr Zeigefinger nervös auf die Tischplatte. Sie hatte kaum geschlafen, und als Elena am frühen Morgen aus dem Zimmer geschlichen war, hatte Teresa geglaubt, sie würde nur kurz im Badezimmer verschwinden. Doch sie war nicht wiedergekommen. Inzwischen war sie seit über einer Stunde weg und ignorierte Teresas Anrufe.

Misstrauisch beäugte sie den Korb auf dem Küchentisch. Er wirkte harmlos, beinahe freundlich, doch Teresa hatte es bislang nicht gewagt hineinzusehen. Weil er gar nicht hätte hier sein dürfen. Im Haus. Er hatte sich einfach materialisiert, während sie in ihren Zimmern gewesen waren.

Eben nicht. Jemand hatte ihn dort hingestellt, und einzig die Hoffnung, dass Elena es gewesen war, hielt Teresa davon ab, ihre Angst die Oberhand gewinnen zu lassen.

Um sich abzulenken, startete sie eine weitere Internetsuche, auch wenn sie ihren Nerven damit nicht unbedingt einen Gefallen tat.

»Seelvlieth Sommerschule Unfall« googelte sie zum wiederholten Male und fand nichts, was ihr Aufschluss gab über das, was damals wirklich geschehen war.

Miriam oder eine der Schülerinnen, wer von ihnen war beinahe in der Weser ertrunken? Doch das Internet schien nichts darüber zu wissen, Teresa hatte bereits eine Vielzahl anderer Suchbegriffe ausprobiert, seit sie Miriams Zimmer verlassen hatte. Nichts führte zu einem Ergebnis, und sie musste sich eingestehen, dass sie das nur noch mehr aufwühlte.

Es machte sie wahnsinnig, dass sie nicht wusste, welchen Erinnerungen sie trauen konnte, sie fühlte sich manipuliert von den Bildern in ihrem Kopf, die vielleicht projiziert waren, vielleicht aber auch nicht. Die Erinnerung an das Gespräch mit Miriam über ihre Asexualität war ihr erst gekommen, *nachdem* Miriam ihr von dem Mobbing deswegen erzählt hatte. Genauso war es bei der Sache mit Hartmann gewesen. Erst *nachdem* Elena auf der Fahrt nach Seelvlieth behauptet hatte, Miriam wäre damals an ihm interessiert gewesen, war es Teresa wieder eingefallen.

Aber war es das? Ihr tat der Kopf weh, sie fühlte sich fiebrig. War sie wirklich so leicht zu manipulieren?

Seit dem Gespräch in der Nacht hatte sie Miriam nicht gesehen. Sie war irgendwann aufgestanden, Teresa hatte sie im Badezimmer gehört.

Die Haustür wurde aufgeschlossen, und Teresa sprang von ihrem Stuhl, als hätte er ihr einen Stromschlag versetzt. »Wo bist du gewesen?«, fragte sie vorwurfsvoll, als die verschwitzte Elena die Küche betrat.

Diese sah gleichgültig auf. »Ich war joggen.« Ihr Gesicht brannte rot, die langen Haare, die unter der Mütze hervorkamen, sahen strähnig und feucht aus.

»Warum bist du nicht an dein Handy gegangen?«, fragte sie, während Elena einen ihrer Handschuhe auszog und sich ein Glas Wasser auffüllte.

»Ich hab's nicht gehört«, sagte sie und leerte das Glas in großen Schlucken. Teresa fiel es schwer, ihr zu glauben, viel wahrscheinlicher war es, dass Elena nicht hatte mit ihr sprechen wollen.

»Warum tust du das?« Teresa fühlte sich hilflos. »Wir haben doch gesagt, keine Alleingänge.« Wenn es ihnen nicht einmal möglich war, sich an einfache Absprachen zu halten, was taten sie dann hier? Dann hätten sie auch in Hamburg bleiben und sich eine nach der anderen von Hartmann holen lassen können. Dass Frauen zusammenhalten mussten, war nur ein naiver Spruch von Miriam, der wenig mit der Realität zu tun hatte, aber wenn sie sich einem womöglich gefährlichen Hundemörder entgegenstellen wollten, musste zumindest eine gewisse Einigkeit herrschen.

»Jetzt komm mal wieder runter«, fuhr Elena sie an und knallte das Glas auf die Ablage. »Wir schweben ja nicht gerade in Lebensgefahr, also hör auf, dich wie eine Glucke aufzuführen.«

Elenas Stimmungsschwankungen verunsicherten Teresa, sie kam sich vor wie in einem Ruderboot, an dem ein heftiger Seegang zerrte. Am Abend aufgerüttelt von Verzweiflung und Wut, tat Elena nun völlig entspannt, als wären sie alle nur für ein Klassentreffen nach Seelvlieth gekommen.

»Woher willst du wissen, dass wir nicht in Lebensgefahr schweben? Das kannst du nicht, weil du ja angeblich keine Ahnung hast, was Hartmann von uns will.« Teresa deutete auf den Korb, der ihr seit dem Aufstehen ein ungutes Gefühl bereitete. »Und was ist damit? Bitte sag mir, dass er vor der Tür stand und *du* ihn auf den Tisch gestellt hast, als du zum Joggen gegangen bist.«

Teresa hatte davorgestanden, nun trat sie einen Schritt zur Seite, um Elena die Sicht freizugeben auf das ungewollte Präsent.

Sichtlich irritiert, ging Elena auf den Korb zu. »Nein, das war ich nicht«, sagte sie tonlos.

Teresa ließ sich zurück auf den Stuhl sinken, ein einziger Gedanke übernahm die Kontrolle in ihrem Kopf. »Hartmann war im Haus.« Ein Fluchtreflex ergriff von ihr Besitz, Sachen packen, nichts wie raus.

Elena hingegen brachte der Korb nicht aus der Fassung. »Das

weißt du nicht«, sagte sie und betrachtete ihn interessiert. »Was ist drin?«

»Ich habe nicht nachgesehen.«

Elena nahm die Mütze vom Kopf, öffnete ihre Laufjacke – den rechten Handschuh behielt sie noch an –, dann zog sie den Korb zu sich heran und öffnete, ohne zu zögern, die Klappe.

Kein totes Tier, kein abgetrennter Kopf, stattdessen war er gefüllt mit Bagels, Donuts und Muffins, dazu verschiedene Marmeladensorten, Fleischwurst, Salami, Filterkaffee und eine Flasche Sekt, alles hübsch drapiert und mit einer roten Schleife versehen. Auf den ersten Blick nicht bedrohlich, doch das hatte Teresa auch über die Pralinen gedacht.

»Das ist bestimmt von Frau Feddersen«, sagte Elena, nahm die Flasche Sekt aus dem Korb und begutachtete sie.

»Während wir schlafen?« Teresa konnte sich kaum vorstellen, dass die alte Frau noch vor dem Morgengrauen durch den Schnee gestapft war, um in die Privatsphäre ihrer Gäste einzudringen und damit eine negative Bewertung zu riskieren.

Elena stellte die Flasche zurück. »Vielleicht hat sie den Korb gebracht, während ich laufen war.«

Teresa Stirn legte sich in Falten. »War er denn noch nicht da, als du los bist?«

»Keine Ahnung, ich habe nicht darauf geachtet.« Elena zog die Jacke aus und hängte sie über die Stuhllehne, die Angelegenheit schien sie nicht im Ansatz so sehr zu beunruhigen wie Teresa.

»Vielleicht hast du recht«, begann Teresa skeptisch. »Aber würde sie wirklich einfach in die Wohnung kommen? Sie hätte auch klingeln können.«

Einmal mehr zuckte Elena die Schultern. »Wahrscheinlich wollte sie uns nicht wecken und den Korb nicht draußen in der Kälte stehen lassen.«

Das ergab Sinn, dennoch fühlte sich Teresa mit der Erklärung nicht wohl und verstand nicht, warum Elena es nicht einmal in Erwägung zog, dass es Hartmann gewesen sein könnte, der ihnen des Nachts ein Willkommensgeschenk hinterlassen hatte.

Oder eine Henkersmahlzeit.

Teresas Magen rebellierte. Sie würde auf keinen Fall etwas davon anrühren.

»Ich verstehe nicht, warum du so ruhig bist«, sagte sie und nahm ihren Blick von dem Korb. Elena hatte sich mittlerweile weiter ausgezogen, im Vergleich zu draußen musste es ihr im Haus warm vorkommen. Teresa hingegen konnte nicht aufhören zu zittern.

»Laufen rückt die Dinge in deinem Kopf an die richtige Stelle. Solltest du auch mal versuchen.«

Vielleicht, dachte Teresa, doch bevor sie freiwillig durch die Kälte rannte, musste viel passieren.

Sie wartete in der Küche, während Elena in beeindruckender Geschwindigkeit duschte, es gab kein warmes Wasser, was der Grund für die Rekordzeit sein musste. Den Fresskorb, der vermutlich wirklich nur nett gemeint gewesen war, ließ sie nicht aus den Augen. Als Elena zurück in die Küche kam, in frischen Klamotten und mit feuchten Haaren, hatte Teresa genug Zeit gehabt, sich ein paar Gedanken zu machen.

»Du hast doch die Nummer unserer Vermieterin. Ruf sie an und bedanke dich bei ihr für den Korb.«

Elena seufzte genervt und zückte ihr Handy. Nachdem sie einige Zeit mit dem Telefon am Ohr durch die Zimmer gewandert war, kam sie mit einem Kopfschütteln zu Teresa zurück. »Sie geht nicht ans Telefon«, sagte sie und beendete den Anruf.

Miriam tauchte im Türrahmen zum Wohnzimmer auf, schon wieder hatte Teresa ihre Anwesenheit vergessen, und der Ausdruck in ihrem Gesicht bereitete ihr Sorgen.

»Alles in Ordnung?«, fragte sie vorsichtig.

Miriams Gesichtsausdruck war ernst. »Ich muss euch dringend etwas mitteilen«, sagte sie mit fester Stimme.

***

Teresa sah sie alarmiert an, während Elena nicht einmal so tat, als würde es sie interessieren, was Miriam zu sagen hatte. Sie saß in der Küche auf einem Stuhl und war gerade dabei, sich warme Socken überzuziehen, doch ihre Ignoranz bestärkte Miriam nur in ihrem Entschluss.

Trotzdem kostete es sie Überwindung, ihre Bedürfnisse auszudrücken und durchzusetzen, und angespannt verschränkte sie ihre Arme vor der Brust. Ihr Schutzschild. »Ich will zurück nach Hamburg. Jetzt.«

Elenas Kopf hob sich, nun hatte sie ihre Aufmerksamkeit.

»Wieso?«, fragte Teresa. Sie kam auf sie zu und streckte einen Arm aus, um Miriam an der Schulter zu berühren, doch sie wich zurück.

»Ganz ehrlich?«, fragte sie ungläubig. »Ich will euch nicht um mich haben. Ich verstehe nicht, warum ihr mich überhaupt zu diesem Trip überredet habt. Schon klar, Hartmann will es so, bla, bla, aber ihr habt mehr als deutlich gemacht, dass ihr mich nicht dabeihaben wollt. Deswegen ... ihr könnt eure dreckigen Geheimnisse behalten, ich will damit nichts mehr zu tun haben.«

Es tat gut, es sich von der Brust geredet zu haben, und aus ihrer Anspannung wurde Erleichterung. Was nun noch kam, wie Teresa und Elena reagieren würden – es war ihr egal.

Teresa sah aus, als würde sie jeden Moment in Tränen ausbrechen. Elenas Miene hingegen verriet nichts, doch Miriam war sich sicher, in ihren Augen Zorn aufblitzen zu sehen. Diese Frau machte ihr Angst, etwas stimmte ganz und gar nicht mit ihr.

»In Hamburg werde ich der Polizei erzählen, was ich über Hartmann weiß«, setzte sie nach. »Ich will wissen, wo mein Freund ist, und es interessiert mich absolut nicht, ob ihr eine komplizierte Beziehung zur Polizei habt. Ihr werdet nicht länger auf meine Kosten euren Dreck vertuschen. Mir ist egal, was mit euch passiert – so egal, wie ich euch schon immer war.«

Es dauerte einige heftige Hammerschläge in ihrer Brust, ehe die Bedeutung ihrer Worte zu den anderen Frauen durchgedrungen war.

»Nein«, sagte Elena. Während Miriams Redeschwall hatte

sie innegehalten und sie gemustert, nun widmete sie sich ihrer zweiten Socke.

»Nein was?« Miriam war sich nicht sicher, ob sie den Kontext von Elenas Antwort richtig verstand.

Ihre Füße waren nun warm verpackt, und Elena stand auf. Die rechte Hand in ihre Hosentasche vergraben, versuchte sie, es zu verstecken, doch Miriam war ein ausgeprägter Bluterguss auf dem Handrücken aufgefallen. Elenas Blick fixierte sie, ein angedeutetes Lächeln auf den Lippen, das ihre Augen nicht erreichte, konnte nicht darüber hinwegtäuschen, dass sie kurz davorstand, erneut die Kontrolle über sich zu verlieren.

»Du kannst nicht zurück nach Hamburg«, sagte Elena freundlich. »Du musst hierbleiben.«

Miriam spürte ihre eigene Unterlegenheit, fühlte die Angst, die zur Konsequenz haben würde, dass sie sich Elenas Entscheidung beugte, doch da war auch eine Stimme des Widerstands in ihr, und zum ersten Mal erlaubte sie sich, darauf zu hören. Entschlossen wandte sie sich an Teresa und ignorierte Elenas wachsenden Unmut. »Teresa, du hast mir versprochen, dass wir jederzeit zurückfahren, wenn ich es will.«

»Das hat sie nicht«, mischte Elena sich sofort ein.

»Mit dir rede ich nicht«, zischte Miriam sie an und wandte sich wieder an Teresa. »Komm schon, das schuldest du mir!«

»Sie schuldet dir gar nichts«, ging Elena abermals dazwischen. »Du kannst nicht gehen, Miriam. Wir brauchen dich hier.«

Miriam zog eine Grimasse. »Was willst du von mir? Ich habe nichts mit deinem hundetötenden Psychopathen zu tun. Er ist euer Problem, nicht meines, ich habe ja nicht einmal eine Postkarte bekommen!«

»Dein Buch ist schuld, dass wir überhaupt hier sind.«

Miriam stutzte, irgendwie hatte sie von jetzt auf gleich den Faden verloren. »Was? Was hat denn mein Buch damit zu tun?«

Hilfesuchend sah sie zu Teresa, fragte sich, ob sie verstand, wovon Elena sprach, doch ihr gesenkter Blick machte eine Antwort unnötig.

Als sie wieder zu Elena sah, hatte sie den Zeigefinger auf sie gerichtet. »Du hast in deinem Buch *über uns* geschrieben – und über Hartmann.«

Die Wucht dieser haltlosen Unterstellung riss Miriam beinahe von den Füßen. »Ich habe … was?«

»Vielleicht war es dir gar nicht bewusst, als du es geschrieben hast«, sagte Teresa, ein linkischer Versuch, Miriam zu verteidigen, ohne dabei Elena in den Rücken fallen zu müssen. »Aber deine Geschichte weist wirklich einige Parallelen zu damals auf.«

Miriam starrte sie an. Sie meinten es wirklich ernst. »So ein Schwachsinn!«, schnaubte sie entgeistert. Die Vorstellung war absurd! »Ihr wart doch in der Sommerschule dabei, ihr wisst, dass die Dinge aus dem Buch nicht einmal annähernd so passiert sind. Habt ihr vergessen, wie wir von morgens bis abends geschuftet haben, um diesen Ameisenhaufen aus Heranwachsenden unter Kontrolle zu behalten? Wann soll denn Zeit gewesen sein für all die Partys und Drogen und *Morde*?« Und schlagartig wurde es Miriam klar. »Du denkst, du bist Luzie, hab ich recht?«

»Natürlich bin ich Luzie«, erwiderte Elena gereizt. »Sie hat sogar den gleichen Schönheitsfleck wie ich, also hör auf, uns für dumm zu verkaufen.«

Ungläubig griff sich Miriam an die Stirn. Das durfte alles nicht wahr sein. »Hältst du dich wirklich für so wichtig? Marilyn Monroe und Madonna haben auch einen Schönheitsfleck an derselben Stelle, sind sie deswegen gleich ein und dieselbe Person?« Dieses Gespräch war lächerlich. »Du gefällst dir in dieser Rolle, oder? Alles dreht sich nur um dich, schon klar«, Miriam lachte freudlos auf, »aber Realitätscheck: Bis vor ein paar Tagen wusste ich nicht einmal mehr, wer du bist. Du bist niemand.«

Sie sah zu Teresa, die dem Streit stillschweigend zugesehen hatte. Nun bedachte sie Miriam mit einem Blick, der Mitleid ausdrückte, Mitleid, weil sie sich nicht eingestehen wollte, was die anderen längst wussten. Und da begriff Miriam, dass sie verloren hatte. Resignierend warf sie die Arme in die Luft. »Von mir aus, phantasiert euch zusammen, was ihr wollt. Jedes Buch steht frei zur Interpretation. Aber wenn du dich in Luzie wiedererkennst, Elena, dann solltest du dich als Person dringend einmal hinterfragen.« Sie holte tief Luft, bevor sie sich dann wieder an Teresa wandte. »Wann können wir losfahren?«

»Miriam, ich –« Teresa brach ab, gequält blickte sie zu Elena, als warte sie auf ihre Erlaubnis.

Miriam wollte schreien. »Es ist genug, Teresa, du kannst aufhören, zwischen Elena und mir hin- und herzuspringen. Du musst dich jetzt entscheiden.«

Teresas Schweigen war ihre Antwort, und Miriam nickte. Sie hatte verstanden. Sie war auf Teresas falsche Ahnungslosigkeit hereingefallen und hatte wirklich geglaubt, dass jugendlicher Übermut und schlechter Umgang sie damals zu diesem Verhalten verführt hatten. In Wahrheit aber war sie genau der egoistische und niederträchtige Mensch, für den sie sie seit dem Sommer vor elf Jahren gehalten hatte.

Miriam hatte hier nichts mehr verloren, wartete keine Antwort ab, keine weiteren Täuschungsversuche und hastete in ihr Zimmer, konnte kaum die mit Wut und Enttäuschung gefüllten Tränen verhindern, während sie begann, die wenigen Habseligkeiten, die es in der kurzen Zeit aus der Tasche geschafft hatten, wieder hineinzustopfen.

»Miriam?« Teresa war ihr gefolgt, doch sie wollte von ihr nichts hören.

»Gibst du mir wenigstens dein Telefon?«, fragte sie reserviert und streckte die Hand aus.

»Was willst du damit?« Elena stand plötzlich neben Teresa und bildete mit ihr eine Mauer, mit der sie Miriam den Weg aus dem Zimmer versperrten.

»Ich will meine Eltern anrufen, damit sie mich abholen«, sagte sie, ihre fordernde Hand zitterte.

Zu Miriams Überraschung nickte Teresa und zog ihr Smartphone aus der Hosentasche. Da traute sie sich aber was, und das direkt vor Elenas Nase. Sie wollte das Telefon schon nehmen, als Elena es Teresa aus der Hand riss. Miriam sah ihre Chance schwinden, es jemals zwischen die Finger zu bekommen, und sprang nach vorne, in dem Versuch, das Handy zu retten, doch Elena wehrte sie mit dem Ellenbogen ab und stieß sie grob weg. Miriam stolperte rückwärts, knallte mit der Hüfte gegen das Bettgestell und stürzte mit einem dumpfen Geräusch zu Boden. Benommen lag sie auf den kalten Fliesen und schloss die Augen, kurz glaubte sie, etwas in ihrem Unterleib sei gebrochen. Fast wünschte sie sich, ernsthaft verletzt zu sein, damit sie ins Krankenhaus kam und der ganze Wahnsinn ein Ende haben würde.

»Das wollte ich nicht«, hörte sie Elena sagen, sie klang betroffen, dann spürte sie Teresas vorsichtigen Griff, mit dem sie versuchte, Miriam auf die Beine zu helfen, doch sie wand sich aus ihren Händen und rappelte sich alleine auf. Ihr Becken schmerzte, aber es war nichts zersplittert, gerissen oder gebrochen. Unter den Blicken der anderen hievte sie sich aufs Bett, die Wut trieb ihr endgültig die Tränen aus den Augen, sie waren nicht mehr aufzuhalten.

»Wer bist du?«, fuhr sie Elena fassungslos an. »Was bildest du dir ein, über andere zu bestimmen?«

Elena wich zurück. »Wir statten Seelvlieth Island einen Besuch ab und sehen uns auf dem Hof um«, sagte sie mit der gleichen Entschiedenheit wie schon an den Tagen zuvor, als wäre gerade nichts geschehen, doch ihre Stimme war brüchig. »Das ist der Plan, und du bist ein Teil davon. Wenn *er* dort nicht ist, fahren wir nach Hamburg zurück.«

Miriam lachte ungläubig und wischte sich das Gesicht trocken. An Teresas überraschter Miene sah sie, dass sie auch noch keine Ahnung von diesem Plan gehabt hatte. Ohne eine weitere Erklärung verließ Elena das Zimmer und ließ die anderen beiden Frauen alleine.

»Miriam –«, begann Teresa unbeholfen, doch diese hob abwehrend die Hand. Sie wollte nichts von ihr hören, kein verdammtes Wort.

»Geh weg«, fauchte sie. »Geh zu Elena. Ihr mit euren widerlichen Geheimnissen, ihr habt einander verdient.«

***

Die Situation war aus dem Ruder gelaufen, und Teresa wusste nicht, was sie anderes machen konnte, also ließ sie sich von Elena mitziehen, in das dunkle Verderben ihrer fragwürdigen Absichten. Sie konnte sich selbst nicht vertrauen, nicht ihren Erinnerungen, und auch wenn Elena ihre ganz eigene Agenda verfolgte, über die sie Teresa im Dunkeln ließ, schien sie immerhin zu wissen, was zu tun war. Daran hielt sie sich fest, während alles andere aus dem Gleichgewicht geraten war.

Also machten sie sich fertig und liefen über die dünne Schneeschicht, die sich in der Nacht auf den kalten Boden gelegt hatte, zu ihrem Auto. Miriam hatte sich ihnen wortlos angeschlossen, ohne einen Mucks von sich zu geben, kletterte sie auf den Rücksitz und blieb auch während der Fahrt stumm, als versuchte sie, sich unsichtbar zu machen.

Teresa saß der Streit noch in den Knochen. Elena war zu weit gegangen, und noch immer hatte sie ihr das Handy nicht zurückgegeben. Doch als sie Elena danach fragte, während sie Richtung Wesersperrwerk fuhren, warf sie ihr einen entschuldigenden Blick zu. »Ich habe es auf deinen Nachttisch gelegt. Hast du es denn nicht mitgenommen?«

Teresa stöhnte. Hatte sie nicht. Weil sie keine verdammte Ahnung gehabt hatte, dass es dort lag. Sie machte sich nichts vor, genau das war Elenas Absicht gewesen. Damit sie auf Seelvlieth Island die Einzige war, die mit der Außenwelt in Kontakt treten konnte. Bei dem Gedanken krampfte sich ihr Magen zusammen.

Das Sperrwerk war erwartungsgemäß geöffnet, als sie es erreichten, doch die einspurige Klappbrücke, die sie auf die Insel hatte bringen sollen, war hochgeklappt. Teresa war davon ausgegangen, dass sie zu jeder vollen Stunde für die Überfahrt heruntergeklappt wurde, so war es früher gewesen, doch mit

Blick auf die Uhr und angesichts der gehobenen Brückenhälfte, die ihnen wie eine Wand den Weg versperrte, wurde ihr klar, dass sich das in den letzten Jahren geändert hatte.

Es überraschte sie nicht. Abgesehen von der Familie Hartmann, die auf Seelvlieth Island ihren Hof hatte, lebte niemand dort. Damals, als die Jugendherberge und Teile von Seelvlieth von dem Hof mit Milch, Eiern und anderen Lebensmitteln versorgt worden waren, war es notwendig gewesen, die Brücke regelmäßig zu schließen. Doch auf der Insel war es still geworden. Kein Muhen mehr, kein Gackern oder Wiehern, einzig die Menschen dort waren verblieben.

Ratlos sah Teresa sich um. An der Schranke hing ein handgeschriebener Zettel in einer Klarsichthülle, doch aufgrund der Schneeschicht darauf war der Text unleserlich. Auch Elena hatte ihn bemerkt und öffnete bereits die Beifahrertür. Kurzerhand schloss Teresa sich ihr an, während Miriam stoisch im Auto sitzen blieb. Auf dem Weg zur Schranke streifte sich Elena ihre Handschuhe über, und Teresa erinnerte sich an den Bluterguss auf ihrem Handrücken.

»Was ist da eigentlich passiert?«, fragte sie beiläufig und deutete auf die bläuliche Verfärbung, bevor sie von dem Handschuh verdeckt wurde.

»Bin beim Laufen gestürzt«, wehrte Elena ab, und Teresa war sich sicher, dass sie log.

Die Weser lag still vor ihnen, eine Eisschicht hatte sie in ihrer Bewegung erstarren lassen, ein aus unerklärlichen Gründen verstörender Anblick. Als sie den Zettel erreichten, strich Elena den Schnee von der glatten Oberfläche.

Liebe Anwohner und Anwohnerinnen,
aufgrund fehlenden Bedarfs haben sich die Öffnungszeiten der Brücke geändert.
Ab sofort ist die Brücke zu folgenden Zeiten passierbar:
Montag – Freitag
9 Uhr und 18 Uhr

Bei Nachfragen wenden Sie sich bitte an Familie Koschorreck in Seelvlieth, Dammstr. 14a.
Vielen Dank.

Elena neben ihr fluchte. Die erste Öffnungszeit für die Überfahrt hatten sie verpasst, bei der nächsten wäre es Abend.

Koschorreck, der Name sagte Teresa etwas. »Ich weiß, wer das ist. Die Tochter der Familie war eine von den Studentinnen in unserem Zimmer. Tatjana, glaube ich. Du müsstest sie kennen, sie ist auch auf dem Gruppenfoto drauf.«

Auf dem Foto, von dem Elena nicht wusste, dass Teresa es aufbewahrt hatte.

»Wart ihr befreundet?«, wollte Elena wissen, und Teresa ahnte, worauf sie hinauswollte.

»Ein bisschen«, sagte sie wahrheitsgetreu. »Sie war nett.«

Elena nickte zufrieden.

***

Es war die Hälfte eines Einfamilienhauses, vor der sich Teresa alleine wiederfand. Ihre kalten Hände waren feucht, als sie den Klingelknopf mit dem Namen Koschorreck drückte und hoffte, dass sie ihre auf der Fahrt zurechtgelegten Worte auch anwenden konnte. Sie verstand, warum Elena wollte, dass Teresa alleine mit Tatjana sprach, trotzdem hätte sie gern jemanden zur Unterstützung an ihrer Seite gehabt. Doch ihr vorgefertigter Plan brach ohnehin in sich zusammen, als nicht Tatjana öffnete, sondern ein Mann Mitte dreißig.

»Ja?« Er sah sie neugierig an.

Teresa hatte ihn schon einmal gesehen, seine dunklen Augen und die braunen Locken wirkten vertraut, doch sie kam nicht darauf, woher sie ihn kannte. »Oh, hey. Ich wollte zu Tatjana«, sagte sie nach kurzem Zögern und lächelte gewinnend.

Seine Miene wurde misstrauisch. »Ich bin ihr Bruder.«

Da fiel bei Teresa der Groschen. »Marlon? Ich erinnere mich an dich. Du warst der Junge für alles.«

Die Familie Koschorreck hatte damals die Jugendherberge geleitet und eng mit der Familie Hartmann zusammengearbeitet. Während Tatjana Lehrerin werden wollte, hatte sich Marlon dem Familiengefüge ergeben und in der Jugendherberge an allen Stellen ausgeholfen, wo es nötig gewesen war. Glücklich hatte er damit nie gewirkt. Teresa erinnerte sich an ihre damaligen Flirtversuche, die er stets abgewehrt hatte. Als sie seinen fragenden Blick bemerkte, fügte sie hinzu: »Ich bin Teresa. Tatjana und ich waren damals in der Sommerschule zusammen in einem Zimmer.«

Jetzt nickte Marlon, doch sein fragender Blick blieb. »Ich weiß, wer du bist.« Er öffnete die Tür weiter und gab den Blick frei auf einen engen Flur, der vollgestopft war mit Winterklamotten von mindestens einer Fußballmannschaft. »Willst du reinkommen? Ist ziemlich kalt hier draußen.« Teresa hatte darauf spekuliert, ins Haus eingeladen zu werden, doch war sie davon ausgegangen, dass sie Tatjana vertrauensvoll folgen würde. Bei Marlon hingegen ... Sie kannte ihn von früher, aber es war immer heikel, solch eine Einladung anzunehmen. Dennoch vertraute sie ihrem Bauchgefühl.

»Aber nur, wenn ich nicht störe«, sagte sie aus reiner Höflichkeit und schlang in einer frierenden Geste die Arme um ihren Oberkörper.

»Nein, du störst nicht«, sagte er und trat zur Seite. »Ich freue mich, dich wiederzusehen.«

Seine Freude ließ Teresa kurz zaudern, doch dann folgte sie ihm, der ein bisschen aussah wie ein trauriger Labradoodle. Im Flur nahm er ihr den Mantel ab und warf ihn über einen Haken, während sie sich im Stehen umständlich die nassen Schuhe auszog. Der schmale Flur offenbarte an seinem Ende eine Küche, rechts führte eine Treppe nach oben, doch es war das beengende Wohnzimmer, in das Marlon sie brachte.

Viel Platz war hier nicht. An der hinteren Wand stand eine braune Couch, links daneben eine weitere in einer anderen Farbe und ihr gegenüber ein mittelgroßer Flachbildfernseher. Damit war das Wohnzimmer voll. Nicht einmal ein richtiger Tisch fand darin Platz – lediglich ein kleiner Beistellwagen zwischen Couch und Fenster bot eine minimale Abstellfläche, auf die Teresa das Glas Wasser stellte, das Marlon ihr inzwischen gebracht hatte.

Darauf bedacht, auf keinen der Legosteine zu treten, die den Teppich mit bunten Tupfen dekorierte, setzte sie sich auf die Couch.

»Was treibt dich nach Seelvlieth? Ist ja nicht unbedingt ein guter Ort für Winterferien«, fragte Marlon sichtlich interessiert und nahm auf dem anderen Sofa Platz.

»Ach, so dies und das. Ich war erschrocken, wie es sich hier verändert hat.«

Er verzog verlegen das Gesicht. »Ja, wir hatten schon bessere Zeiten. Ziemlich ernüchternd, dass ein einziger Psycho die komplette Infrastruktur einer Kleinstadt zerstören kann.«

Teresas Körper versteifte sich, sie konnte nichts dagegen tun. »Psycho?«

»Einige nennen ihn *Madmann*, aber für mich ist er einfach ein Psychopath. Vor sechs Jahren hat er unsere Hündin Trixi getötet, von unten nach oben aufgeschlitzt und an einem Baum aufgeknüpft. Wenn es nach mir ginge, sollte das Gleiche mit ihm gemacht werden.«

Das Gespräch hatte schnell eine verstörende Richtung genommen. »Das ist schrecklich. Weißt du, wer er ist?«

Marlon schnaubte. »Wir alle wissen es, aber keiner spricht es aus.«

Etwas Ähnliches hatte schon Frau Feddersen gesagt, und Teresa wunderte sich, warum es niemand wagte, offen auszusprechen, dass Hartmann das alles getan hatte. Im Falle von Marlon konnte sie es allerdings in gewisser Weise nachvollziehen, schließlich handelte es sich bei Hartmann um den ehemaligen Geschäftspartner der Familie. Trotz der weiteren Fragen, die sich Teresa stellte, beschloss sie, das Thema fallen zu lassen – es bereitete ihr Unbehagen – und sich ihrem eigentlichen Anliegen zuzuwenden. »Tut mir leid, dass ich dich damit so überfalle, aber ich muss dich um einen Gefallen bitten.«

»Worum geht es?« Marlon beugte sich interessiert vor.

»Kannst du die Klappbrücke öffnen? Also ich meine schließen. Ich möchte auf die Flussinsel.«

Marlons Gesicht verschattete sich. »Was willst du da?«

Teresa strich sich eine lange Strähne hinter das Ohr. »Helga Hartmann ist vor ein paar Tagen gestorben, und ich möchte ihrer Familie mein Beileid aussprechen.«

Bevor Marlon etwas erwidern konnte, wanderte seine Aufmerksamkeit zu einem Jungen, der im Türrahmen des Wohnzimmers aufgetaucht war. »Da bist du ja«, sagte er zu ihm und dann an Teresa gewandt: »Das ist Dustin.«

Sie zwang sich zu einem kindgerechten Lächeln. »Hey, Dustin. Nett, dich kennenzulernen. Ich bin Teresa.«

Der Junge war vielleicht neun oder zehn Jahre alt, sein schmächtiger Körper wirkte zerbrechlich – und auf eine schwermütige Weise traurig.

»Du weißt, was zu tun ist«, sagte Marlon mit sanfter Strenge an das Kind gerichtet. »Zieh dich warm an und schnapp dir einen Schneeschieber. Du bist spät dran.«

Dustin nickte stumm, dann verschwand er aus dem Türrahmen, und Teresa hörte es im Flur rascheln.

»Deiner?«, fragte sie, obwohl die blonden Haare und blauen Augen des Jungen kaum Ähnlichkeiten mit Marlon aufwiesen.

Dieser schüttelte den Kopf. »Nein, er ist Tatjanas Sohn.«

»Oh.« Teresa wusste selbst nicht, warum, aber diese Information überraschte sie. Tatjana hatte also einen Sohn. Wieso fühlte sich das seltsam an?

»Wo ist sie überhaupt?«, fragte sie nach und sah sich im Wohnzimmer um, als könnte sie jeden Augenblick hinter einer Gardine hervorspringen.

Marlons Gesichtsausdruck blieb entspannt, doch in seine Augen trat eine Traurigkeit, die sie bereits bei dem Kind bemerkt hatte. »Tatjana ist tot«, erklärte er mit fester Stimme. »Sie hat sich vor neun Jahren das Leben genommen.«

***

Die innere Anspannung und das Warten machten Elena mürbe. Außerdem schien Miriam sich dazu entschlossen zu haben, sie in den Wahnsinn zu treiben, indem sie unaufhörlich an dem Ablagenetz des Fahrersitzes zupfte. Teresa war bereits seit über zehn Minuten verschwunden, sie hatten etwas weiter die Straße runter geparkt, sodass Elena nicht gesehen hatte, wem Teresa ins Haus gefolgt war. Nun saßen sie und Miriam handlungsunfähig im Auto und überboten sich gegenseitig mit ihrem latent aggressiven Schweigen. Immerhin mussten sie nicht frieren. Es war Elenas Vorschlag gewesen, dass Teresa sich alleine mit Tatjana unterhielt, was ihr logisch erschienen war angesichts der Tatsache, dass Teresa sich an das Mädchen aus ihrem Zimmer erinnerte und Elena nicht. Allerdings hatte sie ihre eigene Ungeduld unterschätzt und bereute es, Teresa die alleinige Kontrolle überlassen zu haben.

Paul tauchte unangekündigt in ihren Gedanken auf. Das tat er häufiger, was die ganze Situation für sie nur noch schwerer machte. Sobald sie an ihn dachte, fühlte sie sich anders, wie eine sanftere Person, mehr so wie der Mensch, der sie gerne wäre.

Gerade deshalb war es absolut notwendig, dass sie sich von ihm fernhielt. Es tat weh, aber sie würde sich daran halten. Doch je länger sie in Seelvlieth war und je näher die Begegnung mit *ihm* rückte, desto deutlicher spürte sie die Dringlichkeit, Paul noch einmal zu kontaktieren. Ein letztes Mal. Wider besseres Wissen holte Elena ihr Smartphone hervor und begann zu tippen.

Ich weiß, dass ich dir nicht schreiben darf, doch bevor ich keine Chance mehr dazu habe, sollst du noch ein paar Dinge wissen: Du fehlst mir. Du hast nichts falsch gemacht. Es tut mir leid, dass ich dich in Schwierigkeiten gebracht habe. Linda irrt sich, was meine Absichten angeht. Dass du glücklich bist, ist das einzig Wichtige in meinem Leben. Falls dir eines Tages schlimme Gerüchte über mich zu Ohren kommen, glaube sie nicht. Vielleicht kann ich dir eines Tages alles erklären.

»Kannst du das *bitte* sein lassen!«, zischte sie Miriam an, als sie einmal mehr das Netz auf der Rückseite des Fahrersitzes zurückschnappen ließ. So konnte sie sich nicht konzentrieren, und das musste sie, wenn sie die richtigen Worte finden wollte und sich entscheiden musste, ob sie die Nachricht versenden oder das verdammte Handy aus dem Fenster werfen sollte.

»Nur damit du es weißt: Ich gehe nicht auf die Insel.«

Elena hob nicht einmal den Blick. »Musst du auch nicht. Wir nehmen das Auto.«

»Dann steige ich vorher aus.«

Elena stöhnte frustriert, Miriam benahm sich wie ein bockiges Kleinkind. Also beschloss sie, die finale Entscheidung über die Nachricht auf einen Zeitpunkt zu verschieben, wenn sie Ruhe hatte und nicht Babysitterin spielte.

Elena musste zugeben, dass die Situation am Morgen ein wenig eskaliert war. Es war nicht ihre Absicht gewesen, Miriam zu schubsen, und obwohl sie vermutete, dass ihr Humpeln vorhin auf dem Weg zum Auto eher demonstrativ gewesen war, glaubte sie ihr, dass es wirklich wehgetan hatte. Aber sie konnte nicht zulassen, dass sie nach Hause fuhr und zur Polizei ging, Elena *brauchte* sie auf der Insel, und in ihrem Verständnis rechtfertigten gewisse Umstände besondere Mittel. Wirklich zu Schaden gekommen war Miriam ja nicht, und ihre Eltern konnte sie auch am Abend noch anrufen, *falls* sie von der Insel zurückkam.

Elena behielt das Handy auf dem Schoß und drehte sich auf ihrem Sitz zur Seite, sodass sie Miriam auf der Rückbank ansehen konnte. »Es tut mir leid, was heute Morgen passiert ist. Ich bin ein wenig übermütig gewesen, ich hoffe, du trägst es mir nicht nach.«

Miriam sah sie spöttisch an. »Nein, schon gut, *Elena*, deine passiv formulierte Entschuldigung entschädigt mich für alles. Wir können also endlich beste Freundinnen sein. Ich komme trotzdem nicht mit auf die Insel.«

Elena überging ihren bissigen Kommentar, sie musste etwas tun, um Miriam zu besänftigen, und in diesem Fall blieb ihr nichts anderes übrig, als es ihr zu erzählen.

Die Wahrheit.

»Warst du jemals dort? Auf dem Hof?«, begann Elena ruhig, machte sich gefasst auf das vertraute Gefühl von Schmutz, das sich über ihren Körper zog wie eine zweite Haut, bereitete sich mental auf Ekel und Abscheu vor, die sie vor sich selbst empfand. Es wurde niemals besser.

Miriam hatte keine Ahnung, was ihr bevorstand. »Wieso sollte ich?«, fragte sie irritiert.

»Ich war früher oft dort. In der umgebauten Scheune. Aber nicht, weil ich es wollte.« Elena wusste, wie es laufen musste. Es waren nur Worte, die sie auswendig gelernt hatte, mit ihnen waren keine Bilder verknüpft, keine tiefergehenden Gefühle, ansonsten würde sie das nicht durchstehen. Nur ihr verräterischer Muskel in ihrem Mundwinkel zuckte, er war das Einzige, das sie nicht kontrollieren konnte.

»Was meinst du damit?«, fragte Miriam, nun sichtbar aufgeschreckt.

»Was ich dir über Hartmann erzählt habe, entsprach nicht vollständig der Wahrheit.«

Miriam zog eine Augenbraue hoch. »Schockiert mich jetzt nicht wirklich. Worauf willst du hinaus?«

»Was ich dir jetzt sage, weiß niemand über mich. Auch Teresa nicht.« Das war eine notwendige Lüge, schließlich versuchte Elena, ein Vertrauensverhältnis aufzubauen, da musste sie Miriam schon etwas mehr geben als eine unschöne Wahrheit – ein Geheimnis nämlich.

Doch ihre Ankündigung schien Miriam eher skeptisch zu machen. »Okay«, sagte sie gedehnt.

Keine Bilder, ermahnte Elena sich. »Hartmann hat mich erpresst. Es war dumm von mir, etwas anderes zu behaupten. Wir hatten auch keine *Affäre*, aber du kannst mir glauben, ich habe diese Lüge jedes Mal bereut. Das, was er mir angetan hat, so zu nennen fühlt sich an, als würde ich mich selbst verraten. In mir steckt so viel Selbsthass und Verachtung, dass ich meine eigene Gegenwart kaum ertrage. Deshalb hier die hässliche Wahrheit: Hartmann hat etwas beobachtet, ein Vergehen, das er dann gegen mich verwendet hat. Für sein Schweigen musste ich schreien.«

»Er hat dich vergewaltigt?« Miriam war anzusehen, dass sie nicht wusste, wie sie damit umgehen sollte – Mitleid empfinden oder wütend werden.

Wenn Elena die Wahl hätte, würde sie sich immer für die Wut entscheiden. »Ich will nicht, dass du es so nennst«, sagte sie schneidend, zornig darüber, dass Miriam sie mit diesem Wort konfrontierte, darüber, dass sie es nicht kapierte und Elena es ihr erklären musste. »Es macht mich zu einem *Opfer*, aber das bin ich nicht. Ich hatte die Wahl. Ich habe es zugelassen, dass …«, *keine Bilder, keine verdammten Bilder*, schärfte sie sich immer wieder ein, »… dass er mich gewürgt hat bis zur Besinnungslosigkeit, dass er mich benutzt und mich dabei ›Bitch‹ genannt hat, seine ›läufige Hündin‹. Ich habe es zugelassen, aus dem einzigen Grund, um mich vor Schlimmerem zu bewahren.«

Elena las von Miriams Gesicht ab, dass es ihr schwerfiel, sich etwas vorzustellen, das noch schlimmer war als das, was Hartmann getan hatte, und beneidete sie um ihr unschuldiges Gemüt.

Miriam beugte sich nach vorne, hielt ihren Blick fest. »Elena, ehrlich, ob ich es nun so nenne oder nicht, es ändert nicht, dass es das trotzdem war. Etwas *zuzulassen* ist nicht genug, um kein Opfer zu sein.«

Elena rechnete es ihr hoch an, dass sie es versuchte, dennoch konnte sie mit ihren Worten nichts anfangen. Miriam verstand es nicht, weil sie nicht in ihrer Haut steckte. »Es ging fast drei Wochen«, fuhr sie fort. Sie musste es zu Ende bringen, damit sie es wieder wegsperren konnte, ganz weit weg, nicht vergessen, aber ohne Macht über sie. »Hartmann war gierig, und ich habe geliefert.«

Miriam hatte an der Erzählung schwer zu schlucken, es war ihr anzusehen, wie sie darum bemüht war, ihre Gefühle unter Kontrolle zu halten. Elena musterte sie eingehend, ihr hässliches, feistes Gesicht, an dem nichts ansprechend war, nichts filigran oder weiblich, stattdessen ungeschminkt und fleckig, dazu die roten Haare, die sie wie eine Karikatur ihrer selbst aussehen ließen.

»Warst du deswegen plötzlich verschwunden?«, fragte Miriam, als sie Elenas stechenden Blick bemerkte.

»Ich habe es nicht mehr ertragen. Obwohl ich Angst hatte, dass er mich verrät, musste ich weg. Aber er hat geschwiegen, elf Jahre lang. Und jetzt ist er wieder da.«

»Was die Schuld meines Buches ist, richtig?« Miriam klang plötzlich defensiv. Doch über das Thema war Elena längst hinaus. Sie tat alles aus Berechnung, so viel stimmte, aber es ging ihr nicht länger um Schuldzuweisungen oder Ursachenforschung. Es ging ihr um Kontrolle.

Und deshalb blieb sie bei der Wahrheit. »Ja, das glaube ich. Weil ich es mir nicht anders erklären kann. Aber das spielt für mich keine Rolle. Ich erzähle dir das, damit du verstehst, warum ich so verbissen meine Absicht verfolge, diese Sache hier durchzuziehen. Ich will ihm noch einmal ins Gesicht sehen. Keine Versteckspiele mehr, keine Postkarten oder andere bösartigen *Grüße*. Keine Ahnung, was uns auf der Insel erwartet und mit welcher Absicht er nicht nur mich, sondern uns drei hierhergelockt hat, aber das ist unwichtig. Ich muss das für mich tun, ich muss ihm gegenübertreten, ihm in die Augen sehen, um ihm zu beweisen, dass er mich zwar erpressen kann, mich aber nicht mehr *besitzt*. Mir ist klar, warum du mich als Mensch verabscheust. Ich verstehe das. Ich habe es verdient. Ich kann dich nur bitten, dass du dich trotzdem mit mir solidarisierst.«

Miriam sah sie verstört an. »Wozu? Was soll das bringen?«

»Er kennt uns, er weiß um unsere Schwächen und spekuliert darauf, dass wir uns gegenseitig in den Rücken fallen. So stellen wir für ihn keine Gefahr dar. Und er hat ja auch recht damit, ich meine, sieh uns an. Aber wenn wir ihm gemeinsam entgegentreten, dann kann er uns nichts anhaben.«

Miriam sagte nichts, sie schien über Elenas Worte nachzudenken. »Ich weiß von deiner Überzeugung, dass Frauen zusammenhalten müssen. Und du bist enttäuscht, dass wir es für gewöhnlich nicht tun. Das Patriarchat hat uns beigebracht, andere Frauen als Rivalinnen zu betrachten. Es hat uns zu Einzelkämpferinnen gemacht. Damals und heute war ich die meiste Zeit ziemlich eklig zu dir, und auch wenn du das wahrscheinlich nicht glaubst, will ich so nicht sein. Ich bin in dem Glauben groß geworden, dass ich für mich alleine einstehen muss. Ich vertraue niemandem außer mir selbst, und nicht einmal dabei bin ich mir sicher.«

Elena hatte sich bereits in der Nacht diese Worte über die Rivalität unter Frauen und das Patriarchat zurechtgelegt, für den Fall, dass Miriam einen Rückzieher machte, und genauso war es dann ja auch gekommen. Das Buch hatte ihr geholfen, zu verstehen, wie Miriam funktionierte.

»Jetzt stell dir mal vor, was wir erreichen könnten, wenn wir keine Einzelkämpferinnen mehr sein müssten. Wenn wir aufhören würden, uns gegenseitig in den Rücken zu fallen, und uns stattdessen einander stärken.«

Miriam sah sie befremdet an. Als würde sie die Frau auf dem Beifahrersitz nicht kennen. Sie hatte keine Ahnung, dass sie es wirklich nicht tat. »Denk drüber nach«, schloss Elena ihren Vortrag und wandte sich von Miriam ab, als sie einsah, dass eine unmittelbare Reaktion von ihr unwahrscheinlich war. Doch während sie darauf wartete, dass Teresa endlich ihren Hintern zurück zu ihnen ins Auto bewegte, spürte sie Miriams sprachlosen Blick.

»Guck nicht so, sonst nehme ich alles wieder zurück«, sagte Elena grimmig und aktivierte ihr Handy. Ohne den Text noch einmal durchzulesen, verschob sie die Nachricht an Paul in den Mülleimer.

***

»Das tut mir leid, ich wusste nicht, dass Tatjana tot ist«, sagte Teresa betreten und schämte sich dafür, keine passenderen Worte zu finden als diese banale Floskel, schämte sich, ohne Vorankündigung in dieses Haus und seine Familientragödie gepoltert zu sein. Sie hatte nicht das Recht, alte Wunden aufzureißen.

Marlon schwieg, er musste nichts sagen, der schlimmste aller Sätze war schon über seine Lippen gekommen, er schuldete ihr nichts. Unbeholfen änderte Teresa ihre Sitzposition, sie wollte hier weg, auch wenn das bedeutete, dass sie nicht vor achtzehn Uhr auf die Insel kamen und Elena ihr deshalb den Hals umdrehen würde.

Doch zu ihrer Überraschung wirkte er nicht traurig, höchstens erschöpft, und er musterte sie neugierig.

»Darf ich dich etwas fragen?«, brachte er schließlich nachdenklich hervor. Seine Stimme hatte einen angenehmen Klang, sie wusste, dass sie ihm schon damals gerne zugehört hatte, wenn er an manchen Abenden mit den Jugendlichen bei einem Lagerfeuer am Strand saß und Gruselgeschichten erzählte.

Teresa nickte, erleichtert, dass das befangene Schweigen vorbei war. »Ja, sicher.«

Er rutschte auf seinem Platz nach vorne, die Arme auf seine Knie gelegt, eine angespannte Aufregung ging von ihm aus. »Du warst doch im gleichen Jahr wie Tatjana in der Sommerschule. Ist dir damals etwas aufgefallen? Etwas, das merkwürdig war?«

Unwillkürlich lehnte sie sich zurück, um dem langen Arm seiner Frage auszuweichen. »Was meinst du damit?«, fragte sie zurückhaltend, sie ahnte, dass es etwas mit Hartmann zu tun hatte – wie alles in diesem Sommer.

Marlon fuhr sich mit den Händen durch seine braunen Locken, er schien mit sich um seine nächsten Worte zu ringen. »Um ehrlich zu sein, bin ich froh, dass du gekommen bist. Vor ein paar Jahren war ich kurz davor, dich zu kontaktieren. Dich und die anderen Frauen aus Tatjanas Zimmer. Doch dann ist mein Vater gestorben, und meine Mutter musste ins Pflegeheim –«

»Tut mir leid, dass Dustin und du so viel durchgemacht habt.« Wieder brachte sie nicht mehr als eine Plattitüde hervor, es war erbärmlich. »Wieso wolltest du uns kontaktieren?«

Sein Gesicht zuckte abwägend. »Tatjanas Selbstmord damals hat mir den Boden unter den Füßen weggerissen. Uns allen. Dabei kam er nicht einmal überraschend. Wir … ich hätte ihr irgendwie helfen müssen.«

Sein Blick huschte zur Zimmertür, Teresa vermutete, dass seine nächsten Worte nicht für die Ohren von Tatjanas Sohn geeignet waren. Doch das unregelmäßige Schaben der Schneeschaufel über den Asphalt der Einfahrt machte deutlich, dass er sich keine Sorgen machen musste. »Seit der Schwangerschaft war Tatjana depressiv gewesen. Nach Dustins Geburt wurde es noch schlimmer. Sie war nicht in der Lage gewesen, eine emotionale Bindung zu ihm aufzubauen, und hatte deswegen mit schlimmen Schuldgefühlen zu kämpfen. Es war alles zu viel für sie.«

»Das ist schrecklich.« Das war es wirklich, dennoch stellte sie sich allmählich die Frage, worauf Marlon hinauswollte.

»Ich sehe es an deinem Blick. Du wunderst dich, was du damit zu tun hast.« Er grinste sie an, und Teresa bemerkte überrascht, dass er ihr immer noch gefiel.

»Nein … also ja, ein bisschen schon. Tut mir leid, dass das so offensichtlich ist.«

Er hob beschwichtigend die Hände. »Schon gut, ich kann dich verstehen. Ich habe ein bisschen um den heißen Brei geredet, deswegen komme ich jetzt zum Punkt.« Er machte eine Pause, und auf sein Gesicht legte sich ein gequälter Ausdruck. »Tatjana ist während der Sommerschule schwanger geworden.«

Ungläubig starrte Teresa ihn an. »Oh.« Ihr wurde unwohl, denn nun ahnte sie, in welche Richtung sich seine Erzählung bewegte, und sie wusste nicht, wie sie damit umgehen sollte.

Auch Marlon war sichtlich befangen. Immer wieder strich er sich widerspenstige Locken aus der Stirn. »Sie hat lange Zeit nicht darüber gesprochen, wer der –«, er stolperte über das nächste Wort, verhedderte sich und klärte seine Stimme, bevor er fortfuhr, »wer der Erzeuger ist. Es war schon zu spät, als sie die Schwangerschaft entdeckte, um … gewisse Maßnahmen zu ergreifen, die ihr rückblickend womöglich das Leben gerettet hätten, aber …« Es war nicht zu übersehen, wie schwer es ihm fiel, darüber zu reden. Auch Teresas Körper versteifte sich, sie wollte es nicht wissen, es nicht hören.

»Kurz bevor Dustin zur Welt kam, vertraute sie sich mir

an.« Ein verklärtes Lächeln schlich sich kurz auf seine Lippen. »Du musst wissen, dass dieser ganze Familienbetrieb mit dem Sperrwerk und der Jugendherberge nichts für sie war. Tatjana wollte Lehrerin werden, seit sie alt genug war, um mir mit einem Stift an der Tapete das Alphabet beizubringen. Damals war sie sechs und ich neun.« Er lachte, ohne wirklich zu lachen, bis sich schließlich wieder ein Schatten von Trauer und Schuld über seine Züge legte. »Sie hat in Bremen auf Lehramt studiert, ist jeden Tag fast zwei Stunden hin- und zurückgependelt, um anschließend noch in der Jugendherberge auszuhelfen.«

Teresa fragte sich, ob Tatjana geahnt hatte, wie stolz ihr älterer Bruder auf sie gewesen war. Ob sie jemals diesen Ausdruck von Bewunderung in seinen Augen gesehen hatte wie in diesem Moment, während er über seine Schwester sprach.

»Das Sommerschul-Projekt war eigentlich von der Stadt Hamburg initiiert und Hamburger Studierenden vorbehalten, aber durch ihre Verbindung zur Jugendherberge hat sie eine der begehrten Stellen erhalten. Sie wollte keine Sonderbehandlung, nicht zu Hause schlafen, niemandem sollte auffallen, dass sie den Platz – in ihren Augen – unrechtmäßig bekommen hatte.«

Das unscharfe Bild, das sie bislang von Tatjana gehabt hatte, bekam Konturen, und Teresa glaubte, sich daran zu erinnern, wie begeistert Tatjana sich in das Projekt reingehängt hatte. Sie war immer die Erste gewesen, die morgens aufstand, sie hatte die besten Ideen für Ausflüge und andere Aktivitäten gehabt, und die Kids hatten ihre geduldige und humorvolle Art geliebt. Bestimmt wäre aus ihr eine großartige Lehrerin geworden.

Doch Teresa behielt das alles für sich, Tatjanas Bruder brauchte keine dahergelaufene Fremde, die irgendwann mal vier Wochen lang seine Schwester flüchtig gekannt hatte, um ihm zu sagen, was er selbst längst wusste.

»Es passierte während der zweiten oder dritten Woche«, erzählte Marlon weiter. »Eine der Frauen aus ihrem Zimmer war zu ihr gekommen und hatte sie zu Ole Hartmann auf den Hof geschickt.« Seine Worte lösten eine Kette an Erinnerungen aus, die sich mit aller Gewalt auf Teresas Brustkorb legten und ihr die Luft abdrückten.

Ole Hartmann.

»Hartmann will, dass du zu ihm kommst, aber das kann ich nicht zulassen. Nicht du.« Das war es gewesen, was Elena gesagt hatte, bevor sie abgehauen war. Elena hatte sie nicht zu ihm geschickt, wie sie anfangs geglaubt hatte, stattdessen hatte sie versucht, Teresa davon *abzuhalten.*

Nicht du.

Noch eine falsche Erinnerung, auf die sie hereingefallen war.

»Es ginge um ein Vorstellungsgespräch für einen Extra-Job, hieß es«, fuhr Marlon unbeirrt fort. »Ein Verwandter der Familie Hartmann wollte zu Besuch kommen und suchte angeblich eine Betreuerin, die sich für ein paar Tage um das Kleinkind kümmerte. Das Gespräch verlief gut, hatte Tatjana anfangs geglaubt, Ole war freundlich und charmant …«

Ole … freundlich und charmant … Teresas Hals war wie zugeschnürt, ihre Zunge klebte am Gaumen, und ohne einen Hauch von Feinmotorik griff sie sich das Glas vom Tischchen neben ihrer Couch und trank das kalte Wasser in großen Schlucken, in der hilflosen Hoffnung auf Erlösung.

»An mehr erinnerte sich Tatjana nicht. In dem einen Moment saß sie noch bei Ole in der umgebauten Scheune und im nächsten lag sie irgendwo am Strand der Weser. Es war dunkel gewesen, und sie erzählte, es hätte sich angefühlt, als hätte sie dort einen Rausch ausgeschlafen. Aber sie hatte nichts getrunken. Sie trank nie. Ihr fehlte jegliche Erinnerung daran, wie sie von der Insel gekommen und was vorher dort passiert war.«

Marlon sprach mit fester Stimme, doch er konnte seine Emotionen nicht länger verbergen und wischte sich mit den Handballen die Augen trocken, während Teresa wie erstarrt dasaß, ihren heftigen Herzschlägen ausgeliefert.

Er räusperte sich. »Sie sagte, ihr hätte alles wehgetan. *Alles.* Und während sie es sagte, konnte sie mir nicht in die Augen sehen.« Seine Stimme brach, er wandte den Kopf ab. Teresa zitterte am ganzen Körper. Marlon atmete ein paarmal geräuschvoll durch, dann hatte er sich wieder im Griff. »Den Job hat sie nicht bekommen, der ominöse Verwandte mit dem Kleinkind tauchte niemals auf. Die Frau, die sie zu Ole geschickt hatte, weigerte sich danach, mit ihr zu reden. Tatjana hat die Sommerschule trotzdem beendet, aber es ging ihr dabei nicht gut. Sie fühlte sich fremd in sich selbst. Falsch. Sie hat es mir so erklärt: Obwohl sich ihr Verstand nicht erinnerte, schien ihr Körper es zu tun. Egal, wohin das Bewusstsein wanderte, der Körper erlebte das, was *sie* erlebte.«

Teresa nickte stumm. Das alles ergab einen furchtbaren, entsetzlichen Sinn.

»Sie war überzeugt«, fuhr Marlon fort, »dass Ole ihr etwas ins Getränk gemischt und dann Gott weiß was mit ihr gemacht hat. Sie war traumatisiert, konnte aber nicht ausdrücken, was sie quälte. Als sie drei Monate später herausfand, dass sie schwanger war, wusste sie es, auch ohne sich zu erinnern.«

Teresa legte die Hände vor den Mund, gleichzeitig zuckte ihr Blick zum Fenster. Obwohl sie ihn nicht sehen konnte, war er dort, Dustin, Hartmanns Sohn, empfangen auf dem schlimmsten aller Wege.

»Ein halbes Jahr nach Dustins Geburt hat sie sich in der Badewanne die Pulsadern aufgeschnitten.«

Teresa schloss die Augen, sie wollte versinken in der Schwärze des Vergessens, doch das stand ihr nicht zu. Stattdessen musste sie sich der Wahrheit stellen: Elena hatte die ahnungslose Tatjana Hartmann ausgeliefert, während sie Teresa verschont hatte. *Nicht du.* Und womöglich gab es noch andere Frauen.

Als Teresa die Augen öffnete, musterte Marlon sie zögerlich. »Es liegt mir fern, dich oder eine der anderen Frauen zu beschuldigen. Was passiert ist … Niemand von euch ist daran schuld, ebenso wenig wie Tatjana. Es ist nur, ich würde es gerne wissen. Wer sie damals zu Ole geschickt hat. Um zu verstehen, warum sie das getan hat. Ergibt das irgendeinen Sinn für dich?«

Teresa nickte. »Es ergibt absolut Sinn. Der Geist muss Frieden finden, damit das Herz heilen kann.« Es waren die ersten

Worte nach einer gefühlten Ewigkeit, und ihre Stimme war rau und belegt und ganz weit entfernt.

Auch er nickte, dann sah er ihr bittend in die Augen. »Wenn du etwas weißt, dann sag es mir. Hast du gesehen, wer Tatjana damals zu Ole geschickt hat?«

Oh, Elena, was hast du bloß getan?

***

Teresa war nun schon seit über einer halben Stunde in dem Haus, und allmählich begann Elena sich zu fragen, ob sie womöglich Unterstützung benötigte. »Ich sehe mal nach, wo Teresa steckt«, sagte sie und drehte sich zu Miriam um. »Kann ich dich hier alleine lassen?«

Miriam wirkte versöhnlich. »Schon gut, ich laufe nicht weg.«

Elena grinste halbherzig. »Ich weiß, die Kindersicherung ist drin.« Dann öffnete sie die Tür und stieg aus. Sie hörte Miriams erfolglose Versuche, die Hintertür zu öffnen, während sie selbst sich auf die Haushälfte der Familie Koschorreck zubewegte, ohne sich noch einmal umzudrehen – sie wollte nicht wissen, ob Miriam sauer war, weil sie sich dann eingestehen müsste, dass es sie nicht kümmerte.

Der Schnee knirschte unter ihren Füßen, er war am Boden festgefroren und nicht mehr so locker wie noch am Morgen. Sie schloss ihre Jacke bis zum Hals, auf die Mütze verzichtete sie für den kurzen Weg. Je näher sie dem Haus kam, desto deutlicher trug der Wind das Geräusch einer Schneeschaufel zu ihr herüber. Auf der Einfahrt stand ein kleiner Junge – Elena konnte auf den ersten Blick nicht sagen, wie alt er war – und versuchte erfolglos, den harten Schnee vom Asphalt zu kratzen.

»Oh, hi, ich suche meine Freundin. Hast du sie gesehen?«, fragte sie ihn vorsichtig, um ihn nicht zu erschrecken. Der Junge sah überrascht zu ihr auf, in seinem Gesicht glühten rote Wangen der Anstrengung, unter der dicken Mütze blitzten blonde Strähnen hervor. Ein sonderbares Gefühl überkam sie, als er seine Arbeit unterbrach und sie misstrauisch musterte. Als müsste sie wissen, wer er war, obwohl sie es eindeutig nicht tat.

Nachdem sie offenbar seiner kritischen Überprüfung standgehalten hatte, nickte er lustlos. »Ja, sie ist drinnen bei meinem Onkel.«

Elena ließ sich nicht anmerken, dass sie keine Ahnung hatte, wer sein Onkel war.

»Und was machen sie?«, fragte sie und ging ein Stückchen auf ihn zu.

»Reden«, erwiderte er gelangweilt und setzte lahm seine Arbeit fort.

Elena blieb vor ihm stehen und lächelte. »Ach so«, sagte sie und betrachtete ihn genauer. Er war schmächtig, was auch der auftragende Schneeanzug nicht verbergen konnte, und strahlte eine Melancholie aus, die sie für einen Jungen seines Alters höchst ungewöhnlich fand. »Darf ich so lange hier draußen bei dir warten, bis sie fertig sind mit Reden?«

Er zuckte gleichgültig mit den Schultern, ohne sie dabei anzusehen. »Von mir aus, wenn es Ihnen nicht zu kalt ist.«

Da hatte er natürlich recht, und Elena bereute, ihre Mütze im Auto gelassen zu haben, aber sie konnte nicht leugnen, dass der Junge sie neugierig machte. »Du kannst ruhig Du zu mir sagen. Ich heiße Elena. Und wie heißt du?«

Immer noch etwas misstrauisch blickte er auf. Seine Augen waren blau, dunkel und tief wie der Ozean. »Dustin«, antwortete er zögerlich, offenbar war er sich nicht sicher, ob es in Ordnung war, dass er ihr seinen Namen verriet.

»Soll ich dir beim Schneeschippen helfen, Dustin?«, bot sie an und deutete auf die Einfahrt, die noch weit davon entfernt war, schneefrei zu sein.

Enttäuscht schüttelte er den Kopf. »Geht nicht, wir haben nur eines von diesen Dingern.«

»Nur eines? Musst du den Schnee denn immer alleine schippen?«

»Weiß nicht. Schneit ja nicht mehr so viel wegen der globalen Erwärmung.«

Elena verbarg ihr Schmunzeln, er sollte nicht denken, dass sie sich über ihn lustig machte. »Da hast du leider recht.« Tatsächlich hielt sie ihn für ziemlich klug, vermutlich las er viel. »Wie alt bist du eigentlich?«

»Zehn.«

Sie tat so, als müsste sie überlegen. »Dann gehst du in die fünfte Klasse, oder?«

»In die 4a.«

Ein Grundschüler also, trotz seiner zierlichen Figur wirkte er deutlich reifer als andere Kinder in seinem Alter. Als hätte er Erfahrungen gemacht, für die er noch zu jung war. »Die vierte Klasse ist toll, da gehörst du zu den Ältesten auf deiner Schule«, sagte sie mit einer aufgesetzten Begeisterung, die sie sich für ihre Arbeit angeeignet hatte. »Was sind deine Lieblingsfächer?«

»Tut mir leid, wenn ich euch unterbreche.« Elena hatte nicht bemerkt, dass sich ihnen vom Gehweg her ein junger Mann genähert hatte, und erschrocken wandte sie sich zu ihm um. Er trug eine leichte Übergangsjacke und hatte weder Schal noch eine Kopfbedeckung dabei. Auch seine Schuhe waren eher sportlich als wintertauglich. Auf seinem erschöpften, abgehetzten Gesicht zeichnete sich aufrichtige Sorge ab, sein aschblondes, fast schulterlanges Haar wirkte ungepflegt.

Elena erstarrte.

»Könnt ihr mir helfen?«, sprach er aufgeregt weiter, die Arme frierend um seinen schmalen Oberkörper geschlungen. »Ich suche meine Freundin. Sie ist so mittelgroß, rotblonde Haare, hübsch. Sie heißt Miriam Kamp. Habt ihr sie gesehen?«

»Danke für deine Hilfe, Marlon. Tut mir leid, dass ich dir nicht helfen konnte«, sagte Teresa, als er sie zur Tür begleitete. Er wartete, bis sie sich im engen Flur Schuhe und Mantel übergezogen hatte, dann schob er sich vorsichtig an ihr vorbei und öffnete die Haustür.

»Ist schon gut, ich bin froh, dass ich dich fragen konnte.« Er meinte es ernst, das spürte sie, dennoch war er enttäuscht. Sie verabschiedeten sich formlos voneinander, und Teresa trat zurück in die Kälte. Es überraschte sie, Elena zusammen mit Dustin auf der Einfahrt zu sehen. Jemand war bei ihnen, und es wirkte, als hätten sie mit Teresas Auftauchen ihr Gespräch unterbrochen. Von der kleinen Gruppe gingen seltsame Schwingungen aus, Elenas Körperhaltung war pure Ablehnung, und interessiert näherte sich Teresa ihnen.

»Dustin, komm rein, Großer«, rief Marlon hinter ihr, und der Junge sah erleichtert auf. »Du kannst später weitermachen. Ich koche uns jetzt erst einmal einen Kakao.«

Dustin strahlte übers ganze Gesicht, ließ die Schneeschaufel fallen und rannte an ihr vorbei zu seinem Onkel. Marlon war in Ordnung, bei ihm war der Junge gut aufgehoben, davon war Teresa überzeugt. Sie sah ihm kurz hinterher, dann ging sie zu Elena und ihrer unbekannten Gesellschaft.

»Hallo, kennen wir uns?«, fragte sie den Fremden. Er war auffällig unangemessen gekleidet, und allein sein Anblick ließ sie noch mehr frösteln. Er versuchte zu lächeln, doch die Sorge in seinem Gesicht überschattete alles.

»Wird die Brücke heruntergelassen?«, fragte Elena, ehe der junge Mann etwas erwidern konnte.

Irritiert darüber, mit welcher Unfreundlichkeit sie seine Anwesenheit überging, wandte sich Teresa zu ihr um. »Marlon kümmert sich darum.«

»Wer ist Marlon?«

Teresa hielt sich den Mantel am Hals zu. Der Wind war eisig und hatte zugenommen, seit sie im Haus gewesen war. »Tatjanas Bruder«, sagte sie kurz angebunden und erwiderte dann schnell das hilflose Lächeln des Mannes, ehe Elena sie mit weiteren Fragen von ihm ablenken konnte. »Tut mir leid, Elena hat vergessen, dich vorzustellen.«

Er hob beschwichtigend die Hände. »Nein, nein, ich bin nur ... ich suche meine Freundin.« Verlegen rieb er sich den Kopf, eine kleine Schlaufe entstand in seinen kinnlangen hellbraunen Strähnen. »Mein Handy ist kaputtgegangen, und jetzt habe ich ein neues, aber ich kann sie nicht erreichen, und die andere Nummer, die sie mir geschickt hat, ist irgendwie falsch. Ich weiß nur, dass sie in Seelvlieth ist, aber um ehrlich zu sein, dachte ich, die Stadt wäre viel kleiner, und ich würde sie leichter finden.«

»Er sucht Miriam«, sagte Elena widerwillig und würdigte ihn keines Blickes.

»Ihr kennt sie?« Aufgeregt huschten seine Augen von Teresa zu Elena und wieder zurück.

»Du bist Max!« Teresa empfand eine ähnliche Erleichterung wie er, als er nickte. Sie hatte ihn sich anders vorgestellt, irgendwie älter und breiter, und er strahlte eine Jungenhaftigkeit aus, die sie beinahe rührte. Mit einer Handbewegung bedeutete sie ihm, ihr zu folgen, dann führte sie ihn in die Richtung, in der sie den Wagen geparkt hatten. »Miriam wird so froh sein, dich zu sehen!«

***

Ihre Umarmung dauerte länger als jede andere, die Teresa jemals beobachtet hatte, und ihnen bei ihrer wortlosen Verschmelzung zuzusehen löste ein Gefühl von Neid in ihr aus. Als sie sich schließlich voneinander lösten, zog Miriam ihren Freund für ein Gespräch von Teresa weg, und sie kehrte in die Wärme ihres Autos zurück, um dort auf sie zu warten. Elena saß bereits auf dem Beifahrersitz, ihren Blick starr durch die Frontscheibe auf das Paar gerichtet, und Teresa bemerkte den Zorn in ihren Augen. Die Ankunft von Miriams Freund passte offensichtlich nicht in ihren Plan.

Noch immer kreiste Tatjanas Schicksal durch Teresas Kopf, und es war ihr nicht länger möglich, Elena ohne das Gefühl von fassungslosem Entsetzen anzusehen. Die Vorstellung, wie sie gewissenlos andere Frauen zu Hartmann geschickt hatte, im vollen Bewusstsein darüber, was er ihnen antun würde, war kaum zu ertragen, und am liebsten hätte sie Elena hier und jetzt an den Schultern gepackt, sie geschüttelt und angeschrien, damit sie begriff, was sie angerichtet hatte.

Nur widerwillig löste sie ihren Blick von Miriam und Max, die ein intensives Gespräch führten, von den kleinen Atemwolken, die wie Rauchzeichen in den trüben Himmel stiegen, und richtete ihn auf Elena. »Wir müssen uns unterhalten«, sagte Teresa ernst, ihre Stimme klang so kratzig, wie sich ihr Hals anfühlte.

Elena zeigte keine Regung, starrte weiter geradeaus auf das Paar, auf Max, ein Ausdruck von enttäuschter Wut entstellte ihre Züge, und kurz fragte sich Teresa, ob Elena sie überhaupt gehört hatte. Doch dann zuckte der nervöse Muskel in ihrem Mundwinkel. »Ich will ihn nicht dabeihaben. Er wird alles kaputtmachen«, sagte sie finster.

Teresa hatte sich gedacht, dass sein Auftauchen Elena bitter aufstoßen würde, doch sie klang, als dächte sie darüber nach, wie sie ihn möglichst schnell beseitigen konnte.

»Du glaubst doch nicht, dass Miriam jetzt noch mitkommt?«, fragte Teresa.

Noch immer nahm Elena nicht den Blick von dem Paar. »Wir haben uns ein bisschen unterhalten, als du im Haus warst, und ich hatte sie so weit.«

Elenas manipulative Art begann Teresa langsam ernsthaft zu beunruhigen. »Was hast du zu ihr gesagt?«

Elena blinzelte, als wäre sie gerade aus einem schlechten Traum erwacht, und sah Teresa an. »Die Wahrheit.«

Welche Wahrheit? Teresa war sich nicht sicher. Es gab viele Wahrheiten, Wahrheiten waren individuell, keine davon traf für alle zu. Bis vor einer halben Stunde hatte sie noch geglaubt, dass sie die Wahrheit kannte, jetzt glaubte sie nur noch, dass sie keine verdammte Ahnung von irgendwas hatte.

»Ich weiß, was du getan hast.« Teresa hörte die Abscheu in ihrer eigenen Stimme.

Elena brach den Blickkontakt ab und sah wieder starr nach vorne. »Du weißt gar nichts.«

Teresa schnaubte verächtlich, sie hatte genug. »Tatjana hat sich umgebracht«, sagte sie und erwartete, eine Regung in Elenas Gesicht auszumachen, doch es blieb völlig ungerührt. Nicht einmal Mitgefühl konnte Elena empfinden, und Teresa verachtete sie dafür. »Marlon trauert seit Jahren um seine tote Schwester, kümmert sich um ihren Sohn, und ich lüge ihm mitten ins Gesicht, indem ich behaupte, ich hätte keine Ahnung, wer sie damals für ein Vorstellungsgespräch zu Hartmann geschickt hat.«

Erneut spürte sie die brutale Heftigkeit ihrer Scham. Was würde es für einen Unterschied machen, wenn Marlon es wüsste, hatte sie sich gefragt. Die Wahrheit konnte Tatjana nicht mehr retten, eine Lüge jedoch Elena davor bewahren, sie für etwas anzuklagen, was sie vor elf Jahren getan hatte. Aber es machte einen Unterschied, das erkannte Teresa nun, während sie Elena ansah. Für Marlon, für Dustin, für all die anderen Frauen, denen Elena mit ihrem Verhalten geschadet hatte. Teresa hatte entschieden, dass Elena mit etwas davonkommen sollte, für das sie offensichtlich nicht einmal Reue empfand, und das war ein Fehler gewesen. Schuld ging nicht weg, völlig gleichgültig, wie viel Zeit verging.

Statt Elena zur Rechenschaft zu ziehen, hatte Teresa sich mit ihr verbündet. Sie sollte aus dem Auto aussteigen, zurück zu Marlon gehen und ihm alles erzählen, was sie wusste, doch sie rührte sich nicht. Weil sie schwach war und Angst hatte, wegen der Kälte in ihrem Inneren, von der sich der Aal ernährte und die sie lähmte. Weil sie im Selbstmitleid ertrank und den Rettungsring für sich beanspruchte, statt ihn denen zu überlassen, die ihn wirklich brauchten.

Elenas beharrliches Schweigen raubte Teresa den letzten Funken Verständnis. »Ich lüge für dich, und du hast nichts dazu zu sagen?«

Elena blickte nur kurz zu ihr, die Augen stumpf und leer. »Danke.« Dann wanderte ihre Aufmerksamkeit zurück zu den anderen.

Miriam hatte eine ganze Weile geredet und Max aufmerksam zugehört. Nun schienen sie in einer Diskussion zu stecken, die Fürsorge und Respekt ausstrahlte.

»Der Junge, mit dem du dich eben unterhalten hast«, begann Teresa und war überrascht, dass sie sofort Elenas Aufmerksamkeit hatte, »ist von *ihm*. Was du damals getan hast, hat dazu geführt, dass Tatjana sich umgebracht hat. Du bist schuld, dass dieses Kind –«

»Es ist nicht meine Schuld«, fuhr Elena ihr schroff ins Wort, wandte aber sofort den Kopf ab, um sich über die Augen zu wischen.

»Na, immerhin lässt dich das nicht auch kalt«, sagte Teresa zynisch.

»Du verstehst das nicht«, erwiderte Elena, ihre Stimme war nur einen Hauch dünner geworden.

»Du irrst dich, Elena, du bist nicht das Mysterium, für das du dich hältst. Ich weiß, was du getan hast, und –«

»Du verstehst … das nicht.« Elena presste die Worte zwischen ihren Zähnen hervor, ein verzweifeltes, wütendes Knurren, das zum ersten Mal wirklich das auszudrücken schien, was in ihr vorging.

»Du hast Leben zerstört«, sagte Teresa vorwurfsvoll. »Wie viele, *Ghislaine*? Wie viele hast du zu ihm geschickt?«

Elena schüttelte langsam den Kopf, beschämt, die Selbstgefälligkeit war ihr irgendwann in den letzten Minuten abhandengekommen. »Ich weiß es nicht … Meine Erinnerungen sind … lückenhaft.«

»Und warum *mich* nicht?«

Diese Frage beschäftigte Teresa am meisten, seit ihr klar geworden war, dass Hartmann es auch auf sie abgesehen hatte. *Ich wollte immer nur dich, und bald können wir endlich zusammen sein*, hatte auf der Postkarte gestanden. Deshalb war sie hier, weil er sich endlich holen wollte, was ihm damals verwehrt geblieben war. Teresa hatte nur noch nicht verstanden, welche Rolle Elena dabei spielte, ob sie wirklich so ahnungslos war, wie sie tat, oder ob sie Teresa nur deshalb mit nach Seelvlieth genommen hatte, um sich nach all den Jahren freizukaufen, indem sie ihm Teresa schließlich doch noch auslieferte.

Teresa hatte Mühe, gleichmäßig zu atmen. Ihre Hände umschlossen das Lenkrad, sie krallte sich fest, suchte daran Halt in einer Situation, in der nichts mehr sicher war. Elena war berechnend, das wusste Teresa, aber *so* berechnend?

»Hartmann will, dass du zu ihm kommst, aber das kann ich nicht zulassen. Nicht du.«

Wenn sich Teresa doch bloß daran erinnern würde, was danach geschehen war.

»Du willst wissen, warum ich dich damals nicht zu ihm geschickt habe?« Elenas Stimme war zornig und verzweifelt zugleich. »Weil ich dachte, dass wir Freundinnen sind.«

Teresa starrte sie an, niemals hatte sie Elena so verletzlich gesehen.

Die Hintertüren des Wagens wurden aufgerissen. Miriam und Max stiegen ein, mit ihnen die kalte Luft des Winters, sie hatten ihr Gespräch unbemerkt beendet. Schnell wischte Elena ihre Augen trocken, strich sich die dunklen Haare seitlich vors Gesicht, die sichtbaren Bekenntnisse ihrer Verwundbarkeit gehörten ihr und Teresa.

»Okay, hier ist der Deal«, begann Miriam ohne Umschweife und schien nicht zu bemerken, in welchen empfindlichen Moment sie und Max hereingeplatzt waren. »Ich komme mit auf die Insel – zusammen mit Max.«

»Auf keinen Fall«, sagte Elena, ihre Stimme belegt und brüchig. Teresa drehte sich um und sah gerade noch, dass Miriam gleichgültig mit den Schultern zuckte.

»Was du vorhin zu mir gesagt hast, hat mich zum Nachdenken gebracht, Elena. Ich biete dir also meine Unterstützung an, obwohl du sie nicht verdient hast. Aber ich folge nicht deinen Befehlen, ich mache es auf meine Art. Also entscheide: Bekommt Hartmann vier Gäste oder zwei?«

Niemand sagte etwas. Max blickte betreten auf seine Knie, aber Teresa bemerkte, dass er Miriams Hand hielt und sie bestärkend drückte. Schnell sah sie wieder weg und wartete Elenas Entscheidung ab.

Ihr Körper auffällig versteift, blickte sie einmal mehr starr geradeaus. »Fahr uns zum Sperrwerk, Teresa«, sagte sie kapitulierend.

***

Seelvlieth Island war eine Flussinsel inmitten der Weser und beherbergte auf einer Gesamtfläche von etwa einem Quadratkilometer lediglich einen Bauernhof. Ein Sperrwerk schützte aufgrund der stark schwankenden Gezeiten die Insel vor Überflutungen, die daran gekoppelte Hebebrücke führte sechzig Meter über das Wasser und war ihr einziger Zugang. Marlon hatte Wort gehalten und die Brücke für die Überfahrt geöffnet.

Vor elf Jahren hatte es auf der Insel frei laufende Hühner und überall grasende Pferde und Kühe gegeben, nun wirkte der Ort, als wäre hier überhaupt kein Leben mehr.

Sie fuhren auf die Brücke, und Miriam überkam ein unwohles Gefühl, wie eine Erinnerung, doch das konnte nicht sein, denn sie war noch nie auf der Insel gewesen. Eine Vorahnung vielleicht, ein vibrierendes Warnsignal in ihrem Körper, das ihr zu verstehen gab, wie falsch ihre Entscheidung war. Sie hätte auf Max, viel mehr aber noch auf ihr Bauchgefühl hören sollen.

Max' sonst eher düstere und melancholische Ausstrahlung war einem ungewöhnlich besorgten Ausdruck gewichen, und unwillkürlich fragte sie sich, ob es nicht besser gewesen wäre, ihn aus der Sache herauszuhalten. Ihrer anfänglichen Erleichterung, ihn in Sicherheit zu wissen und nicht verschollen wie Teresas Freund Gero, war inzwischen der dringende Wunsch gefolgt, ihn zu beschützen. Ihn von Menschen wie Hartmann fernzuhalten.

Während sie mit weniger als dreißig Kilometern pro Stunde die Brücke überquerten, blickte Miriam nicht aus dem Fenster, sah nicht auf den zu Eis erstarrten Fluss unter ihnen und auch nicht dem Hof entgegen, der sie, von Nebelschwaden verborgen, irgendwo tiefer auf der Insel erwartete, sondern zu Max. Sie war nicht mehr allein.

Der Wagen rumpelte über eine Unebenheit, ein eindeutiges Indiz, dass sie die Brücke hinter sich gelassen hatten und sich auf direktem Wege zum Bauernhof der Familie Hartmann befanden. Die Straße war schmal und von schlechter Qualität, die einzige auf der Insel, die nur von der Familie und den Angestellten des Hofes genutzt worden war. Weite Flächen von Grün säumten ihre kurze Autofahrt, wie der asphaltierte Weg vor ihnen waren sie von einer zerbrechlichen dünnen Schneeschicht bedeckt, makellos und unberührt. Seit es in der Nacht geschneit hatte, war niemand hier gewesen, sie waren die Zerstörer, die das perfekt gepuderte Stillleben verwüsteten.

Und genau das machte Miriam unruhig. Es ergab keinen Sinn. Irritiert sah sie zu Teresa, ihr Blick war konzentriert auf die Straße gerichtet, ihre Wangen glühten, doch ihr schien nichts an dem Bild, das sich vor ihr ausbreitete, seltsam vorzukommen. Elenas Gesicht lag im Verborgenen, und Miriam wagte nicht, sie auf ihre ungute Ahnung anzusprechen.

Wieder blickte sie in die weißgraue Landschaft, die keinerlei Hinweise zeigte, dass es an diesem verlassenen Ort Leben gab. Den Korb mit dem Frühstück musste Hartmann im Laufe der Nacht oder am frühen Morgen in ihrer Küche deponiert haben, was bedeutete, dass er die Brücke, die nur um neun und achtzehn Uhr passierbar war, um neun Uhr überquert haben müsste, um zurück auf seinen Hof zu gelangen. Zu einer Zeit, zu der der Schnee bereits gefallen war. Aber wo waren dann seine Spuren?

Neuschnee, der sie hätte verdecken können, war keiner gefallen. Dies ließ für Miriam lediglich zwei Schlüsse zu: Entweder war der Korb nicht von Hartmann gewesen, und ihre Vermieterin hatte tatsächlich ein fragwürdiges Verständnis von Privatsphäre, oder, und diese Möglichkeit verstörte sie mehr, als sie es sich erklären konnte, Hartmann befand sich in diesem Augenblick überhaupt nicht auf Seelvlieth Island. Was zum Teufel hatten sie dann auf dieser Insel verloren? Hatte sich Elena, was Hartmanns mehr oder weniger subtile Anweisung anging, geirrt, oder war ihr Aufenthalt an diesem trostlosen und verlorenen Ort eine ungeschickt eingefädelte Falle? Aber eine Falle von wem? Von Elena? Wozu?

»Und ihr seid sicher, dass hier irgendjemand ist?« Max sprach aus, was Miriam gedacht hatte, als Teresa den Wagen vor dem geöffneten Tor zum Hof anhielt. Miriam schmeckte den metallenen Geschmack von Blut auf ihrer Zunge, und erst jetzt bemerkte sie, dass sie auf ihrer Unterlippe gekaut hatte. Ein brennender Schmerz fuhr durch die kleine Fleischwunde und milderte für einige Augenblicke ihre Angst. Den Korb hatte ihnen Frau Feddersen auf den Tisch gestellt, Hartmann war auf der Insel, wie Elena es ihr gesagt hatte. Keine Lügen mehr.

Statt zu antworten, machte Elena einmal mehr deutlich, was sie von Max' Anwesenheit hielt, und stieg ohne ein Wort aus dem Auto. Teresa blieb noch sitzen, blickte widerwillig auf den Vierseithof, der sich vor ihnen aufgetan hatte, und atmete schwerfällig. Sie wirkte trotz der roten Wangen blass und kraftlos.

Miriam tauschte einen schnellen Blick mit Max, dann öffneten sie, jeder auf seiner Seite, die Türen und folgten Elena in die eisige Winterkälte.

Das geöffnete Holztor gab den Blick auf einen leeren Innenhof frei, in dem sie ein heruntergekommenes Hühnerhaus ausmachen konnte. Die rote Farbe der Wände war an einigen Stellen abgeblättert, das grüne Spitzdach wies ein übergroßes Loch auf. Früher waren die Hühner ebenso wie die anderen Tiere des Hofes auf der gesamten Insel frei herumgelaufen, deshalb hatte das Haus wohl nur als Unterschlupf und zum Eierlegen gedient, vermutete Miriam.

Nun lebten hier keine Hühner mehr.

Mehr konnte Miriam selbst bei genauerem Hinsehen nicht erkennen, sie wusste aber aus früheren Erzählungen, dass der Vierseithof aus einem Wohnhaus, einer Scheune und zwei Stallungen bestand, was sich ihr vermutlich erst im Inneren des Hofes offenbaren würde.

Sie wandte sich um, blickte den Weg zurück, den sie mit dem Auto gekommen waren, und versuchte sich vorzustellen, wie es für Elena gewesen sein musste, diese Strecke zu Fuß zurückzulegen, wohl wissend, was sie auf dem Bauernhof erwartete, welche Gedanken ihr dabei durch den Kopf gegangen waren, die Angst, die sie empfunden hatte. Zweihundert, vielleicht dreihundert Meter, keine fünf Minuten konnte der Weg gedauert haben, aber es musste die Hölle gewesen sein. Miriam fröstelte und schlang die Arme um sich, als sie Teresa bemerkte, die schließlich doch die sichere Wärme des Autos verlassen hatte.

»Kein Empfangskomitee? Sehr enttäuschend«, flüsterte Miriam nervös und biss sich sofort auf die schmerzende Unterlippe. Teresa blickte sie befremdet an, dann folgte sie Elena, die nicht lange zögerte und die Einladung des offenen Tors mit entschlossenen Schritten annahm. Ein unerwarteter Widerwille breitete sich in Miriams Brust aus, doch sie wollte nicht zurückgelassen werden, auch nicht mit Max. Der wirkte noch hilfloser, als sie sich fühlte, also folgten sie ihnen zügig in das Innere des Hofes.

Ein bedrückendes Gefühl überkam sie, als sie sich von den Gebäuden umgeben sah. Obwohl alles weitläufig und der graue Himmel über ihren Köpfen zu sehen war, schnürte sich ihr die Brust zu, als würde ihr eine nicht vorhandene Enge die Luft nehmen. Mit erstarrten Muskeln sah sie sich um, ließ den Blick über den Hof schweifen. Er hatte schon bessere Zeiten erlebt, an einigen Stellen war der Asphaltboden aufgebrochen, und die Natur hatte einen Weg gefunden, das zurückzuerobern, was ihr genommen worden war. Dennoch machte der Hof auf Miriam keinen heruntergekommenen Eindruck, das hier war kein Lost

Place, jemand hatte sich um das Grundlegende gekümmert, niemand hatte es gewagt, Graffiti zu hinterlassen oder Fenster einzuwerfen.

Verlassen, aber noch lebendig.

Die kurze Außenwand des Bauernhauses bildete die Verlängerung des Tores und stand, anders als die übrigen Gebäude, leicht schräg. Ein mit Reet gedecktes Krüppelwalmdach gab dem Haus das charakteristische Bauernhausaussehen, mehrere zweiteilige Fenster zwischen dem Rotklinker starrten sie mit getrübten Augen an. An die hintere kurze Hausseite schloss sich ein länglicher Stall an, parallel zu ihm auf der gegenüberliegenden Seite ein zweiter, der sich jedoch durch Höhe und Bauart unterschied. Weiter hinten, beinahe etwas abseits, als hätte sie sich von dem Hof zurückgezogen, weil sie mit alledem nichts zu tun haben wollte, befand sich die alte Scheune. Von außen wirkte sie heruntergekommen, das Holz morsch, aber ein ihr nicht bekannter Teil, tief verborgen in Miriam, ahnte, dass es im Inneren deutlich wohnlicher war, als die äußere Fassade vermuten ließ.

Wie bei Menschen, bloß andersherum, dachte Miriam mit einem metallenen Geschmack im Mund und wandte sich von der Scheune ab. Hinzusehen bereitete ihr Unbehagen, dem sie nicht lange standhalten konnte.

»Was hast du vor?«, fragte Teresa, ihre raue Stimme ein unnatürlicher Widerhall im Hof. Sie hatte Elena am Arm festgehalten, ihr Geist schien sich bereits in dem hinteren Gebäude zu befinden und ihr Körper wollte ihm nun folgen.

»Er ist in der Scheune«, flüsterte Elena.

Ein unerklärlicher Schwindel packte Miriam, sie fühlte sich mit einem Mal benommen und schwach. »Ich will nicht in die Scheune.« Diese laut ausgesprochene Eingebung drängte sich übermächtig in ihr Bewusstsein und ließ keinen anderen Gedanken mehr zu. Hilflos blickte sie zu Teresa und Elena, hoffte, dass sie sie gehört hatten, doch sie schenkten ihr keine Beachtung.

»Wir müssen zur Scheune, verstehst du das nicht?«, drängte Elena gequält, und obwohl sie sich von Teresa losgerissen hatte, schien sie auf deren Zustimmung zu warten.

»Vielleicht sollten wir zur Haustür gehen und klingeln?« Max stand mit einem Mal so dicht neben ihr, dass Miriam zusammenzuckte. Sofort spürte sie seine Wärme und seine Unterstützung, er hatte bemerkt, welche beängstigende Wirkung die Aussicht eines Besuches in der Scheune auf sie hatte. Anders als Elena sah sich Teresa zu Max um, zögerlich zwar, aber offensichtlich bereit, ihm zuzuhören. Max zuckte befangen mit den Schultern. »So pro forma, meine ich. Falls doch jemand hier ist. Damit uns später niemand etwas vorwerfen kann von wegen Hausfriedensbruch oder so.«

Teresa nickte, dann richtete sie sich wieder an Elena. »Er hat recht, Elena. Was ist, wenn hier noch jemand wohnt? Wir können nicht einfach überall reinspazieren, als hätten wir das Recht dazu.«

Elena schnaubte und trat unruhig von einem Fuß auf den anderen. »Hier ist niemand, ihr verschwendet unsere Zeit. Ich weiß, dass er in der Scheune ist. Dort wohnt er.«

Etwas an ihren Worten trieb Miriams Puls in die Höhe, und sie musste sich davon abhalten, sofort zurück zum Auto zu laufen.

»Er wohnt in der Scheune?«, flüsterte Max, sodass nur Miriam ihn hören konnte. Er wirkte irritiert.

»Sie ist von innen ausgebaut«, antwortete sie, sie musste nicht einmal darüber nachdenken, doch ihre Stimme fühlte sich instabil an, als könnte sie ihr jeden Augenblick versagen.

»Ach so. Warst du schon mal drin?«

Sie schüttelte langsam den Kopf. »Nein, nie«, sagte sie nachdrücklich, als versuche sie, sich selbst davon zu überzeugen. Dabei war es die Wahrheit. Der Schwindel in ihrem Kopf nahm zu. Wenn sie niemals im Inneren der Scheune gewesen war, woher wusste sie dann, dass sie ausgebaut war? »Jemand muss es mir erzählt haben«, beantwortete Miriam ihre Frage, doch in ihrem Magen setzte sich eine beißende Übelkeit fest.

»Bitte, Elena«, drängte Teresa sie weiter. »Lass es uns versuchen. Es dauert doch nur eine Minute.«

»Von mir aus, dann beweise ich es dir«, zischte Elena wütend, zog sich die Kapuze ihres Mantels über den Kopf, als versuche sie, sich darunter unsichtbar zu machen, und eilte mit entschlossenen Schritten auf das Bauernhaus zu. Teresa warf Miriam einen hilfesuchenden Blick zu, dann folgte sie Elena zu der grünen Haustür.

Max sah Miriam fragend an, wollte anscheinend sichergehen, dass das Haus bei ihr nicht die gleiche besorgniserregende Reaktion hervorrief wie die Scheune, und gemeinsam schlossen sie sich den Frauen an.

»Wer hat früher hier gewohnt?«, flüsterte er erneut nur an Miriam gewandt, als fürchtete er sich davor, laut vor Elena und Teresa zu sprechen.

Miriam wusste es nicht, sie hatte sich weder früher noch jetzt darüber irgendwelche Gedanken gemacht. »Seine Frau, vermute ich«, sagte sie. »Ich erinnere mich nicht, ob er Kinder hatte, aber ich glaube nicht.«

Als sie die grüne Haustür erreichten, hatte Elena bereits geklingelt, ein lang gezogenes metallenes Kreischen, das Miriam erschaudern ließ. Sie lauschte, versuchte über dem Geräusch des Windes, der hier trotz des Schutzes der Gebäude zugig um die Häuser pfiff, etwas im Inneren zu vernehmen, Schritte vielleicht oder ein Knarzen von Dielen, eine Klinke, die hinuntergedrückt wurde, doch nur brüllende Stille schien dort zu wohnen. In der Dunkelheit hinter den speckigen Fensterscheiben existierte nicht das geringste Leben. Teresa läutete ein zweites Mal, und Miriam hätte sich am liebsten die Ohren zugehalten, während die Klingel schmerzte wie Fingernägel, die über eine Tafel kratzten.

»Siehst du, er ist nicht hier«, beeilte sich Elena zu sagen, dabei bestand keinerlei Gefahr, dass sich wie durch ein Wunder doch noch jemand im Inneren des Hauses materialisierte und ihnen die Tür öffnete. Sie war bereits zurückgewichen, zum Aufbruch bereit, um endlich dem sichtlich quälenden Drängen nachzugeben und dem Ruf der Scheune zu folgen, als Miriam ohne eine bestimmte Absicht ihre Hand nach dem Griff ausstreckte. Der Stahl war eiskalt, sie spürte es bis in ihren Oberkörper, und mit einem leisen Klick öffnete sich die Tür. Miriam ließ sofort los und wich erschrocken zurück.

»Es ist nicht abgeschlossen.« Ihr suchender Blick fand den von Elena, die ihn mit wütender Herablassung erwiderte.

»Wieso sollte sie auch? Wir sind auf einer verdammten einsamen Insel«, gab sie gereizt zurück, als wäre Miriam ein dummes kleines Kind.

»Wir sehen uns nur schnell um, ja?«, schlug Teresa vor, doch diesmal war sie es, die zurückgehalten wurde.

»Wozu? Es ist niemand hier.« Elenas Stimme hatte einen drängenden Ton angenommen, ihre blutleeren Finger lagen wie Schraubstöcke um Teresas Handgelenk.

»Was ist mit Meister Olfie?«

Bei der Erwähnung des Namens regte sich etwas in Miriam, das sie nicht zuordnen konnte.

»Wer ist Meister Olfie?«, fragte Max flüsternd an Miriam gerichtet.

»Ich habe keine Ahnung.« Noch während sie es sagte, hatte sie das Gefühl, dass es nicht die Wahrheit war.

»Scheiße«, schnaubte Elena genervt und stieß Teresas Arm von sich, »dann sieh dich halt um. Ich warte hier.« Demonstrativ und mit vor dem Körper verschränkten Armen lehnte sie sich an die Hauswand neben der Tür. »Aber mach schnell.«

Teresa sah Elena besorgt an, schien mit sich zu ringen, sie alleine in der Kälte stehen zu lassen, nickte dann aber ein stummes Okay und drückte vorsichtig die Haustür auf.

»Hallo? Ist jemand zu Hause?«, rief sie mit unsicherer Stimme in den Raum hinein.

Miriam konnte nicht ins Innere sehen, Teresa verdeckte ihr die Sicht, also schob sie sich neben ihr durch die Tür. Offensichtlich erleichtert, nicht alleine ins Haus zu müssen, bedachte Teresa sie mit einem Schulterzucken. Niemand hatte geantwortet. Von einer neugierigen Spannung befallen, ließ Miriam den Raum vor ihr auf sich wirken. Ein breiter Flur wie aus einem Museum mit dunklen Holzmöbeln an den Wänden zwischen den Zimmertüren, ein Kleiderständer, an dem mehrere abgetragene Arbeitsjacken für den Winter hingen, eine gepolsterte Sitzbank mit einem fleckigen Spiegel an der Wand darüber und ein Sekretär, dem gegenüber ein Sessel, eine Stehlampe mit kitschigem Lampenschirm und vergilbten Quasten daran sowie eine altmodische Kommode, auf der ein einsames Wählscheibentelefon stand.

Kaum vorstellbar, dass hier jemand wohnte.

Zögernd betrat Teresa als Erste den Vorraum, ihre Schritte auf dem Dielenboden das einzige Geräusch in dem stillen Haus. Miriam folgte ihr mit weichen Knien, und sofort überkam sie erneut ein Gefühl von Enge in ihrer Brust. Es dauerte zwei Atemzüge, mit denen sie sich zu beruhigen versuchte, ehe sie begriff, dass die niedrigen Decken diese klaustrophobische Reaktion hervorgerufen hatten. Sie selbst gehörte mit ihren ein Meter achtundsechzig nicht wirklich zu den hochgewachsenen Menschen, dennoch musste sie den Impuls unterdrücken, den Kopf einzuziehen. Hartmann hatte sie als große Gestalt in Erinnerung, mindestens ein Meter neunzig, und es war ihr ein Rätsel, wie er es hier aushielt.

Ein unangenehmer Kohlgeruch lag in den Räumen, und obwohl es im Haus deutlich wärmer war als draußen, schien es Miriam alles andere als gemütlich.

Ehrfurchtsvoll und mit einer unangenehmen Gänsehaut im Nacken arbeiteten sie sich voran, untersuchten die Zimmer im Erdgeschoss, Max immer an Miriams Seite.

Links von ihnen fanden sie ein Schlafzimmer mit einem ordentlich bezogenen und gemachten Doppelbett und einer grünlichen Tapete, die ein Überbleibsel aus den sechziger Jahren sein musste. Direkt daneben lag eine Art Abstellkammer, die vollgeräumt war mit alten Dingen, die ihren Platz auf dem Sperrmüll redlich verdient hätten. Es roch muffig und feucht, und keiner von ihnen hatte das Bedürfnis, sich dort länger als notwendig aufzuhalten.

Max hatte beim Verlassen des Zimmers die Führung übernommen, und während er nach einem kurzen Blick in eine mager gefüllte Speisekammer in dem hinteren Raum auf der rechten Seite verschwand, hielt Teresa Miriam zurück.

»Elena verliert bald die Nerven«, sagte sie mit gedämpfter Stimme, ihre Augen huschten erst zur offenen Haustür, auf deren anderer Seite sie Elena vermutete, und schließlich in die Richtung, in die Max verschwunden war – anscheinend waren ihre nächsten Worte nicht für deren Ohren bestimmt. »Ich kann ihre Unruhe echt verstehen, es muss schlimm für sie sein, sich nach so langer Zeit wieder hier aufzuhalten.«

Teresas Wangen waren noch immer rot, ihre Augen hatten einen fiebrigen Glanz.

»Was hast du deinem Freund erzählt, was wir hier wollen?«, flüsterte Teresa noch leiser als zuvor.

Miriam begriff nicht, worüber sie sich eigentlich Sorgen machte. »Die Wahrheit. Dass du und Elena mich entführt habt und mich im Fluss ertränken werdet, sollte ich mich nicht an eure Anweisungen halten.« Es sollte ein Scherz sein, sie hatte nicht nachgedacht, wollte dieses Gespräch nicht führen, sondern die Wohnungsinspektion fortführen, hin- und hergerissen zwischen dem Wunsch, dieses Haus zügig wieder zu verlassen, und dem Bedürfnis, die Besichtigung möglichst in die Länge zu ziehen, um den nächsten Schritt in Richtung Scheune nicht gehen zu müssen.

Das alles konnte Teresa nicht wissen. »Findest du das witzig?«, zischte sie entrüstet, und Miriam ahnte, dass sie auch deshalb so empfindlich reagierte, weil die Wahrheit gar nicht so weit entfernt davon war. Kopfschüttelnd musterte Teresa sie. »Du verhältst dich seltsam, seit wir auf der Insel sind.«

Miriam konnte es nicht leugnen. Sie fühlte sich unwohl, als würde dieser Ort einen Teil von ihr unter ein Mikroskop legen und nur darauf warten, dass sie hindurchsah. »Siehst du mich lachen?«, schnaubte sie zurück. Ihr seltsames Verhalten war Teresa also aufgefallen, aber Miriam deswegen zu fragen, ob es ihr gut ging, war ihr nicht in den Sinn gekommen. Dafür war Teresa zu sehr mit Elenas Befinden beschäftigt. »Nichts an dem, was wir hier tun, finde ich witzig«, fuhr Miriam hitzig fort. »Ich habe ein ganz ekelhaftes Gefühl, dieser Bauernhof macht mir eine Gänsehaut, und ich weiß nicht, wie ich damit umgehen soll. Es ist mir egal, dass dich das nicht interessiert, aber nach allem, was in den letzten Tagen passiert ist, gönn mir meinen Zynismus.«

Teresa versuchte, etwas zu erwidern, doch Miriam ließ sie nicht zu Wort kommen. »Ich habe Max erzählt, was ich weiß, was angesichts der Tatsache, dass ihr mich praktisch durchgehend belügt, nicht besonders viel ist«, sagte sie, nicht länger darum bemüht, leise zu sein. Sie hatte vor Max keine Geheimnisse. »Wäre es nach ihm gegangen, säßen wir längst wieder im Zug nach Hamburg. Ich habe ihn überredet.«

Was sie inzwischen bitter bereute. Ein paar Minuten alleine mit Elena hatten genügt, um Miriam mit ihrer überraschenden Ideologie einzuwickeln, und sie war so naiv gewesen, ihr zu glauben. Doch das war nur heiße Luft gewesen. Jetzt, da Elena sie dort hatte, wo sie sie haben wollte, ignorierte sie Miriam und behandelte Max, als stünde sie über ihm, aus welchem verqueren Grund auch immer. Und Teresa fiel währenddessen nichts Besseres ein, als sich darüber Sorgen zu machen, Miriam könnte ihre dreckigen Geheimnisse verpetzt haben.

Das alles war ein großer Fehler.

Bevor Teresa etwas erwidern konnte, ließ Miriam sie wütend stehen, um Max in den Raum zu folgen, und stieß beinahe mit ihm zusammen, als er ihn bereits wieder verließ.

»Das ist die Küche«, sagte er laut genug, damit auch Teresa es hörte. »Viel benutztes Geschirr neben der Spüle, aber keine Essensreste. Vom Geruch her gab es zuletzt Kohlsuppe, aber ich könnte mich irren.«

Miriam zog die Nase kraus, fühlte sich aber in ihrem ersten Eindruck des Wohnaromas bestätigt. Sie ließ Max vorbei und warf schnell selbst einen Blick hinein.

Es war eine Art Wohnküche, giftgrüne Einbauschränke, ein alter Kühlschrank, orange Blümchentapete und mitten im Raum ein langer dunkler Holztisch. Die Oberflächen wirkten schmuddelig, aber größtenteils aufgeräumt. Dennoch würde ihr darin jeder Appetit vergehen.

Im letzten Raum im unteren Geschoss verhielt sich die Ordnungsmoral ähnlich wie in der Küche. Die Stube schien auf den ersten Blick ordentlich, dunkelrote Sitzgarnitur mit Blumenmuster, rosafarbener Kachelofen, Schränke und hoch an den Wänden angebrachte Regalbretter aus dunklem Holz, doch bei genauerem Hinsehen fiel auf, dass der ebenfalls rot-weiß gemusterte Teppich vor dunklen Flecken strotzte, die einst helle Tapete speckig glänzte und an den klebrigen Spuren des Glastisches bereits die ein oder andere Fliege verendet war. Als hätte sich jemand bemüht, zwar den Schein zu wahren, aber keine Muße gehabt, zu wischen und zu saugen. Der Geruch war hier anders als im restlichen Haus, wie eine Mischung aus Kuhdung und altem Schweiß, und Miriam beeilte sich, den Raum wieder zu verlassen.

»Es ist niemand hier. Wie Elena gesagt hat.« Teresa stand an der Treppe gegenüber der Haustür und schien auf Miriam zu warten. Max fand als Letzter zu ihnen. »Wir sollten jetzt zur Scheune gehen.« Sie klang, als wäre sie selbst nicht davon überzeugt, dass sie das wirklich *sollten*.

In Miriam regte sich erneut der ängstliche Widerstand. Sie wollte nicht dorthin. Stattdessen schienen ihr die Stufen in den ersten Stock wie eine attraktive Fluchtmöglichkeit. »Ich möchte noch oben nachsehen«, sagte Miriam entschieden. Teresa nickte und verschwand durch die Haustür, vermutlich um die ungeduldige Elena noch ein bisschen zu vertrösten.

»Was glaubst du, dort oben zu finden?« Max blickte unsicher die Holztreppe hoch, er schien nicht sonderlich erpicht darauf, sie zu benutzen.

»Nur etwas Zeit, bis wir in die Scheune gehen. Ist wie prokrastinieren.«

Max sah sie mahnend an. »Du musst nicht in die Scheune, wenn du nicht willst.«

Da war sie sich nicht sicher. Unabhängig davon, was Elena von ihr erwartete, bohrte die Ungewissheit in ihrem Kopf neue Löcher. »Was wäre ich für eine Thriller-Autorin, wenn ich mich von ein bisschen Angst abhalten lassen würde?«, sagte sie leichthin, doch sie konnte Max nichts vormachen.

»Eine vernünftige, die auf ihre mentale Gesundheit achtet und auf ihr Gefühl hört.« Obwohl er so viel jünger war als sie, bemühte er sich stets, einen guten Einfluss auf sie zu haben. Er tat ihr gut und achtete darauf, dass sie sich selbst gut behandelte. Doch dieses eine Mal musste sie gegen ihre Vernunft handeln, das spürte sie. »Mein Gefühl sagt mir, dass ich herausfinden möchte, warum mir die Scheune so eine Angst einjagt.« Ihr gelassenes Lächeln war gequält, und sie zuckte mit den Schultern. »Nur eben nicht jetzt sofort und –«

»Elena ist weg«, platzte Teresa dazwischen. Sie kam durch die Haustür zurückgeeilt, rot im Gesicht und außer Atem. »Ich bin einmal ums Haus gegangen, ich dachte, vielleicht bewegt sie sich nur ein bisschen, aber da ist sie nicht. Was machen wir denn jetzt?«

Obwohl Miriam daran keinen Gedanken verschwendet hatte, erschien es rückblickend ziemlich vorhersehbar, dass Elena nicht auf sie warten würde.

»Sie ist bestimmt schon zur Scheune gegangen.«

»Und wenn Hartmann sie geholt hat?«

Auf die Idee war Miriam gar nicht gekommen. Das Haus und die gesamte Insel wirkten dermaßen verlassen, dass sie völlig außer Acht gelassen hatte, dass sich trotz der fehlenden Spuren jemand hier aufhalten könnte. Dennoch glaubte sie nicht an Teresas Befürchtung. »Hätte sie dann nicht gerufen oder geschrien?«

Hilflos suchte Teresa nach einer Erklärung. »Vielleicht konnte sie nicht.«

Miriam verdrehte die Augen. Mit Max an ihrer Seite empfand sie das Selbstbewusstsein, dass ihr für gewöhnlich fehlte, um das auszusprechen, was sie tatsächlich dachte. »Komm schon, Teresa, du weißt, wie sie ist. Wenn sie ihren Willen nicht kriegt, wird sie bockig und hält sich nicht an Absprachen.«

»Ich weiß …« Teresa wirkte abgekämpft, innerlich wie äußerlich. Zögernd drehte sie sich noch einmal zu der offenen Haustür um, schaute nach, ob Elena nicht doch plötzlich hervorsprang und sich darüber beschwerte, warum das denn so lange dauerte, doch nichts dergleichen geschah. Nur eine einsame Tür, die im aufkommenden Wind in ihren Scharnieren quietschte.

»Aber geh sie ruhig suchen«, griff Miriam Teresas Unentschlossenheit auf. »Fang am besten in der Scheune an. Lauf ihr hinterher, damit hast du ja Erfahrung.«

Teresas Kopf fuhr herum, verletzt und beschämt begegnete sie Miriams Blick, jede rechtfertigende Erwiderung war verloren gegangen.

»Max und ich sehen uns noch oben um. Wird sicher nicht lange dauern.«

Miriam nahm bereits die ersten Stufen, die Holztreppe ächzte angestrengt bei jedem Schritt, als Teresa an ihrer Seite auftauchte.

»Du hast recht, Miriam. Elena muss begreifen, dass sie auf Dauer mit ihrer Ego-Nummer nichts erreicht.« Dann schritt sie voran, als hätte sie die Führung übernommen.

Miriam wurde schwindelig bei der Geschwindigkeit, mit der Teresa ihre Meinung änderte, ihre Ansichten anpasste und den Weg des geringsten Widerstandes wählte. Dabei konnte sie sich denken, dass sie lediglich keine Lust hatte, auf der Suche nach Elena alleine den Hof abzulaufen. Oder Angst.

Max blieb immer dicht hinter ihnen und gab Miriam die Rückendeckung, die ihr die letzten Tage gefehlt hatte. Auch im oberen Stockwerk verlieh die niedrige Decke den Zimmern ein beengendes Ambiente. Außerdem empfing sie ein sonderbarer Geruch, den Miriam nicht sofort zuordnen konnte. Hinter der ersten Tür verbarg sich endlich das Badezimmer, das sie unten bereits vermisst hatte, und bei dem Anblick der versifften Bodenkacheln der offenen Dusche ohne Abtrennung, die sie an die Waschräume in Schwimmhallen erinnerte, und der nicht gespülten Toilette wurde ihr schlecht. Wie es aussah, hatte sie den Grund für den strengen Geruch gefunden.

Der nächste Raum schien ein Arbeitszimmer zu sein. Ein Schreibtisch, begraben unter Bergen von Papier, Regale mit Ordnern, die ohne erkennbares System in die Fächer geschoben waren. Was im Erdgeschoss noch wie der Versuch einer aufrechterhaltenen Ordnung ausgesehen hatte, war hier längst gescheitert.

Ein unterdrückter Schrei ließ Miriam zusammenzucken. Hektisch sah sie sich um, entdeckte Max, der ebenso alarmiert wirkte wie sie. Teresa war nicht mehr bei ihnen.

»Teresa, was ist los?«, rief Miriam und hastete zurück in den Flur, von dem ein weiterer Raum abging. Aus ihm hörte sie Teresas entsetztes Keuchen. Ohne zu überlegen, folgte Miriam den Geräuschen und fand sich in einer Art Heuboden wieder. Dort stand Teresa, die Hände vor dem Mund, und starrte auf etwas vor ihr.

Etwas über ihr.

Die nackten Füße einige Zentimeter über den verstaubten Holzdielen, hing ein Mann. Miriam hielt die Luft an, unwillig wanderte ihr Blick an den Beinen nach oben, bis zu seinem in einem unnatürlichen Winkel abgeknickten Hals, darum ein fingerdickes Seil, dass sich tief in die lila verfärbte Haut geschnitten hatte. Ein unkontrollierbares Zittern ergriff Miriams Körper, sie schnappte hilflos nach Luft, und der süßliche Geruch drang tief in ihren Körper ein, bis er in ihrem Magen auf Säure traf, die sofort ätzende Übelkeit ihre Speiseröhre hinaufschickte. An einem Querbalken unter dem Dach, den Kopf in einer Schlinge, die schwarztrüben Augen weit aufgerissen, hing Hartmann.

»Er ist tot!«, keuchte Miriam, und diese drei Worte genügten, um die Schleuse zu ihrem Magen zu öffnen. Bittere Galle schoss ihr aus dem Mund, und sie schaffte es gerade noch rechtzeitig, sich zur Seite zu drehen. Hustend fiel sie auf die Knie und stützte sich mit den Händen ab, während sie eine hellgrüne Flüssigkeit ausspuckte. Sie würgte noch ein paarmal, doch als nichts mehr kam, setzte sie sich zurück und wischte mit zitternden Fingern über ihr Gesicht. Schweiß drang aus allen ihren Poren, legte sich wie ein Film auf ihre Haut und ließ sie frösteln.

Max war irgendwann an ihrer Seite aufgetaucht, sie hatte es nicht gemerkt, sein Gesicht hatte bei dem Anblick des toten Mannes eine gelblich weiße Farbe angenommen. Gemeinsam mit Teresa, die sich anscheinend wieder gefasst hatte, half er Miriam auf die Beine. Doch als die beiden sie aus dem Heuboden führten, musste Miriam noch einmal hinsehen. Musste sich vergewissern, dass sie sich nicht geirrt hatte.

Aber er war es. Hartmann. Das blonde Haar inzwischen grau, aber immer noch voll, die große Statur mit den breiten Schultern. Die Arbeitskleidung. Selbst für seinen Tod hatte er sie nicht abgelegt. Sein Gesicht war eingefallen, die ausgetrocknete Haut spannte sich über seinen Knochen und gab ihm ein skelettartiges Aussehen. Unter seinen Füßen neben dem umgekippten Stuhl hatte sich ein feuchter Fleck gebildet, und beschämt schaute Miriam weg.

Sie hatte genug gesehen.

»Geht es wieder?«, fragte Max besorgt, nachdem Miriam im Flur ein paarmal tief durchgeatmet hatte.

Sie nickte, fühlte sich aber noch immer benommen. Ihr Blick zu Teresa verriet, dass es ihr ähnlich ging. Trotz der fiebrig roten Wangen wirkte sie bleich wie der Tod.

»Teresa?«, fragte Miriam mit rauer Stimme. Ihr Rachen schmerzte von der Galle und dem Anblick eines von einer Schlinge zugedrückten Halses.

Teresa sah aus, als würde sie jeden Augenblick in Tränen ausbrechen.

»Wie kann das sein?« Miriam hatte das Gefühl, von allen an der Nase herumgeführt worden zu sein. Sie war keine Medizinerin, aber sie wusste genug über die menschliche Zersetzung nach dem Tod, um zu erkennen, dass Hartmann nicht erst seit ein paar Stunden dort hing. Angesichts der kalten Temperatur im Haus konnten es bereits mehrere Tage sein.

»Was meinst du?«, fragte Teresa erschöpft.

Miriam wusste nicht, ob sie sich bloß dumm stellte oder wirklich keine Ahnung hatte, was ihr Fund für sie alle bedeutete.

»Ich meine«, begann Miriam und versuchte, ihre erneut aufkommende Wut nicht die Oberhand gewinnen zu lassen, »wenn Hartmann hier schon seit ein paar Tagen hängt, wer hat uns dann auf die Insel gelockt?«

In Teresas Gesicht zogen sich sämtliche Muskeln zu einem großen Fragezeichen zusammen.

»Miriam, das ist nicht Hartmann.«

Es kam ihr vor, als hätte Teresa ihr einen Fausthieb in den Magen verpasst, und erneut kämpfte Miriam gegen die Übelkeit. »Natürlich ist das Hartmann. Ich kenne ihn«, beharrte sie. Etwas stimmte mit Teresas Gedächtnis nicht, so viel war klar. Erst die Sache mit dem beinahe in der Weser ertrunkenen Mädchen, von dem sie dachte, es wäre Miriam gewesen, und nun erkannte sie nicht einmal den Mann wieder, der ihnen angeblich seit Tagen das Leben zur Hölle machte.

Teresa wirkte verwirrt, immerhin, und schien nach den richtigen Worten zu suchen. Sie bedachte Max mit einem flüchtigen Blick, dann ging sie vorsichtig einen Schritt auf Miriam zu. »Ja, schon«, begann sie erst zögerlich, legte dann aber mehr Nachdruck in ihre weiteren Worte. »Das ist Meister Olfie, zumindest haben ihn damals alle so genannt. Eigentlich heißt er Olaf Hartmann. Ihm gehört …«, sie schluckte schwer, »… *gehörte* der Hof.«

Miriam nickte langsam. Das hatte sie gewusst, oder nicht? Den Spitznamen hatte sie jetzt nicht mehr im Kopf gehabt, aber ansonsten stimmte alles mit dem überein, was sie gerade gesagt hatte. Er war Hartmann. »Olfie hätte Elena und … er hätte niemals so etwas Schreckliches getan. Helga und er … sie waren echt nett.«

Nett? Miriam verstand noch immer kein Wort.

»Jetzt hör endlich auf, um den heißen Brei herumzureden«, fuhr Miriam sie aufgewühlt an. »Wer hat uns hierhergelockt?«

Teresa nickte. Senkte den Blick. »Ole Hartmann, Olfies Sohn.«

***

Teresa fühlte sich krank. Richtig krank. Sie war sich sicher, dass sie Fieber hatte, und dazu entwickelte sich die ganze Situation zu einem schlimmeren Alptraum als befürchtet.

»Sein Sohn?«, echote Miriam fassungslos.

Niemals war es Teresa in den Sinn gekommen, Miriam könnte vermuten, Olaf *Olfie* Hartmann stecke hinter der Erpressung und dem Missbrauch. »Ich dachte, du wüsstest das«, sagte sie entschuldigend, da sie spürte, wie Miriam unter der Erkenntnis zu wanken begann.

»Aber Hartmann hatte keine Kinder«, beharrte Miriam.

»Doch, natürlich! Ole war damals Mitte zwanzig, groß, blond wie sein Vater, gut aussehend. Er hat auf dem Hof ausgeholfen und in der Jugendherberge, und immer wenn er in der Nähe war, hast du ihn angehimmelt wie eine Vierzehnjährige.«

»Das ist nicht wahr!«, rief sie und schüttelte den Kopf, dermaßen erschüttert, dass ihr Tränen in die Augen schossen.

Teresa war sich nicht sicher, was genau Miriam so entschieden abstritt, in ihr schien ein unerklärliches Erinnerungschaos zu herrschen. Das alles überforderte Teresa, sie wurde das Bild von dem toten Mann im Nebenraum nicht los, machte sich Sorgen um Elena, die sich einmal mehr nicht an die Vereinbarung gehalten hatte, allem Anschein nach war sie selbst die Einzige, die noch einigermaßen vernünftig denken konnte.

»Hör zu, Miriam, das ist jetzt alles völlig egal. Wir müssen dieses Haus verlassen und Elena finden. Sie sollte nicht alleine auf der Insel herumlaufen.«

Miriam nickte, und Teresa war erleichtert, nicht weitere Überzeugungsarbeit leisten zu müssen. Ihr Kopf dröhnte vom Fieber, sie hatte zu wenig getrunken, und auch wenn sie sich nicht übergeben hatte, lag ihr der Anblick des erhängten Mannes übel im Magen.

»Sollten wir nicht die Polizei informieren? Ich meine, wegen … ihm?«, fragte Max verunsichert auf dem Weg nach unten und deutete linkisch mit dem Zeigefinger Richtung Heuboden.

»Ich weiß nicht, wie Elena das finden –«

»Ist doch scheißegal, wie sie das findet«, fiel ihr Miriam wütend ins Wort. »Da oben hängt eine verdammte Leiche, und sehr wahrscheinlich befinden wir uns mit einem Mörder auf dieser einsamen Insel.«

Am Fuß der Treppe blieb Teresa stehen und drehte sich erzürnt zu Miriam um. »Jetzt beruhige dich. Olaf Hartmann hat ganz offensichtlich Selbstmord begangen, und so traurig das auch ist, besteht keinerlei Grund, hier Panik zu verbreiten. Wir müssen Elena finden, und dann können wir gemeinsam entscheiden, was wir als Nächstes tun werden.«

Ohne ihre Reaktion abzuwarten, ließ sie Miriam und Max im Flur stehen und eilte nach draußen. Obwohl die theoretische Sonne – seit sie in Seelvlieth waren, hatte es noch keinen einzigen Beweis für ihre Existenz gegeben – noch nicht untergegangen war, hatte sich der Himmel verdunkelt und tauchte den Innenhof in ein kaltes Zwielicht. Die frische Luft tat ihrem Kopf gut und löste den beengenden Druck, der ihr im Haus das Atmen schwer gemacht hatte.

Hilflos sah sie sich nach allen Richtungen um. Vermutlich hatte Miriam recht, dass Elena zur Scheune vorgegangen war. Schnell überprüfte sie, ob die anderen ihr folgten, dann ging sie auf das dunkle Holzhaus zu.

Mit jedem Schritt wuchs ihre Angst. Was, wenn Hartmann wirklich dort war? Was wollte er von ihnen? Keine von ihnen war bislang dazu bereit gewesen, sich ernsthaft über eine realistische Antwort Gedanken zu machen.

Schlagartig blieb Teresa stehen. Die Scheune lag nur noch wenige Meter vor ihr, sie erkannte bereits, dass die Tür einen Spalt offen stand und sie zu erwarten schien.

Aber was dann?

»Was ist los?«, fragte Miriam gehetzt, als sie neben ihr auftauchte. Auch sie sah aus, als würde sie es vorziehen, eine Weisheitszahn-OP über sich ergehen zu lassen, als sich auch nur einen Schritt weiter der Scheune zu nähern. Und etwas an ihrem aufgeschreckten Ausdruck im Angesicht des Hauses, in dem Elena, Tatjana und vermutlich noch einigen anderen Frauen grauenhafte Dinge angetan worden waren, überkam Teresa eine dunkle Ahnung. Dieser verdammte Aal, sie spürte wieder, wie er sich durch ihre Eingeweide fraß, und da dämmerte ihr, dass er ein Symptom war, das sie zu lange ignoriert hatte. Doch als sich nun das Monster in Gestalt einer Scheune vor ihr aufbaute, konnte Teresa es nicht länger verdrängen. Alles fiel. Vorhang, Festung, Schutzschild. Teresa war nackt, nichts hielt sie mehr ab, und so kam die Erinnerung zu ihr, infizierte sie wie ein Virus, ein Dämon in ihrem Körper. Jetzt wusste sie es wieder. Und zwar *alles*.

Sie war zu weit gegangen. Nun konnte sie auch noch einen Schritt weiter gehen.

»Nichts«, beantwortete sie Miriams Frage und setzte ihren Weg mit der Gewissheit von Endgültigkeit in der Brust fort.

***

Ihr Herz raste, es wollte aus ihr herausspringen und vor dem Unausweichlichen flüchten, es galoppierte durch ihre Ohren, in ihrem Hals, klopfte gegen ihr Brustbein und fand doch keinen Weg nach draußen. Miriam spürte es in ihrem ganzen Körper, verstand, dass es Angst war, lief aber nicht weg. Die offene Tür rief ihren Namen, sie musste hindurchgehen, um zu verstehen, warum sie hier war, auf dieser Insel. Was es war, das Hartmann, dieser völlig neue, fremde Mann, der in ihrer Vorstellung weder Gesicht noch Gestalt besaß, von ihr wollte. Wie aus weiter Ferne war ihr bewusst, dass Max nicht von ihrer Seite wich, doch es spielte keine Rolle, ob er da war oder nicht. Dies war eine Sache zwischen ihr und der Scheune.

Als sie über die Schwelle trat, empfing sie der beißende Geruch von Urin, und irritiert zog sie die Augenbrauen zusammen. Doch er verschwand, sobald sie den Eingang hinter sich gelassen hatte und den weitläufigen Raum betrat. Wie eine Studiowohnung lagen gut achtzig Quadratmeter vor ihr, längst keine Scheune mehr, stattdessen eine spartanisch eingerichtete Fläche, auch hier dominierten dunkles Holz und Möbel. Gegenüber eine Empore und über ihnen, ganz anders als im Bauernhaus, die spitz zulaufenden Dachsparren, gehalten und gestützt von Längs- und Querbalken, die sich wie ein Geflecht aus Wegen ihren Köpfen näherten und an einigen Stellen bis auf den Boden ragten.

Miriam blieb stehen, ihre Atmung wurde schneller, je langsamer sie sich bewegte, und erste kalte Finger griffen nach ihr, hielten sie an Hals und Herz gepackt. Mit ängstlicher Wachsamkeit ließ sie ihren Blick schweifen, suchte nach einer furchteinflößenden Gestalt, die Hartmann war und sich irgendwo hier verstecken musste, schließlich war das sein Reich, wie in einem Märchen über einen bösen König, der Hunde und Frauen verspeiste. Ihre Augen fanden ihn nicht, stattdessen blieben sie an einem braunen Ledersofa hängen, vor ihm ein erkalteter Kamin und dazwischen ein hässlicher Teppich, dunkelbeige mit braunen Flecken, die sie an kleine Hundehaufen erinnerten.

Miriam brach der Schweiß aus. Sie kannte diesen Teppich, erinnerte sich, wie sie ihn angestarrt hatte, spürte das kalte Leder auf ihrer Haut. Entsetzt wich sie zurück und stieß gegen Max, der sie sanft an den Schultern packte und zu sich umdrehte.

»Alles in Ordnung?«, fragte er besorgt. Miriam blickte in seine sanften Augen, sie beruhigten ihren wilden Herzschlag, und sie atmete tief durch.

»Ich dachte kurz, ich wäre schon einmal hier gewesen, aber da muss mir mein Gedächtnis einen Streich gespielt haben.« Sie wollte das wirklich glauben, zwang sich zu einem nervösen Lächeln, das ihrem Gehirn die Suggestion noch glaubwürdiger machen sollte. Max nickte, aber sie sah in seinen Augen, dass sie ihn, genau wie sich selbst, nicht überzeugt hatte.

Fetzen von Teresas Stimme drangen zu ihr durch, und Miriam sah sich nach ihr um. »… gefunden. Vermutlich ist er schon ein paar Tage tot.«

Sie war ein paar Schritte weiter in die Hocke gegangen, und erst als Miriam den Sichtwinkel änderte, begriff sie auch, warum. Vor ihr auf dem Fußboden saß Elena, die Beine eng an ihren Körper gezogen, die Arme um ihre Knie geschlungen, und starrte mit leeren Augen ins Nichts. Selbst Teresas Worte riefen keine Reaktion in ihr hervor. Vor ihr tat sich ein rechteckiges Loch im Holz auf, eine geöffnete Luke, aus der ein rotes Licht wie Lava strahlte, ein hungriges Maul, das sie alle ins Fegefeuer reißen würde.

»Elena?«, sagte Miriam und ging auf die am Boden sitzende Frau zu. Erst auf ihren als Frage ausgesprochenen Namen hin schien ein elementarer Teil ihres Bewusstseins in ihren Körper zurückzukehren. Die Augen weiterhin ausdruckslos, hob Elena den Blick und begegnete Miriam.

»Wo ist er jetzt, dein Hartmann?«, spie Miriam ihr entgegen und deutete in den leeren Raum um sie herum.

Elena schien unter der Wucht des impliziten Vorwurfs tief in den Boden gedrückt zu werden. Langsam schüttelte sie den Kopf, der verräterische Muskel in ihrem Mundwinkel zuckte. »Hartmann ist weg. Aber ich ... ich bin noch hier. Seit elf Jahren habe ich diesen Ort nicht verlassen.«

Sie war zerbrochen, die überhebliche, egoistische Elena nur noch eine vage Erinnerung, und in dem Moment, als sich ein Gefühl von Verständnis für all ihre problematischen Verhaltensweisen einstellen wollte, überkam Miriam erneut die alte Wut.

»Darum geht es hier also.« Sie schnaubte fassungslos, konnte nicht glauben, dass sie beinahe auf sie hereingefallen wäre – schon wieder. »Du hast das alles inszeniert, damit wir dich mit Aufmerksamkeit und Mitleid überschütten?« Es war eine aus der Luft gegriffene Behauptung, die vermutlich einer Überprüfung nicht standgehalten hätte, aber es bereitete ihr eine niederträchtige Genugtuung, sie Elena an den Kopf zu werfen.

Elenas Miene wurde zu einer leeren Wand voller Schatten. »Du hast ja keine Ahnung, Miriam.« Jedes Wort triefte vor Verachtung, der lodernde Blick war auf sie gerichtet wie ein Flammenwerfer.

Diesmal ließ sie sich nicht von Elena einschüchtern. »Ich war schon einmal hier. Wusstest du das?«

Wie aus dem Nichts plötzlich wieder emotional gefasst, erhob sich Elena aus ihrer gefalteten Haltung und richtete sich auf. »Nein, warst du nicht.«

Ihre unumstößliche Überzeugung machte Miriam stutzig. »Woher willst du das wissen? Ich erinnere mich.«

Elena zuckte mit den Schultern, mit ihrem undeutbaren Blick

fixierte sie Miriam. »›Nicht alles, woran wir uns erinnern, ist auch wirklich passiert.‹ Deine Worte.«

Elenas Erwiderung hatte eine Logik inne, der Miriam nichts entgegenhalten konnte. »Das ist wahr«, gab sie zu, dennoch war es ihr unmöglich, ihrem eigenen Eindruck nicht zu glauben. »Es ist nur so, Elena, dass ich dir noch weniger traue als einer abgenutzten Erinnerung.«

Elena lachte auf, ein amüsierter Laut voller Gehässigkeit. »Das ist mir egal, Miriam. *Du* bist mir egal. Ich weiß, was ich weiß, und woran du dich zu erinnern meinst, ist für mich bedeutungslos. Nur ich kenne die ganze Wahrheit, und endlich weiß ich auch, mit wem ich es damals wirklich zu tun hatte.«

Miriam verstand kein Wort, und Teresas fragender Blick machte klar, dass sie ebenfalls nicht begriff, wovon Elena sprach.

»Was meinst du damit?«, fragte Miriam widerwillig.

Die Schatten auf Elenas Gesicht wurden noch dunkler. »Du bist doch immer so scharf darauf, alles ganz genau zu wissen, Miriam. Geh in den Keller, wenn du dich traust, dort bist du der Erkenntnis näher als überall sonst.« Sie deutete auf die offene Luke zwischen ihnen, feuerrotes Licht leuchtete zu ihren Füßen, und Miriam sah darauf hinab wie auf den Eingang zur Hölle. »Ich verspreche dir«, sagte Elena, die ihr Zögern bemerkt haben musste, »das da unten ist ein Plot Twist, den selbst Frau Autorin nicht erwartet hätte. Mich hat er fast gekillt.«

Miriam ignorierte ihre Anspielungen, ging skeptisch näher an die Öffnung heran und versuchte, etwas darin auszumachen. Eine schräg gestellte Leiter, breiter als gewöhnlich und mit einem einseitigen Geländer, führte etwa zwei Meter nach unten, mehr war von hier oben nicht zu sehen.

»Noch eine Leiche?«, hörte sie Teresa irgendwo hinter sich fragen, und dann, mit einem Keuchen: »Ist Gero da unten?«

»Da ist niemand. Nur ein paar Geister«, erwiderte Elena düster, und Miriam konnte nicht leugnen, dass sie neugierig geworden war.

Dieser verborgene Raum unter ihren Füßen weckte in ihr keinerlei Erinnerung, und sie war sich sicher, dass sie dort noch nie gewesen war. Max' Schulter berührte ihre, doch sie sah nicht auf, nicht in sein Gesicht, sie wollte seine Sorge nicht sehen, sich von ihm nicht bremsen lassen.

»Miriam, ich weiß nicht, ob du wirklich –«

»Doch, ich glaube, ich muss das tun«, unterbrach sie ihn entschieden, und noch während sie es aussprach, wurde aus ihrer Vermutung eine Gewissheit. Aus dem Augenwinkel sah sie ihn nicken.

»Ich gehe auch runter.« Teresa kam zu ihnen. Miriam löste ihren Blick von dem roten Licht und beobachtete sie dabei, wie sie den Wintermantel auszog, obwohl es in der Scheune kaum mehr als zehn Grad sein konnten, und ihn achtlos auf den Boden warf. Es war ihr gleichgültig, ob Teresa sie begleitete oder nicht, ihre Relevanz war längst erloschen, aber sie fragte sich, was der Grund für ihre Entscheidung war – jedoch nicht genug, um es wirklich wissen zu wollen.

»Du bleibst hier oben und passt auf, dass Elena uns nicht einschließt.« Teresas Worte richteten sich an Max, und Miriam gefiel der Gedanke nicht, ohne ihn in den Keller zu steigen. Dennoch musste sie Teresa zugutehalten, dass sie ihr Vertrauen in Elena aufgegeben hatte.

Max schien ihre Reaktion abzuwarten, ehe er Teresas Auftrag zustimmte, und obwohl Miriams Unruhe zu wachsen begann, nickte sie ihm zu.

»Okay, ich passe auf«, sagte er unglücklich und warf einen prüfenden Blick in Elenas Richtung, die begonnen hatte, mit um den Körper geschlungenen Armen durch den Raum zu wandern.

Miriam ergriff als Erste das wackelige Geländer und stieg vorwärts die handbreiten Sprossen hinab. Immerhin würde es dort unten nicht dunkel sein, dachte sie mit heftig pochendem Herzen, während sie sich fühlte, als würde sie von dem roten Licht verschluckt.

Sie fand sich in dem hinteren Teil eines Gewölbekellers wieder, nackte Steinwände umgaben sie und schienen sie zu halten wie in einer hohlen Hand. Es war stickig, ein fremdartiger Geruch hing unter der runden Decke, Chemikalien vielleicht oder Putzmittel, und obwohl es nicht notwendig war, zog sie den Kopf ein, während sie zögerlich tiefer in den Verschlag eindrang.

Ein erster Rundumblick verwirrte sie, sie bekam die Eindrücke nicht zu fassen. Zu unzusammenhängend erschien ihr das, was sich vor ihr ausbreitete. Teresa betrat hinter ihr den länglichen Kellerraum, der kaum mehr als dreißig Quadratmeter messen konnte, und Miriam hörte sie schwer atmen, während ihre bedächtigen Schritte von den Ziegelsteinwänden seltsam verstärkt wurden. Miriam bemühte sich um Ruhe, doch ein unsichtbares Gewicht drückte auf ihren Brustkorb und machte das Atmen zu einem anstrengenden Akt der Selbsterhaltung. Vor ihr stand ein Tisch mit mehreren flachen Schüsseln. Die Rotlichtlampe war direkt darüber angebracht worden, durchsichtige Plastikflaschen, dunkle Glasbehälter, Zangen und haufenweise anderes Zeug standen, lagen und hingen penibel sortiert um den Platz. Doch erst die quer durch den Raum gezogene Leine, an der unzählige verschattete Fotos mit Wäscheklammern befestigt waren, verriet Miriam, um was es sich hier handelte.

Der Keller war eine Dunkelkammer. Wie es aussah, war Hartmann ein Fotograf – nicht unbedingt der Plot Twist, den Elena versprochen hatte.

Miriam ignorierte die Bilder zunächst, stattdessen sah sie tiefer in den Raum hinein, und nun war ihr Gehirn in der Lage, das, was sie ausmachen konnte, zu einer Information zu verarbeiten. Ihr brach der kalte Schweiß aus.

Hinten in einer Ecke lag eine Matratze, auf den ersten Blick höchstens etwas feucht und schimmelig, doch bei genauerem Hinsehen übersät mit dunklen Flecken so groß wie Fußbälle. Neben der Matratze stand ein silberner Blecheimer, und Miriam musste nicht näher herangehen, um zu wissen, wozu er diente. An einer Stange auf der anderen Seite hingen … Sachen. Lederriemen, Handfesseln … Miriam wollte nicht hinsehen. Sie begann zu zittern.

»Ach du Scheiße«, stöhnte Teresa auf, und ängstlich schaute Miriam zu ihr. Anders als sie selbst war Teresa zu den Fotos gegangen und starrte nun mit weit aufgerissenen Augen und vor den Mund geschlagener Hand die Momentaufnahmen an, die Hartmann für beachtenswert genug gehalten hatte, um sie auf Fotopapier zu bannen.

Miriam wollte die Bilder nicht ansehen, doch etwas zog und schob sie zu ihnen. Mit weichen Knien und rasendem Herzen stolperte sie vorwärts, bis sich das Grauen in Reih und Glied vor ihre Augen legte.

Fratzen. Jedes Foto ein verzerrtes Gesicht. Tote Augen. Leer. Entsetzen und Angst hatten sich in ihre Mienen gegraben, die einstigen Gesichter waren zu Abbildern der Verzweiflung erstarrt, unmittelbar bevor das Leben ihre Körper verlassen hatte.

Es waren Frauen. Ihre Porträts. Die Würgemale schoben sich in Miriams Sichtfeld, und unwillkürlich griff auch sie sich an den Hals. Es waren nur ihre eigenen Finger, die sie spürte, trotzdem kam es ihr vor, als würden sie ihn umschließen und zudrücken. Zudrücken, bis sie endgültig keine Luft mehr bekam und sie stumm zu japsen begann.

»Ich weiß, wer die sind. Die Joggerinnen.« Teresas Entsetzen kam von ganz weit weg, sie sprach aus einem parallelen Universum zu ihr, aber hier war es nicht anders als dort, denn auch Miriam hatte die Frauen erkannt. Bilder ihrer lächelnden Gesichter waren seit Wochen in den Zeitungen.

Hartmann hatte aufgehört, Hunde zu töten, weil er dazu übergegangen war, sich Frauen zu holen. Miriam schmeckte erneut Galle, doch ihre Augen ließen sich nicht davon abbringen, jedes einzelne Abbild des Grauens zu betrachten.

Und dann plötzlich eine ältere Frau, auf der Couch im Wohnzimmer des eben erst inspizierten Bauernhauses sitzend. Auf dem Foto hatte Olaf Hartmann, Olfie, liebevoll einen Arm um ihre Schulter gelegt. Ein Familienfoto zwischen all dem Grauen, es war kaum zu ertragen.

Miriams Blick sprang zum nächsten Foto, lebende Menschen, grinsend und feixend, zwei große Männer, wieder Olfie, der andere deutlich jünger, sie standen nebeneinander und sahen aus wie eine ganz normale Familie. Miriam musste näher heran, musste genauer hinsehen, obwohl ihre Sicht immer verwaschener wurde und zu flackern begann.

Sie musste *ihn* ansehen.

War er das? Der Hartmann, der in der Scheune wohnte? Der diesen Keller nutzte und die Fotos gemacht hatte?

Dieses Grinsen …

Miriams Herz drohte zu implodieren. Sie bekam keine Luft. »Ich muss hier raus«, keuchte sie und taumelte rückwärts.

Weg!

Raus.

Schnell.

»Mit dir habe ich aber nicht gerechnet.« Seine Stimme.

Miriam drehte sich um und wankte zur Leiter, sie konnte nicht atmen, konnte nichts sehen, hörte ein Jaulen tief in ihrem Kopf.

Hilfe! Ich sterbe!

Sie griff nach dem Geländer der Leiter, zog sich daran hoch, ein Reißen in ihrer Hand, ein Schmerz fraß sich in ihr Bewusstsein, doch sie musste weiter, weiter, raus hier, weg. Raus aus der Hölle, Tageslicht, Luft.

Miriam kletterte aus der Luke und rannte los.

***

Elena folgte dem stummen Ruf, folgte ihm blind mit offenen Augen. Der Pferdestall roch vertraut nach Leder und Heu und längst vergangenen Abenteuern. Sie schritt vorbei an den leeren Boxen, immer geradeaus bis zur letzten. Dort blieb sie stehen, kein Zögern, kein Hadern, sie musste sehen, dass er noch da war. Um auch die letzte Stimme des Zweifels zum Schweigen zu bringen. Mit einer Hand zog sie die geschlossene Tür auf, und was sich bereits durch die oberen Gitterstäbe abgezeichnet hatte, bestätigte sich endgültig.

Hinten in der Box war ein Mann. Er war vollkommen nackt und saß auf dem Boden, ein Stachelhalsband hatte tiefe Wunden in seine Haut gegraben, getrocknetes Blut an seinen Oberarmen und auf dem Rücken hässliche Schlieren hinterlassen. Elena bedauerte es, sein Gesicht nicht sehen zu können, nicht zu wissen, ob seine Augen geöffnet oder geschlossen, ob die Pupillen bereits getrübt und dunkel waren. Doch sein Kopf war nach vorne gefallen, als würde er seinen eigenen Penis betrachten. Seine ganze Körperhaltung war grotesk. Die Beine leicht gespreizt, waren die Hände mit Schellen an seine Fußknöchel gefesselt, eine Position, die nach spätestens fünf Minuten unerträglich geworden sein musste.

Er war tot, daran bestand kein Zweifel. Elena hatte sich nicht geirrt.

Schritte im Pferdestall näherten sich, doch sie rührte sich nicht, verharrte auf der Stelle und sah auf den Mann hinab, der nun keinen Schaden mehr anrichten konnte.

Jemand trat neben sie. Sie musste nicht hinsehen, um zu wissen, wer es war. Auf diesen Moment hatte sie gewartet, seit sie in Seelvlieth angekommen waren.

»Er sieht gar nicht mehr gefährlich aus«, sagte eine vertraute Stimme. »War sicher furchtbar, so zu sterben.«

Elena nickte. »Das hoffe ich.« Sie empfand Erleichterung und Genugtuung, endlich, aber diese Gefühle waren noch immer eingeschlossen, irgendwo tief in ihrer Brust. Schließlich wandte sie sich an Jan, sah ihn an, wie sie es seit Jahren nicht mehr gekonnt hatte. »Ich habe mich schon gefragt, wann du das Schmierentheater endlich aufgibst, *Max*.«

Er erwiderte ihren Blick nicht. Seine Aufmerksamkeit galt einzig dem toten Mann in der Pferdebox, und Elena glaubte, einen Anflug von Wehmut in seinen Zügen zu lesen. »*Max*«, spottete sie, um ihn aus der Reserve zu locken. »Was für ein bescheuerter Name. Ist dir nichts Besseres eingefallen?«

Er zeigte keine Reaktion, ignorierte ihren bissigen Kommentar und starrte weiter auf das groteske Bild, das Hartmann ihnen bot.

Als er schließlich aus seiner Lethargie erwachte, vermied er es weiterhin, sie anzusehen. »Seit wann weißt du, dass ich es bin?«

Elena musste nicht lange überlegen, sie erinnerte sich genau an den Moment der Erkenntnis. Es war ein Schock gewesen, dessen Nachhall sie auch jetzt noch spürte. »Seit der Autofahrt nach Seelvlieth.«

Jan wirkte überrascht. »So früh schon? Ich hatte darauf spekuliert, dass es dir erst im Partykeller der Jugendherberge klar werden würde.«

Langsam schüttelte sie den Kopf. »Nein, da wusste ich es bereits. Auch wenn ich es nicht glauben wollte. Aber in der Jugendherberge konnte ich es nicht länger verleugnen.«

Es war nicht erst der Partykeller gewesen, nicht der Pfad ihrer Aufnahmen, der sie dorthin geführt hatte, der das Verdrängte mit brachialer Gewalt zur Gewissheit hatte werden lassen. Nein, es war dieses eine, dieses besondere Bild, das sie in dem alten Gemeinschaftszimmer entdeckt hatte. Das er mit seinem Handy geschossen hatte. Elena erinnerte sich genau an diesen ersten Tag, als sie ihn zufällig im Gang gesehen und aufgefordert hatte, in das Zimmer der studentischen Aushilfen zu kommen und ein Foto für die Nachwelt aufzunehmen. Schon damals war es ihr schwergefallen, ihren Blick von ihm abzuwenden, wenn er in ihrer Nähe war. Der Blitz hatte sie getroffen, und sie war in

Flammen aufgegangen. Seit damals hatte er sich kaum verändert. Er war älter geworden, doch das sah man ihm kaum an, seine Haare waren länger, und er besaß noch immer diese verletzliche Ausstrahlung, die sie damals zu ihm hingezogen hatte.

»Was hat mich verraten?«, fragte er interessiert, und zum ersten Mal, seit sie vor dem Haus von Tatjana gestanden hatten, sah er ihr ohne Scheu in die Augen. Auch jetzt wieder empfand sie das gleiche ungläubige Entsetzen, ihn nach elf Jahren wieder vor sich zu haben. Es schien ihm schwerzufallen, den Blickkontakt aufrechtzuerhalten, und Elena verstand nicht, warum. Sie müsste diejenige sein, die enttäuscht wegsah, angesichts der Umstände, unter denen er sie nach Seelvlieth gelockt hatte. Aber sie sah nicht weg, erkannte jeden grünen Sprenkel in seinen braunen Iriden wieder und spürte den heftigen Schmerz seines unerklärlichen Verrats.

»Die Nachrichten, die du mir geschickt hast. Du machst immer noch die gleichen Fehler bei der Rechtschreibung wie früher, dabei habe ich mir solche Mühe gegeben, sie dir auszutreiben.«

Etwas in seinem Gesicht flackerte auf, und er wandte den Blick ab, fixierte abermals Hartmann, als würde ihn sein Anblick weniger verstören als Elenas.

»Was soll das alles? Warum tust du das?«, platzte es aus ihr heraus.

Seine Augen huschten nur kurz zu ihr herüber. »Was tue ich denn?« Er deutete auf Hartmanns Leiche. »Das da warst du.«

Es machte sie nervös, dass er das Offensichtliche laut aussprach, obwohl niemand sie hören konnte. Sie waren alleine auf der Insel, Teresa war einer hysterischen Miriam hinterhergejagt, und Olfie war tot. Dennoch verlor sie langsam die Geduld. »Warum tust du so, als wärst du Hartmann, und lockst uns hierher?«, formulierte sie ihre Frage neu, obwohl er längst verstanden hatte.

Jan schien es weiterhin nicht für nötig zu halten, darauf einzugehen. »Erzähl mir, wie du es gemacht hast«, forderte er sie auf, und es kam beinahe einer Bitte gleich.

Elena sträubte sich dagegen, zu dem Tag zurückzukehren, als sie das erste Mal seit damals auf der Insel gewesen war, und trotzdem erkannte sie ihren tief verankerten Wunsch, es sich von der Seele zu reden, um mit diesen Bildern nicht länger alleine zu sein. Sie nickte befangen. »Es war gar nicht schwer. Viel leichter als in meiner Vorstellung. Wenn ich das gewusst hätte, vielleicht wäre ich dann schon früher zurückgekommen.«

»Wieso hättest du das sollen? Er war aus deinem Leben verschwunden.«

Wie naiv Jan war. »Er war nie wirklich verschwunden. Physisch vielleicht, aber er ist für immer in mir. Auf meiner Haut. Er hat meine DNS verändert.«

Jan schien kurz darüber nachzudenken. »War er überrascht, dich zu sehen?«, fragte er, als würde ihr Trauma ihn völlig kaltlassen.

»Ja, das war er. Das hätte mich stutzig machen müssen, aber ich war zu fokussiert auf meine Dämonen.«

»Bist du direkt zu ihm gefahren, nachdem du die Karte bekommen hast?«

Sie nickte. »Ja.«

»Was ist dann passiert?« Noch immer hatte er sie nicht wieder angesehen, stattdessen schien er seine Frage an Hartmann zu richten.

»Ich habe am Abend die Brücke überquert und an der Tür seiner Scheune geklopft«, erzählte sie, und augenblicklich kehrte sie zu diesem Moment zurück, die Erinnerung suchte sie heim wie ein Gespenst, es war das erste Mal, dass sie sie zuließ, weil sie geahnt hatte, welche emotionale Gewalt ihr innewohnte. Jetzt war Elena wieder dort, und alles geschah ein weiteres Mal.

»Als er wieder vor mir steht … er sieht mich an, und ich sehe ihn an und denke: Er erkennt dich nicht! Er hat dein Leben genommen und in Brand gesteckt und weiß nicht einmal mehr, wer du bist! Aber dann wird er wütend und brüllt mich an. ›Bitch, was willst du hier?‹ Es ist ihm egal, wie laut er ist, niemand hört ihn, und falls doch … die Leute in Seelvlieth haben Angst vor ihm, ihre Furcht wabert durch die Straßen und macht sie handlungsunfähig. Ich denke mir nichts dabei, warum er so überrascht tut, oder nein … vielleicht glaube ich auch, dass es zu seinem Spiel gehört, ich weiß es nicht. Ohne Vorwarnung drücke ich ihm einen Elektroschocker in die Seite, und er fällt um, der große böse Mann. Alles in mir sträubt sich, ihn anzufassen, aber ich muss mich beeilen, bevor er wieder zu Kräften kommt. Deswegen habe ich ihm seine Klamotten auch später vom Körper geschnitten. Ich lege ihm erst das Halsband um, dann die Handschellen. Als ich mich wieder aufrichte, beruhigen sich meine Nerven, ich sehe auf ihn hinab, wie er vor meinen Füßen liegt. Das Monster, das mich seit elf Jahren in meinen Alpträumen verfolgt, pisst sich vor meinen Augen ein, und es löst nichts in mir aus. Einfach gar nichts. Keine Erleichterung, keine Genugtuung. Mir war all die Jahre nicht klar gewesen, dass es Teile in mir gibt, kleine, aber elementare Fragmente, die er getötet hat.«

Elena holte Luft, es war anstrengend und verzehrend, das alles noch einmal zu durchleben, doch es hatte auch etwas Reinigendes. Die stummen Tränen, die unbemerkt über ihre Wangen gelaufen waren und jetzt an ihrem Kinn hingen, kurz vor dem freien Fall, wuschen etwas von dem ekelhaften Film fort, den Hartmann auf ihrer Haut hinterlassen hatte.

»Ich zerre ihn an der Leine in den Pferdestall, ich muss sie gut festhalten, er versucht sich zu wehren und sich loszureißen. Die Spitzen des Halsbandes haben sich schnell tief in seine Haut gebohrt, Blut aus den Wunden sickert in seinen Pullover, tränkt ihn rot. Trotzdem hört er nicht auf, mich anzubrüllen, er droht mir, mich aufzuschlitzen und zu töten, aber ich habe keine Angst vor ihm. Das erste Mal seit elf Jahren habe ich nicht mehr das Gefühl, ihm ausgeliefert zu sein. Jetzt ist *er mir* ausgeliefert. Er brüllt wie das Tier, das er ist. Früher bin ich es gewesen, deren Schreie ungehört geblieben waren, nun sind es seine.«

»War Olfie zu diesem Zeitpunkt schon tot?«

Seine Unterbrechung riss Elena aus dem Sog der Erinnerung. Sie brauchte kurz, um seine Frage zuzuordnen, doch dann fiel es ihr wieder ein. Meister Olfie, erhängt unter dem Dach. Um ihn tat es ihr leid. Er war ein guter Mensch gewesen. »Ja«, sagte sie, ihre Stimme rau vom vielen Reden.

»Hast du seinen Brief gelesen?«

Verblüfft sah Elena ihn an, und zu ihrer Überraschung erwiderte er ihren Blick für zwei stolpernde Atemzüge. »Ja, später. *Hinterher*«, gab sie zu.

Olfies Abschiedsbrief hatte im Arbeitszimmer gelegen, auf einem Tisch voller Papiere, beinahe wäre ihr der Umschlag nicht aufgefallen. Darin hatte Olfie über seine Trauer nach dem Tod von Helga geschrieben und über sein Entsetzen, als er zufällig die Folterkammer seines Sohnes entdeckt hatte. Er entschuldigte sich bei den Familien der Opfer dafür, dass ihm nicht früher aufgefallen war, was Ole in der Scheune trieb, und machte es zu seinem letzten Willen, den Bauernhof zu verkaufen und den Gewinn unter den Angehörigen aufzuteilen.

»Wie hast du Helga dazu gebracht, dass sie versucht, mich zu überfahren?«

Jan sah weg, doch Elena nahm den Blick nicht von seinem weichen Gesicht, das nun pure Verachtung ausdrückte. »Sie wusste es. Sie wusste, dass ihr Sohn ein Monster war, und hat ihn trotzdem geschützt, wie es jeder Junge von seiner Mutter erwartet. Ich habe ihr nur deutlich gemacht, dass ich ihn ins Gefängnis bringen könnte mit dem, was ich wusste. Mehr hat es nicht gebraucht. Sie hätte alles getan, um ihren verdorbenen Sohn zu schützen. Ihre Aufgabe war es gewesen, einen kleinen Unfall zu verursachen, bei dem du nicht zu Schaden kommen solltest, dir den Zettel mit Teresas Telefonnummer in die Hand zu drücken und gegenüber der Polizei über ihr Motiv zu schweigen. Ihr Herzinfarkt war nicht vorherzusehen gewesen, aber es tut mir um sie nicht leid. Sie hatte es verdient, zu sterben.«

Elena war sich nicht sicher, ob sie Jans Ansicht teilte, und fragte sich zudem, ob er davon wusste, dass sie mit ihren zusätzlichen Worten »Kein Unfall« auf dem Zettel versucht hatte, sie zu warnen.

»Erzähl weiter«, forderte er sie auf.

Elena zuckte mit den Schultern. »Mehr gibt es nicht. Du hast sehr genau hingesehen, seit wir hier stehen, du weißt also, was ich getan habe. Als ich mit ihm fertig war, bin ich gegangen und habe ihn sich selbst überlassen. Vielleicht hat er die Zeit, die ihm noch blieb, bis die Natur den Rest erledigte, dazu genutzt, um darüber nachzudenken, was er für ein Mensch war, aber das glaube ich nicht.«

Als Jan nichts sagte, sprach Elena weiter. »Weil ich bis zum nächsten Morgen warten musste, bis ich die Insel wieder verlassen konnte, habe ich mich in den Häusern umgesehen. Habe seine Geheimnisse und Tragödien entdeckt. Ich hatte keine Ahnung, dass er zu einem Serienmörder geworden war.«

Sie begann zu frösteln. Es war kalt im Pferdestall, der Winter rüttelte an den maroden Wänden und forderte, eingelassen zu werden. Doch das war nicht der einzige Grund für ihre Gänsehaut. Es war auch der Gedanke, der seit der Entdeckung der Fotos im Gewölbekeller ihr Bewusstsein dominierte. »Vielleicht hat es mit mir angefangen«, sprach sie ihn aus, um ihn auszuprobieren, um zu erfahren, ob er die gleiche zerstörerische Kraft besaß, wenn sie ihn in Worte formte. »Hast du dich das auch schon mal gefragt?«

Jan sah sie an, nicht in die Augen, aber in ihr Gesicht, und schien nicht zu verstehen, worauf sie hinauswollte. Also erklärte sie es ihm. »Ich meine damit, dass vielleicht ich es war, die seinen Widerstand gegen die dunkle Seite, die schon immer in seinem Inneren gelauert hatte, zum Einstürzen gebracht hat. Ich habe ihn überhaupt erst in die Position gebracht, mich erpressen zu können. Biete jemandem Macht an, und er wird sie ergreifen, ist es nicht so? Er tut es also, erpresst mich, lebt zum ersten Mal schonungslos seine Phantasien aus, wird gieriger und will immer mehr. Und er kriegt mehr.«

Elena hatte längst ihr Gespür dafür verloren, ob etwas von dem, was sie sagte, einen Sinn ergab, so sehr hatte sie sich in ihr Szenario hineingesteigert. Und mit einem Mal war es ihr unerträglich, mit Hartmann in dieser Pferdebox zu sein. Seine Nähe, auch wenn er tot war, machte sie körperlich krank. Sie wandte sich von ihm ab, drehte ihm den Rücken zu, und nur weil Jan ihr den Ausgang versperrte, lief sie nicht davon. Er wollte ihre Geschichte zu Ende hören.

Also schlang sie die Arme um den Körper, senkte den Blick, räusperte sich und sprach weiter. »Hartmann verrät mich nicht, nachdem ich aus Seelvlieth abgehauen bin. Natürlich nicht, immerhin muss er nun auch sich selbst und seine dunkle Seite schützen, die inzwischen vollständig Besitz von ihm ergriffen hat. Vielleicht hat er einige Zeit versucht, sie zu kontrollieren, doch es gelingt ihm nicht. Also holt er sich Hunde. Aber das ist nicht dasselbe. Was er mit ihnen macht, will ich mir nicht vorstellen, aber anders als bei mir muss er sich nicht zurückhalten und kann sie töten.«

Elena geriet ins Stocken. Spürte wieder seine Hände um ihren Hals, unzählige Male hatte er zugedrückt, mit den Daumen gegen ihren Kehlkopf. Der Schmerz, Elena hatte ihn nie vergessen, spürte ihn, sobald jemand ihren Hals berührte, erinnerte sich an die Momente, in denen sie glaubte, er würde sich nicht zurückhalten können, dieses Mal nicht, und sie unter ihm begraben sterben.

»Ich glaube, er wollte mich damals auch töten, aber er wusste, dass er damit nicht davonkommen würde. Das hat mir vermutlich das Leben gerettet. Aber nachdem er einige Zeit seine Tötungsphantasien an diesen Hunden ausgelebt hatte, kehrte er zu den eigentlichen Objekten seiner Begierde zurück, mutiger und mit einem Plan, und holte sich eine junge, hübsche Joggerin.« Eine wie Elena früher.

Schließlich hob Elena den Blick und sah Jan an. Noch immer könnte sie sich in seinem Gesicht verlieren, wenn sie es zuließe. »Meinst du, so könnte es gewesen sein?«

Er wich unter ihrem fragenden Blick zurück, fast unsichtbar, aber es entging ihr dennoch nicht. Jede seiner Bewegungen war ihr vertraut, und nun, da sie ihn ohne Scheu oder Zurückhaltung ansehen konnte, ließ sie sich von ihnen in eine bessere Vergangenheit tragen. Eine Vergangenheit vor Hartmann, die tief in ihr einen Platz gefunden hatte als die schönste Zeit ihres Lebens.

»Welche Rolle spielt das jetzt noch? Du klingst, als würdest du dir wünschen, diejenige gewesen zu sein, die ihn zum Monster gemacht hat. Ist es so?«

Seine groben Worte durchbrachen ihre Verklärung, sie fühlte sich, als hätte er ihr eine Ohrfeige verpasst. »Nein, natürlich nicht.« Ihr Herz pumpte wütend.

»Dann hör auf, alles in deinem Dunstkreis auf dich zu beziehen. So wichtig bist du nicht.«

Das zu hören hatte sie gebraucht. Sie war von ihren alten Emotionen geblendet gewesen und hatte völlig aus den Augen verloren, dass Jan sie nach Seelvlieth gelockt hatte, sein Motiv unklar, aber seine Absichten eindeutig finster. Daran änderte auch sein unschuldiges Auftreten nichts.

»Wie ging es weiter?«, fragte er fordernd. Offenbar hatte er erkannt, dass er sie mit seinen Worten sprachlos gemacht hatte.

Also kehrte sie nach dieser Abschweifung zurück zu dem Haupterzählstrang. »Ich habe im Kuhstall geschlafen und am nächsten Morgen die Insel verlassen. Als ich zurück in Hamburg war, fand ich einen Zettel im Briefkasten, der mich daran erinnerte, die Telefonnummer zu wählen. Ich habe es getan, und wie es danach weiterging, weißt du ja.« Sie hatte es sachlich heruntergerattert, als wäre es ein Praktikumsbericht, doch in Wahrheit waren die Stunden und Tage, die hinter ihr lagen, ihre eigens für sie erschaffene Hölle gewesen.

Sie hatte nur deshalb im Kuhstall geschlafen, weil es der einzige geschützte Ort auf der Insel war, an dem keine Dämonen auf sie gelauert hatten. Es war eisig gewesen, und obwohl der Wind Hartmanns Schreie davongetragen hatte und sie zu einem Teil der kreischenden Böen geworden waren, echoten seine Stimme, seine wüsten Beschimpfungen und Drohungen durch ihren Kopf. Sie hatte alles gehört, seine Worte in Angst umgewandelt und die ganze Nacht kein Auge zugemacht. Als sie am nächsten Morgen die Insel verließ, hatte sie nicht noch einmal nach ihm gesehen. Es war unmöglich, dass er entkommen war, also hatte sie keinen Grund für einen Abschied gesehen.

Etwas, das sie bitter bereute. Hätte sie es getan, wäre ihr in den darauffolgenden Tagen einiges erspart geblieben. Denn als sie einen Tag nach ihrer Rückkehr einen weiteren Zettel im Briefkasten fand, riss die Panik, Hartmann könne sich irgendwie befreit haben, sie zunächst einmal von den Füßen. Doch dann hatte sie auf ihre Vernunft gehört und sich die Kontrolle über die Situation zurückgeholt. Da es ausgeschlossen gewesen war, dass Hartmann sich aus dem Pferdestall befreien konnte, musste es jemand anderes sein, der ihr den Zettel in den Briefkasten gesteckt hatte. Jemand, der nur vorgab, Hartmann zu sein. Also hatte sie beschlossen, bei dem Theater mitzuspielen und dabei ihre ganz eigene Agenda zu verfolgen.

»Und hier sind wir nun«, sagte Jan nachdenklich, als hätte er ihren Gedanken gelauscht.

»Was soll das, Jan?« Sie hatte ihn das längst gefragt, aber keine Antwort erhalten. Sie hätte eine Erklärung einfordern sollen, statt ein Geständnis für einen Mord abzulegen. Es hatte sich nichts geändert. Sobald er in ihrer Nähe war, setzte ihr Verstand aus.

Jan nickte, dann trat er rückwärts aus der Box. »Komm mit, ich will dir etwas zeigen.« Er machte eine Handbewegung, die sie ermutigte, ihm zu folgen. Dieses Mal beging sie nicht den gleichen Fehler wie beim ersten Mal, und bevor auch sie die Box verließ, sah sie noch einmal zu Hartmann am Boden.

Es gab keinen Zweifel. Er war tot. Er konnte ihr nichts mehr tun. Sie war sicher.

Dann ließ sie die Leiche hinter sich.

Jan wartete auf sie, doch er brachte sie nicht weit weg, lediglich eine Box weiter. Elena fiel auf, dass er blass war und abgekämpft wirkte. Er hielt ihr die Tür auf, und ein mulmiges Gefühl überfiel sie, noch bevor sie realisierte, was sie darin sah. Wie automatisiert wankte sie zwei Schritte vorwärts, dann wurden ihre Knie weich.

»Was hat das zu bedeuten?«, fragte sie aufgewühlt, das beginnende Hyperventilieren vergrub ihre Frage unter einem Keuchen.

Die Box vor ihr war leer. Fast leer. Keine Leiche lag dort auf dem Boden, nur ein Schemel stand in der Mitte der beengenden vier Sperrholztrennwände. Darüber, in etwa zwei Metern Höhe, hing ein Strick.

»Drei sind eine zu viel – du solltest wählen, weißt du noch?«

Tatsächlich hatte sie es vergessen. Obwohl sie mit der Absicht nach Seelvlieth gekommen war, das zu tun, was notwendig war, um diesen Horror ein für alle Mal zu beenden, mit einer Entscheidung im Kopf und genug Entschlossenheit, es auch durchzuziehen, hatte sie angesichts der Entwicklung nicht mehr daran gedacht.

»Hoffentlich hast du die richtige Entscheidung getroffen.«

Endlich gelang es ihr, den Blick von dem Strick zu nehmen, und sie sah Jan entsetzt an. Es gab eine *richtige* Entscheidung?

»Jan, nein! Worum geht es hier? Ich verstehe nicht, warum du willst, dass ich jemanden auswähle.«

Jan kam auf sie zu, er wirkte nicht einmal bedrohlich, vermutlich wäre sie sogar stärker als er und könnte ihn von sich stoßen, trotzdem wich sie zurück. »Komm schon, Elena, du hast schon einmal jemanden umgebracht, und es war gar nicht schwer, du hast es selbst gesagt.«

Seine Stimmung schien zu schwanken, auf der einen Seite klang er, als wollte er ihr Mut zusprechen, gleichzeitig wirkte er unheimlich genervt von ihrer Unfähigkeit, eine Entscheidung zu treffen. »Wen wirst du diesmal töten?«

Erst jetzt bemerkte Elena, dass Jan sie in die Box gedrängt hatte, und als deutlich wurde, dass sie ihm keine Antwort geben würde, ließ er die Tür mit einem metallenen Knall hinter sich zufallen. Er hatte alles vorbereitet, eine dicke Eisenkette war bereits um den oberen Metallkäfig der Box geschlungen, und mit wenigen Handgriffen und einem finalen »Klick« schloss er sie beide ein. »Nun sag schon einen Namen!«, forderte er sie auf.

Elena überlegte nur kurz. Sie waren alleine, Miriam und Teresa wer weiß wo, und für sie beide bestand keine unmittelbare Gefahr, solange ein Zahlenschloss sie von der Außenwelt trennte. Wenn ein Name ausreichte, um zu erfahren, was er mit alledem erreichen wollte, sollte er einen Namen bekommen.

»Miriam, okay? Miriam ist zu viel. Aber ich werde sie nicht umbringen.«

Jan wirkte enttäuscht. Dann schüttelte er den Kopf. »Das ist falsch, Elena. Das ist alles falsch. Dabei dachte ich, du hättest es verstanden.« Er atmete geräuschvoll aus und strich sich seine strähnigen Haare aus der Stirn. »*Du* bist zu viel, Elena«, sagte er dann. »Dieser Strick ist für dich, und die Person, die du damit töten wirst, bist du selbst.«

***

Der eisige Wind hatte zugenommen, und der Himmel war dunkel verhangen, als Teresa der davonlaufenden Miriam folgte. Kalte Finger drangen durch die Fasern ihres Pullovers, ihren Mantel hatte sie in der Eile in Hartmanns Scheune zurückgelassen. Auch ohne ihn stand ihr Körper in Flammen.

»Miriam, warte!«, rief sie ihr hinterher, sie war sich nicht sicher, ob Miriam sie hören konnte oder der Wind die Worte unbeachtet über die Weser davontrug. Etwas in dem Gewölbekeller unter der Scheune hatte Miriam dermaßen aufgeschreckt, dass sie panisch geflüchtet war, und obwohl die Fotos der erwürgten Joggerinnen Grund genug dafür gewesen wären, hatte Teresa den Eindruck, dass nicht sie, sondern ein eher harmloses Familienfoto der Hartmanns Auslöser für Miriams Panikattacke war.

Die Zeit der hässlichen Wahrheit war gekommen – sofern es ihr gelang, die Freundin von früher einzuholen.

Miriam hatte die gepflasterte Straße zurück genommen, vorbei am Auto, rannte sie immer geradeaus.

»Wo willst du hin?«, brüllte Teresa erneut, obwohl der Weg keinen Raum für Spekulationen ließ. Miriam wollte zur Brücke. Teresa wurde langsamer, ihre Lungenflügel brannten, und sie verstand nicht, warum Miriam nicht stehen blieb. Selbst aus der Entfernung von vielleicht hundert Metern war deutlich zu sehen, dass die Brücke unpassierbar war.

Diesmal schien Miriam sie gehört zu haben, ihr Laufen wurde zu einem schnellen Gehen, und sie drehte den Kopf zu ihr um. »Lass mich«, schleuderte sie Teresa über ihre Schulter entgegen, anders als bei Teresa war der Wind ihr Komplize und trug Miriams Worte bis zu ihr. Sie wandte sich wieder nach vorne und verfiel in einen schwerfälligen Trab. Auch Teresa zog noch einmal das Tempo an und holte schnell auf, sie wandelte auf der Schwelle zwischen Verzweiflung und vor Erschöpfung drohender Ohnmacht.

»Was ist denn los?«, keuchte Teresa, als sie nur noch wenige Meter hinter ihr war.

»Was los ist?«, echote Miriam schrill, auch sie atmete schwer und hielt sich die Seiten, während ihre Schritte langsamer wurden.

»Du kannst nicht über die Brücke gehen, sie ist hochgeklappt«, wies Teresa sie auf das Offensichtliche hin, anscheinend war Miriams Wahrnehmung durch die Panik eingeschränkt.

»Glaubst du, das sehe ich nicht selbst?«, schnauzte Miriam zurück, und wie aufs Stichwort verließ sie die Straße und rannte quer über die mit Schnee und Eis bedeckte Wiese Richtung Flussufer.

»Was hast du vor?«

»Ich will hier weg.«

Teresa war nun neben ihr, die langen Beine hatten ihr einen Vorteil verschafft, und besorgt beobachtete sie Miriam, die am Ufer der Weser entlang den Blick über den gefrorenen Fluss schweifen ließ.

»Nicht aufs Eis, Miriam! Das ist nicht sicher!«

Miriam glotzte sie mit großen Augen an, Entsetzen und Angst glänzten feucht darin, sie sah beinahe verrückt aus. Als hätte sie eben im Gewölbekeller den Verstand verloren. »Die Insel ist nicht sicher«, schrie sie gegen den Wind, der sich gedreht hatte. »Niemand ist sicher, verstehst du das nicht?«

Ohne länger zu zögern, betrat Miriam die Eisschicht.

»Scheiße!«, fluchte Teresa und überlegte hilflos hin und her, was sie nun tun sollte. Sie wollte nicht auf den zugefrorenen

Fluss, die Schneeschicht auf dem Eis ließ es stabiler wirken, als es wahrscheinlich war.

»Komm da runter, Miriam, bitte! Ich verspreche auch, dass ich auf dich aufpasse.«

Miriams Schritte wurden langsamer, dann blieb sie tatsächlich stehen und drehte sich um. Für einen Augenblick glaubte Teresa, dass alles gut gehen würde, dass sie Miriam schnell genug wieder zur Vernunft gebracht hatte und sie irgendwann später, eingewickelt in eine Decke und mit einem heißen Tee in der Hand, in Ruhe über alles reden könnten. Denn das mussten sie, so viel war Teresa nun klar, auch wenn sie es nicht wollte.

Doch nichts würde gut werden. Miriam kam nicht zur Vernunft. Stattdessen schnaubte sie verächtlich. »Du passt auf mich auf? Ausgerechnet du? Dass ich nicht lache.« Dann lief sie weiter.

Teresa hatte keine Wahl. Vorsichtig setzte sie ihren ersten Fuß aufs Eis, verlagerte ihr Gewicht darauf, während sie dabei zusehen musste, wie sich Miriam immer weiter von ihr entfernte.

Das Eis schien sie zu halten, der andere Fuß folgte, ein Schritt nach dem anderen, doch sie traute ihm nicht. Hier am Ufer war es vielleicht dick genug, doch je weiter Miriam sich der Mitte näherte, desto größer wurde die Gefahr, dass sie in das eisige Wasser des Flusses stürzte.

Wie auf Eiern folgte Teresa ihr, doch es war unmöglich, Miriam jetzt noch einzuholen. Nicht, solange sie immer weiterlief. »Miriam, es tut mir so leid! Bitte lauf nicht weg!«, brüllte sie ihr nach, pure Hilflosigkeit hatte sie dazu gebracht, das auszusprechen, aufrichtig, was sie ihr schon lange schuldig war.

Wie gehofft blieb Miriam stehen. Drehte sich abermals um. »Was tut dir leid?«, fragte sie seltsam verstört. Als wisse sie nicht, was Teresa meinte.

»Ich dachte, du hast dich erinnert.«

»Woran soll ich mich erinnert haben?«

Teresa zitterte am ganzen Körper. Jetzt, da sie sich nur noch im Schneckentempo fortbewegte, spürte sie die Kälte bis auf die Knochen. »Komm vom Eis runter, Miriam. Es ist zu dünn, du wirst einbrechen!«, flehte sie, ihre Zähne schlugen klappernd aufeinander.

»Woran soll ich mich erinnert haben?«, wiederholte Miriam unnachgiebig.

»Komm vom Eis runter, dann sag ich dir alles.«

»Sag es mir jetzt!«

»Miriam, bitte …« Doch sie hörte ihr nicht länger zu, drehte sich um und ging weiter. »Miriam, warte!«, rief Teresa und versuchte, ihr zu folgen.

Erneut wandte Miriam sich zu Teresa um, blieb dafür aber nicht stehen, sondern lief rückwärts weiter. »Nein, Teresa, ich habe genug von deinen Spielchen. Entweder du sagst mir jetzt sofort, woran ich mich erinnert haben soll, oder ich sorge dafür, dass wir beide im Eis einbrechen!« Um zu demonstrieren, wie ernst sie es mit ihrer Drohung meinte, trat sie mit einem Fuß heftig auf.

Teresa hob beschwichtigend die Hände. »Okay, schon gut.«

Miriam hielt inne, und Teresa näherte sich ihr vorsichtig, damit sie nicht schreien musste. »Du musst mir versprechen, dass du nicht gleich wieder sauer auf mich wirst. Das ist alles so lange her, und ich habe nicht nachgedacht … oder vielleicht dachte ich auch, dass ich dir damit einen Gefallen tue. Ich wusste nicht, was passieren würde, ich … Scheiße.« Sie rang nach Worten. »Ich wollte doch nur, dass Elena in der Sommerschule bleiben kann.«

Miriam schien noch immer keine Ahnung zu haben, worauf Teresa hinauswollte. »Wovon zum Teufel sprich…«

In diesem Moment gab das Eis unter ihren Füßen ein lautes Knacken von sich.

***

Jan wollte, dass sie hier und jetzt Selbstmord beging. »Warum, Jan? Was habe ich dir getan?« Elena konnte den Schmerz darüber nicht verbergen.

Doch Jan zeigte keinerlei Mitgefühl, stattdessen sah er sie

an, als hielte er sie für unheimlich dumm. »Das fragst du jetzt nicht wirklich, oder?«

Elena lachte hilflos auf. »Doch, natürlich! Ich weiß, das mit uns damals war ein wenig problematisch, und ich hätte dich nicht einfach fallen lassen dürfen, nachdem Hartmann uns erwischt hat, aber das ist doch kein Grund, meinen Tod zu verlangen!«

»Genau das ist dein Problem, Elena. Du bist dir keiner Schuld bewusst. Das macht dich so gefährlich.«

»Wovon redest du?«, fragte sie verzweifelt.

Jan verschränkte die Arme vor der Brust und lehnte sich gegen die verschlossene Tür. Er wirkte gelassen, doch diverse Muskeln zuckten in seinem Gesicht. Auch jetzt noch erkannte Elena, wenn er aufgewühlt war.

»Lass uns über Paul sprechen.«

Elenas Mund wurde trocken. Panik kroch in ihre Brust. Sie konnte nicht denken. Paul. Woher wusste Jan von ihm, was versuchte er ihr mit dieser Frage zu sagen, ihr zu unterstellen? »Er hat nichts mit uns zu tun«, brachte sie mühsam hervor.

»Das sehe ich anders, Elena. Er und ich haben sehr viel gemeinsam.«

Langsam begann sie zu begreifen, und es kam einem Verrat gleich. »Nein, Jan, nein! Tu das nicht!« Alleine die Vorstellung, was er ihr da zuzuschieben versuchte, machte sie krank. Und trotzdem sah er sie mit einer Verachtung an, als würde er es wirklich glauben. Ihr Magen krampfte sich zusammen, ihre Gedärme, alles.

»Wie alt ist Paul?«

Elena schüttelte den Kopf, wich zurück und lief gegen den Hocker, der mit einem dumpfen Donnern umkippte. »Hör auf damit!« Ihre langen Fingernägel gruben sich tief in ihre Handflächen, sie musste die Kontrolle behalten, und der Schmerz würde ihr dabei helfen.

»Nein, ich höre nicht auf.« Er stieß sich von der verschlossenen Boxentür ab und folgte ihrer kurzen Spur der Flucht. »Ich helfe dir auf die Sprünge und sage dir, wie alt er ist. Er ist dreizehn, Elena. Dreizehn! Ein Kind.« Dann bückte er sich und stellte den Schemel mit einem demonstrativen Knall wieder unter den Strick.

Die Bilder von Paul kamen von ganz alleine. Sie dachte an seine schüchterne Sanftheit, die sie sofort fasziniert hatte. Erst als sie mehr über ihn erfahren hatte, über den frühen Tod seines Vaters, der erst ein paar Monate zurücklag, seine liebevolle Art, mit der er sich um seine Mutter Linda und seine kleine Schwester Sophia kümmerte, hatte Elena erkannt, dass er anders war.

»Es ist nur eine Zahl, Jan«, sagte sie verzweifelt. »Sie sagt rein gar nichts über die Reife eines Menschen aus.«

Jan nickte, als würde er ihren Worten zustimmen – eine Täuschung. »Ich konnte damals ohne mein Lieblingskuscheltier nicht einschlafen und habe andere mit Spuckekugeln beschossen. Was sagt dir das über meine damalige Reife?«

Fassungslos sah sie ihn an. »Was soll das jetzt wieder heißen?«

»Sag du es mir.«

Elena presste die Lippen aufeinander. Er würde es tatsächlich durchziehen und das, was sie damals geteilt hatten, in den Dreck ziehen. In ihrer sprachlosen Verneinung hängen geblieben, dachte sie an Paul und daran, dass sie ihre letzte Nachricht an ihn nicht abgeschickt hatte. Nun bereute sie es. »Zwischen ihm und mir ist nichts passiert. Du irrst dich, was mich angeht.« Ihre Stimme zitterte.

»Es ist doch nur deshalb nichts zwischen euch passiert, weil du keine Gelegenheit dafür hattest«, schnauzte er sie mit einem Mal an, und Elena zuckte angesichts seines explosionsartigen Gefühlsausbruchs verstört zurück. »Hätte Linda nicht einen Riegel vor deine Annäherungsversuche geschoben, wäre etwas *passiert*, Elena. Wir wissen beide, was du getan hättest.«

Die Wand in ihrem Rücken zeigte Elena ihre Grenzen auf. »Das stimmt nicht!«, fauchte sie zurück, in dem drängenden Bedürfnis, die immer weiterziehenden Kreise seiner haltlosen Unterstellung abzuwehren. »Linda hat maßlos überreagiert, die Frau ist paranoid.«

Jans Gesicht nahm einen verbitterten Ausdruck an. »Sie ist nicht paranoid. Sie ist informiert. Ich habe mit ihr geredet und sie gewarnt, ihren dreizehnjährigen Sohn nicht mit der *Sonderpädagogin für Begabtenförderung* alleine zu lassen. Gibt es diese Bezeichnung überhaupt, oder hast du sie dir ausgedacht?«

»Was?« Elena blieb die Luft weg.

»Ich weiß alles über dich«, spie er ihr entgegen. »Seit damals habe ich dich nicht aus den Augen gelassen.«

Wenn sie sich bislang damit beruhigt hatte, dass Jan ihr womöglich nur einen Schrecken einjagen wollte und ihr nicht wirklich etwas antun würde, bekam sie es nun doch mit der Angst zu tun. Der junge Mann, der vor ihr stand und sie voller Abscheu ansah, den Blick nie höher als bis zu ihren Wangen, war ein Fremder.

»Ich habe nichts Falsches getan«, begehrte sie mit der letzten verbliebenen Kraft gegen ihn auf, bevor es zu spät war und sie unter seinen Beschuldigungen zusammenbrach. »Du willst mich in eine Schublade stecken, aber ich bin nicht das, was du versuchst aus mir zu machen. Ich war in anderen Beziehungen, mit gleichaltrigen und älteren Männern. Aber Liebe ist Liebe und kennt kein Alter.«

»Wenn du nicht das bist, was ich *versuche, aus dir zu machen*, warum warst du dann bei den Treffen der Therapiegruppe ›Kein Täter werden‹?«

Bestürzt schlug sie die Hände vor den Mund. »Ich … ich dachte, ich sehe es mir mal an, aber ich habe sofort gemerkt, dass ich dort nicht hingehöre. Ich bin nicht wie die.«

Die, das waren Pädophile. Und obwohl diese Leute ihrem kranken Verlangen nicht nachgegeben und wie ganz normale Menschen gewirkt hatten, war es für Elena unerträglich gewesen, sich mit ihnen und ihren abartigen Gedanken in einem Raum aufzuhalten. Elena war ganz und gar nicht wie die.

»Das ist nicht der Grund, warum du dort nicht hingehörst.« Es war einer der seltenen Momente, in denen Jan ihr direkt in die Augen sah. Was ihn sonst sichtlich Überwindung kostete, war nun eine Waffe, mit der er in ihr Inneres eindrang. »Du gehörst dort nicht hin, weil es für dich zu spät ist. Du bist längst eine Täterin.«

Elena starrte ihn an. Geprügelt und getreten, mit inneren Blutungen und einem Schmerz, der einem Schlag gegen den Kehlkopf gleichkam. »Du und ich, wir waren *verliebt*«, wisperte sie ihr Geheimnis, das ihnen allein gehört hatte, bis es von Hartmann mit Dreck beworfen und besudelt worden war.

Wie konnte er nur? Wie konnte Jan so etwas behaupten? Glaubte er das wirklich, oder versuchte er lediglich, ihr absichtlich wehzutun? Wenn das der Fall war, war er damit ausgesprochen erfolgreich.

Jan trat von ihr zurück, zog seine viel zu dünne Jacke aus und warf sie achtlos auf den Boden. Darunter trug er einen dünnen Hoodie, und Elena bemerkte, wie schmächtig er darin wirkte, beinahe knochig. Ohne Umschweife schob er grob die Ärmel bis über seine Ellenbogen, erst den linken, dann den rechten, und brachte damit zwei mit dicken Narben übersäte Arme zum Vorschein.

»Sieht so jemand aus, der verliebt war?«, fragte er vorwurfsvoll, und seine Stimme brach.

Elena schnappte nach Luft, sie wollte nicht hinsehen, und doch musste sie es, musste begreifen, was das bedeutete, bevor ihr die Tränen die Sicht verschleierten.

Narben auf den Unterarmen, von den Handgelenken bis über die Armbeugen hinaus, alte Einstichlöcher, ein wulstiges Schienennetz der Qual. Er selbst hatte sich das angetan? Verzweifelt suchte sie seinen Blick, doch er ließ es nicht zu, seine Augen zuckten umher, als schäme er sich. Schließlich bedeckte er die alten Wunden wieder und schlang die Arme in einer hilflosen Umarmung um seinen fragilen Leib.

Elena wollte etwas sagen, die quälende Stille in der Pferdebox durchbrechen, doch es gab nichts, was sie hätte sagen können, ohne banal zu klingen.

»*Du* hast mir das angetan, Elena«, sagte er schwerfällig und voller Verachtung. »Ich war damals vierzehn Jahre alt, als du dir von mir genommen hast, was du wolltest. Du glaubst, du müsstest das *mit uns* schützen, weil es verboten war, was du getan hast. Aber was ist mit mir? Dich hat niemals auch nur im Ansatz interessiert, wie es mir dabei geht. Bis heute ist dir nie auch nur in den Sinn gekommen, dass es eine Verletzung meines Körpers und meiner Psyche war.«

Elena schüttelte den Kopf. Seine Anschuldigungen trafen sie schwer, und selbstquälerisch suchte sie nach Worten, um ihm diesen Wahnsinn auszureden, doch er schien so überzeugt von seiner verfälschten Wahrnehmung, dass sie ihn mit gesundem Menschenverstand nicht erreichen würde.

»Ich weiß nicht, warum du dich so sehr hasst, dass du dir so etwas antust.« Sie musste die betroffene Übelkeit hinunterschlucken, als sie die Narben wieder vor Augen hatte. »Aber das, was du dir da einredest, ist nicht wahr, Jan. Ich wollte immer nur, dass es dir gut geht. Weil du mir etwas bedeutet hast.«

Das war die volle Wahrheit.

Jan lachte freudlos auf, seine Arme noch immer um sich selbst geschlungen. »Schuld oder Reue oder Schamgefühl, so etwas kennst du nicht, oder?«

»Du hast es genauso gewollt wie ich!«, schrie sie ihn an, als sie sein herablassendes Getue nicht länger ertrug. »Warum beschmutzt du die Erinnerung an das, was uns verbunden hat? *Ich* habe alles für dich aufs Spiel gesetzt, meine Karriere, mein Ansehen, mein ganzes Leben. Ich habe mein gesamtes Dasein in deine Hände gelegt und bitter dafür bezahlt, um uns zu schützen.« Ihr Herz hämmerte wie Donnerschläge über ihrem Kopf, und frustriert wischte sie sich Tränen aus den Augen. Es war genug, er hatte es auf die Spitze getrieben und darüber hinaus, sie würde sich das nicht länger gefallen lassen.

Jan blieb ruhig. »Du irrst dich. Das war keine tragische Romanze, keine verbotene Liebe. Es war Missbrauch. Statt zu bereuen, dass du das Gesetz gebrochen hast, solltest du tot sein, weil du *mich* gebrochen hast.«

»Hör endlich auf mit diesen Lügen«, fuhr sie ihn an, weitere Tränen kamen, sie hasste es, auf einmal eine Wutheulerin zu sein. Sie wollte Jan an den Schultern packen und schütteln, doch sie musste die Nerven behalten, durfte sich von ihren Gefühlen nicht dazu hinreißen lassen, etwas Unüberlegtes zu tun – der Strick zwischen ihnen ein mahnender Zeigefinger, dass es dafür längst zu spät war. In ihrer Hand knackte etwas, so fest drückte sie ihre Fäuste zusammen. »Du weißt, dass es nicht wahr ist! Warum tust du mir das an?«

Statt zu antworten, schüttelte er einmal mehr den Kopf, wandte ihr den Rücken zu und kehrte mit drei kurzen Schritten zur Tür der Box zurück, um sich wieder an die Wand zu lehnen. »Du wolltest es, Jan«, rief sie ihm zu. »Du wolltest *mich*. Du warst jedes Mal hart, wenn ich dich geholt habe.« Sofort bereute sie, was sie gesagt hatte, obwohl es der Wahrheit entsprach, doch nun konnte sie es nicht zurücknehmen. Also sprach sie einfach weiter. »Was du mir hier an den Kopf wirfst, ist ekelhaft und niederträchtig. Du kannst nicht nach elf Jahren ankommen und deine Meinung ändern. So funktioniert das nicht.«

»Ich habe nie meine *Meinung* geändert. Es ist heute noch immer das, was es damals auch schon war. Ob mein Körper auf etwas außerhalb meiner Kontrolle reagiert hat, spielt dabei keine Rolle.«

Elena wusste nicht, was sie sagen sollte. Sie fühlte sich leer. Missverstanden. Ungerecht behandelt. Kraftlos ließ sie sich auf den Boden der Box sinken, es war ihr egal, dass sie sich vermutlich eine Blasenentzündung holen würde.

»Erinnerst du dich an das erste Mal im Partykeller?«, fragte er, seine Stimme weit weg, nicht greifbar, wie weißer Rauch, der sich zwischen ihren Fingern in Nichts auflöste.

Sie sollte ihm nicht zuhören, diesen Körper lieber verlassen und sich an einen besseren Ort denken, einen Ort, an dem ihre Gefühle nicht gegen sie verwendet wurden, doch wie damals schon konnte sie sich ihm nicht entziehen.

»Weißt du noch, wie alles anfing? An dem Tag nach der ersten Party, als wir zusammen den Partykeller aufgeräumt haben. ›Das ist so nett von dir, dass du mir hilfst, Jan‹, hast du zu mir gesagt. Erinnerst du dich? Und erinnerst du dich auch, was du etwas später zu mir gesagt hast? Wie konntest du nach diesen

Worten auch nur eine Sekunde glauben, dass das, was darauf folgte, kein Missbrauch war?«

***

Ein feiner Riss zog sich durchs Eis, von Miriams Füßen direkt auf Teresa zu. »Wir müssen vom Eis runter!«, schrie sie.

Miriam schüttelte den Kopf, sie war kreidebleich geworden. »Ich habe Angst, mich zu bewegen.«

Gegen jegliche Vernunft rutschte Teresa näher an sie heran und streckte den Arm aus. »Nimm meine Hand.«

»Was hast du getan, damit Elena auf der Sommerschule bleiben kann?«

Das konnte nicht ihr Ernst sein! »Nicht jetzt, verdammt!«

Miriam bewegte sich nicht. »Warum bist du so zu mir?«

»Ich will dir doch nur helfen.«

»Ich war dir nie gut genug. Ich wollte nur deine Freundin sein. Nur deinetwegen habe ich die Sommerschule gemacht, und dann kommt Elena und nimmt dich mir weg.«

Erneut knirschte es unter ihnen, weitere Risse zogen sich durch das Eis, bildeten ein Spinnennetz zwischen den zwei Frauen.

»Miriam, bitte …«, wimmerte Teresa, sie hatte Angst und schwitzte, gleichzeitig war ihr kalt, so furchtbar kalt.

»Wenn ich schon im Eis einbreche, möchte ich wenigstens wissen, warum. Warum sind wir hier, ich verstehe nicht, was uns hergebracht hat.«

Teresa hatte keine Wahl, sie musste schnell machen, wenn sie nicht beide im Eiswasser der Weser ertrinken oder erfrieren wollten. Die richtigen Worte waren wichtig, so verdammt wichtig, aber Teresa konnte nicht klar denken. »Ich war jung, Miriam, jung und dumm und habe mehr gewollt als nur ein bisschen. Ich wollte alles, und mit Elena hatte ich das Gefühl, diese Gier stillen zu können. Aber das hatte nichts mit dir zu tun. Bitte komm jetzt!«

Miriam verneinte erneut, heftig und entschlossen, aber auch

sie hatte Angst, Teresa sah es an ihrem verkniffenen Gesicht, an den geweiteten Augen, mit denen sie auf die Linien unter ihren Füßen starrte. »Was hast du getan, damit Elena in der Sommerschule bleiben kann?« Es war die gleiche Frage, immer und immer wieder.

Teresa wollte schreien. »Ich verspreche dir, ich erkläre alles, was du wissen musst, aber vorher müssen wir vom Eis runter!«

Miriams Blick huschte zum Strand in Teresas Rücken, dann sah sie wieder zu ihr. »Ich kann nicht auf die Insel zurück.«

»Okay, Miriam.« Teresa war der Verzweiflung nahe, sie würde Miriam unmöglich schnell genug vom Eis herunterbekommen, wenn sie sie nicht bald überzeugte. Dennoch musste sie die Antwort auf ebenjene Frage, die Miriam immerzu stellte, irgendwie hinauszögern, denn die Wahrheit, das wusste Teresa, würde Miriam nicht dazu bewegen, vom Eis zu kommen.

Beschwichtigend hob sie die Hände. »Hör mir zu: Ich bin völlig am Arsch, ehrlich, ein total kaputter Mensch. Erinnerst du dich an die Fotos, mit denen Hartmann mich erpresst? Ich habe mich immer wieder mit Absicht in schreckliche Situationen gebracht, mit fremden Männern, die mich zutiefst abstoßen. Ich lasse mich einsperren in der Abhängigkeit einer toxischen Beziehung. Mir ist heute klar geworden, dass ich verletzt werden, dass ich unglücklich sein *will*, weil ich es verdient habe. Ich hatte es vergessen oder verdrängt, aber da ist diese Schuld, vergraben unter meinem Selbsthass, wegen einer einzigen dummen und unüberlegten Entscheidung.«

Miriams Augen waren glasig, sie schien durch Teresa hindurchzusehen. »Wovon sprichst du?«, wisperte sie, und der Wind trug ihre Frage davon, fort in ein paralleles Universum, in dem die Antwort nicht über Leben und Tod entschied.

Ein letzter Versuch. »Bitte komm zuerst vom Eis, dann –«

»Sag es mir!« Miriams Stimme war schneidender als die Winterböen, die an ihnen zerrten.

Teresas Ausatmen kam angestrengt, ein drückender Schmerz saß tief in ihrer Lunge. Sie hatte Miriams Forderung nach der Wahrheit nichts mehr entgegenzusetzen.

»Ich dachte, ich könnte Elena und mich damit schützen.« Sie sprach leise, doch Miriams Blick klebte an ihren Lippen. »Ich wusste, was Hartmann Elena antat. Und trotzdem habe ich dich zu ihm geschickt.«

***

Obwohl sie fast fertig waren, roch es noch immer nach umgekippter Cola, altem Schweiß und überschäumenden Hormonen. Die gigantische Tüte in ihrer Hand war voller Plastikmüll, benutzter Pappbecher und Papierschlangen, die klebrigen Oberflächen der Tische waren gewischt und die Pfandflaschen zusammengesucht. Es war ein Fehler gewesen, dass sie die Jugendlichen nicht direkt nach der Party dazu verdonnert hatten, ihr Chaos selbst aufzuräumen. Heute waren die meisten von ihnen nach dem Unterricht auf einem Ausflug unterwegs, und die ganze Arbeit war an ihr hängen geblieben. Beim nächsten Mal würden sie das anders regeln müssen.

Zum Glück hatte sie jemanden gefunden, der ihr bei der Aufräumarbeit zur Hand ging.

»Das s in das, es bleibt allein, passt dieses, jenes, welches rein«, sagte Jan im hinteren Teil des Kellers die Eselsbrücke auf, die sie ihm seit Tagen beizubringen versuchte, während er mit mäßiger Geschwindigkeit den Boden fegte.

Immerhin besser als gar nichts.

Sie nickte. »Und, was noch?«, forderte sie ihn heraus.

Er hielt inne, schloss kurz konzentriert die Augen, die Brauen zusammengezogen. »Bei seit geht es um die Zeit, bei seid, wenn sie es sind.« Seine Stimme, die den pubertätsbedingten Bruch größtenteils hinter sich hatte, quiekte bei dem Wort Zeit auf, und Elena biss sich heimlich auf die Lippe, um nicht zu kichern. Sie fand die gelegentlichen Aussetzer seiner Stimme nicht schlimm, im Gegenteil, sie machten ihn irgendwie liebenswert. Jan öffnete zögerlich seine Augen, anscheinend war er sich nicht sicher, ob er die Eselsbrücke korrekt wiedergegeben hatte.

Elena hob eine Hand und streckte den Daumen hoch. »Sehr gut, du hast es drauf!« Lob war wichtig, obwohl sie bezweifelte, dass er es langfristig verstanden hatte. Jan war nicht dumm, ganz und gar nicht, aber seine leichte Rechtschreibschwäche verunsicherte ihn.

Jeder Erfolg war ein Schritt in die richtige Richtung, und es bereitete ihr ein warmes Gefühl im Bauch, als er über das ganze Gesicht strahlte. »Danke für die Eselsbrücken. Du bist echt cool, Elena«, sagte er, und seine Freude verwandelte sich in Verlegenheit, die seine Wangen rötete. Elena wusste, dass er sich mit Absicht abwandte und mit Handfeger und Schaufel begann, die letzten Krümel vom Boden zu entfernen, damit sie nicht sehen konnte, wie peinlich berührt er von seinen eigenen Worte war.

Elena konnte nicht anders, sie musste lächeln. Unter lautem Rascheln knotete sie die Mülltüte zusammen und stellte sie zur Seite, während sie den Jungen bei seiner Arbeit beobachtete. Er war klein für sein Alter, kleiner als die anderen Jungen, die auf der Sommerschule die gleiche Klasse besuchten wie er. Seine blonden Haare klebten ihm von der Wasserschlacht am frühen Nachmittag noch am Kopf und wellten sich an einigen Stellen. Er trug eine kurze Hose und ein hellrosa T-Shirt mit einem Regenbogen darauf, und Elena fragte sich, ob er eine Schwester hatte. Elena fand jedenfalls, dass es ihm super stand. »Du bist aber auch ganz schön cool«, sagte sie, als Jan mit der Schaufel zu ihr kam, um die aufgefegten Krümel zu entsorgen.

Er schnaubte, als hielte er ihre Behauptung für einen schlechten Scherz. »Nicht wirklich.«

Elena verdrehte die Augen, als ihr wieder einfiel, dass sie den Müllsack bereits zugeknotet hatte.

»Wieso glaubst du nicht, dass du cool bist?«, fragte sie, während sie unter Einsatz ihrer kurzen Fingernägel darum kämpfte, den Knoten wieder zu öffnen.

»Ich glaube, die anderen Jungs halten mich für einen Schwächling, die halten mich für nicht normal. Und für die Mädchen bin ich komplett unsichtbar.«

Elena hielt inne, obwohl sie den Knoten beinahe gelöst hatte, und sah ihn fragend an. »Moment, was?«

Doch Jan nickte nur und wich ihrem Blick aus.

Dieser Junge hatte keine Ahnung. Er wusste nicht, wie toll er war, wie freundlich und liebenswürdig und hübsch. Er konnte nicht wissen, dass sie in den letzten drei Nächten von ihm geträumt hatte und mit einem unerklärlichen Gefühl der Sehnsucht erwacht war. Sie hatte versucht, ihre Gedanken an ihn zu vertreiben, hatte sich mit Teresa aus der Jugendherberge geschlichen und in der nächsten Dorfdisco belanglosen Sex mit einem Fremden gehabt, doch es änderte nichts an dem Kribbeln in ihrem Bauch, sobald sie an Jan dachte.

»Das glaube ich nicht«, sagte sie und schüttelte vorsichtig den Kopf. Sie wollte ihn nicht verschrecken und musste erst herausfinden, ob er für sie auch etwas empfand.

»Doch, isso«, sagte er schulterzuckend und wirkte mit einem Mal traurig.

Elena konnte das nicht mit ansehen. Mit einem Ruck öffnete sie die Mülltüte. »Also, das kann nicht stimmen. Ich weiß von mindestens einem Mädchen, das total auf dich steht.«

Er blickte auf und sah sie erschrocken an. »Auf mich?« Erneut verfärbten sich seine Wangen rosa, alles in seinem filigranen Gesicht wurde dunkelrot, seine Stirn, seine Schläfen, sein Kinn. Er sah so süß aus.

Sie nahm ihm das Kehrblech ab und streifte dabei wie aus Versehen seine warme Hand, bevor sie selbst den Dreck in die Tüte schüttete, und eine wohlige Hitze breitete sich in ihr aus. »Natürlich auf dich, Jan. Über wen sonst reden wir denn gerade?«

Verlegen verzog er das Gesicht, er kämpfte mit sich, doch schließlich sah er sie neugierig an. »Wer?«

Elena schmunzelte und stellte die Mülltüte ein zweites Mal zur Seite, dieses Mal jedoch ohne sie zuzuknoten. Ein aufgeregtes Kribbeln brachte ihren Herzschlag auf Trab. »Das darf ich dir leider nicht verraten, ich würde sonst nämlich ziemlichen Ärger bekommen.«

Jan wirkte enttäuscht, doch Elena wollte ihn nur auf die Folter spannen. Sie hatte längst beschlossen, es ihm zu sagen. Geheimnistuerisch beugte sie sich vor, bis ihr Mund direkt neben seinem Ohr war.

»Aber ich gebe dir einen Tipp«, sagte sie so gelassen wie möglich, trotz ihrer Aufregung. »Du findest sie auch echt cool.«

Es dauerte kurz, ehe er begriff, und als er es tat, sah er sie mit großen Augen an. Er schien nicht zu wissen, was er sagen sollte, doch seine beschleunigte Atmung sagte Elena alles, was sie wissen musste. Er war überwältigt von ihrem Geständnis, weil er niemals zu träumen gewagt hatte, eine Chance bei ihr zu haben. Die Erkenntnis, dass sie seine Gefühle erwiderte, überforderte ihn, er schien nicht zu wissen, was sie von ihm erwartete. Eigentlich erwartete sie nichts, außer vielleicht, dass er nicht vergaß zu atmen. Elena lächelte ihn an, dann packte sie ihn an den Schultern und schob ihn zu einer der Sitzgelegenheiten, einer alten abgewetzten Couch mit einem grässlichen braunen Bezug, auf dem am Abend zuvor noch Jugendliche gesessen und ihre Cola getrunken hatten.

»Setz dich da mal hin«, sagte sie und ließ ihn alleine dort stehen, um zur Kellertür zu gehen.

»Wieso?«, fragte er unsicher.

»Nun mach schon. Das ist eine Überraschung.«

Der Schlüssel steckte noch von außen. Hastig sah Elena sich im Vorraum um, wo die Kids häufig Kicker oder Billard spielten, doch es war niemand da. Die meisten von ihnen waren noch auf dem Ausflug. Dennoch zog Elena den Schlüssel heraus und drückte die Tür ins Schloss.

»Was tust du da?«, fragte Jan, als sie die Tür von innen abschloss. Er klang genauso nervös, wie sie sich in diesem Moment fühlte. Als sie sich zu ihm umdrehte, war er bereits tief in der Couch versunken, schien aber jeden Augenblick wieder aufspringen zu wollen.

Er hatte Angst. Die hatte Elena auch. Sie legte einen Finger auf ihre Lippen und bedeutete ihm, nichts zu sagen. Eine der Glühbirnen flackerte, während sie schließlich zu ihm ging. Als sie vor ihm stehen blieb, blickte Jan aufgewühlt zu ihr hoch. Die Unschuld, die er dabei ausstrahlte, raubte ihr den Atem. Er sah so schön aus, so sanft, und trotz der ersten Pickel an Stirn und Wangen, trotz der strähnigen Haare war er in ihren Augen perfekt.

Elena betrachtete ihn einige Atemzüge lang, fühlte sich hin- und hergerissen. Auf der einen Seite wollte sie alles dafür tun, um seine sanfte Unschuld zu bewahren. Auf der anderen Seite wollte sie ihn haben, ihm beweisen, was für ein besonderer Junge er war. Dass es Mädchen gab, sogar Frauen, für die er nicht unsichtbar war. Elena beschloss, dass beides zusammen möglich sein konnte. Sie würde seine Unschuld nehmen und sie für ihn in ihrem Herzen bewahren. »Was hast du vor?« Seine Finger spielten nervös miteinander.

Sie zog ihr schwarzes Trägershirt aus, einen BH trug sie darunter nicht.

Mit großen Augen starrte er zu ihr hoch, sie war hübsch, das wusste sie.

»Weißt du eigentlich, was für ein Glück du hast, Jan?«, flüsterte sie. »Ich weiß, wie du dich fühlst, aber glaub mir, das ist ganz normal. Alle Jungs in deinem Alter wünschen sich das. Die anderen liegen falsch, Jan. Du bist völlig normal. Das bist du doch, oder?«

Er brachte kein Wort heraus. Seine trockenen Lippen klebten aneinander, Elena verstand, dass er das erst einmal verdauen musste. Sie würde ihm etwas Gutes tun, und diese Gewissheit machte Elena glücklich.

Peinlich berührt legte Jan die Hände in seinen Schoß, mit zusammengekniffenen Augen atmete er plötzlich schneller, sein Blick huschte unruhig umher. Elena stieg aus Shorts und Slip, dann ging sie vor ihm in die Hocke. Mit vorsichtiger Entschiedenheit drückte sie seine Knie auseinander und nahm seine Hände aus seinem Schoß.

»Zweifle nicht an dir, Jan«, wisperte sie aufgeregt. »Ich weiß, dass du normal sein willst. Hab keine Angst, ich helfe dir dabei.«

»Erinnerst du dich?« Jans harsche Worte zerrten Elena zurück in die Gegenwart. »Weißt du noch, wie du mir eingeredet hast, dass ich es wollen müsste, von dir *gefickt* zu werden, weil nur das normal wäre? Dass etwas mit mir nicht stimmen würde, wenn ich es nicht wollte? Ich war erst vierzehn, mitten in der Pubertät, hab mich unsicher in meiner Haut gefühlt und war aus Gründen, die ich nicht verstanden habe, der totale Außenseiter in der Sommerschule. Du hast das alles gewusst und mich mit meiner eigenen Schwäche manipuliert. Und ich war so dumm und habe dir geglaubt. ›Jungs in deinem Alter sind so, die wollen das.‹ Und ich wollte es. Ich wollte es wollen, aber je mehr ich es versucht habe, desto schlimmer wurde es. Ich hatte panische Angst, dass du recht haben könntest und etwas mit mir nicht stimmte. Jedes verdammte Mal, wenn du mich aus dem Schlaf gerissen und in den Partykeller gebracht hast, wenn du mich auf die schmuddelige Couch gedrückt und … diese Dinge mit mir gemacht hast, habe ich mich dafür verachtet, weil ich *nicht normal* war.«

Elena fühlte sich von Jans Redefluss wie erschlagen. Es stimmte, was er behauptete, sie hatte diese Dinge zu ihm gesagt, aber nicht, um ihn zu manipulieren! Sie hatte nur gewollt, dass er verstand, wie besonders er war.

»Diese sogenannte *Norm*«, fuhr er angewidert fort, »alle sprechen darüber, aber keiner weiß, was sie wirklich ist. Weil es sie nicht gibt. Ich wünschte, mir wäre das damals schon klar gewesen. Dann hättest du meine Unsicherheit nicht zu einer Waffe gegen mich machen können, und ich wäre nicht gebrochen.«

Hätte nicht eine Schlinge über ihren Köpfen gehangen, hätte seine Theatralik sie abgestoßen. »Und deswegen willst du mich umbringen?«

Jan stöhnte frustriert. »Nein, ich bringe niemanden um. Das erledigst du selbst. Ich dachte, das hätte ich deutlich gemacht.«

»Aber das ist unverhältnismäßig.« Sie stand vom Boden auf, ihr tat der Hintern weh, sie spürte ihre Beine kaum noch. Bislang hatte sie irgendwie gehofft, Jan würde nur bluffen, vielleicht, um ein Exempel zu statuieren, doch mittlerweile schien ihr diese Vermutung zu unsicher, um sich darauf zu verlassen. »Ich verdiene nicht die Todesstrafe, nicht dafür, nicht für ein … Missverständnis.«

Sie erkannte an Jans ungläubigem Schnauben, dass sie etwas Falsches gesagt hatte. »Missverständnis« traf es auch nicht. Miriam hatte auf der Autofahrt etwas erwähnt, was sich auf Erinnerungen bezog und viel besser ausgedrückt hätte, was sie eigentlich sagen wollte, doch Elena kam nicht darauf. »Es tut mir leid, okay? Ich hätte das nicht tun dürfen. Aber ich finde, ich musste schon genug büßen.«

Jan zog eine Augenbraue hoch. »Ich weiß nicht. Hast du?«

»Natürlich! Ich habe zwei Wochen in der Hölle verbracht und elf Jahre in Angst.«

»Hör auf, Elena. Es ist genug.« Er kam ihr entgegen, stellte sich ihr gegenüber und sah ihr ohne Umschweife, ohne Angst oder Unsicherheit in die Augen. Er war gewachsen seit damals, aber er überragte sie auch jetzt nicht. »Ich weiß, dass du seine Komplizin warst und ihm deine Freundinnen ausgeliefert hast, damit er dich in Ruhe lässt.«

Elena wollte ihn anschreien, doch sie blieb ganz ruhig. »Du weißt gar nichts«, presste sie zwischen ihren Zähnen hervor. »Er hat mich nicht ›in Ruhe‹ gelassen.« Warum schien jeder davon auszugehen, dass sie davongekommen war? Sie war selbst ein Opfer.

Sie hasste dieses Wort, wollte nicht auf diese Art betrachtet werden, und trotzdem …

Etwas an ihren eigenen Gedanken versetzte ihr Inneres in Aufruhr. Etwas Hässliches, und es fühlte sich furchtbar an.

»Statt deine Freundinnen auszuliefern, hättest du etwas sagen müssen.« Jan ließ einfach nicht locker. »Ein Wort hätte genügt. Ein Geständnis, und nichts davon wäre passiert. Aber es ging dir nur um dich, du warst bereit, andere zu opfern, um deinen eigenen Hals aus der Schlinge zu ziehen. Andere sind dir egal, das ist auch heute noch so. *Dafür* verdienst du zu sterben, Elena. Du bist eine Gefahr für andere.«

Verzweifelt sah sie sich in der Box um. Er meinte es todernst, er würde diese Tür nicht öffnen, ehe sie mit dem Kopf in der Schlinge über dem Boden hing.

»Bitte, Jan, lass mich gehen«, flehte sie.

Er sah sie fragend an. »Und was dann? Gehst du zur Polizei und gestehst alles?«

Elena wurde schlecht. Sie konnte nicht zur Polizei gehen, konnte ihnen nicht sagen, dass sie einen Fehler begangen hatte. Sie würde damit alles kaputtmachen. Nichts wäre mehr so, wie es einmal war.

»Dachte ich mir«, sagte er und nickte ernüchtert.

»Jan, bitte …«

»Schluss jetzt!«, unterbrach er sie grob. »Ich bin müde, und wir sind ohnehin fertig. Es wird Zeit, dass du endlich tust, wofür du hier bist. Bringen wir es zu Ende.«

***

»Was?« Miriam konnte nicht glauben, was Teresa gerade gesagt hatte. Sie sollte bei Hartmann gewesen sein? Sicher, sie hatte gespürt, dass sie die Scheune schon mal von innen gesehen hatte, aber doch nicht …

»Es tut mir so unendlich leid, Miriam«, jammerte Teresa, doch sie glaubte ihr kein Wort. Es tat ihr nicht leid, sie sagte das nur, weil sie vom Eis runterwollte. »Ich dachte wohl irgendwie, für dich wäre es nicht so schlimm, weil du heimlich in ihn verliebt warst.«

Das Foto im Gewölbekeller von dem richtigen Hartmann hatte Miriam daran erinnert, dass es ihn gab. Sie hatte ihn wiedererkannt, sein Anblick dieses unheilvolle Gefühl verursacht, nur deshalb war sie in Panik geraten.

»Bitte komm mit mir vom Eis. Ich schwöre dir, ich werde alles versuchen, um es wiedergutzumachen. Gib mir deine Hand.«

Teresa hielt sie ihr hin, und Miriam gab nach. Doch als Teresa sie packte und zu sich ziehen wollte, brannte sich ein heißer Schmerz in ihr Bewusstsein. Schnell zog Miriam die Hand zurück, starrte in ihre Handfläche, in der ein breiter Riss klaffte. Es musste passiert sein, als sie an der Leiter nach oben geklettert war. Die Wunde war durch Teresas festen Griff wieder aufgegangen, Blut sammelte sich in ihrer Handfläche, lief seitlich über die Haut und tropfte in den weißen Schnee.

»Was ist los?«

… Blut tropfte in den weißen Sand, es kam zwischen ihren Beinen hervor, lief an ihren nackten Beinen runter, so viel Blut. Sie spürte keinen Schmerz, sie war *der Schmerz. Schmutz klebte an ihr, sie musste sich waschen, konnte so nicht zurückkehren, den Jugendlichen gegenübertreten. Das Wasser war kalt, und sie watete hinein, wusch den Schmutz und das Blut von sich und mit ihm die Erinnerung an die letzten Stunden …*

Ohne auf Teresa zu achten, ging Miriam an ihr vorbei, zurück auf die Insel, und nichts passierte, kein Knacken, kein Brechen, das Wasser der Weser hatte kein Interesse an ihr. Sie kannten sich bereits. Hinter sich hörte sie Teresa rufen, dann einen dumpfen Schlag, Keuchen, Wasser, Schreie um Hilfe. Sie wurden in Miriams Rücken immer leiser, bis sie schließlich verstummten.

***

Jan deutete hinter sie. »Stell dich auf den Schemel.«

Entsetzt wich Elena zurück. »Nein.« Wie stellte er sich das vor? Dass er nur sagen müsste, sie solle springen, und sie würde es tun? Er musste sie schon mit Gewalt zwingen, und das würde sie nicht ohne Gegenwehr mit sich machen lassen.

»Du wirst es früher oder später sowieso tun, also kannst du es auch gleich hinter dich bringen.«

Sein überzeugter Ton beunruhigte sie, doch das würde sie sich nicht anmerken lassen. Sie hatte noch immer ihren freien Willen, und den konnte er ihr nicht nehmen.

»Du kannst deinem Ende nicht mehr entkommen.« Er kam einen Schritt auf sie zu.

Für ihren Geschmack zu nahe. Er könnte sie packen und eigenhändig erwürgen, wenn sie sich weiterhin weigerte, und plötzlich spürte sie wieder Hartmanns heiße Pranken um ihren Hals. Mit brachialer Gewalt stieß sie ihn von sich. »Du spinnst ja! Ich sollte *dich* töten, wie ich es mit Hartmann getan habe …«

Jan knallte gegen die Tür, die Gitterstäbe klapperten, und der metallene Lärm hallte durch den leeren Pferdestall. Es erinnerte Elena daran, dass die Welt außerhalb ihrer Box noch immer existierte.

Jan blieb auf den Füßen und fing sich wieder. Er schien angesichts ihres tätlichen Angriffs nicht wütend zu sein, vielmehr zeigte sein Gesicht eine Spur von Belustigung. »Das könntest du tun. Oder aus der Box klettern und weglaufen, im Davonlaufen bist du ja bekanntlich sehr gut. Ich halte dich nicht auf. Tatsächlich bin ich ziemlich überrascht, dass du noch nichts davon versucht hast.«

Elena sah ihn verwirrt an. Zeigte er ihr gerade einen Weg auf, wie sie ihrem von ihm erkorenen Schicksal entkommen konnte? Doch dann zuckte Jan mit den Schultern. »Es würde dir nichts bringen. Um ehrlich zu sein, glaube ich sogar, dass es das für dich noch schlimmer machen würde.«

»Was meinst du damit?«

»Stell dich auf den Schemel.«

»Wieso würde es das für mich schlimmer machen?«, fragte sie erneut. Ein furchtbares Gefühl nistete sich in ihrer Brust ein, saß wie eine finstere Gestalt auf ihren Lungenflügeln und machte jeden Atemzug zu einem angestrengten Kraftakt.

»Weil du dann dabei zusehen musst, wie alle erfahren, was du bist.«

»Was?« Elena flehte innerlich, dass seine Worte nicht das bedeuteten, was sie zu sagen schienen.

»Stell dich auf den Schemel«, forderte er sie zum wiederholten Mal auf, sein Ton nun schärfer.

Hilflos blickte sie sich um. Der Strick hatte sich nicht wie durch ein Wunder in Luft aufgelöst. Jan hatte recht. Vielleicht musste sie es tun, um ihm zu beweisen, dass sie bereit war, für ihre Schuld zu büßen, und erst dann würde er sie laufen lassen. Er testete sie, auf einmal war sie sich ganz sicher. Sie kannte ihn, er würde nicht wirklich dabei zusehen, wie sie sich das Leben nahm. Und sie musste wissen, was er mit seinen letzten Worten gemeint hatte. Mit weichen Knien wankte sie zu dem kleinen Hocker, hinterfragte nicht, was sie tat, und stellte sich darauf. Ihre Beine sackten beinahe unter ihr zusammen. »So. Zufrieden?«, sagte sie trotzig.

»Beinahe. Jetzt leg die Schlinge um deinen Hals.«

Elena sah sich um. Der Strick hing ein paar Zentimeter neben ihr in der Luft, in geradezu perfekter Höhe, als hätte Jan mit Maßband gearbeitet. Mit zitternden Fingern griff sie nach dem dicken Seil, verlor beinahe das Gleichgewicht und musste sich erst wieder fangen. Jan beobachtete sie, ohne eine Miene zu verziehen. Nur ein Test, etwas anderes konnte es nicht sein, sagte Elena sich und steckte ihren Kopf durch die Schlinge.

Ihr Herz war ihr Feind, es schlug so heftig, dass es sie beinahe von dem Schemel stieß.

»Was hast du getan, Jan?«, fragte Elena mit bebender Stimme. Sie musste sich konzentrieren und bei sich bleiben, damit sie nicht durch einen Unfall am Galgen endete.

Jan wusste sofort, was sie meinte, und zeigte sich gnädig. »Ich habe ein oder zwei Briefe an für dich relevante Institutionen auf den Weg gebracht. Was darin steht, wird dir das Genick brechen.«

Nein! Das durfte nicht wahr sein. Wenn das stimmte, käme das einer Katastrophe gleich. »Aber … und wenn ich mich umbringe? Rufst du sie dann zurück?«, fragte sie verzweifelt. Irgendwo musste es einen Ausweg geben, schließlich gab es immer einen. Schon in der Grundschule wurde den Kindern beigebracht, dass es für jedes Problem eine Lösung gab. Wo also war ihre?

»Es ist zu spät, Elena. Morgen kommen die Briefe an, du kannst es nicht mehr aufhalten. Dein Ende hat längst begonnen.«

Elena konnte nichts sagen. Ihr Mund war ausgetrocknet, in ihrem Kopf herrschte ein panisches Durcheinander.

»Zieh die Schlinge enger. So wirst du dir höchstens ein Bein brechen, wenn du springst.«

Sollte sie es wirklich tun? Sie wusste es nicht. Sie wusste gar nichts mehr. Und wenn er log? Diese Briefe nie geschrieben hatte? Vielleicht hatte er sich das nur ausgedacht, um sie mürbezumachen.

»Wovor fürchtest du dich?«, fragte Jan, als sie nicht tat, wozu er sie aufgefordert hatte. »Nichts wird sich verändern. Du hast bereits seit elf Jahren einen Strick um den Hals.«

Das stimmte.

Er würde es also auf die Spitze treiben. Elena durfte nicht aufgeben, nicht, bevor es endgültig vorbei war. Wie in Zeitlupe, um die Kontrolle über ihr Gleichgewicht zu behalten, hob sie die Hände und zog den Strick enger um ihren Hals. Sofort beschleunigte sich ihre Atmung, die Panik kam von allen Seiten auf sie zugeschossen und drohte, sie von den Füßen zu reißen. Die Stellen, wo das grobe Seil ihre Haut berührte, schienen augenblicklich wund gescheuert zu sein.

»Und jetzt tu es!«, verlangte er, und Elena zuckte erschrocken zusammen.

Hektisch schüttelte sie den Kopf und geriet ins Wanken. »Ich kann nicht«, wimmerte sie. Tränen verschleierten ihre Sicht. Das musste ein Alptraum sein. Stumm flehte sie darum, dass sie endlich jemand aufweckte.

»Tu es«, forderte er erneut, als Elena sich nicht bewegte. »Das schuldest du mir. Spring in den Abgrund, in den du mich und Miriam und all die anderen gestoßen hast.«

Miriams Name in seiner Aufzählung verwirrte sie, der Zusammenhang erschloss sich ihr nicht, doch sie fand nicht den Mut, Jan danach zu fragen. »Ich bin doch auch ein Opfer, Jan. Genau wie du.« Ein Eingeständnis, zu dem sie sich längst hätte durchringen sollen, völlig gleichgültig, ob sie seiner Meinung war oder nicht.

Doch Jan sah sie nur verächtlich an. »Du bist kein Opfer. Du bist ein Predator, der einem anderen Predator unterlegen war. So etwas passiert bei Raubtieren. Das hält sie aber nicht davon ab, weiter zu jagen. Du bist gefährlich, weil du diesen Trieb nicht unter Kontrolle hast, und das weißt du.« Er kam zu ihr und gab dem Schemel einen leichten Tritt. Elena jaulte erschrocken auf, konnte sich aber halten. »Jetzt bring es endlich zu Ende!«

Das war kein Spiel, kein Test. Jan meinte es ernst.

»Nein ... bitte zwing mich nicht dazu.« Tränen liefen ihr in Strömen über das Gesicht, noch nie zuvor hatte Elena solche Angst gehabt.

»Hör auf, dich dagegen zu wehren. Das, was du hast, ist eine Störung. Du bist krank, Elena, und es ist zu spät. Für dich gibt es keine Heilung mehr.«

Elena wollte das nicht hören, hielt sich die Ohren zu, doch Jan ließ es nicht zu.

»Akzeptiere, dass du verdienst, was du gleich tun wirst. Es ist das Beste für uns alle.« Er hielt ihre Hände, und während sie zu ihm nach unten blickte, wurde seine Stimme ganz sanft. »Sehnst du sie denn nicht herbei? Die Erleichterung, wenn es endlich vorbei ist? Die Erleichterung, nicht länger eine Bedrohung für uns zu sein?«

»Ich will nicht sterben«, schluchzte sie.

»Wieso nicht? Du bist doch schon so gut wie tot. Alle werden erfahren, was du bist, du kannst es nicht mehr aufhalten. Deine Vorgesetzten, deine Kollegen, die Schüler, sie alle werden mit den Fingern auf dich zeigen und sich von dir abwenden. Du wirst deinen Job verlieren, jemand wie du darf nie wieder mit Jugendlichen in Kontakt kommen. Die Abscheu gegen dich wird in den Gesichtern der Menschen geschrieben stehen, sobald sie dich ansehen.«

Er ließ ihre Hände los und trat von ihr zurück, und Elena fühlte sich mit einem Mal so einsam wie noch nie zuvor. »Betrachte es als Chance. Dein Leben ist ohnehin vorbei, aber wenn du es an diesem Punkt eigenständig beendest, zeigst du zumindest einen Ansatz von Selbstreflexion und Verantwortung. Die Leute werden dich weniger verachten, weil du erkannt hast, wie gefährlich du bist, und die Reißleine gezogen hast. Ich tue dir damit einen Gefallen.«

Er manipulierte sie. Elena wusste es, und dennoch ließ sie es zu. Weil seine Worte auf schreckliche Weise Sinn ergaben. Elf Jahre lang hatte sie ihr Geheimnis gehütet, nicht nur Jan, sondern ihr immer wieder auftretendes Interesse an Jungen in der Pubertät. Sie hatte seit jeher begriffen, dass ihr Leben vorbei war, sollte diese Vorliebe jemals ans Licht kommen. Die meisten Menschen hatten kein Verständnis für Gefühle außerhalb ihres Horizontes, akzeptierten nicht, dass die Jungen keine Kinder waren, sondern fast Erwachsene, und fällten Urteile, ohne die Umstände zu kennen.

Nun war es also so weit.

Doch Elena brachte es nicht über sich, diesen letzten Schritt zu gehen.

»Was hält dich ab?« Jan hörte einfach nicht auf, auf sie einzureden. »Kein *normaler* Mensch möchte mit dieser Bürde und dieser Schuld leben müssen. Niemand wird je erfahren, dass du nicht von alleine diese Einsicht hattest. Und du willst doch bestimmt, dass dich die Leute wenigstens in diesem Punkt für normal halten, oder?«

Sie schluchzte laut auf. So fühlten sie sich also an, die Worte, mit denen sie ihn damals unter Druck gesetzt hatte.

»Nur ein kleiner Stoß mit dem Fuß, und dein Elend ist vorbei. Tu es.«

»Nein!«, schrie sie. Dabei wusste sie nicht einmal, woher ihr Widerstand noch kam. Wenn sie nicht aufwachen konnte, blieb ihr nichts anderes übrig, als einzuschlafen. Doch mit der Entscheidung kam nicht automatisch die Überwindung.

»Denk nach, Elena! Was ist die Alternative? Hast du mal an deine Familie gedacht? Wenn sie erfahren, was du bist? Sie werden dich nicht mehr ansehen können, weil sie sich für dich schämen. Deine Eltern werden sich die Schuld geben und sich fragen, was sie falsch gemacht haben. Und dein Bruder? Ist er nicht deutlich jünger als du? Vielleicht wird er sich wieder daran erinnern, dass du nachts in sein Zimmer geschlichen bist …«

Elena wünschte, er würde endlich aufhören zu reden. Eine Sache gab es noch, die sie ihm unbedingt sagen musste.

»Auch wenn das vielleicht nie passiert ist, das Gedächtnis ist nun einmal ein unzuverlässiges Ding. Du hast es vorhin selbst zu Miriam gesagt, natürlich nur nachgeplappert, aber dennoch wahr, nämlich dass nicht alles, woran man sich erinnert, auch wirklich passiert sein muss. Und wenn solche Gerüchte erst einmal im Umlauf sind ...«

»Hör auf! Sei endlich still!«

»Menschen wie du sollten nicht existieren. Die Welt wäre ein besserer Ort, wenn es dich nicht gäbe. Du hast deine Daseinsberechtigung in dem Moment verloren, als du die Tür zum Partykeller abgeschlossen hast. Und dann aufs Neue, als du angefangen hast, Paul in der Schwimmhalle zu beobachten.«

Paul. Elena wünschte, sie hätte sich von ihm verabschieden können. Aber vielleicht war es besser so. Er würde sie nicht vermissen, sie ganz schnell vergessen, was vermutlich das Beste für ihn war.

Endlich schwieg er, und Elena befeuchtete ihre rissigen Lippen. »Weißt du, was wirklich wehtut? Dass ich damals ehrlich in dich verliebt war.«

Jan wirkte seltsam traurig. »Ich hoffe, du schmorst dafür in der Hölle.«

Sie nickte. Dann trat sie einen Schritt nach vorne, ließ sich fallen. Ein Ruck ging durch ihren Körper, der Strick zog sich zu, fest. Es war ganz anders als Hartmanns Hände. Sie spürte ihr eigenes Gewicht, das Seil schnitt in ihr Fleisch, ihr wurde schlecht, als sie zu schaukeln begann. Strampelnde Beine, sie suchten nach Halt und fanden keinen. In ihrem Schädel explodierte etwas, Lichtblitze vor ihren Augen, ihr Herz pumpte wie verrückt, versuchte aufgeregt, das Gehirn mit Blut zu versorgen. Ein Röcheln drang aus ihrer Kehle, keine Luft, Hände griffen nach dem Seil unter ihrem Kinn, ihr Kopf war seltsam abgeknickt, wurde nach vorne gedrückt. Von oben versuchte sie, ihre Finger zwischen Seil und Haut zu schieben, sich daraus zu befreien, vergeblich, dann den Knoten in ihrem Nacken zu lösen wie damals den Knoten der Mülltüte.

Der Partykeller. Ein letztes Mal kehrte sie dorthin zurück. Sah Jans leeren Blick, die zusammengekniffenen Lippen, das zitternde Kinn.

So sah niemand aus, dessen Wunsch in Erfüllung ging.

So sah jemand aus, dem etwas angetan wurde, was er nicht wollte.

Niemand schmückte sich damit, ein Opfer zu sein, um Aufmerksamkeit zu bekommen. Auch Jan nicht. Sie hätte es wissen müssen. Vielleicht hatte sie das.

Ihr Zungenbein brach, die Sicht verschwamm. Elena ließ die Arme sinken und gab auf.

Jan blieb bei ihr, bis es vorbei war.

Als Miriam zu sich kam, lag sie in einem Bett. Max war bei ihr und beobachtete sie. Alles war gut, wenn er bei ihr war, dennoch sah sie sich verwirrt um, kannte den Raum um sich herum nicht. Er sagte ihr, dass sie noch immer auf Seelvlieth Island seien, im Schlafzimmer von Olfie und Helga, das Bett natürlich frisch bezogen. Ole Hartmann sei tot, erzählte er ihr, Elena habe ihn umgebracht und sich danach selbst das Leben genommen. Wo Teresa sei, wisse er nicht.

Aber Miriam wusste es, auch wenn sie sich noch weigerte, die Gedanken an sie zuzulassen. Dann fragte Max sie vorsichtig, woran sie sich erinnerte.

Blut, das in weißen Sand tropft.

»An alles«, sagte sie ihm, doch das war nur die halbe Wahrheit. Er schien das zu verstehen, besser als sie selbst. Er hätte sich für sie gewünscht, dass gewisse Dinge im Verborgenen geblieben wären, sagte er, aber manche Wahrheiten müssten an die Oberfläche geholt werden, um mit ihnen abschließen zu können.

Dann erzählte er ihr von einem Jungen namens Jan.

Jan, der sich nach einer Panikattacke auf der Empore der Scheune versteckt hatte und mitansehen musste, wie ein ahnungsloses Mädchen dem großen Mann in der Scheune einen Besuch abstattete. Der zu starr vor Angst gewesen war, noch ein Kind und selbst zu traumatisiert, um einzugreifen und zu verhindern, was dort in dieser Scheune mit dem Mädchen geschah.

Er erzählte ihr von der Zeit danach, als Jan jahrelang am Abgrund balanciert war und daran gedacht hatte, sich das Leben zu nehmen, weil er seine Schuld nicht ertrug.

Wie das Schicksal Jan und das Mädchen wieder zusammengebracht hatte und er seine Chance nutzen wollte, um das Mädchen glücklich zu machen. Das Mädchen, das so lange in der

Dunkelheit verloren gewesen war, immer auf der Suche nach etwas, das sie nicht kannte, nicht verstand und nicht fand. Er wollte ihr das Gold reichen, mit dem sie sich wieder zusammensetzen konnte. Gold, das in ihren Narben glitzerte, wenn sie das Licht fand, Narben, die das Mädchen mit Jan teilte.

Jan, das war er.

Und das Mädchen, das hatte Miriam längst begriffen, war sie.

Max sagte ihr, dass er sie liebe. Dass er so lange bei ihr bleiben würde, wie sie es erlaube.

Dass er wisse, dass Reue nicht genug war.

Danach schlief Miriam lange.

Als sie das nächste Mal erwachte, war Max nicht bei ihr. Sie erinnerte sich an Flammen, einen Stall, der brannte, vielleicht sogar der ganze Bauernhof. Immer mehr fiel ihr wieder ein. Teresa, die im Eis eingebrochen und vermutlich tot war. Elena, die auf Max' Drängen Selbstmord begangen hatte.

Sie würde sich später damit befassen, ob sie es als grausam oder nachvollziehbar empfand, was der Mann namens Jan getan hatte.

Als Max ins Zimmer zurückkam, war Miriam erleichtert. Er sagte, er habe nur kurz telefoniert, um Bescheid zu sagen, wo sie Gero finden konnten, den er in dem Keller seines eigenen Hauses eingesperrt hatte.

Dann legte Max sich zu Miriam ins Bett und nahm sie in den Arm.

Das war okay für Miriam.

»Was ist mit Küssen? Ist das okay?«, fragte er sie nach einer Weile.

Und Miriam nickte und antwortete: »Ja, Küssen ist okay.«

In diesem Augenblick traten Einsatzkräfte der Polizei die Haustür ein und stürmten die Wohnung, um Max zu holen.

ENDE

Mit einem Gefühl der Zufriedenheit klappe ich meinen Laptop zu. In der Küche höre ich Jan mit Töpfen und Geschirr hantieren, er weiß nichts von dem Buch, das ich soeben beendet habe, und glaubt, ich schreibe eine Story über einen verrückten Nachbarn.

Aber das hier ist so viel besser!

»Basiert auf einer wahren Geschichte«, wird irgendwann auf dem Buchdeckel stehen. Arbeitstitel: »Im Fegefeuer«. Niemand wird jemals erfahren, dass die darin geschilderten Ereignisse in Wahrheit kein Erfahrungsbericht ist, kein True Crime. Es ist ein Plan. Eigentlich schade, trotzdem bin ich aufgeregt und davon überzeugt, dass sich alle Verlage um das Manuskript reißen werden.

Den Plan haben Jan und ich gemeinsam geschmiedet – zumindest glaubt er das. In der Version, die ich ihm aufgetischt habe, kommen wir beide ungestraft davon, aber ich habe mich gegen diesen Ausgang entschieden, und ein wenig tut es mir um ihn leid. Er ist grundsätzlich ein guter Kerl, ein bisschen kaputt vielleicht, aber das ist nicht seine Schuld.

Wir sind uns tatsächlich zum ersten Mal auf einer Lesung begegnet, zumindest so viel über unsere Beziehung ist wahr. Nachdem er zufällig mein Autorenfoto gesehen und mich als das Mädchen aus seinen Alpträumen wiedererkannt hat, las er das Buch und besuchte mich auf einer kleinen Lesung, er war einer von höchstens einem halben Dutzend Zuschauern.

Bis heute hat er keine Ahnung, dass ich mich an alles erinnere, was vor elf Jahren in der Scheune passiert ist. Ich werfe ihm nicht vor, dass er damals nicht eingriff und nur erstarrt dabei zusah, wie Hartmann sich an mir verging, immerhin war auch er schwer traumatisiert. Aber dass er mich bezüglich dieser Geschehnisse angelogen und sich selbst als Held dargestellt hat, der mir zur Flucht verhalf und mich rettete, bevor etwas Schlimmes passieren konnte, hat mich wirklich wütend gemacht. Damit kann ich ihn nicht davonkommen lassen. Deswegen ist er in meinem True Crime der alleinige Täter und ich bis kurz vor Schluss die ahnungslose Mitläuferin. Wird für ihn schon nicht so schlimm werden, schließlich bringt er in meiner Version niemanden direkt um.

Ich bin wahnsinnig erleichtert, dass ich mit dem Buch rechtzeitig fertig geworden bin. Natürlich musste ich an der ein oder anderen Stelle ein wenig flunkern, den falschen Kopf zum Beispiel werde ich selbst im Kühlschrank platzieren, damit die Polizei später meine Aussage bestätigen kann. Die Inspiration dafür habe ich mir auf Instagram geholt.

Ich gehe übrigens nicht davon aus, dass alles genau nach Plan laufen wird, entscheidende Abweichungen werde ich im Nachgang in das Manuskript einarbeiten, aber das ist in Ordnung. Gewisse Dinge lassen sich schwer vorhersehen, aber solange ich die einzige Zeugin bin, habe ich freien Handlungsspielraum, den ich zum Beispiel mit Teresa auf dem Eis werde ausreizen müssen.

Die Mammutarbeit ist getan, die Vorbereitungen sind im Gange. Der Unfall mit Helga und Elena hat bereits stattgefunden, der Tod der alten Frau war nicht geplant, aber diesen unerwarteten Umstand habe ich schon in den Text übernommen. Teresas Umtriebigkeit ist dokumentiert, die Fotos mit den Pralinen sind auf dem Weg zu ihr. Was sich wirklich im Inneren ihres Wagens abspielt, weiß ich natürlich nicht, aber ich nehme an, dass es das Offensichtliche ist. Untreue aus Langeweile, was weiß ich, bestimmt aber nichts, was mit irgendwelchen Schuldgefühlen mir gegenüber zu tun hat. Ich wette, in Wahrheit ist es ihr egal, was sie mir angetan hat – sofern sie sich überhaupt daran erinnert. Es ist schon ziemlich großzügig von mir, dass ich sie wie jemanden mit einem Gewissen darstelle, aber andererseits hat sie mir mit ihrer Promiskuität auch richtig gut in die Hände gespielt.

Marlon ist informiert, er ist dankbar für ein wenig Gerechtigkeit, die seine Schwester nun endlich erfahren wird. Ole

Hartmann ist tot, vermutlich deshalb wütet Jan dermaßen exzessiv in der Küche, um sich davon abzulenken, was er getan hat. Wenn er genau nach Anweisung vorgegangen ist, und davon gehe ich aus, sollte er mit den Bildern in seinem Kopf klarkommen. Und Sorgen muss er sich deswegen auch nicht machen, zumindest diesen Todesfall habe ich ja Elena zugeschoben.

Mir ist klar, dass ich mich ziemlich weit aus dem Fenster lehne, indem ich auch aus Teresas und Elenas Perspektive schreibe. In Wahrheit habe ich nicht die geringste Ahnung, was in ihnen vorgeht, ob sie sich schuldig fühlen oder bereuen, was sie getan haben. Aber das ist mir egal. Ich habe da meine ganz eigene Ansicht zu diesem Thema:

Reue ist nie genug.

Schuld vergeht nicht.

Was getan wurde, ist unwiderruflich, es gibt keinen Rewind-Knopf, der etwas ungeschehen macht. Reue kann das nicht, sie ist nur der billige Versuch, sich von der Schuld reinzuwaschen. Es gelten keine Ausreden, unüberlegtes oder impulsives Handeln sind keine Rechtfertigung. Wer vorher nicht nachdenkt, ist schuld. Es ist unmöglich, etwas zu reparieren, das mit leichtfertigem Tun kaputt gemacht worden ist.

Vielleicht ist das sogar die Aussage meines True-Crime-Thrillers, ich lasse das die Kritiker entscheiden. Ich bin gespannt, ob dem selbst ernannten Literaturexperten Matthias Türnagel meine Geschichte dieses Mal persönlich genug ist, immerhin hat er mich überhaupt erst auf die Idee gebracht. Deshalb habe ich das Interview, das tatsächlich bereits kurz nach dem Erscheinen von »Die Saat« stattgefunden hat, zeitlich ein wenig verlegt und einmal mehr Gebrauch von meiner künstlerischen Freiheit gemacht.

Für die nächsten Tage ist Frost vorhergesagt. Und auch ein bisschen Schnee. Es wird schon kälter.

Endlich kann es losgehen. Ob *ich* ein schlechtes Gewissen haben oder Reue empfinden werde? Vermutlich nicht. Ich habe lange darüber nachgedacht, wirklich sehr lange, und ich bin zu der Überzeugung gekommen, dass Elena und Teresa verdienen, was ihnen bevorsteht. Und es ist ohnehin zu spät, niemand kann die Sache jetzt noch aufhalten. Niemand kann sie retten. Aber mal im Ernst, welcher normale Mensch sollte das auch wollen?

Nachwort

Sich der eigenen Schwäche bewusst zu sein ist eine Stärke.

Sich Hilfe zu holen, wenn es einem schlecht geht, ist keine Niederlage. Es ist ein Sieg. *Jetzt* ist nie zu spät.

TelefonSeelsorge (0800 1110111)

Es sind nicht deine Gedanken, die dich definieren. Es sind deine Taten.

www.kein-taeter-werden.de